BASTEI
LÜBBE
TASCHENBUCH

Weitere Titel des Autors:

Eisiges Runengrab

Über den Autor

Robert J. Mrazek, geboren 1945 in Newport, Rhode Island, ist ein US-amerikanischer Romanautor und ehemaliger Abgeordneter der Demokratischen Partei für den Staat New York im Repräsentantenhaus der Vereinigten Staaten. Nach *Eisiges Runengrab* ist *Der Fluch der Knochenjäger* der zweite Teil seiner archäologischen Thrillerserie.

Robert J. Mrazek

Der Fluch der Knochenjäger

Thriller

Aus dem amerikanischen Englisch
von Axel Franken

BASTEI
LÜBBE
TASCHENBUCH

BASTEI LÜBBE TASCHENBUCH
Band 17588

Dieser Titel ist auch als E-Book erschienen

MIX
Papier aus verantwortungsvollen Quellen
FSC® C083411

Vollständige Taschenbuchausgabe

Deutsche Erstausgabe

Titel der amerikanischen Originalausgabe: »The Bone Hunters«
Originalverlag: Signet, an imprint of New American Library,
a division of Penguin Group (USA) LLC, New York
Published by arrangement with The Robbins Office,
Inc. and Aitken, Alexander & Associates, Ltd.

Textredaktion: Jan Wielpütz, Refrath
Titelillustration: © FinePic, München
Umschlaggestaltung: ZERO Werbeagentur, München
Satz: two-up, Düsseldorf
Gesetzt aus der Minion
Druck und Verarbeitung: CPI books GmbH, Leck – Germany
Printed in Germany
ISBN 978-3-404-17588-8

1 3 5 7 6 4 2

Sie finden uns im Internet unter www.luebbe.de
Bitte beachten Sie auch: www.lesejury.de

Für Susanna, James und Ilse Rose

Anmerkung des Verfassers

Im Jahr 1928 entdeckte eine vom österreichischen Paläontologen Otto Zdansky geleitete archäologische Expedition bei einer Grabung in Zhoukoudian, China, das Exemplar eines menschlichen Fossils. Bei dem Fundort handelte es sich um ein prähistorisches Höhlensystem etwa zweiundvierzig Kilometer südwestlich von Peking. Paläontologen schätzten das Alter des Fossils später auf ungefähr 780 000 Jahre.

»Der Pekingmensch«, wie das Fossil genannt wurde, wird noch heute als das früheste lebende Beispiel des *Homo erectus* betrachtet, des ersten Menschen, der aufrecht stehen und primitive Werkzeuge benutzen konnte. Er ist einer der bedeutendsten fossilen Funde in der Geschichte der menschlichen Evolution.

Nachdem die Japaner 1937 in China einmarschierten, wuchs die Sorge um den Schutz und die Erhaltung des Pekingmenschen. Das Fossil wurde von seiner Fundstätte in Zhoukoudian ins Peking Union Medical College verbracht, eine Gründung der amerikanischen Rockefeller-Stiftung. Zu dieser Zeit respektierte die japanische Armee die Besitztümer ausländischer Investoren im Land noch.

Ende 1941 wurde der amerikanische Botschafter, Nelson T. Johnson, gebeten, den Pekingmenschen in die Vereinigten Staaten schicken zu lassen, bis seine Sicherheit innerhalb Chinas wieder gewährleistet werden könnte.

Mit einiger Verzögerung wurde dem Wunsch stattgegeben. Ein paar Tage bevor die japanische Armee in Peking einzog, wurden die Fossilien des Pekingmenschen in luftdichte Glasbehälter geschlossen und sorgfältig in zwei Holzkisten gepackt.

Am 8. Dezember 1941 (chinesischer Zeit) trafen japanische Amtsträger in der medizinischen Hochschule ein und verlangten die Übergabe der Penkingmensch-Fossilien. Die Japaner befahlen medizinischen Mitarbeitern, den verschlossenen Tresor im Anatomiegebäude zu öffnen, in dem die Fossilien aufbewahrt worden waren.

Der Pekingmensch war nicht dort.

Er ist bis zum heutigen Tag verschollen.

Montag, 8. Dezember 1941
Chinwangtao-Fernstraße
Quipao, China

Es war eine der zwei dunkelsten Nächte, an die Korporal Sean Patrick Morrissey sich erinnern konnte.

Die andere war in jenem langen Winter auf der Oberen Halbinsel von Michigan gewesen, nachdem sein Stiefvater die Stelle als Wachmann für die Holzfirma bekommen und die Familie in einer Ein-Zimmer-Hütte unweit des Two Hearted River gelebt hatte. Sean war damals ein schmächtiger Zwölfjähriger gewesen. Inzwischen war er fast achtzehn, hochgewachsen, bärenstark und ein »China Marine«, ein in China stationierter Soldat der amerikanischen Kriegsmarine, der im Augenblick im vordersten Lastwagen des Militärkonvois als Beifahrer mitfuhr. Neben ihm saß Hauptfeldwebel James Donald »J. D.« Bradshaw am Steuer.

»Uns steht eine lange Nacht bevor, Junge«, sagte J. D., als er den Marinefilzhut mit den vier Einbuchtungen abnahm und neben sich auf die Sitzbank legte. Dann griff er unter den Sitz, förderte eine dreikantige Flasche Haig & Haig zutage und reichte sie Sean. Der Junge nahm einen gesunden Schluck und spürte ihn wie Feuer durch seinen Hals rinnen.

J. D. war ein Mann alten Schlages. Drei Aufenthalte in China seit 1928, und er sprach fließend Chinesisch. Mit sechsunddreißig war er alt genug, um Seans Vater zu sein, und sein Bürstenhaarschnitt war zu reinem Weiß verblasst.

Im Laufe des bisherigen Jahres hatte er die Rolle besser gespielt als Seans richtiger Vater, ganz zu schweigen von den zwei Stiefvätern, die nach diesem gekommen waren. Auf J. D.s unansehnlichem, von Aknenarben überzogenem Gesicht schien immer ein Lächeln zu liegen, jedenfalls in Seans Gegenwart.

Es war J. D.s Vorbild, das Sean stolz darauf gemacht hatte, ein China Marine zu sein, stolz auf die Traditionen der Marine an diesem fernen Ort und stolz auf die Art, wie die Marinesoldaten von so ziemlich jedem im Fernen Osten respektiert wurden – außer von den Japanern.

Zu Hause in Parris Island hatten die Ausbilder die Japaner als kleine Menschen mit vorstehenden Zähnen und Glasbausteinbrillen beschrieben, die man mit einem Suppenlöffel umhauen konnte. J. D. empfahl Sean, besser nicht darauf zu wetten, nicht auf die Weise, wie sie in den vergangenen drei Jahren die chinesische Armee in einer Schlacht nach der anderen verdroschen hatten. Jetzt war die japanische Armee in Bewegung, und alle anderen schienen auch in Bewegung zu sein und zu versuchen, von den Japanern wegzukommen. Niemand wusste, wo sie als Nächstes zuschlagen würden.

Sean fühlte sich besser mit der Colt 1911A1 .45-Kaliber-Pistole im Hüftholster und der Thompson M1928A1 .45-Kaliber-Maschinenpistole, die auf seinem Schoß lag. Drei Ersatzmagazine mit jeweils zwanzig Schuss lagen neben ihm, dazu ein Tornister mit Splittergranaten.

Ein paar Tage vorher hatten die Angehörigen der hochrangigen amerikanischen Militärs, Diplomaten, Geschäftsleute und Berichterstatter einen Zug nach Shanghai bestiegen. Nur die Wachen der Botschaft und eine kleine Abteilung Marineinfanterie waren auf dem Gesandschaftsgelände zurückgeblieben.

Hauptmann Theo Allen befehligte die Marineinfanterie-Abteilung. Mit den blassblauen Augen hinter seiner Drahtgestellbrille erinnerte er Sean an seinen Englischlehrer auf der Highschool, doch J.D. zufolge war Hauptmann Allen einer der härtesten Männer in der Truppe und Spezialist im Nahkampf.

An diesem Morgen hatte der Hauptmann ein Telegramm vom Hauptquartier der 4. Marineinfanteriedivision in Camp Holcomb im Norden erhalten, mit der Anweisung, einen kleinen Lastwagenkonvoi zusammenzustellen und sich für weitere Befehle bereitzuhalten. Aus dem dezimierten Fuhrpark waren zwei vor Kurzem reparierte Studebaker-Laster aufs Gelände gebracht worden.

Alle drei Fahrzeuge waren in demselben matten Grün lackiert, und auf den Türen standen in schwarzer Farbe die Buchstaben USMC für United States Marine Corps gemalt. An Metallstreben festgebundene Segeltuchdächer bedeckten die Ladeflächen der Eineinhalb-Tonnen-Laster.

Am späten Nachmittag hatte Hauptmann Allen seine Befehle erhalten, und der Konvoi war mit neun Marinesoldaten an Bord vom Gesandschaftsgelände abgefahren – einer der Marines fuhr mit Hauptmann Allen im Dienstwagen voraus, die anderen acht waren auf die beiden Laster verteilt worden.

Wie immer war Sean verzaubert von dem verrückten Gemisch aus Geräuschen und Gerüchen, das die alte Stadt erfüllte. Die Straßen quollen über von Menschen und Tieren, und die Luft war voll vom Gesang und Lärmen der Straßenmusikanten, dem Duft würziger Speisen, der von den Verkaufsständen längs der Straße herüberwehte, und dem Gestank der offenen Abwasserkanäle, die verfaulenden Fisch und

Tierkot mit sich führten. Aus Radios in offenen Ladeneingängen und Speisehäusern dudelte es auf Chinesisch.

Der Konvoi nahm eine lange, langsame, umständliche Route quer durch die Stadt, ehe der Dienstwagen des Hauptmanns nach links auf eine überfüllte Durchgangsstraße abbog und durch zwei gewaltige Steintore fuhr, die die hohen Steinmauern eines großen Anwesens flankierten. Sean sah die Worte PEKING UNION MEDICAL COLLEGE über dem Eingang eingraviert.

Der Lärm der Straße ebbte ab, sobald sie im Innern waren. Weiter vorn stand ein betagter Weißer vor dem Hauptgebäude in einem mit Ziegelsteinen gepflasterten Hof. Ein Dutzend chinesischer Kulis umringte ihn. Es war offensichtlich, dass er auf sie gewartet hatte.

Noch bevor Hauptmann Allens Wagen zum Stillstand kam, begann der Alte mithilfe eines langen Gehstocks darauf zuzuhumpeln. Er trug einen altmodischen Tweedanzug mit weißem Hemd und Fliege. Auf der langen Nase in seinem Pferdegesicht thronte eine Brille.

Als Hauptmann Allen ausstieg, begann der alte Mann mit einer leiernden Stimme auf Englisch mit ihm zu sprechen, als habe er sich schon zu sehr an das Chinesische gewöhnt.

»Wir sind bereit«, sagte er. »Sie müssen sich beeilen!«

Sean hörte ein Dröhnen, das wie ferner Donner klang.

»Die Langstreckenartillerie der Japse«, sagte J.D., als das Geräusch zu einem tiefen, steten Grollen wurde.

In diesem Augenblick sah Sean die zwei Holzkisten, die auf dem Ziegelsteinhof hinter der vordersten Reihe der Kulis standen. Jede war so groß wie ein großer Kühlschrank. Die eine war in kräftigem Rot angestrichen, die andere bestand aus unbearbeitetem Teakholz.

Hauptmann Allen wies die Kulis auf Chinesisch an, eine Kiste hinten auf jeden Laster zu laden. Die rote, die sie in Seans und J. D.s Fahrzeug stellten, war mit schwarzen chinesischen Symbolen versehen.

Hauptmann Allen versammelte die Abteilung um sich.

»Ich kann Ihnen nicht sagen, was in diesen Kisten ist, weil ich es nicht weiß«, sagte er. »Aber was es auch ist, es ist wichtig, und unser Befehl lautet, dafür zu sorgen, dass es in Chinwangtao, der Hafenstadt bei Camp Holcomb, ankommt. Wenn wir dorthinkommen, wird die S.S. *President Harrison* auf die Kisten warten. Sie ist das letzte amerikanische Linienschiff, das noch in China ist.«

Sean verspürte eine Woge der Erregung. Mit siebzehn hatte er noch nie echte Angst gefühlt.

»Es sind ungefähr dreihundertzwanzig Kilometer dorthin«, fügte der Hauptmann hinzu. »Wir werden die ganze Nacht durchfahren und nur einmal zum Auftanken anhalten. Benzinkanister sind hinten in den Lastern verzurrt. Sie sollten wissen, dass die japanischen Truppen die Straße möglicherweise schon an mehreren Stellen abgeriegelt haben, also seien Sie jederzeit wachsam!«

Nachdem er sie hatte wegtreten lassen, klebte J. D. die Scheinwerfer aller drei Fahrzeuge mit weißem chirurgischem Klebeband ab, um ihre Sichtbarkeit zu verringern. Hauptmann Allen inspizierte die beiden Marinesoldaten hinten in jedem Laster und vergewisserte sich, dass sie mit .30-06 Browning Automatic Rifles und einem Vorrat an Zwanzig-Schuss-Magazinen ausgerüstet waren.

Als sie die Motoren anließen und sich zum Losfahren fertig machten, rief der alte Mann im Tweedanzug Hauptmann Allen vom Rand des Hofs aus zu. Tränen liefen über seine Wangen.

»Beschützen Sie sie mit Ihrem Leben!«, rief er in seinem leiernden Tonfall.

»Der hat leicht reden!«, meinte J. D. und spuckte Tabaksaft durchs offene Fenster, während sie durch den Eingang wieder auf die Hauptstraße rollten.

»Was meinen Sie, was in den Kisten drin ist?«, fragte Sean.

»Nicht schwer genug für Gold«, antwortete J. D., während er sich darauf konzentrierte, den Fünf-Meter-Abstand zwischen den Fahrzeugen einzuhalten, den Hauptmann Allen angeordnet hatte, »aber die rote Kiste ist die wichtige.«

»Woher wissen Sie das?«, fragte Sean.

»Die chinesische Beschriftung«, sagte J. D., und Sean fiel wieder ein, dass er die Sprache ja fließend beherrschte.

Der dunkler werdende Himmel im Westen war immer noch rötlich angehaucht, als sie das letzte Tor am Rande Pekings passierten und auf der Fernverkehrsstraße weiterfuhren. Das Grollen des Artilleriefeuers verklang langsam, als sie die Stadt weiter hinter sich ließen.

Anfangs hatte die Fernstraße eine leicht geschotterte Oberfläche und zwei Spuren in jede Richtung. Nach dreißig Kilometern schrumpfte die Fahrbahn auf zwei Spuren zusammen; aus dem Schotter wurde eine harte, ausgefahrene Bodenschicht. Der Konvoi war gezwungen, das Tempo auf fünfzig Stundenkilometer zu drosseln.

Entlang der Strecke kamen sie an Tausenden von chinesischen Flüchtlingen vorbei, die sich in der eiskalten Dunkelheit von Peking wegbewegten. Einige wenige Glückliche fuhren alte, mit Kohle angetriebene Laster und Autos. Andere saßen auf Ochsenkarren, auf denen sie Möbel und persönliche Habe um sich herum aufgehäuft hatten. Sean sah sogar einen Rikschakuli, der in seinem langen, gefütterten Kittel mit einer vierköpfigen Familie im Schlepptau dahintrottete.

Die meisten der Flüchtlinge waren jedoch zu Fuß unterwegs und gingen mitten auf der Straße und nahmen das Gehupe gar nicht wahr. Mehr als nur ein paar lagen am Straßenrand zu beiden Seiten, die Leichen ausgezogen bis auf die Haut.

Ein schneidender sibirischer Wind begann aus Norden zu wehen, und die Oberfläche der Straße wurde zu einer wirbelnden Masse grauen Staubs. Kleine Tornados aus feinem Pulver drangen durch die Ritzen in den Fenstern und füllten ihre Münder mit Sand. J. D. reichte Sean noch einmal die Flasche mit Haig & Haig.

Das Flüchtlingsaufkommen verringerte sich, als sie weiter nach Osten kamen. An einer Stelle sahen sie einen Rolls-Royce am Straßenrand stehen, aus dessen Motor schwarzer Rauch stieg. Eine schlanke und hübsche junge Frau in einem blauen Seidenkleid stand daneben und winkte mit vor Angst verzerrtem Gesicht dem Konvoi zu, um ihn zum Halten zu bewegen.

»Vielleicht sollten wir stoppen«, meinte Sean.

»Da könnten wir gleich für jeden anhalten«, erwiderte J. D.

Sean nahm seine Brieftasche mit der abgegriffenen Fotografie von Cathy heraus. Darauf stand sie im Garten hinter dem Haus ihres Vaters in Pontiac und erwiderte mit schüchternem Lächeln dessen Blick. Im November hatte Cathy geschrieben, wie stolz sie wegen seiner Beförderung zum Korporal sei. Ihr Vater war Vorarbeiter in der Chevy-Fabrik und fand, dass Sean ihrer nicht würdig war. Er würde anders denken, wenn Sean mit seinen neuen Streifen zurückkam.

Als sie etwas mehr als die Hälfte der Strecke nach Camp Holcomb zurückgelegt hatten, setzte Regen ein; der schwere

Wolkenbruch verwandelte die harte, staubige Bodenschicht in eine schlammige Holperpiste. Als Sean durch das regenüberströmte Fenster in die Dunkelheit schaute, sah er in der Ferne ein paar Lichter. Sie stellten sich als ein verlassener Bahnhof entlang der Peking-Mukden-Eisenbahnlinie heraus.

Sie waren mehr als fünf Stunden gefahren, als der Dienstwagen langsamer machte und an den Straßenrand heranfuhr. Es war fast Mitternacht. Hauptmann Allen stieg auf der Beifahrerseite aus und kam durch den Regen zu ihnen zurück.

Sean ließ das Fenster herunter.

»Füllen Sie Ihre Feldflaschen auf, während wir auftanken«, sagte er, »und schalten Sie die Lichter aus!«

J. D. grinste, als der Hauptmann an ihnen vorbeiging, nahm noch einen schnellen Schluck Haig & Haig und reichte die Flasche Sean. Sean hörte die beiden Marinesoldaten auf der Ladefläche hinter ihnen die Benzinkanister losbinden, um den Tank aufzufüllen.

Eine verlassene Ortschaft erstreckte sich zu beiden Seiten der Straße in die dunkle Landschaft. Eingezäunte Tiergehege säumten die freien Flächen zwischen einem Dutzend Lehmhütten. In den Gebäuden brannte kein Licht. Die Gehege waren leer.

J. D. öffnete eine große Papiertüte und nahm eine Handvoll chinesischer Rosinen heraus, steckte sie in den Mund und begann zu kauen. Der Saft tropfte ihm aus den Mundwinkeln aufs Kinn.

»Du gehst zuerst pinkeln«, sagte er, während er den Blick über die Gebäude schweifen ließ, »und siehst nach den Reifen!«

Sean ließ den Tornister mit den Splittergranaten auf dem Sitz, nahm die Thompson und stieg aus dem Führerhaus auf den schlammigen Boden. Nachdem er den Laster umrundet und sich vergewissert hatte, dass der Reifendruck hielt, blieb er am vorderen Kotflügel stehen, um sich zu erleichtern. Während einer der beiden Marinesoldaten hinten Benzin in den Tank goss, richtete der andere sein BAR auf die am nächsten stehende Hüttenreihe.

Ein weiterer Soldat bewegte sich zwischen den Lastern und füllte die Feldflaschen der Männer aus einem Zwanzig-Liter-Kanister. Sean sah die Regentropfen, die vom Rand der Krempe seines Filzhuts auf den Boden fielen.

Ein Hund begann zu bellen. Das Geräusch schien von hinter einem der Gebäude auf der anderen Seite der Straße zu kommen. Ein paar Sekunden lang war der Hund ruhig und fing dann wieder an, aufgeregter diesmal.

Plötzlich hörte das Gebell auf.

Sean zog den Spannhebel an der Thompson zurück und legte eine Kugel ins Magazin ein. Ein paar Augenblicke später trat die schemenhafte Gestalt eines Mannes aus einem der verdunkelten Gebäude. Der Mann schwankte ein bisschen, als er auf den Dienstwagen des Hauptmanns zuging. Einen Moment lang fragte sich Sean, ob er betrunken war. Er sah, dass der Mann etwas in den Händen hielt. Es schien eine Rauchfahne hinter sich herzuziehen.

»Eine Japsenmine!«, schrie J. D. »Knall ihn ab!«

Sean legte die Thompson an, betätigte den Abzug und feuerte eine kurze Salve ab. Die Kugeln schlugen in der Brust des Mannes ein und ließen ihn nach hinten taumeln. Zwei Sekunden später hüllte ihn eine gewaltige Explosion ein und erhellte die Nacht.

Sean fühlte die Schotterstücke wie heftigen Regen auf sein Gesicht niederprasseln; die Luft war vom Gestank nach Kordit erfüllt. Die Fahrertür des Dienstwagens schwang auf, und der Marinesoldat kletterte heraus und ging dahinter in Deckung.

»Sie kommen!«, schrie er und feuerte mit seiner .45er-Pistole auf einen der Eingänge.

Ein Nambu-Maschinengewehr eröffnete vom Dach eines der Gebäude das Feuer auf sie. Leuchtspurgeschosse flammten durch den Regen und trafen den Dienstwagen und die Windschutzscheibe ihres Lasters.

Genau darum geht es hier, dachte Sean Morrissey. Es passierte ihm wirklich. Nicht, was er sich von Comicheften oder Kriegsfilmen her ausgemalt hatte. Das hier war echt.

Er hörte die Soldaten hinten in ihrem Laster mit ihren BARs das Feuer erwidern, womit sie das feindliche Maschinengewehr vorübergehend zum Schweigen brachten, während noch mehr Gestalten aus den dunklen Gebäuden herauskamen und sich auf den Konvoi zubewegten.

Der Fahrer des Dienstwagens fing an, mit eingezogenem Kopf und in Schlangenlinien nach hinten zu Seans Laster zu rennen. Mündungsfeuer blitzte in der gezackten Linie der japanischen Soldaten auf, und der Marineinfanterist fiel mit dem Gesicht voran der Länge nach hin. Er bewegte sich nicht mehr.

Sean benutzte die Motorhaube des Lasters als Deckung, richtete die Thompson auf den heranrückenden Feind und feuerte, diesmal ein ganzes Magazin. Vier Soldaten brachen zusammen.

Er ersetzte das Magazin und begann, kurze Salven abzugeben, drei oder vier Schuss jedes Mal; das Antwortfeuer der Japaner zertrümmerte den Scheinwerfer neben seinem Ellbogen und zerstörte die Windschutzscheibe des Führerhauses.

Eine weitere schemenhafte Welle von Soldaten tauchte aus

dem Dunkel der Häuser auf. Sie rückten zusammen vor, rannten flachfüßig und mit weit gespreizten Beinen. Sean sah einen von ihnen den Arm heben und etwas laut gegen seinen Helm klatschen.

Sean erinnerte sich daran, dass japanische Granaten auf eine harte Oberfläche geschlagen werden mussten, um sie scharf zu machen. Er feuerte auf den Soldaten, als dieser gerade zum Wurf ausholte. Die Explosion riss ihn und zwei andere von den Füßen. Einer kam weiter auf Sean zu.

»Banzai ... Banzai!«, schrie er.

Es war der größte Japaner, den Sean je gesehen hatte, über eins achtzig, und er schwang ein Schwert, als er sich dem Laster bis auf anderthalb Meter genähert hatte. Als Sean einen längeren Feuerstoß abgab und die Kugeln sich in die Brust des Mannes bohrten, schien er ein paar Momente lang mit grotesken Tanzbewegungen in der Luft zu schweben, ehe er hinfiel und sich nicht mehr rührte.

Sean konnte jetzt die BARs aus der Richtung der Straße hinter dem Konvoi feuern hören. Offenbar versuchten die Japaner, sie einzukreisen und von beiden Seiten längs der Straße anzugreifen.

Aus dem Führerhaus des Lasters hörte er ein lautes Stöhnen. Es musste J. D. sein. Als Sean durch die geöffnete Beifahrertür hechtete, spürte er einen stechenden Schmerz im rechten Arm. Als er einen Blick auf seinen Ärmel warf, sah er, dass eine Kugel den fleischigen Teil seiner Schulter durchdrungen hatte.

J. D. saß immer noch aufrecht auf dem Fahrersitz hinter der zertrümmerten Windschutzscheibe. Ein Schuss aus dem Nambu-Maschinengewehr hatte ihm das rechte Auge weggerissen. Er war gerade noch bei Bewusstsein; um ihn herum auf dem Sitz hatte sich eine Blutlache aus einer anderen Wunde in seiner Seite gebildet. Sean zog ihn aus der Schusslinie und legte ihn auf der Beifahrerseite auf den Boden. J. D.s unversehrtes Auge wurde kurz wieder klar.

»Ich komme wieder!«, sagte Sean.

Er ließ sich durch die geöffnete Beifahrertür fallen und fand eine neue Feuerstellung in dem flachen Abflussgraben, der am Rand der Fahrbahn entlanglief. Die Wunde in seinem Arm fing an zu pochen, als er ein weiteres Magazin nachlud.

Der Dienstwagen brannte inzwischen, und die lodernden Flammen aus seinem Benzintank erhellten die Straße vor dem Konvoi. Tote Japaner lagen bis hin zu den dunklen Gebäuden. Es gab dort keine Angreifer mehr, jedenfalls für den Augenblick.

Am anderen Ende des Konvois wurde unablässig geschossen. Aus dem Augenwinkel heraus sah Sean jemanden aus dieser Richtung am Graben entlang auf ihn zugekrochen kommen. Es war Hauptmann Allen. Um seinen Oberschenkel lag ein Druckverband, und aus einer Kopfverletzung floss Blut.

»Sie haben uns umzingelt!«, sagte er durch zusammengebissene Zähne.

Ein japanischer Soldat, der hinter dem Dienstwagen gelegen hatte, kam wieder auf die Beine und stürmte auf sie zu. Er hielt den Kopf tief gesenkt, als wollte er nicht wissen, was ihn erwartete. Sean mähte ihn mit einem einzigen Feuerstoß um.

»Können Sie diesen Laster fahren?«, fragte Hauptmann Allen.

»Jawohl, Sir!«, sagte Sean.

»Schaffen Sie die rote Kiste zum Hafen in Chinwangtao!«, sagte Allen. »Die *President Harrison.*«

»Jawohl, Sir!«, sagte Sean.

Hauptmann Allen nahm ihm die Thompson ab und zielte auf die nächstgelegenen Gebäude.

»Gehen Sie!«, befahl er.

Kugeln aus dem Nambu-Maschinengewehr schlugen in der Erde vor ihm ein, als Sean aus dem Graben stieg. Gleich darauf war er durch die Beifahrertür und hinter dem Lenkrad, während Hauptmann Allen die Maschinengewehrstellung auf dem Dach unter Beschuss nahm und ihm Feuerschutz gab.

Sean rammte den Schaltknüppel in den ersten Gang, trat die Kupplung, und der Laster fuhr abrupt an. Als der Wagen beschleunigte, bestrichen Maschinengewehrkugeln seine Seite und den Motorraum. Der Laster fuhr weiter.

Sie hatten einige Kilometer hinter sich gebracht, als Sean langsamer fuhr und wieder anhielt. Sie waren auf offenem Gelände. Behutsam hob er J. D. wieder auf den Sitz und untersuchte seine Verletzungen. Das rechte Auge war zwar weg, aber die Kugel hatte seinen Schädel nur geschrammt. Sean legte eine Mullbinde um die leere Augenhöhle. Aus der Wunde in seiner Seite tröpfelte das Blut nur noch. Sean nahm eine Ampulle mit Morphium aus dem Verbandskasten des Lasters, während J. D. ihm mit schmerzverzerrtem Gesicht zusah.

»Ich will das nicht!«, sagte er.

»Ich muss Sie zu einem Sanitäter schaffen«, sagte Sean.

J. D. drückte das linke Auge zu.

»Fahren Sie zum Hafen!«, sagte er. »Wir können nicht mehr weiter als ein paar Stunden davon weg sein.«

Wenn die Straße vor uns japsenfrei ist, dachte Sean. Er hob die halb volle Flasche Haig & Haig auf und führte die Öffnung an J. D.s Mund. Der Hauptfeldwebel nahm einige tiefe Schlucke, bevor Sean noch zwei Fingerbreit in seine Wunde goss.

»Fahren wir!«, knurrte J. D.

Als Sean den Laster durch die Nacht steuerte, wiederholte er dasselbe stumme Gebet. *Rette ihn, Herr! Rette ihn, Herr! Rette ihn, Herr!* J. D.s Atem ging immer unregelmäßiger. Jedes Mal, wenn sie eine vom Schlamm verstopfte Spurrille in der Fahrbahn trafen, erbebte der Laster heftig, und J. D.s Hand umkrampfte Seans verletzten rechten Arm.

Es war nach drei am Morgen, als Sean in der Ferne die Lichter Chinwangtaos sah. Die stets geschäftige Stadt war fast leer und die Stille unheimlich, als sie durch die Straßen fuhren. Sean hielt nicht an, bis sie die Piers erreichten, wo die großen Seeschiffe andocken mussten.

Als er über die Betonmole fuhr, die zu den äußeren Anlegestellen führte, erlangte J. D. das Bewusstsein wieder. Sean wies ihn auf eine kleine Abteilung chinesischer Soldaten hin, die Baumwollballen zu den Mauern zweier großer Lagerhäuser schleppten.

»Sie stecken den Hafen in Brand«, sagte J. D. »Die Japse müssen nahe sein.«

Sean fuhr über den letzten Pier. Alle Liegeplätze waren leer, bis er das Ende des Kais erreichte. Ein verdunkeltes Schiff nahm in der Finsternis langsam Form an. Sean konnte chinesische Kulis sehen, die Ölfässer über den Laufsteg zum Vorderdeck rollten. Weit über ihnen auf der Brücke brüllte ein Offizier den Männern unten am Dock etwas zu und schwenkte die Arme mit kreisförmigen Bewegungen.

»Sie legen ab«, sagte J. D. »Ich kann den Namen des Schiffs nicht sehen.«

Sean stieg aus dem Laster und rannte zum Laufsteg.

»Ist das die *President Harrison*?«, schrie er zu dem Offizier auf der Brücke hoch.

Der Mann schaute zu ihm herunter und lachte.

»Ich habe gehört, sie ist von die Japs versenkt worde«, rief er mit starkem europäischem Akzent. »Das hier ist die *Prins Willem*.«

Die *Prins Willem* war offensichtlich ein altes Küstenschiff. Sie stank nach auslaufendem Treibstoff, und riesige Rostflecken überzogen die Rumpfplatten und verunzierten den einst weißen Anstrich der Aufbauten. Sean wusste nicht viel über Schiffe, aber dieses hier sah nicht aus, als könnte es es aus dem Hafen schaffen.

»Wir fahren jetzt … die Japse sind jeden Moment hier«, rief der Offizier.

Seine Besatzungsmitglieder begannen die Festmacher einzuholen.

»In dem Laster da ist etwas wirklich Wichtiges!«, brüllte Sean. »Können Sie uns mitnehmen?«

»Was ist es?«, wollte der Offizier wissen.

»Das weiß ich nicht, aber sie wollen nicht, dass die Japse es bekommen!«, rief er zurück.

Der Offizier starrte ihn mehrere Sekunden lang an. Dann winkte er dem halben Dutzend Kulis zu, die noch auf dem Dock standen. Als er ihnen etwas auf Chinesisch zurief, rannten sie zum Laster, ließen die Heckklappe herunter und drängten ins Innere.

Sean verfolgte, wie die rote Kiste übers Dock zum Laufsteg und dann nach oben aufs Schiffsdeck getragen wurde. Er konnte die Einschusslöcher darin erkennen und fragte sich, ob das, was sich darin befand, zerstört worden war.

»Kommen Sie?«, fragte der Offizier.

Sean rannte zum Führerhaus des Lasters zurück und öffnete die Beifahrertür. J. D. saß in derselben aufrechten Haltung da.

Einen Moment lang fragte Sean sich, ob er noch am Leben war.

Plötzlich hörte er von weiter unten am Pier Schüsse. Im grellen Schein der brennenden Lagerhäuser bewegte eine motorisierte japanische Militäreinheit sich schnell über die Betonmole. Er beobachtete, wie sie auf den Pier einbog und im Näherkommen beschleunigte. Hinter sich hörte er, wie die Leinen losgemacht wurden. Der Laufsteg war immer noch am Pier befestigt, als das Schiff sich zu lösen begann.

»Wir müssen gehen, J. D.!«, sagte er und streckte die Hand aus, um ihm aus dem Sitz zu helfen. »Die Japse sind hier!«

»Ich gehe nicht«, erwiderte J. D.

Sean schaute nach unten und sah den Haufen Splittergranaten auf seinem Schoß. J. D. hatte keine in dem Leinensack dringelassen. Sean warf einen schnellen Blick über die Schulter auf das abfahrende Schiff: Es zog den Laufsteg aus Metall hinter sich her, dessen Ende nur noch notdürftig am Pier hing.

»Geh!«, brüllte J. D.

Sean rannte auf den Laufsteg zu, den bereits ein halber Meter schwarzes Wasser vom Pier trennte. Mit einem Sprung gelang es ihm, darauf Fuß zu fassen. Während er aufs Deck zukletterte, warf er einen Blick zurück und sah den vordersten japanischen Wagen der motorisierten Einheit neben J. D.s Laster anhalten.

Dahinter kam ein leichter Panzer. Als der Laster ihm den Weg versperrte, schwenkte der Geschützturm des Panzers ruckfrei zu dem sich entfernenden Frachtschiff hin und eröffnete das Feuer. Der erste Schuss aus dem 37-mm-Geschütz schlug im Heck der Prins Willem ein und riss ein anderthalb Meter großes gezacktes Loch in die Rumpfplatten.

Mit Fingern, die sich in ihrem vertrauten Rhythmus bewegten, begann J. D. Bradshaw die Stifte aus den Granaten auf seinem Schoß zu ziehen. Als er damit fertig war, schwang die Beifahrertür auf, und ein untersetzter japanischer Offizier mit Goldzähnen richtete eine Pistole auf ihn.

»Willkommen in der Hölle!«, sagte Bradshaw, bevor die gewaltige Explosion das Ende des Piers ausradierte.

Eins

5. Mai
Bellamy-Annex
Long Wharf
Boston, Massachusetts

Am Ende war alles doch noch gut ausgegangen, dachte Dr. Barnaby Finchem.

Astrud stammte ursprünglich aus Norwegen, doch nachdem sie als Austauschdoktorandin nach Boston gekommen war, war sie zu einer hingebungsvollen Bürgerin der Red-Sox-Nation geworden. Eine ihrer lang gehegten Fantasien war es, ein Mal in der ersten Sitzreihe neben dem Pesky Pole – der Foul-Stange auf der rechten Seite des Außenfelds im Fenway Park – zu sitzen. Von einem Harvard-Kollegen, der ihm seine Festanstellung verdankte, hatte Barnaby Karten bekommen.

Dann hatte Barnaby vier Innings des aktuellen Spiels ertragen, wobei er seine ein Meter achtundneunzig lange und dreihundert Pfund schwere Körpermasse in einen Plastiksitz stopfte, der für den kleinen Däumling entworfen worden war. Ihre Sitze befanden sich dem Green Monster, der Mauer hinter dem linken Outfield, gegenüber, und die einzige Möglichkeit für Barnaby, die Batter's Box zu sehen, war, sich übers Geländer vorzubeugen und den Hals um die Person herumzurecken, die einen Platz näher am Schlagmal saß.

Natürlich beugten sich alle beim Pesky Pole vor und reckten ebenfalls die Hälse. Im zweiten Inning begann ein alkoholisierter Fan in der Reihe hinter ihm, ihn wegen seiner wallenden weißen Haarmähne zu belästigen.

»Hey, Medusa, du versperrst das ganze verdammte Outfield!«, rief der Fan aus, was bei den Schwachköpfen um ihn herum Gelächter hervorrief. Barnaby drehte sich um. Der Mann war kahl wie eine Billardkugel.

»Neid ist keine Entschuldigung für Dummheit«, konterte er.

Von da an waren die Bemerkungen des Mannes zunehmend obszön geworden.

Zum Glück hatte alles aufgehört, als der Pitcher der Red Sox einen Flugball schlug, der weit auf den Pesky Pole und geradewegs auf Barnaby zusegelte. Eine fettleibige Frau auf dem Platz hinter ihm stieß ihn in ihrem Eifer, den Ball zu fangen, nach vorn übers Geländer. Nach einer strengen Verwarnung vom Red-Sox-Sicherheitsdienst, in der von lebenslanger Stadionsperre die Rede war, wurden er und Astrud zum nächsten Ausgangstor eskortiert. Gott sei Dank hatte sie ihn nicht für das Fiasko verantwortlich gemacht.

Im Taxi zurück nach Cambridge war sie immer beflissener geworden, hatte zuerst sein wundes Knie gestreichelt, bevor ihre gelenkigen Finger langsam an seinem Oberschenkel hinaufwanderten. Als sie in der Nähe der Longfellow Bridge in einen Verkehrsstillstand gerieten, beschloss Barnaby spontan, sie zu seinem geheimen Unterschlupf am Long Wharf zu bringen, der nur ein paar Blocks entfernt war.

Inzwischen, da er auf die siebzig zuging, hatten zwei überstandene Herzanfälle Barnaby gezwungen, seine Libido gravierend zu zügeln. Er war jetzt stolz auf die Einhaltung der strikten Maxime, nie zu versuchen, eine seiner Doktorandinnen zu verführen. Nur wenn eine davon ihn verführte und dabei noch unerträglich begehrenswert war, gestattete er sich, seine Verteidigungslinien durchbrechen zu lassen.

Astrud wurde den Anforderungen gerecht.

Er hatte sie bei einem wissenschaftlichen Wettbewerb für Studierende des Altnordischen kennengelernt, der von einem seiner Kollegen im Fachbereich Archäologie organisiert wurde. Barnaby hielt mittlerweile nur noch eine einzige Vorlesung – die Reihe über die Ursprünge der Zivilisation –, und dort einen Platz zu ergattern war schwieriger als am Pesky Pole.

Neun Doktoranden nahmen an dem wissenschaftlichen Wettbewerb teil. Als der Star der archäologischen Fakultät war Barnaby zum Vorsitzenden der Jury auserkoren worden. Sein Lebenswerk war Legende.

Nachdem er Cambridge summa cum laude absolviert hatte, hatte der ständig im Ausland lebende Engländer vierzig Jahre damit zugebracht, der Welt führender Experte für altnordische Kultur und Sprache zu werden. Es hatte noch andere Kandidaten für diese Ehre gegeben, doch die waren inzwischen tot, unter ihnen ein Mann, den er vor einem Jahr gezwungenermaßen hatte umbringen müssen.

Jeder Teilnehmer des wissenschaftlichen Wettbewerbs war mit der Aufgabe betraut worden, eine originelle Abbildung des alten nordischen Lebens zu erschaffen. Drei davon waren Triumphe der Vision und Eingebung, prächtig wiedergegeben, tief empfunden und intuitiv nachgebildet, Projektarbeiten, die in Barnabys eigener sorgsam geschulter Vorstellungswelt ihren Nachhall fanden. Fünf der übrigen Arbeiten waren weniger brillant. Und dann war da noch Astruds Werk.

In ihrem primitiven Ölgemälde hatte sie sich eine nordische Begräbnisszene des fünften Jahrhunderts vorgestellt, in der eine junge Frau auf einer hölzernen Totenbahre lag; ihr weiß gekleideter Leichnam war mit Wildblumen bedeckt. Historisch gesehen, das wusste er, hatte dies absolut keine Verbindung zum altnordischen Leben, aber das Gesicht war unauslöschlich schön von einem Helm aus blondem Haar umgeben.

Erst, als er das Bild näher betrachtet hatte, war ihm klar geworden, dass es sich um ein Selbstporträt der Doktorandin handelte, der Künstlerin höchstpersönlich.

»Wie haben Sie die Umstände für diese Begräbnisszene recherchiert?«, hatte er sie gefragt. »Es gibt eigentlich keine Hinweise darauf, wie eine nordische Bestattung im fünften Jahrhundert durchgeführt wurde.«

»Ich habe es mir vorgestellt, Dr. Finchem«, hatte sie geantwortet und mit ihren blauen Augen zu ihm aufgeblickt.

Bei allem, was heilig war, er hatte wirklich nicht für ihre Arbeit stimmen können, doch als der Wettbewerb vorüber gewesen war und sie beim Empfang auf ihn zukam, hatte sie in keiner Weise enttäuscht gewirkt.

»Allein Sie kennenzulernen, Dr. Finchem, war das Aufregendste, was mir im Leben passiert ist«, hatte sie gesagt.

Und seitdem schwand Barnabys Widerstand immer weiter dahin.

Zwanzig Minuten, nachdem sie das Red-Sox-Spiel verlassen hatten, schloss er die große Stahltür auf, die zu seinem Schlupfwinkel am Long Wharf führte. Er schaltete die Deckenlampen in dem einzigen großen Raum ein.

Das Zimmer maß etwa fünfzehn mal fünfzehn Meter und hatte sechs Meter hohe Decken, die von unbehauenen Eichenbalken gestützt wurden. Die Fenster, die zum Hafen hinausgingen, waren mit Eisenläden verschlossen.

Der erste Teil des Lofts umfasste ein wohlausgerüstetes

Laboratorium mit all den Apparaturen, die sowohl für einen Archäologen als auch einen Pathologen notwendig waren, darunter ein Computerraum, diverse Drucker, Kameras, Aufzeichnungsgeräte und Flachbildfernseher.

Als Barnaby Astrud in den zweiten Teil des Raums führte, konnte er ihrem Gesicht ansehen, wie sie beinah von Gefühlen überwältigt wurde. Hier befand sich seine altnordische Bibliothek mit Dokumenten, Tagebüchern, alten Pergamenthandschriften und Runentafeln, die zwölf Jahrhunderte zurückreichten. An der Wand hing ein winziger Teil, eine Andeutung seiner riesigen Sammlung von Wikingerschwertern, -schilden, -messern und -werkzeugen.

Der letzte Teil war sein Wohnbereich, der auch eine umfangreiche Küche beinhaltete. Über gewerblichen Geräten und Granitarbeitsplatten hingen an einem Eisengestell Kupfertöpfe und Pfannen.

»Ich koche gern«, erklärte er.

Astruds Augen wanderten von der Küche weg zu dem erhöhten Schlafboden, der aus Rohholz errichtet und mit Tierhäuten und Schaffellen bedeckt war.

»Eine Wikingerlagerstatt des zehnten Jahrhunderts!«, stellte Astrud fest. »Ich habe mich schon immer gefragt, ob sie sich wohlgefühlt haben, wenn sie nackt darauf schliefen … Wie würden Sie so etwas erforschen, Dr. Finchem?«

Sie kamen auf dem Schlafboden zusammen. Barnaby war es inzwischen egal, ob seine Studentinnen wegen seiner Intelligenz, seines Rufs, seiner Notenvergabe oder seiner Fähigkeit, ihre Karriere zu fördern, mit ihm schliefen. Auch mit neunundsechzig liebte er immer noch das Gefühl und die Berührung einer schönen Frau, der er keine Alimente zahlen musste. Das hatte er schon mehr als einmal hinter sich.

Das einzige Hindernis für sein erhofftes Vergnügen lag in seinem oberen Brustkorb verborgen. Es war ein implantierter Cardioverter-Defibrillator, kurz ICD, der, so hatten ihm seine Ärzte versichert, die meisten lebensbedrohenden Herzrhythmusstörungen nach seinem letzten Herzinfarkt korrigieren würde.

Der ICD hatte Astrud noch nicht kennengelernt.

Als sie fertig waren, drehte Barnaby sich erschöpft auf den Rücken und streckte seine Eins-achtundneunzig-Gestalt aus. Es war gut gewesen, sehr gut. Er war kurz davor, in einen tiefen Schlaf zu fallen, als das Handy, das er auf der Küchentheke liegen gelassen hatte, zu klingeln begann.

Es war ein neues Telefon, und er hatte als Klingelton die Schreie einer Möwenschar gewählt, was noch der erträglichste Ton auf der Liste war. Er hatte sich nicht die Mühe gemacht, eine Grenze für die Dauer des Klingelns festzulegen, bevor der Anrufbeantworter sich aktivierte, und das Krächzen riss nicht ab. Nach zwei Minuten Gekreische klangen die Möwen, als wollten sie ihn bei lebendigem Leibe fressen kommen.

Niemand außer Astrud kannte die Nummer, und die lag besinnungslos neben ihm auf dem Wikingerlager. Aber was, wenn sie sie jemand anderem gegeben hatte? Das war die wahrscheinlichste Möglichkeit. Was im Taxi wie eine gute Entscheidung ausgesehen hatte, würde sich vermutlich als schwerwiegender Fehler herausstellen, sagte er sich. Falls sie so indiskret war, musste er sich sanft, aber bestimmt von ihr lösen.

Als die Möwen endlich schwiegen, merkte Barnaby, dass er einen Bärenhunger hatte. Er hatte auf den »Green Monster dog« am Imbissstand im Baseballstadion verzichtet, und der Liebesakt hatte seinen Appetit noch verstärkt. Vor seinem geistigen Auge zog die Reihe der exquisiten Mahlzeiten vorbei, die er zubereitet hatte und die jetzt in dem großen Viking-Kühlschrank eingefroren waren.

Eine davon war ein klassisches nordisches Weinschmorgericht, herzhafte Rehstücke und importiertes Wildschwein, langsam gegart in einer Terrine mit schwedischen Trüffeln, Karotten und Zwiebeln. Er hatte das Rezept in einem Runenpergament aus dem elften Jahrhundert entdeckt. Er ging in die Küche und nahm es zum Auftauen heraus.

Als der köstliche Duft den Wohnbereich zu durchdringen begann, stieg Astrud in einem seiner flammend roten Abercrombie-&-Fitch-Flanellhemden vom Lager herunter. Es endete schicklich an ihren Oberschenkeln und betonte ihre von Natur aus strohblonden Haare. Barnaby beschloss, damit zu warten, sie wegen der Weitergabe seiner Handynummer zur Rede zu stellen.

Nachdem er ihr ein Glas Castello Banfi Centine 2010 eingeschenkt hatte, nahm er einen Laib Fladenbrot nach Wikingerart aus dem Ofen, und sie ließen sich nieder, um das Festmahl zu genießen. Sie leerten gerade die zweite Flasche Wein, als Barnaby den noblen Gedanken in den Raum stellte, dass es vielleicht gut für sie wäre, sich einen angemessenen Mann zu suchen, womöglich nicht älter als ihr Vater. Einen Moment später klebte sie wieder an ihm wie eine Haftmine, und ihr süßer Mund lag auf seinem.

Nach einer weiteren Zusammenkunft auf dem Schlafboden wusste er, wie sich ein Schlittenhund fühlte, wenn er sich der Ziellinie des Iditarod-Rennens näherte. Schließlich schlief er wieder ein, doch dann fingen die fleischfressenden Möwen wieder zu kreischen an.

»Willst du nicht rangehen?«, fragte sie mit dem verbleibenden Nachhall ihres heimatlichen norwegischen Akzents.

»Niemand außer dir hat die Nummer, Astrud«, sagte er mit einer nicht ganz so väterlichen Baritonstimme.

»Ich habe sie keiner Menschenseele gegeben!«, beteuerte sie, und ihre Augen wurden feucht.

Das Klingeln hörte wieder auf, und er wartete in der Stille darauf, dass es wieder begann. Stattdessen fing jemand an, mit Nachdruck an die stählerne Eingangstür zu klopfen. Das Gehämmer schallte durch den Raum.

»Um Thors willen!«, brummte Barnaby.

Mit der Absicht, denjenigen, der im Flur stand, verbal niederzumachen, stieg er vom Schlafboden und ging nackt und steifbeinig zur Tür. Er drückte die Nase unter den Türspion, schaute in den düsteren Gang und runzelte die Stirn.

Zwei

5. Mai
Long Wharf
Boston, Massachusetts

Ein Mann mit dem Körper eines Sumoringers, der außer Form geraten war, stand in dem mit Ziegeln verkleideten Korridor und schwitzte, als wäre er gerade einen Marathon gelaufen. Sein Gesicht war klatschnass, ebenso der Kragen seines blauen Oxfordhemds.

Das letzte Mal, als Barnaby ihn gesehen hatte, war er in einem Krankenhauszimmer in Rockland, Maine, gewesen. Es war der Tag gewesen, an dem sein Schützling Alexandra Vaughan die Grabstätte von Leif Eriksson auf einer Insel vor der Küste Maines entdeckt hatte. Und es war nach so viel Mord und Totschlag gewesen, dass es Barnaby für zehn Lebzeiten reichte. Damals war der Mann im Korridor der stellvertretende Assistent des Präsidenten der Vereinigten Staaten für nationale Sicherheitsfragen gewesen.

»Ich weiß, dass Sie da drin sind, Dr. Finchem!«, rief Ira Dusenberry. »Lassen Sie mich rein! Es ist äußerst wichtig!«

Die Zeit hatte es seither nicht gut mit ihm gemeint. Er hatte mindestens fünfzehn Kilo zugenommen, und sein plumpes Gesicht mit den Hängebacken hatte einen fensterkittartigen Teint. Sein brauner Anzug spannte sich über seinem Körper wie eine Wurstpelle.

Plötzlich wurde Barnaby klar, dass seine neue Handynummer nicht von Astrud weitergegeben worden war – sie war von einem der Geheimdienstlakaien des allwissenden Großen Bruders namens Washington gehackt worden. Sie konnten alles über jeden Amerikaner herausfinden, den sie ins Visier nahmen. Es machte ihn wütend, wieder auf ihrem Radar zu sein.

Barnaby schloss die Tür auf und öffnete sie. Ira Dusenberry nahm den ganzen eindrucksvollen Anblick seiner Nacktheit auf und wandte sofort die Augen ab.

»Ich muss Sie wohl nicht fragen, wie Sie diesen Ort gefunden haben«, sagte Barnaby verbittert. »Bei Ihrem schrankenlosen inneramerikanischen Spionagenetzwerk kennen Sie ja heutzutage all unsere Geheimnisse, die harmlosen wie die finsteren.«

»Alle nicht«, widersprach Dusenberry, »und leicht war es auch nicht. Wir mussten außerordentliche Maßnahmen ergreifen.«

Er konnte sich immer noch nicht dazu bringen, Barnaby anzusehen.

»Ist das wirklich nötig?«, wollte er schließlich wissen und trat an ihm vorbei ins Loft. Barnaby machte die Tür zu.

»Nur, wenn es ein verlogenes Zerrbild eines Staatsdieners wie Sie irritiert«, antwortete Barnaby.

»Ich bin nicht verlogen!«, verwahrte sich Dusenberry empört.

»Ach ja …? Letztes Jahr haben wir die größte archäologische Entdeckung gemacht, seit Howard Carter in Tutenchamuns Grab im Tal der Könige hineingestolpert ist«, sagte Barnaby. »Wir haben bewiesen, dass Leif Eriksson diese Küsten fünfhundert Jahre vor Kolumbus erreicht hat, und Sie haben beschlossen, dieses Wissen im Namen der nationalen Sicherheit geheim zu halten.«

»Es *war* eine Frage der nationalen Sicherheit!«, erwiderte Dusenberry, der sich immer noch weigerte, ihn anzublicken.

Barnaby ging zu dem kunstvoll geschnitzten Eichenkleiderständer an der stählernen Eingangstür, griff sich den marokkanischen *Jelaba* von seiner Saharaexpedition und wickelte ihn um sich.

»Nationale Sicherheit im Sinne der italoamerikanischen Stimmen bei der letzten Wahl«, meinte Barnaby.

Dusenberry gab keine Antwort.

»Jetzt, da der Präsident die Wiederwahl gewonnen hat, dürfte es doch keine Bedenken mehr geben, die Entdeckung bekanntzugeben.«

»Das könnte vielleicht arrangiert werden«, sagte Dusenberry mit einem knappen Lächeln, »sofern Sie uns bei einer weit wichtigeren Angelegenheit behilflich sind.«

Er warf einen Blick auf die ausgedehnte Fläche des Raums.

»Sind wir allein?«, fragte er.

»Das müssten Sie doch wissen!«, antwortete Barnaby und begab sich wieder in den Wohnbereich.

Astrud tauchte auf dem Schlafboden auf und kam herunter. Sie war vollständig angezogen – Red-Sox-Trikot, kurze Hose und Turnschuhe – und sah noch jünger aus als ihre einunddreißig.

»Ich glaube, ich habe Sie im Fernsehen gesehen!«, sagte sie zu Dusenberry.

Seine Augen verrieten eine Spur von Befriedigung, weil sie seine wichtige Rolle im Weißen Haus erkannt hatte.

»Sie sind einer der Kandidaten bei dieser Reality-Fett-Show, stimmt's?«, fragte sie lächelnd. »Da, wo's drum geht, wie viel man abnehmen kann, ohne sich dabei umzubringen?«

Dusenberry wusste nicht, ob sie es ernst meinte. »Wenn Sie

jetzt gehen, junge Dame, werden Sie wahrscheinlich nicht als Bedrohung für die nationale Sicherheit der Vereinigten Staaten von Amerika angeklagt.«

»Ich wollte sowieso gerade gehen«, meinte sie.

Sie drehte sich um und sah zu Barnaby auf.

»Ich seh dich später«, sagte sie, nahm ihre Handtasche und schloss die Stahltür hinter sich.

»Zu all Ihren anderen Sünden«, sagte Barnaby, »haben Sie womöglich eine der großen Liebesbeziehungen dieses Jahrhunderts zerstört.«

»Ich brauche Ihre Hilfe«, erklärte Dusenberry. »Der Präsident braucht Ihre Hilfe.«

»Ich biete keine psychiatrische Beratung an«, antwortete Barnaby.

Dusenberry ignorierte die Spitze und fuhr fort: »Hören Sie, das hier tut mir leid. Ich wollte Sie eigentlich im Fenway Park treffen, aber Sie wurden rausgeworfen, bevor ich zu Ihnen kommen konnte.«

Barnaby hatte die braunen Senfflecken auf seinem Hemd und seiner Krawatte schon bemerkt.

»Wie viele Monster Dogs haben Sie gegessen?«, fragte er.

Dusenberrys Gesicht verriet die Richtigkeit seiner Vermutung. Tatsächlich hatte er drei von den Fünfundvierzig-Zentimeter-Würsten mit Sauerkraut und Senf gegessen, wie er zugab, und sie dann mit eiskaltem Lager vom Fass heruntergespült. Völlerei sei seine einzige Sünde, versicherte er Barnaby.

»Können wir uns jetzt setzen?«, fragte er und drehte sich von Barnaby weg, um seine Hose zu lockern, während er den nächsten Klubsessel in der Bibliothek neben der offenen Küche ansteuerte.

Barnaby ließ sich auf die Ledercouch ihm gegenüber sinken.

»Haben Sie schon einmal vom Pekingmenschen gehört?«

»Er war einmal der wertvollste Mensch auf Erden«, antwortete Barnaby.

»War?«, fragte Dusenberry.

»Er verschwand.«

»Genau. Sie wissen also schon von ihm.«

»Jeder Archäologe weiß von ihm«, sagte Barnaby. »Sein Verschwinden war vermutlich die größte Katastrophe in der Geschichte des Fossilberichts der menschlichen Evolution.«

»Wir müssen es finden … *ihn*«, erklärte Dusenberry. »Es ist eine Angelegenheit der höchsten nationalen Sicherheit.«

»Das ist es bei Ihnen immer«, meinte Barnaby.

»Er ist nicht einfach nur ein unschätzbares Fossil«, fuhr Dusenberry fort. »Haben Sie schon mal von Falun Gong gehört?«

»Es gibt auf dieser Welt wenige Dinge, von denen ich nicht gehört habe, aber das ist eins davon.«

»Falun Gong ist eine aktuelle chinesische Moralphilosophie in der Qigong-Tradition. Sie basiert auf Wahrhaftigkeit, Barmherzigkeit und Nachsicht.«

»Das haben die Tibeter auch schon probiert, und schauen Sie sich an, was es ihnen gebracht hat«, sagte Barnaby. »Viel Glück in China.«

»Eigentlich wurde Falun Gong von einem chinesischen Trompeter namens Li Hongzhi im Jahr 1992 gegründet, und die Religion ging ab wie eine Rakete. Seine Anhänger nennen ihn den lebenden Buddha. Er hält sich derzeit in Arizona auf.«

»Ein Trompeter!«, wiederholte Barnaby.

»Ja, von niedriger Herkunft, könnte man sagen, so wie der Zimmermann aus Galiläa«, sagte Dusenberry. »Selbstverständlich muss er jetzt hier leben, sonst würde er in einem chinesischen Gefängnis verrotten. Ihre Regierung will die Bewegung unbedingt mit der Wurzel ausreißen. Man hat jedes Mittel eingesetzt, um sie zu zerschlagen. Uns liegen Berichte über Tausende von Gräueltaten vor, darunter Folter, Mord und sogar Organentnahmen bei den Anhängern. Eine Million Anhänger wurden in Umerziehungslagern wie unter Mao während der Kulturrevolution untergebracht.«

»Wie fügt sich da der Pekingmensch ein?«

»Es gibt einen neuen Ableger der Bewegung, der sich wie ein Flächenbrand ausgebreitet hat. Er basiert auf dem Glauben seiner heiligen Männer, dass der Pekingmensch, das erste bekannte menschliche Wesen, das aufrecht ging und Werkzeuge benutzte, in Wahrheit der ursprüngliche Mensch war, die gesalbte Gottheit, die die Menschheit begründete.«

»Gott selbst«, sagte Barnaby.

»Genau«, bestätigte Dusenberry. »Und wie bei Falun Gong merzt die chinesische Regierung diese Sekte aus, wo immer sie Fuß fasst.«

Dusenberry zog ein knittriges Foto aus der Hemdtasche und reichte es Barnaby. Die Ränder waren feucht von Schweiß.

»Darf ich Sie mit dem chinesischen Oligarchen Zhou Shen Wui bekannt machen?«, fragte Dusenberry.

Ein huldvolles orientalisches Gesicht strahlte von der Fotografie zu Barnaby hoch, engelsgleich in seiner gesunden Rundheit. Bis auf einen Haarkranz war der Mann kahlköpfig; unter einer breiten Stirn lagen dicke Augenbrauen. Seine Augen waren groß und wissend über einem Mund, der gütig lächelte.

»Zhou wurde vom chinesischen Politbüro ausersehen, die Verbreitung dieses neuen Zweigs der Bewegung zu stoppen.

Über die Jahre hinweg ging eine beeindruckende Menge an Schikanen auf sein Konto, selbst für chinesische Maßstäbe«, sagte Dusenberry. »Wenn er sich nicht gerade in unsere streng geheimen militärischen Programme hackt oder geistiges Eigentum von amerikanischen Unternehmen stiehlt, fährt er in einem befestigten Zug mit einer Palastwache von zweihundert ausgebildeten Ninjakriegern durchs entlegene chinesische Hinterland. Ich rede von Folterknechten und Scharfrichtern. Wo immer sie feststellen, dass die Religion aufzublühen beginnt – und dabei handelt es sich meist ums dörfliche Hinterland –, gehen sie hin und löschen die Anhänger aus.«

»Es waren Japaner«, warf Barnaby ein.

»Wer?«

»Die Ninjakrieger oder *shinobi* gab es im feudalen Japan, nicht in China.«

Dusenberry ignorierte ihn. »Die chinesische Regierung sucht jetzt nach dem Pekingmenschen. Ihre schlimmste Befürchtung ist, dass es bei den unteren wirtschaftlichen Klassen zu unkontrollierbaren Glaubensübertritten kommen wird, wenn er gefunden und bei den chinesischen Massen als Gottheit eingeführt wird. Falls die Bewegung von diesen Massen angenommen wird, besonders von der ländlichen Kleinbauernklasse, bräuchte nur ein kleiner Prozentsatz davon zu rebellieren, und das chinesische Militär würde komplett überrannt werden. Ungeachtet der Größe ihrer Armee ist die Bauernbevölkerung ihr zahlenmäßig haushoch überlegen.«

»Und was glaubt Ihr Spitzenteam von Beratern?«

»Wir glauben, dass es gut wäre, den Pekingmenschen zu finden und ihn seinen Anhängern zu präsentieren.«

»Und dem regierenden Klüngel in China etwas zu geben,

worauf er außer unserer Vernichtung sein Augenmerk richten muss.«

»Genau«, sagte Dusenberry erneut. »Wir hatten einen Informanten in Zhous Umfeld. Sein bösartiger Sohn, Li, hat das Kommando über eine paramilitärische Gruppe, die speziell dafür vorgesehen ist, ihn zu finden.«

»Dieser Informant dürfte Ihnen doch geben, was Sie wissen müssen.«

»Er ist vor einem Monat von der Bildfläche verschwunden. Vermutlich ist er tot.«

»Und warum ich?«, wollte Barnaby wissen, während Dusenberry weiter seinen aufgeblähten Bauch massierte.

»Im Lauf der Jahre ist eine Reihe von Hinweisen bezüglich des Verschwindens des Pekingmenschen aufgetaucht«, erklärte Dusenberry. »Wir haben zwar vor drei Jahren einen ressortübergreifenden Washingtoner Arbeitsstab gebildet, um ihnen nachzugehen, aber wie üblich können sie sich nicht einmal darauf verständigen, wie die Zusammenarbeit aussehen soll. Wir haben uns festgefahren.«

»Mein Fachgebiet ist altnordische Archäologie. Ich wüsste gar nicht, wo ich beginnen sollte.«

»Sie haben weitreichende Kontakte und gute Beziehungen zu den führenden Archäologen jedes Fachgebiets. Und Ihre Befähigung, ein altes Geheimnis zu lüften, haben Sie in der unseligen Walhalla-Geschichte auch unter Beweis gestellt.«

Ohne es zuzugeben, war Barnaby fasziniert. Er spürte, wie sich seine Nackenhaare aufstellten. Der Pekingmensch war der größte archäologische Fund der Geschichte, was die Evolution des Menschen betraf; daran konnte auch das derzeitige Blutvergießen in China nichts ändern.

»Ich möchte hinzufügen, dass der Präsident mich befugt hat

zu sagen, dass, wenn Sie in dieser Angelegenheit Erfolg haben, er bereit ist, die Sicherheitsauflagen bezüglich des Leif-Eriksson-Fundes aufzuheben.«

»Ich würde Unterstützung brauchen«, sagte Barnaby.

»Sie bekommen alles, was Sie wollen«, antwortete Dusenberry. »Der ganze Arbeitsstab steht Ihnen zur Verfügung.«

»Es klang vorhin nicht so, als wäre das eine große Hilfe.«

»Ein bisschen Menschenführung würde viel dazu beitragen«, gurrte Dusenberry. »Was ist mit Dr. Vaughan und General Macaulay? Als ich sie das letzte Mal mit Ihnen zusammen gesehen habe, schienen sie wie siamesische Zwillinge zusammenzuhängen. Sie könnten erneut ausgesprochen hilfreich sein.«

»Sie sind nicht mehr zusammen«, antwortete Barnaby. »Überlassen Sie sie mir.«

»Dann haben wir eine Abmachung!«, sagte Dusenberry und hob den Deckel der Terrine mit dem nordischen Weinschmorgericht an, die noch auf der Granitarbeitsplatte stand. »Das riecht köstlich! Haben Sie was dagegen, wenn ich mich bediene?«

Drei

7. Mai
Kehlsteinhaus oder Adlerhorst
Obersalzberg, Deutschland

»Es ist nicht hier«, sagte Jürgen Ritter und kniff die Augen zusammen, um sie vor dem gleißenden Licht zu schützen, das die spätnachmittägliche Sonne durch die großen Spiegelglaspanoramafenster des Konferenzraums des Führers warf. Während der letzten Stunden waren weitere dreißig Zentimeter Schnee gefallen, und das grelle Licht, das vom Gipfel des Sonntagshorns reflektiert wurde, zwang Jürgen, den Blick von den Fenstern abzuwenden.

»Auf welcher Grundlage behaupten Sie das?«, fragte der schwedische Archäologe Sven Nordgren, während er auf seinem iPad mini tippte, um seine neuesten SMS abzurufen.

»Ich würde es im Innern spüren, wenn es hier wäre«, sagte Jürgen, der deutsche Fachmann des Teams für Pulsinduktionsmetalldetektion.

»Wie überaus wissenschaftlich!«, meinte Nordgren mit spöttischem Grinsen.

Obwohl es Vorfrühling war, wehte der raue Nachmittagswind am Kehlstein in Böen von sechzig Stundenkilometern, und das schrille Heulen hallte in den spärlich beleuchteten Gängen wider wie gepeinigtes Stöhnen.

Nordgren hatte in dem Kamin, der eine Wand des Konferenzraums beherrschte, ein prasselndes Feuer gemacht. Er wurde immer noch von den roten Marmor- und Bronzeplatten eingefasst, die ein Geschenk von Mussolini an Hitler gewesen waren. Die Flammen erwärmten den Raum kaum.

»Ich spüre solche Dinge immer in mir«, behauptete Jürgen beharrlich in seinem gebrochenen Englisch. »Aber solches Fingerspitzengefühl scheint Ihnen wohl abzugehen.«

Die Leiterin der Expedition, Dr. Alexandra »Lexy« Vaughan, schaltete sich ein, um einen Streit zwischen zwei wichtigen Mitgliedern ihres Sechs-Personen-Teams abzuwenden.

»Gehen wir noch einmal die Tunneldaten durch!«, sagte Lexy und warf einen Blick hinab auf das schneebedeckte Tal von Berchtesgaden, ehe sie zum Kamin ging, um sich zu wärmen.

Roy Boulting, der in Oxford ausgebildete Archäologe, der sich auf altnordische Handschriften aus der Zeit vor dem Flateyjarbók spezialisiert hatte, brachte die quadratischen, ein Meter fünfzig messenden Architekturpläne der Baufirma herüber, die die Errichtung des Adlerhorsts 1937 geleitet hatte. Er entrollte den Konstruktionsplan für das Tunnelsystem, das in den Granitberg gebohrt worden war, und breitete ihn auf dem Ende des Konferenztischs aus.

Der erste Tunnel führte von der Straße am Fuß des Berges zu dem kunstvollen Aufzug, der den Führer und seine Gäste zum Gipfel getragen hatte. Bei einer Länge von einhundertvierundzwanzig Metern war der Tunnel groß genug, um einem Menschen für den langen Weg zum Aufzug aufrecht Platz zu bieten.

»Ich habe jeden Zentimeter des Tunnels abgesucht«, sagte Jürgen, »und es gibt weder eine Luftblase noch irgendetwas Metallisches.«

»Vielleicht spürt Ihr pulsierender Detektor es nicht im Innern«, sagte Nordgren.

»Sie sind ein Dämlack!«, war Jürgens Antwort.

Die nächsten drei Stunden über studierten sie erneut die detaillierten Baupläne, wobei sie besonderes Augenmerk auf die Bereiche des Tunnels richteten, in denen elektrische Verdrahtung, Lüftungsrohre oder Abluftfilter untergebracht waren, um sie dann mit Jürgens Ablesungen von seinem PI-Detektor zu vergleichen. Das Team arbeitete fast bis Mitternacht und nahm sich zwischendurch nur eine Stunde Zeit, um ein kaltes Abendessen zu sich zu nehmen, ehe Lexy entschied, dass es Zeit für die Nachtruhe war.

Seit drei Tagen suchten sie nach einem Kalbslederpergament aus dem vierzehnten Jahrhundert, das zusammen mit Dutzenden anderer seltener altnordischer Artefakte aus dem Nationalmuseum in Trondheim gestohlen worden war, nachdem die Deutschen 1940 in Norwegen einmarschiert waren. Viele in der Nazihierarchie hatten alles Nordische bewundert und betrachteten die alte Rasse mit ehrfürchtiger Scheu.

Das Pergament enthielt Berichte aus erster Hand über zwei nordische Expeditionen durch Kanada in den Jahren 1362 und 1374. Lexy war davon überzeugt, dass die Berichte endlich ihre These beweisen würden, dass die Nordmänner schon Siedlungen in Minnesota gegründet hatten, bevor mehr als hundert Jahre später Kolumbus Hispaniola erblickte.

Auch wenn sie es ihrem Expeditionsteam gegenüber niemals zugegeben hätte, eigentlich pflichtete sie Jürgen bei: Es konnte durchaus nützlich sein, bei der Entdeckung neuer archäologischer Funde seinen Instinkten zu folgen. Sie selbst hatte ihren Instinkt bei zahlreichen Gelegenheiten eingesetzt, unter anderem auch bei der Entdeckung von Leif Erikssons Begräbnisstätte vor der Küste Maines.

Anders als bei Jürgen sagte ihr eigenes inneres Licht ihr,

dass das alte nordische Manuskript tatsächlich ganz nah war, vergraben mit anderen archäologischen Schätzen tief in Hitlers Adlerhorst.

Die Zeit, dies zu beweisen, wurde allmählich knapp. Sechs Monate zuvor hatte die gemeinnützige Stiftung, die den Adlerhorst als Ausflugsstätte betrieb, ihre Bitte überdacht, nach dem verloren gegangenen historischen Fund zu suchen, die Anhaltspunkte, mit denen sie ihr Ersuchen unterstützte, überprüft und ihr die Erlaubnis erteilt, die Suche während desselben Vier-Tage-Fensters durchzuführen, in dem bereits andere Reparatur- und Instandhaltungsarbeiten eingeplant waren.

Es war eine lange, umständliche Reise gewesen, die sie zum windumtosten Kehlsteinhaus geführt hatte. Die ersten Hinweise auf den möglichen Ruheplatz der nordischen Schätze hatte sie in den aus der Nachkriegszeit stammenden Prozessakten eines deutschen Gestapo-Offiziers gefunden, der die Polizeieinheit kommandiert hatte, die sie in Trondheim gestohlen hatte. Als er nach dem Krieg wegen der Ermordung von einhundert französischen Geiseln im Jahr 1944 zum Tode verurteilt wurde, versuchte er, sein Leben zu retten, indem er einen Brief an den erstinstanzlichen Richter schrieb, in welchem er anbot, Einzelheiten zur Lage bedeutender Kunstschätze zu liefern, die in der »Bayerischen Schanze« versteckt worden waren, dem Geburtsort des Nazismus und dem Ort, von dem alliierte Kriegsbefehlshaber glaubten, Hitler würde dort zum letzten Gefecht antreten. Er wurde gehängt, ohne die Information preiszugeben.

Lexys Suche hatte sie schließlich zu einem Kriegstagebuch geführt, das sie in den Archiven der Schutzstaffel (SS) fand, die von der Armee der Vereinigten Staaten 1945 erobert worden waren. Ihres Wissens war das Tagebuch nie von den Nationalarchiven in College Park, Maryland, katalogisiert worden, und auch sonst hatte es niemand je gesehen oder begutachtet.

Das Tagebuch war von einem Offizier der Waffen-SS namens Kurt von Seitzler geführt worden. Ende 1944 hatte er das Sicherheitswachbataillon auf dem Berghof kommandiert, Adolph Hitlers bayerischer Sommerresidenz in Berchtesgaden. Eine Reihe von Einträgen im Tagebuch hatte sie hierhergeführt.

»Uns bleibt nur noch morgen, um unsere Antwort zu finden, falls es eine gibt«, sagte Lexy zu den anderen, als sie aufhörten, um in ihre Zimmer zu gehen. »Treffen wir uns morgen früh als Erstes wieder hier!«

»Darf ich Ihnen Gesellschaft leisten?«, flüsterte Jürgen, als sie ihre Abschrift des Von-Seitzler-Tagebuchs zur Hand nahm und zu ihrer Pritsche im Eva-Braun-Zimmer zurückging.

»Ich muss das hier analysieren«, sagte sie und ging an ihm vorbei. »Und ich muss Sie bitten, Ihre Detektorablesungen noch einmal zu überprüfen, bevor wir uns am Morgen treffen.«

Als sie merkte, dass er ihr folgte, drehte sie sich um und sah ihm ins Gesicht.

»Ich bete Sie an, Alexandra!«, flüsterte er. »Ich träume von Ihnen. Sie sind so schön!«

Jürgen glich einem jungen Maximilian Schell, auffallend gutaussehend und sich dessen sehr wohl bewusst. In ihren Jahren im praktischen Einsatz hatte Lexy gelernt, sich unerwünschter Avancen anderer Archäologen, die sich mit ihr das Zelt teilten, zu erwehren. Damit hatte sie schon zu tun gehabt, seit sie fünfzehn war und sich von einem spindeldürren Wildfang mit kurz geschnittenen Haaren in ein Geschöpf verwandelt hatte, das die Jungs in der Schule dazu brachte, in den Gängen stehen zu bleiben und sie mit offenem Mund anzustarren, wenn sie vorüberging.

Die einzigen zwei Worte unter ihrem Foto im Jahrbuch ihres Abschlussjahrgangs lauteten DIE ZEHN. Eine ihrer Freundinnen musste ihr erklären, was sie bedeuteten. In Harvard floss all ihre Energie in ihre Seminararbeiten und Exkursionen.

Ernsthafte Liebesbeziehungen hatte es in ihrem Leben nur zwei gegeben. Die erste hatte böse geendet, als der Mann, den sie zu lieben glaubte, ihre Doktorarbeit stahl. Die zweite war in einer traumatischen und gefährlichen Reihe von Ereignissen geschmiedet worden, an denen sie beide beteiligt gewesen waren. Am Ende hatte sie sich in ihn verliebt, aber sogar diese Beziehung hatte ihrer Hingabe an ihre Arbeit das Feld überlassen. Sie war sich immer noch nicht sicher, ob sie es gut bewältigt hatte – es gab Zeiten, in denen sie ihn schrecklich vermisste.

Seit das Team im Adlerhorst zusammengekommen war, war Jürgen ihr hinterhergelaufen wie ein verknallter Teenager und hatte auf die wenigen Gelegenheiten gewartet, allein mit ihr zu sein und ihr seine unsterbliche Liebe zu beteuern. Wenn er nicht der beste Interpret für Metalldetektion und Seitensichtradar in Europa gewesen wäre, hätte Lexy ihn nach dem zweiten oder dritten Annäherungsversuch gefeuert.

»Ich bete Sie an!«, wiederholte er.

»Ich habe keine Zeit hierfür!«, sagte sie und hastete an ihm vorbei.

Wieder auf ihrem Zimmer und in ihren Schlafsack eingegraben, ging Lexy die Tagebucheinträge noch ein letztes Mal durch. Dann machte sie das Licht aus und schlief ein, während der heulende Wind draußen eine Flut surrealistischer Bilder in ihr Gehirn trug.

In ihren gequälten Träumen sah sie die Braun-Schwestern, Eva und Gretl, jung und lebendig, wie sie es vor dem Krieg waren, anscheinend unbekümmert und glücklich; sie tollten in diesen Räumen umher, blind gegenüber dem Bösen, das von dem Monster, welches Hitler war, begangen wurde.

Vor Morgengrauen war Lexy wieder auf den Beinen und saß schon am Konferenztisch, als die anderen mit Kaffee und Strudel eintrudelten. Wieder gelang es einem prasselnden Feuer kaum, die klirrende Kälte abzuwehren.

»Wir wissen, dass, von Seitzlers Tagebuch zufolge, am 6. Oktober 1944 ein Pionierregiment in Berchtesgaden eintraf«, ergriff Lexy, deren Atem in der Luft kondensierte, das Wort. »Es begann sofort damit, Bohrausrüstung die Kehlsteinstraße hoch zum Adlerhorst zu transportieren.«

»Was ist, wenn sie gekommen sind, um die Tunnel gegen Bombenangriffe zu verstärken?«, wandte Jürgen ein. »Wir wissen, dass Hitler den Adlerhorst gehasst hat. Wieso sollte er hier die Schatzkammer anlegen?«

Lexy ignorierte seinen flehenden Blick.

»Von Seitzler hat mit eigenen Augen gesehen, wie das Pionierregiment mehrere Tonnen zerkleinertes Grundgestein aus dem Innern des Tunnels entfernt und zu den wartenden Lastwagen geschafft hat«, sagte sie. »Ich weiß aus seinen stenografischen Ausführungen, dass er glaubte, sie würden einen Platz schaffen, um etwas zu verwahren. Und nein, es war wahrscheinlich keine Entscheidung, die von Hitler getroffen wurde. Martin Bormann überwachte den Bau des Adlerhorsts. Vermutlich befahl er die Errichtung dieses Schlupfwinkels, als der Krieg sich dem Ende näherte.«

»Und in einem Eintrag bezieht sich von Seitzler auf eine Palette mit Metallkisten, die er neben dem Tunneleingang bemerkt hatte«, fügte Roy Boulting hinzu.

»Die könnten Essensrationen enthalten haben!«, beharrte Jürgen auf seinem Standpunkt.

Lexy betrachtete den ausgebreiteten Architekturplan und zeigte auf den einhundertvierundzwanzig Meter langen senkrechten Aufzugsschacht, der am Ende des ersten Tunnels zum Adlerhorst führte, der auf dem Bergsporn thronte. »Es ist denkbar, dass sie das Versteck im Aufzugsschacht angelegt haben und nicht in dem Tunnel, der zu ihm führt.«

»Noch so eine sinnlose Suche!«, protestierte Jürgen. »Kehren wir lieber nach Salzburg zurück!«

»Eine Prüfung ist es wert«, entschied Lexy, stand vom Konferenztisch auf und führte das Team durch den Eva-Braun-Raum zum Aufzugsgang.

An Fahrkorb und Machinerie war nichts mehr geändert worden, seit Hitler ihn benutzt hatte. Sämtliche Einrichtungen waren intakt, einschließlich der goldglänzenden Messingplatten und der venezianischen Spiegel, die an den Wänden über den grünen Ledersitzen angebracht waren.

»Hitler war klaustrophob«, sagte Lexy. »Angeblich gaben die Spiegel ihm die Illusion von mehr Platz.«

»Wie wollen wir Zugang zum Schacht bekommen?«, wollte Jürgen wissen. »Die Stahlwände des Fahrstuhlkorbs werden meine Signale beeinträchtigen.«

»Ich stimme Jürgen nur ungern zu«, sagte Nordgren, »aber es wäre unmöglich gewesen, vom Aufzug aus in die Granitwände zu bohren, ohne eine riesige Sauerei anzurichten. Sehen Sie sich die Aufzugskabine an – sie ist original und in makellosem Zustand.«

»In einer der Bauakten habe ich etwas von einem Lastenaufzug gelesen«, sagte Lexy. »Von dem aus hätten sie in die Granitwand bohren können.«

»Sie haben recht!«, sagte Roy Boulting mit wachsender Erregung in der Stimme. »Ich habe gestern Abend gelesen, dass unter dem Aufzug des Führers ursprünglich ein offenwandiger Lastenaufzug angehängt war. Er wurde einige Zeit nach dem Krieg entfernt.«

»Können wir eine Plattform an der ursprünglichen Aufhängung montieren?«, fragte Lexy Tom Luciani, den Logistikspezialisten der Expedition.

»Dürfte kein Problem sein«, meinte der.

Zwei Stunden später war ein Unterbau aus schweren Eichenbohlen auf die erforderlichen Abmessungen zurechtgeschnitten und an die ursprüngliche Aufhängung des Lastenaufzugs geschraubt. Jürgens Pulsinduktionsdetektor war so angebracht worden, dass er uneingeschränkten Zugriff auf die massiven Granitwände im Schacht hatte. Das Gerät wog keine zehn Pfund und nahm sehr wenig Raum ein, trotzdem war kaum noch Platz für ihn und Lexy.

Tom Luciani hatte den U-Boot-Motor, der den Aufzug antrieb, mit einem Drehzahlregler ausgerüstet; das ermöglichte einen ruckfreien, kontrollierten Abstieg mit weniger als anderthalb Metern pro Sekunde. Sie hatten vor, vier Fahrten zu machen, zwei Abstiege und zwei Aufstiege, wobei Jürgen sich mit seinem Detektor jedes Mal auf eine andere Wand konzentrieren sollte. Lexy gab Luciani über ihnen das Startsignal, und die Plattform begann, sich langsam nach unten zu senken.

Jürgen hatte zu viel damit zu tun, die Ansprechschwelle des Messgeräts zu justieren, um ihr unerwünschte Aufmerksamkeit zu schenken. Während des ersten Abstiegs spiegelten die

LED-Anzeigen keine Veränderung im Mineralbestand wider, was bedeutete, dass der Bereich hinter der Wand auf einer Strecke von mindestens dreißig Metern aus massivem Granit bestand. Der Detektor war mit einem externen Lautsprecher ausgestattet, sodass sie beide jede Veränderung in der Signallautstärke hören würden.

»Keine Änderung in der Signalstärke«, sagte Jürgen frustriert.

Als sie ohne einen positiven Messwert den Grund des Schachts erreichten, stellte er das Gerät für die Abtastung der zweiten Wand ein.

»Beginnen Sie mit dem Aufstieg!«, rief Lexy Luciani zu.

Ungefähr zwei Minuten später waren sie wieder am oberen Ende des Schachts angekommen, ohne dass der Detektor einen Impulsalarm gegeben hatte.

»Ich habe es Ihnen ja gesagt«, meinte Jürgen, als er das Gerät auf die dritte Wand ausrichtete.

Sie waren auf halbem Wege zum Boden, als der Detektor ein Pingen wie das Besetztzeichen eines Telefons von sich zu geben begann, bevor er ein paar Sekunden später allmählich wieder verstummte.

»Anhalten und dann langsam wieder hochfahren!«, rief Lexy Luciani zu.

Sie waren etwa drei Meter wieder aufgestiegen, da begann der Detektor erneut zu pingen. Als die akustische Anzeige die höchste Intensität erreichte, hielt Luciani den Aufzug an. Lexy ging dicht an die Wand heran und fing an, sie genau zu untersuchen. Fast sofort sah sie schwache Streifen auf der Felsoberfläche; es schienen gerade Linien zu sein.

»Wir haben etwas gefunden!«, rief sie dem Rest des Teams zu, das im Aufzug wartete.

Sie nahm das Case-Taschenmesser mit dem Knochengriff aus ihrem Overall, öffnete es und drückte es in einen der gefurchten Ränder: Es sank zwei Zentimeter tief ein. Als sie es nach einer Seite drehte, bröckelten ein paar pulverartige Späne vom Stein ab. Sie fing ein paar davon mit der Hand auf.

»Beton!«, sagte sie grinsend zu Jürgen.

Mit einem Filzstift umriss sie den Umfang der Streifen und kehrte anschließend mit dem Team in den Adlerhorst zurück. Tom Luciani stellte ein paar einfache Grabwerkzeuge zusammen, und bald waren sie wieder auf dem Weg nach unten, diesmal mit Luciani und Roy Boulting an Jürgens Stelle auf der Bohlenplattform.

Zwei harte Schläge mit einer kleinen Spitzhacke ließen einen kleinen Bereich des Betons einbrechen; Lexy sah, dass er an dieser Stelle ungefähr zehn Zentimeter dick war. Die Feuchtigkeit hatte ihn aufgeweicht, sodass Luciani die Öffnung mit einer Eisenstange auf ein Loch von etwa einem Meter Durchmesser ausweiten konnte. Hinter der Öffnung war nur Schwärze.

»Ich gehe rein!«, sagte Lexy, schaltete eine Hochleistungstaschenlampe an und brachte sich für den Einstieg in Stellung.

Als sie ins Innere kroch, richtete sie die Taschenlampe nach oben, um sich zu vergewissern, dass genug Platz zum Stehen war, und ließ dann den Lichtstrahl durch das geheime Lager wandern. Es schien in etwa die Größe eines Eisenbahnwaggons zu haben. Es erinnerte sie an den Keller ihrer Großmutter, voller Unordnung, chaotisch und nach Moder und Schimmel riechend.

Ein Grund dafür befand sich nur ein paar Schritt entfernt. Was zuerst eine kleine Herde wolliger Tiere zu sein schien, die tot auf dem Boden lagen, stellte sich als ein Haufen Pelzmäntel heraus, die anscheinend in letzter Minute, bevor das Versteck versiegelt worden war, hineingeworfen worden waren.

Hinter den Pelzen lagen Stapel ungerahmter Leinwände auf Kisten, die die Aufschrift »medizinisches Bedarfsmaterial« trugen. Sie drehte eine der Leinwände um und hielt sie ins Licht. Es war ein Ölgemälde, Mutter und Kind, die in einem sonnendurchfluteten Garten standen. Behutsam kratzte sie die leichte Staubpatina in der unteren Ecke ab und legte die Signatur des Malers frei: A. Renoir.

Langsam bahnte sie sich den Weg durch einen knapp zwei Meter hohen Korridor aus hastig gestapelten Holzkisten mit der Aufschrift DEUTSCHE BANK. Eine davon war aufgeplatzt und enthüllte etwas, was wie ein Goldbarren aussah.

Sie konnte noch nicht sagen, ob die altnordischen Dokumente, die aus dem Museum in Trondheim gestohlen worden waren, ein Teil des Schatzes waren, der in aller Eile in dem Hohlraum im Fels versteckt worden war, aber sie war zuversichtlich, dass es so war.

Trotzdem war sie außerstande, sich eines Gefühls des Scheiterns zu erwehren, einer Enttäuschung, die sie sich anfangs nicht erklären konnte. Es war das Gefühl, einen Ort der Raubkunst freigelegt zu haben, etwas moralisch Verderbtes enthüllt zu haben, eine Erinnerung an das Böse, das der Nazismus darstellte, und vielleicht etwas, was besser verborgen geblieben wäre.

Sie kroch durch das Loch zurück und nahm ihren Platz auf der Plattform wieder ein.

»Sobald wir wieder oben sind, rufen Sie bitte Dieter im deutschen Innenministerium an!«, sagte sie. »Da drin ist eine wahre Räuberhöhle.«

Erschöpft begab sie sich wieder in den Eva-Braun-Raum.

Sie schloss die Tür und fing an, die verschmutzten Kleider auszuziehen; sie brauchte dringend ein langes, heißes Bad und ein volles Glas Calvados.

»Alexandra!«, kam plötzlich Jürgens Stimme aus dem Schatten neben dem Schrank.

Er tauchte hinter ihr auf, und seine Hände begrapschten ihre Brüste, als er sie vorwärtsdrängte und seine Stärke einsetzte, um sie über die Kante von Eva Brauns Frisierkommode zu drücken.

»Runter von mir!«, herrschte sie ihn an.

Er reckte den Hals, um sie zu küssen, und in seinen Augen lag ein wirrer Blick.

Sie hob das rechte Bein an und stampfte ihm mit dem Stiefelabsatz auf den Fußrücken. Er stieß einen Schmerzensschrei aus und ließ sie los.

»Du Schlampe!«, zischte er auf Deutsch.

»Ja, sie ist eine Schlampe«, ertönte eine tiefe, nachhallende Stimme hinter ihnen. *»Und du bist gefeuert.«*

Als Lexy sich umdrehte, sah sie die mächtige Gestalt, die den Türrahmen ausfüllte. Er lächelte sie auf väterliche Weise an.

»Barnaby!«, sagte sie.

Vier

11. Mai
Dorf Qiao Jia Bao
Sichuan-Becken, China

Yu Wei beobachtete vom Küchenfenster ihres Häuschens aus, wie eine einsame Wildente zweimal über dem See kreiste und dann langsam zu dem seichten, stinkenden Wasser am Uferrand hinabstieg. Sobald er gelandet war, bemühte sich der Vogel, sich das verschmutzte Wasser aus dem Gefieder zu entfernen, bevor er versuchte, das grasbewachsene Seeufer hinaufzuklettern. Da sah sie, dass er nicht auf beiden Beinen stehen konnte und in Not war.

Sie ging langsam auf ihn zu und sah sofort, dass eins seiner Beine entweder gebrochen oder schlimm verstaucht war. Sie kniete sich neben ihn und begann, die erste Strophe des buddhistischen Gesangs zu singen, den ihre Mutter ihr als kleines Mädchen beigebracht hatte. Irgendwie schien es die Angst und Aufregung des Vogels zu lindern. Als er völlig entspannt war, hob sie ihn hoch und trug ihn zu ihrem Häuschen zurück.

Nachdem sie eine Schiene hergestellt hatte, indem sie zwei kleine Stiele von einem weichen Holzbock abschabte, richtete sie das Bein vorsichtig und fixierte die Stiele mit Seidenfäden. Danach vertraute sie den Vogel Me Lei an, der zehnjährigen Tochter ihres nächsten Nachbarn, und zeigte dem Mädchen, wo die Wildente ihr gebrochenes Bein in der kleinen Quelle hinter ihrem Häuschen ausruhen konnte.

Wei kehrte an die Arbeit zurück, mit der sie befasst gewesen war: die Süßkartoffeln säubern, die sie früher an diesem Tag auf der Anbaufläche geerntet hatte, die sich alle Bauern im Dorf teilten. Ihre Bataten hätten inzwischen prall und reif sein sollen, doch stattdessen waren sie verkümmert und weich. Die faserige Schale löste sich ab, als sie versuchte, sie in dem Emaillebottich abzuspülen.

Den Rest des Nachmittags brachte Wei damit zu, die Botschaft für den Abendgottesdienst, den sie an diesem Abend in der Versammlungshalle des Dorfes leiten würde, auf Karteikarten vorzubereiten. Als sie daran dachte, wie die Wildente vor dem fauligen Zustand des Sees zurückgeschreckt war, erinnerte Wei sich an ihre frühen Kindheitsjahre, als das Wasser noch rein und ein willkommener Rastplatz für durchziehende Enten, Gänse und andere Wasservögel gewesen war. Still gelobte sie, dass sie dabei helfen würde, diese Tage wiederzubringen.

Wei hatte das Dorf im Alter von sieben Jahren verlassen, um sich an der klassischen chinesischen Tanzakademie in Chengdu einzuschreiben. Sie war ein Ausnahmetalent gewesen und war mit fünfzehn Vortänzerin geworden. Zwanzig Jahre später, mit fünfunddreißig, war sie wie die anderen Tänzerinnen in ihrem Alter gezwungen gewesen, zurückzutreten und jüngeren Künstlerinnen Platz zu machen.

Wei beschloss, nach Hause in ihr kleines Bauerndorf in Sichuan zurückzukehren. Ihre Eltern waren inzwischen gestorben und ihre Asche auf dem See verstreut worden, den sie einst geliebt hatten. Sie zog wieder in das schilfgedeckte Häuschen, in dem sie geboren worden war, und machte sich daran, den Familienanteil am gemeinschaftlichen Ackerland zu bewirtschaften.

Mit siebenundvierzig hatte sie sich immer noch ihre stolze

und geschmeidige Tänzerinnenfigur bewahrt. Ihre Haut war straff und makellos, ihre großen braunen Augen ein atemberaubender Kontrast zu ihrem glänzenden Elfenbeinteint. Ihr einziges Zugeständnis an die Eitelkeit bestand darin, ihr Gesicht mit einem breitkrempigen Hut zu schützen, wenn sie auf dem Feld arbeitete.

Anders als Wei wurden viele Dorfbewohner in letzter Zeit von einer Reihe schwerer Gesundheitsprobleme geplagt. Der Barfußarzt des Dorfes hatte Wei gesagt, dass einige der Beschwerden, darunter eine alarmierende Zahl von Knochenkrebsfällen, wahrscheinlich auf die Tatsache zurückzuführen waren, dass viele Dörfler das Trinkwasser aus dem See bezogen.

Wei glaubte zu wissen, was los war. Fünf Jahre zuvor hatte die Dong-Hao-Chemiegesellschaft begonnen, Ackerland in der Gegend um den See nördlich des Dorfs zu kaufen. Diejenigen Bauern, die sich weigerten, das Kaufangebot der Gesellschaft zu akzeptieren, wurden vom regionalen Amtsgericht enteignet.

Ein paar Monate, nachdem sie wieder ins Dorf gezogen war, war Wei die drei Kilometer im Norden am Seeufer entlang zum Fabrikgelände gegangen. Als sie sich dem Maschendrahtzaun näherte, der es umgab, trieb ihr die giftige Luft die Tränen in die Augen und brachte ihre Nase zum Laufen. In der Ferne konnte sie einen Mann mit einem Mundschutz in einem Bulldozer sehen, der Material von der Fabrik zu einer sechs Meter hohen Abfallhalde in der Nähe bewegte.

Als sie das Gelände in Augenschein nahm, konnte sie erkennen, dass jeder Regenfall Material von der Abfallhalde in den See spülen musste. Die Bäume unten waren braun, und ihre Rinde sah aus, als wäre sie verbrannt worden.

Wei kehrte nach Hause zurück, mit dem festen Vorhaben, die Fabrik zu veranlassen, den Betrieb einzustellen. Beinahe jeder im Dorf konnte wenigstens einen kleinen Betrag zu ihrem Bemühen beisteuern. Als sie glaubte, genug zu haben, reiste Wei nach Meishan und beauftragte einen jungen Anwalt, sie zu vertreten.

Der Anwalt fand schnell heraus, dass die Fabrik Chlorat herstellte, das in Bleich- und Desinfektionsmitteln benutzt wurde. Unter den Abfallprodukten befand sich auch Chrom(VI), das bekanntermaßen Atembeschwerden und Krebs verursachte. Wei beauftragte den Anwalt, Klage gegen das Chemieunternehmen zu erheben und vorzubringen, dass es das Land und Wasser im Umkreis verseuchte.

Bevor die Sache jedoch vor dem regionalen Amtsgericht verhandelt werden konnte, verschwand der Anwalt plötzlich, und kein anderer Anwalt in Meishan wollte den Fall übernehmen. Wei ließ sich nicht beirren. Inzwischen hatte sie sich eine innere Stärke zugelegt, die ihr half, jedwede Prüfung durchzustehen. Alles lief auf ein schlichtes Wort hinaus: Glaube.

Der heilige Mann hatte eines Abends vor ihrer Tür gestanden, mitten in einem heftigen Regen.

»Ich suche Schutz, Shou Yu«, hatte er gesagt, als sie ihm die Tür geöffnet hatte.

»Woher kennen Sie meinen richtigen Namen?«, fragte sie. »Mein Künstlername lautet Wei.«

»Ich weiß alles über dich, Kleines Juwel«, erwiderte er. »Ich bin weit gereist, um an diesen Ort zu kommen.«

Dem Auftreten und der Kleidung nach schien er nichts weiter als ein gewöhnlicher Bettler zu sein, runzelig vom Alter und bekleidet mit einem schlichten, an der Taille von einem Band aus Schafwolle zusammengehaltenen Wollgewand und schwarzen Baumwolllatschen. Sein lächelndes Gesicht erinnerte sie an einen alten Affen. Bewegt von seiner misslichen Lage lud sie ihn ein, über Nacht zu bleiben, und machte es ihm vor dem Feuer auf ihrer Ersatzpritsche bequem. Am Morgen fragte sie ihn, ob er in letzter Zeit etwas gegessen hätte, und er antwortete: »Seit ein paar Tagen nicht.«

Er aß wie ein ausgehungerter Vogel, nahm vier pochierte Eier mit gedämpftem Maisbrot und Erdnussmilch zu sich. Einen Monat lang blieb der heilige Mann bei ihr und kam langsam wieder zu Kräften. Jeden Abend sprach er mit ihr über seine eigene lebenslange Reise von der westlichsten Provinz Chinas, wo er einst an der Seite Mao Tse-tungs gegen die japanischen Invasoren kämpfte, doch nun hatte er sich das Verkünden des Wortes des Uralten zur Lebensaufgabe gemacht.

»Ich kann erkennen, dass du begierig bist zu lernen, Kleines Juwel«, sagte er, »und ich werde mein Bestes tun, dich zu lehren.«

Er war mit einer Botschaft gekommen, so sagte er, und er wollte sie mit ihr teilen. Es war eine Botschaft der Hoffnung, zusammen mit der Verheißung von ewigem Leben und innerem Frieden. Der Sohn des Universums war vom Himmel herabgestiegen, um die gesamte chinesische Rasse zu retten, sagte er. Er war zu ihr gekommen, weil sie ausersehen war, eine besondere Rolle in der Führung ihres Volkes zu spielen. Sie war dazu bestimmt zu dienen.

Während der Tage und Nächte, die er bei ihr wohnte, erzählte er ihr von der Entdeckung der Gebeine des Uralten im Jahr 1926. Es war der ursprüngliche Mensch, versicherte er ihr, der Sohn des Universums, der die ersten Chinesen lehrte, in Übereinstimmung mit den höchsten Werten des Universums zu leben – Aufrichtigkeit, Barmherzigkeit, Langmut, körperliche Arbeit und Liebe. Durch den Uralten bestand für jeden Mann und jede Frau die Chance, sich dieser spirituellen Reise anzuschließen.

Plötzlich ergab alles einen Sinn für sie. Der Sinn des Lebens selbst und ihr Platz am großen Firmament, einfach, aber märchenhaft erzählt. Eine Woche später bat Wei die Ältesten, den heiligen Mann dem ganzen Dorf vorstellen zu dürfen.

Als er an diesem Abend zu ihnen sprach, gebadet im sanften Schein der Öllampen, schienen die Worte des heiligen Mannes, die von der Heilung der Kranken und der Suche nach dem Weg zum ewigen Leben handelten, in ihnen allen ihren Nachhall zu finden. Welche andere Hoffnung hatten sie schon, die sich anbahnende Katastrophe zu überleben – die Vergiftung ihres Trinkwassers, das Sterben ihrer Säuglinge, das Verdorren ihrer Ernte in der Sonne? Als der heilige Mann ein paar Wochen darauf weitergezogen war, war seine Wahrheit von allen bis auf eine Handvoll Dorfbewohner akzeptiert worden.

Sie würden Verbündete brauchen, befand Wei, und sie begab sich daran, die Bauern in den nahegelegenen Dörfern für ihre Sache zusammenzuscharen. Inzwischen hatte sie sich angewöhnt, das gleiche einfache Gewand wie der heilige Mann zu tragen. Ihre Verbreitung des Glaubens begann Konvertiten in der ländlichen Gegend zu finden. Viele kamen, um sie kennenzulernen und der Botschaft der Wahrheit zu lauschen. Ein umherziehender Reporter der Provinzzeitung schrieb sogar einen Bericht über sie.

Zhou Shen Wui blickte hinaus auf die sonnengebadete Landschaft der Provinz, die an den kugelsicheren Fenstern des unter Druck stehenden Reisezugwagens vorbeiraste. Bei einer

Reisegeschwindigkeit von über vierhundert Kilometern die Stunde eilte das ferne Panorama in üppigen kupferroten Pinselstrichen vorbei. Jedes Mal, wenn Zhou den Blick auf etwas dem Zug Näheres heften wollte, war das flüchtige Bild eines Pferdes oder Traktors eine Millisekunde später wieder verschwunden.

Li Shen Wui verneigte sich am Eingang des Speiseabteils und wartete darauf, herbeigerufen zu werden.

»Tritt ein!«, forderte Zhou ihn mit einem gütigen Lächeln im runden Gesicht auf.

Mit achtundfünfzig hatte sein ansonsten kahler Schädel sich einen Rand der rötlich braunen Haare bewahrt, die früher einmal mithilfe von Haarlack eine prächtige Pompadourfrisur geformt hatten.

»Danke, mein Gebieter«, antwortete sein ältester Sohn.

Li kam heran und blieb neben dem intarsierten Mahagoni-Esstisch stehen. Er verneigte sich erneut formell vor seinem Vater, bevor er gegenüber von ihm Platz nahm.

Zhou spießte eine gekühlte Riesengarnele auf der filigranen Silberplatte auf und steckte sich das Krustentier in den Mund. Mit Genuss kaute er das zarte Fleisch, ehe er einen kleinen Schluck gut gekühlten Sauvignon blanc zu sich nahm.

»Wir werden in fünfunddreißig Minuten ankommen, mein Gebieter«, teilte Li ihm mit.

In der herrschenden chinesischen Klasse gab es zwar keine Adelstitel mehr, aber eine der Frauen in Zhous persönlichem Gefolge hatte ihm versichert, dass er der Ahnenforschung zufolge ein direkter Nachfahre von Liu Bang, dem Gründer der Han-Dynastie, war. Liu Bang hatte den offiziellen Titel des Huang Di oder Gelben Kaisers geführt.

In einem seltenen Moment selbst empfundener Bescheidenheit hatte Zhou bekannt gegeben, dass er zukünftig – auch wenn er berechtigt war, Kaiser genannt zu werden – von allen einfach als Gebieter Zhou angeredet werden solle. Dies schloss auch seine Familie ein.

Li hatte große Ähnlichkeit mit seiner Mutter; sein Gesicht mit der hervortretenden Unterlippe und den eng stehenden schwarzen Augen trug beinah affenartige Züge. Auch war sein sehniger Körper im Gegensatz zu seinem korpulenten Vater muskulös und stark, und er arbeitete hart, damit er als Vorbild für die Männer auch so blieb. Seine einzige physische Schwäche lag in einer schweren Kurzsichtigkeit. In der Öffentlichkeit kaschierte er dieses Gebrechen mit Kontaktlinsen, doch hinter verschlossenen Türen trug er eine dicke Brille.

»Diesen Leuten muss eine Lektion erteilt werden«, sagte Zhou. »Ein warnendes Beispiel für die anderen.«

»So wird es geschehen, mein Gebieter«, antwortete Li, während der Zug die Geschwindigkeit merklich verringerte.

Zhou hatte seinen eigenen Satz Anzeigen und Armaturen des Zuges in seinem Privatwagen. Schon damals als kleiner Junge, als die Dampflokomotiven auf den alten Schmalspurgleisen kaum über eine Geschwindigkeit von sechzig Stundenkilometern hinauskamen, war er von Zügen fasziniert gewesen.

Inzwischen konnte er es sich leisten, seiner Leidenschaft zu frönen. Dieser Fünfzehn-Wagen-Zug hatte ihn dreihundert Millionen Dollar gekostet, aber das erwies sich als gute Investition: In ihm fand seine zweihundertköpfige paramilitärische Truppe Unterbringung und Verköstigung, und auch ihre Waffen und Angriffsfahrzeuge konnten darin transportiert werden.

Als Einziger unter den Oligarchen hatte Zhou die rapide

Entwicklung der Hochgeschwindigkeitseisenbahn in China vorausgesehen, einem Schienennetz, das seit 2007 exponentiell gewachsen war. Mehr als dreißigtausend Kilometer Gleise verbanden mittlerweile alle Teile Chinas miteinander, mit Ausnahme der westlichen Provinzen.

Zhou war zur Zeit der chinesischen Revolution noch nicht geboren gewesen, aber sein Vater, Xi Shen Wui, war zu einem führenden Bürokraten in der Partei aufgestiegen und hatte seinem Sohn den Weg ins Politbüro geebnet. Zhou war während der kapitalistischen Reform in den späten 1990ern an die Macht gelangt.

Als einer der ersten Oligarchen hatte er erst Partnerschaften mit anderen Mitgliedern des Politbüros aufgebaut, bevor er sie ausmanövrierte und ihnen all ihren Besitz nahm. Sein Vermögen wurde derzeit auf achtzehn Milliarden Dollar geschätzt.

Ein Großteil seines Reichtums lag in der Provinz Sichuan, seit alten Zeiten die »Provinz des Überflusses« genannt. Sein Besitz schloss Millionen von Morgen mit Orangen, Pfirsichen, Weintrauben und Zuckerrohr ein. Aus seinen Schweineställen kamen fast zehn Prozent der Schweinefleischproduktion des Landes.

In den letzten Jahren hatte er einen bedeutenden Anteil an den Gesellschaften erworben, die Vanadium, Kobalt, Titan und Lithium erzeugten, dazu eine Reihe von neu gebauten Chemieunternehmen.

»Haben deine Legionäre ihr Festmahl genossen?«, fragte er.

Er steckte eine ovale türkische Zigarette mit goldfarbenem Filter in seinen Elfenbeinhalter, zündete sie an und nahm einen tiefen, zufriedenen Zug.

»Bis auf den letzten Mann, mein Gebieter.«

Zhou hatte die Lieferung dreier in Nepal gefangener Bengalischer Tiger an einen Schmuggler seltener Tiere in Guangdong veranlasst, wo sie ruhiggestellt und per Lastwagen an den Zug geliefert worden waren. Die frisch geschlachteten Tiere waren dann für die Männer, die auf dem Weg zu ihrer gegenwärtigen Mission waren, gebraten worden.

»Ich selbst verabscheue ja den Geschmack von Tigerfleisch, aber deine Legionäre glauben offensichtlich, dass es einem Unerschrockenheit und Stärke verleiht«, meinte Zhou.

»Meine Männer besitzen große Unerschrockenheit und Stärke«, stimmte Li ihm zu.

Zhou blickte ihn skeptisch an. »Andererseits gelten die Augäpfel von Tigern als vorzügliches Tonikum für Impotenz.«

»Diese Sorge habe ich nicht, mein Gebieter«, sagte Li demütig.

»Und sollen angeblich auch gut für die Sehkraft sein«, fuhr Zhou mit einem kurzen Blick auf die dicken Brillengläser seines Sohnes fort.

Li schwieg. Er nahm die Brille ab und reinigte sie mit einem weißen Seidentaschentuch.

»Sind sie bereit für ihre Mission?«, fragte Zhou, und sein Kinn versteifte sich.

»Wie Tiger«, bestätigte Li.

»Tiger sollten nicht in Käfige gesperrt werden«, sagte sein Vater.

»Nein, mein Gebieter«, sagte Li.

»Ein Tiger lässt niemals Gnade walten«, sagte Zhou.

»Es wird keine Gnade geben.«

»Diese Leute sind zu einer Sicherheitsbedrohung geworden. Ich habe von Oberst Wong gehört, dass es in dem Dorf eine Frau gibt, die besonders lästig ist. Du wirst dafür sorgen, dass sie keinen Ärger mehr macht.«

»Jawohl, mein Gebieter.«

»Du bist humorlos, mein Sohn«, sagte Zhou. »Du musst etwas im Leben finden, was dir Freude bereitet!«

»Ich habe es bereits gefunden, mein Gebieter.«

Li verließ seinen Vater und ging zurück zum vierten Wagen im Zug, in dem sich unter anderem die Fitnesseinrichtungen und die Schwimmanlage befanden. Er zog sich aus und sprang in das Langschwimmbecken, das die halbe Länge des Wagens einnahm.

Mit langen, kraftvollen Zügen bewegte er sich durchs Wasser, bis er das Ende des Beckens erreichte und eine Wende ausführte, indem er die Arme ausstreckte und seine Schultermuskeln in makelloser Harmonie zusammenspielten.

Wŏ hèn tā … Ich hasse ihn, schrie sein Gehirn lautlos in perfektem Rhythmus mit jedem Schwimmzug. *Wŏ hèn tā, wŏ hèn tā, wŏ hèn tā.*

Zwanzig Minuten später kam der Zug neben einem breiten Bahnsteig aus Stahl zum Stehen. Es war eine Stunde vor Morgengrauen. Obwohl hier die Errichtung einer Fabrikstadt geplant war, war in der ländlichen Gegend ringsum noch nichts gebaut worden. Sie waren nur fünfzehn Kilometer von ihrem Angriffsziel entfernt.

Die aerodynamisch konzipierten Titantüren der letzten vier Eisenbahnwagen glitten gleichzeitig auf. Lis taktische Angriffstruppe kam in Viererabteilungen aus den Wagen und formierte sich im Gleichschritt auf dem Bahnsteig zur Inspektion.

Li hatte seine Kontaktlinsen eingesetzt und sah in seiner gestärkten Felduniform Zoll für Zoll wie ein Kommandant aus. Abgesehen von den goldenen Sternen am Kragen war sie mit den Uniformen der vor ihm stehenden Männer identisch.

Die Uniformen aus dunklem Khaki waren körperbetont geschnitten und verwendeten ein motorisch angetriebenes Exoskelett, um Waffen, Munition, Ausrüstung, flüssige Körperpanzer und eingebaute Helmcomputer mit Nachtsicht zu tragen.

»Jedenfalls sehen die Männer bereit aus«, sagte Li zu seinem stellvertretenden Kommandanten, Oberst Wong.

»Das sind sie auch – vollkommen, General«, antwortete dieser. »Sie wurden in jeden Aspekt der Mission eingewiesen.«

Hinter ihnen schob sich eine hydraulische Plattform langsam aus der Seite des hintersten Eisenbahnwagens. Sie trug Lis Kommandohubschrauber, einen düsengetriebenen, durch Panzerplatten geschützten Kampfhelikopter mit abgestuftem Tandem-Cockpit, einer Dreißig-mm-Kanone, Luftkampfflugkörpern und einer neuen Panzerabwehrrakete.

»Fertig machen zum Ausrücken!«, befahl Oberst Wong der nächsten Einheit auf dem Bahnsteig.

Es war der erste Einsatz für ihre neue »Kavallerie«-Einheit bei einer Mission. Zhous Ingenieure hatten ein Hybrid-Tarnkappen-Motorrad entwickelt, das unter Verwendung von Düsentreibstoff eine Geschwindigkeit von einhundertneunzig Stundenkilometern erreichte, aber auch im Elektrobetrieb ohne jede Geräuscherzeugung gefahren werden konnte und somit sowohl Tempo als auch Verstohlenheit gewährleistete. Jeder Maschine wurden zwei Männer zugeteilt, einer zum Fahren, der andere, um bei Feindkontakt abzusteigen und zu kämpfen. Die Motorräder kamen praktisch mit jedem Geländetyp zurecht.

»Sind die Männer auf den Einsatz ihrer Schwerter vorbereitet?«, erkundigte sich Li.

Es war der einzige Bestandteil der Ausrüstung der Einheit,

der ursprünglich von Li entwickelt worden war. Als jugendlicher Fan des Schauspielers John Wayne hatte Li gesehen, wie Richard Widmark im Film *Alamo* das berühmte »Bowiemesser« gegen die Mexikaner einsetzte. Er hatte seine eigene Version entworfen, die eher ein kurzes Breitschwert war und bei der beide Schneiden rasiermesserscharf waren.

»Die Männer sind sehr angetan von Ihrem Geschenk an sie alle«, antwortete Oberst Wong. »Sie werden es gut verwenden.«

Li sah zu, wie seine Kavallerieeinheit ihre Maschinen bestieg.

»Wie viele Glaubensanhänger gibt es in dem Dorf?«, fragte er.

»Einschließlich der Kinder?«

»Alle zusammen«, sagte Li.

»Circa zweihundert«, sagte Oberst Wong. »Mein Nachrichtenoffizier glaubt allerdings nicht, dass wir auf ernsthaften Widerstand treffen werden. Die meisten von ihnen werden sich gerade den Schlaf aus den Augen reiben.«

»Es gibt immer Widerstand«, sagte Li.

»Ich meinte organisierten Widerstand«, präzisierte Wong.

Li drehte sich langsam um und starrte ihn mehrere Sekunden lang an. Er hatte festgestellt, dass er kaum je blinzelte, wenn er Kontaktlinsen trug. Dieses Phänomen hatte ihm unter seinen Männern seinen Spitznamen eingetragen.

Tā bù zhǎyǎn. Der nicht blinzelt.

»Sie sind eine gute Führungsfigur, Wong. Überlassen Sie das Denken mir!«

»Jawohl, Sir!«, sagte Wong, über dessen Wange eine Schweißperle kullerte.

»Beginnen Sie sofort mit der Operation!«, befahl Li.

Wei stand aus ihrem Bett auf und machte Teewasser heiß, während sie durchs Küchenfenster über den See auf die fernen Berge schaute. Es hatte in der Nacht geregnet, und die Chrysanthemen und Pflaumenblüten in ihrem Garten glänzten reinlich in der Sonne.

Nachdem sie ihre Waschungen durchgeführt hatte, fing sie mit den Vorbereitungen für den feierlichen Gottesdienst zu Ehren des Uralten an, der an diesem Abend in der Versammlungshalle abgehalten werden sollte. Jede Familie im Dorf würde etwas zu dem Fest mitbringen.

Sie kniete gerade vor dem Regal mit den getrockneten Kräutern im steinummauerten Erdkeller unter ihrem Häuschen, als sie einen Schrei hörte, dem das Läuten der Alarmglocke auf dem Dorfplatz folgte. Ihr erster Gedanke war, dass in einem der schilfgedeckten Gebäude womöglich ein Feuer ausgebrochen war. Durch die Öffnung im Küchenboden kletterte sie aus dem Erdkeller, blickte aus dem Fenster und sah eine geschlossene Front von Maschinen im Abstand von etwa fünf Metern zueinander schnell aufs Dorf zukommen. Die Reihe erstreckte sich in beide Richtungen, so weit das Auge reichte.

Als die Maschinen sich näherten, erkannte sie, dass es sich in Wirklichkeit um große Motorräder handelte, von denen jedes zwei Gestalten trug, die wie Raumfahrer angezogen waren. Eins davon fuhr geradewegs durch das Luzernenfeld am Rand des Dorfes und hielt auf ihren Nachbarn Chen Wa zu, der darin stand und seine Pflanzen goss.

Er blieb stehen, um zu den auf ihn zufahrenden Männern aufzublicken und die Hand zum formellen Gruß zu heben. Die Gestalt hinten auf dem Motorrad streckte im Vorbeirasen den Arm aus. Einen Moment später fiel Chen Was Kopf auf den Boden, und gleich darauf brach sein Körper daneben zusammen.

Während die Maschinen weiter aufs Dorf zurasten, rannte Wei zu den vorderen Fenstern, die auf den Platz hinausgingen, und erreichte sie rechtzeitig, um den gequälten Schrei einer Frau zu hören, die vor der Krankenstation neben der Leiche ihres Mannes stand.

Weitere Maschinen fuhren auf den Dorfplatz; die meisten trieben Leute vor sich her, die auf den Straßen gewesen waren. Es wirkte alles so unheimlich! Keins der Motorräder gab das leiseste Geräusch von sich, sodass Wei sich einen Moment lang fragte, ob sie taub geworden war. Dann ertönten auf der anderen Seite des Dorfes noch mehr Schreie, gefolgt vom Stakkato eines Maschinengewehrs.

Wie in einem choreografierten Ballett stiegen die Männer auf den Motorrädern ab und schwärmten rennend aus, um den Platz zu umstellen; dann trieben sie die Leute, die sich darauf befanden, in die Versammlungshalle des Dorfes.

Andere, mit Maschinengewehren bewaffnete Männer, stürmten in jedes Gebäude, jedes Häuschen und jede Hütte und kamen gleich darauf mit den Bewohnern wieder heraus. Kleine Gruppen schluchzender Frauen und Kinder folgten der ersten Welle von Dorfbewohnern in die Versammlungshalle.

Einer der Eindringlinge kehrte der Menge den Rücken zu und kam auf die Eingangstür ihres Häuschens zugerannt. Wei stürzte zurück in die Küche, ließ sich durch das Loch im Boden fallen und verdeckte die Öffnung mit der abnehmbaren hölzernen Bodenplatte.

Augenblicke später hörte sie den Soldaten durch das Häuschen poltern, Türen schlagend und jeden Raum durchsuchend. Über sich in der Küche ging Glas in Stücke – dann herrschte Stille.

Sie kroch ans Ende des Erdkellers und spähte durch die kleine Öffnung am Rand der Zwischendecke unter dem Haus. Von dort aus hatte sie einen Blick auf das Zentrum des Dorfplatzes, die Dorfschule, die Krankenstation und die Versammlungshalle. Sie konnte sehen, wie weitere Dorfbewohner geschlagen und auf die Halle zugestoßen wurden.

Einer der Eindringlinge rief, dass man mit der Suche fertig war. Während die Soldaten eine Kette bildeten und schweigend den Platz bewachten, kamen vier der Männer in den Raumanzügen langsam auf die Versammlungshalle zu. Jeder schien einen kurzen, metallischen Schlauch in der Hand zu haben, der mit einem glänzenden Silberkanister auf seinem Rücken verbunden war.

Der Erste blieb am Vordereingang stehen, die anderen verschwanden um die Gebäudeseiten. Unter Weis entsetzten Blicken richtete der Mann seinen Schlauch auf die Stirnwand des Gebäudes, die plötzlich in Flammen eingehüllt war.

Sie konnte die Menschen im Innern der Halle panisch schreien hören. Der Mann mit dem Metallschlauch verbreitete weiter tobendes Feuer, wo immer er hinzielte. Binnen Sekunden stand die ganze Wand in Flammen. Die gequälten Schreie wurden noch lauter.

Während sie ohnmächtig zusah, wurde in der Halle eine Fensterscheibe eingeschlagen, und etwas fiel durch die Öffnung auf den Boden. Wei sah, dass es ein Kind in einem weißen Baumwollkleid war. Es stand einen Moment lang regungslos da, während die Flammen die Wand hinter ihm verzehrten, dann rannte es vom Feuer weg auf die Reihe der Männer zu.

Es war Me Lei, das kleine Mädchen, dem Wei die Heilung

des Beins der verletzten Wildente anvertraut hatte. Als sie sich dem Kordon der Eindringlinge näherte, blieb sie stehen und begann zu weinen. Einer von ihnen lächelte und winkte sie zu sich. Zaghaft ging sie auf ihn zu; er lachte, schwang sein Schwert und hackte ihr den Kopf ab. Einen Moment lang blickte er darauf hinab, dann kickte er ihn wie einen Fußball quer über den Platz.

Die andauernden Schreie aus der Halle wurden vom Rumpeln einer schweren Maschine übertönt. Aus dem Geräusch wurde ein ohrenbetäubendes Dröhnen. Durch die Öffnung in der Zwischendecke beobachtete Wei, wie vier Planierraupen auf ihren gewaltigen Reifen auf den Platz zurollten, jedes Haus und Gebäude auf ihrem Weg niederrissen und die Trümmer zu einem riesigen Haufen zusammenschoben.

Als eine davon abschwenkte, um die Krankenstation des Dorfes zu planieren, erkannte sie das blaue Wappen auf dem gelben Führerhaus: Es war das Firmenzeichen der Dong-Hao-Chemiegesellschaft.

Hinter den Bulldozern blieb nichts mehr stehen; es war, als hätte es das tausend Jahre alte Dorf niemals gegeben. Inzwischen konnte sie hinter ihrem eigenen Häuschen andere Maschinen bei ihrem Werk hören. Als sie mit ansah, wie die Männer mit den Schläuchen den riesigen Schuttberg anzündeten, rief sie: »Gott schütze mich, o Uralter! Bitte erspare es mir, Zeugnis abzulegen!«

Ihre Stimme ging im Getöse der Maschinen unter. Kurz darauf hörte sie ein Poltern und Dröhnen, als die Mauern ihrer eigenen Behausung über ihr zusammenbrachen. Als sie neben der alten Steinmauer des Erdkellers Schutz suchte, spürte sie einen brennenden Schmerz in Rücken und Beinen; dann wurde sie von völliger Dunkelheit umfangen.

»Ich wünschte, sie würden sich nur ein einziges Mal wehren!«, sagte Oberst Wong, als er und General Li den Kommandohubschrauber bestiegen.

»Wieso sagen Sie das?«, wollte Li wissen.

»Es würde einem ehrenhafter vorkommen ... weniger wie ...«

»Weniger wie was?«, schrie Li. »Wie eine Herde Schweine abzuschlachten?«

»Vergeben Sie mir, General ... Ich meinte ja nur ...«

»Sie sind für diese Aufgabe nicht geschaffen«, schnitt Li ihm das Wort ab. »Ich werde meinen Vater darüber informieren.«

Fünf

14. Mai
Karibikküste
Dangriga, Belize

Steven Macaulay wachte zum ächzenden Heulen eines auflebenden Windes aus dem Traum auf. Der Wind ließ die Läden klappern und wehte feine Sandpartikel durchs offene Schlafzimmerfenster, die auf seinem Gesicht und Oberkörper kribbelten. Die Luft war heiß und feucht.

Ohne die Augen zu öffnen, sann er über seinen aktuellen Kater nach. Eine wahre Schönheit! Sein Kopf fühlte sich an wie eine Bowlingkugel, die eine Holztreppe herunterrollte. Aber den Traum hatte er nicht auslöschen können – auch Rum hatte seine Grenzen.

Es war immer derselbe Traum. Der Lexy-Traum. Alexandra Vaughan. Ihr Gesicht drang mit erstaunlicher Deutlichkeit in seinen Kater ein, überwand mit spielerischer Leichtigkeit seine Verteidigungen, das Gesicht der einzigen Frau, die zählte, der Frau, die ihn verlassen hatte. Nach fast einem Jahr war es immer noch zu nah, zu unverarbeitet. Es war die Endgültigkeit des Ganzen.

Er öffnete die Augen, setzte sich langsam im Bett auf und warf einen Blick aus dem Fenster. Die Wedel der Königspalmen längs des Strandes flatterten wild im Wind. Macaulay schätzte die Böen auf ungefähr dreißig Stundenkilometer, und das war im geschützten Teil des Hafens.

Er erinnerte sich daran, dass heute sein freier Tag war und

er nicht fliegen würde. Frank Jessup hatte Dienst, er selbst bloß Bereitschaft. Es spielte ohnehin keine Rolle: Bei einem Wind wie diesem durfte man der alten Grumman Goose nicht zumuten, Passagiere in die Luft zu bringen, geschweige denn sicher auf dem Wasser zu landen. Die reichen Touristen, die heute Morgen in Dangriga gelandet waren, würden auf ihre Ausflüge zu den Resorts auf dem smaragdgrünen Gürtel der küstennahen Inseln warten müssen.

Er trottete ins Badezimmer, stellte sich volle zehn Minuten unter die Dusche und ließ sich vom kalten Wasser Kopfhaut und Körper massieren. Er trocknete sich ab und zog seine Cargoshorts und die verblassten Tennisschuhe an – seine normale Uniform in der tropischen Hitze der Küste von Belize.

Weil er wusste, was den Kater kurieren würde, begab er sich geradewegs zu Lana's Retreat, einem strohgedeckten Chickee, das auf einem Fundament aus Muschelkalkstein errichtet war und im Schutz eines dichten Bestandes von Karibik-Kiefern etwas abseits vom Strand lag.

Das Lana's war die Lieblingsanlaufstelle von Einheimischen und Touristen, die etwas trinken wollten; viele kamen auch bloß, um Lana zu begaffen. Unter der Kaskade von naturblonden Haaren hatte sie das Gesicht eines texanischen Engels, und ihre Haut war von einem satten goldenen Braun. Sie ging barfuß und trug ein cremefarbenes Hemdkleid, das ihr bis an die Oberschenkel reichte und die Brüste, die schmale Taille und die Tänzerinnenhüften betonte.

»Einen Morning-Special!«, bestellte Macaulay mit gequältem Grinsen.

Das war Lanas ureigene Katerkur, ein Halbliterglas gefüllt mit Wodka und Saft, den sie aus Wurzelgemüse, Spinat, frischer Petersilie, Meerrettich und Tomaten mixte.

»Sicher, dass du keinen Kaffee willst?«, fragte sie in ihrer gedehnten Südstaatensprechweise.

Lana war vor zehn Jahren während einer Urlaubsreise nach Dangriga gekommen und hatte sich in die Küstenlandschaft verliebt. Sie hatte die Chickee-Kneipe bar bezahlt und war nie mehr in die Staaten zurückgekehrt. Frank Jessup hatte Macaulay einmal erzählt, dass sie eins der teuersten Callgirls in Manhattan gewesen und jetzt frigide war, was Männer anbelangte. Natürlich mochte sie auch einfach nur Frank gegenüber frigide sein, der sich selbst als hingebungsvollen Familienmenschen hinstellte, obwohl er weiterhin von den hiesigen Sahneschnitten kostete.

Während sie sein Getränk zusammenmixte, warf Lana einen Blick auf das Netz der hauchdünnen Narben auf Macaulays Stirn und Hals, die sich bleich von seinem tief gebräunten Körper abhoben. Um seine traurigen blauen Augen lagen tiefe Wetterfalten. Sie fragte sich, wann er wohl zum letzten Mal etwas gegessen hatte.

»Ich mache bald Pause, Steve«, sagte sie. »Willst du mit mir zu Mittag essen?«

»Kann nicht«, antwortete er. »Hab 'ne Menge zu tun heute.«

Er hatte vor, sich wieder halb volllaufen zu lassen und den Rest des Tages zu verschlafen.

Lana sah Macaulay wehmütig an und ging ans Ende der Theke, um die anderen Gäste zu bedienen. In Wahrheit verstand sie nicht, warum sie sich so zu ihm hingezogen fühlte. New York hatte sie fast von den Männern geheilt.

Irgendetwas war anders an ihm. Dass sein Aussehen sie an den jungen Gregory Peck erinnerte, groß, robust, gut – daran lag es nur zum Teil. Ihn umgab eine aristokratische Aura, als wäre er einmal jemand Bedeutendes gewesen oder hätte etwas Bedeutendes getan. Er hatte diese traurigen blauen Augen. Und da war die gefährliche Seite. Eines Abends am Tresen hatte ein bulliger russischer Tourist versucht, eins der einheimischen Mädchen zu zwingen, mit ihm zu gehen. Macaulay hatte ihn krankenhausreif geschlagen.

Eine Woche, nachdem er den Job als Ersatzpilot für die Hurdnut Air Charter Services übernommen hatte, hatte Lana schließlich die Initiative ergriffen. An jenem Abend hatte er sich so betrunken, dass er Hilfe brauchte, um in sein winziges Strandhaus zurückzukommen. Nachdem sie ihn ausgezogen und ins Bett gebracht hatte, hatte sie ihr eigenes Kleid abgestreift und sich zu ihm unter die Decke gelegt.

Es war nicht so gelaufen, wie sie es geplant hatte. Als sie am Morgen merkte, dass er sich rührte, schob sie sich dicht an ihn und küsste ihn, während sie gleichzeitig mit ihren geschickten Fingern seinen Unterleib erforschte. Körperliche Lust zu bereiten war immer ihre größte Begabung gewesen, und sofort spürte sie, wie er sich der Lage gewachsen zeigte.

»Wach auf, Dornröschen!«, raunte sie ihm ins Ohr.

Er öffnete die Augen und grinste zu ihr hoch.

»Danke«, sagte er beinahe schüchtern, »aber das ist wahrscheinlich keine gute Idee.«

Als sie ihn wieder küsste, machte er sich langsam von ihr los und setzte sich auf.

»Es wäre besser, wenn du mitmachen würdest«, sagte sie.

»Es tut mir leid«, antwortete er mit dem Rücken zu ihr.

»Was?«

»Im Augenblick bin ich einfach nicht auf der Suche hiernach«, sagte er.

Es wäre vielleicht peinlich gewesen, wäre da nicht die Tatsache gewesen, dass sie mit Hunderten von Männern geschlafen und schon alles gesehen hatte. Er war mit Sicherheit nicht schwul. Wahrscheinlicher war, dass er über irgendetwas noch nicht hinweg war. Oder über irgendjemanden.

»Bis dann, Amigo!«, hatte sie gesagt.

Von da an waren sie einfach gute Freunde.

Macaulay war bei seiner dritten Katerkur, ehe der Schmerz hinter seinen Augen nachzulassen begann. Bis dahin hatte der Wind beständige fünfzig Stundenkilometer erreicht, und sämtliche Flüge im Flughafen Dangriga waren gestrichen worden. Die Kneipe füllte sich allmählich.

Macaulay genoss gerade die Wärme des Alkohols im Magen, als urplötzlich Lexys Gesicht wieder vor seinem geistigen Auge auftauchte. Er konnte sogar den Tonfall ihrer Stimme hören. Er fragte sich, wie sie sich wohl im letzten Jahr verändert haben mochte und ob sie mit einem anderen Mann zusammen war. Die trostlose Leere seines eigenen Lebens erstreckte sich in die Zukunft. Er schloss die Augen und schlug mit der Faust auf die Theke. Als er sie wieder aufmachte, stand Carlos da.

»Warum du sein wütend, Steef?«, fragte er.

»Ich bin nicht wütend.«

Carlos war ihr Flugzeugmechaniker auf der Grumman Goose. Er war unbeholfen, was Worte anbelangte, aber wenn es um Maschinen ging, war er ein moderner Shakespeare. Er hatte eine Hühnerbrust und ein hageres, gutaussehendes Gesicht und war vermutlich Anfang vierzig, auch wenn Macaulay es nicht mit Bestimmtheit wusste.

»Du sehen aber wütend aus«, meinte Carlos. »Du nicht sein glücklich, so viel stehen fest, Steef.«

»Glück wird überbewertet«, entgegenete Macaulay, ehe er sich ein Glas unverdünnten Rum bestellte.

Carlos war im Landesinnern als Sohn einer Mutter aufgewachsen, die von den alten Mayas abstammte. Sein Vater war ein Puerto-Ricaner namens Carlos gewesen, der mit einem Bauarbeitertrupp wegen eines Hotels nach Belize gekommen war. Als das Resort fertig war, war das Mädchen schwanger und Carlos weg. Sie hatte den Jungen nach ihm benannt.

Carlos nahm die neue Barmixerin wahr, die ordentlich Holz vor der Hütte hatte.

»Der wären doch was, oder, Steef?«, sagte er mit einer Stimme, die vom ständigen Rauchen heiser war.

Zusätzlich zu seinem gebrochenen Englisch brachte Carlos auch immer seine Pronomen durcheinander.

»Da du haben recht«, antwortete Macaulay, »der sein schon was.«

Zwei Stunden später wankte Macaulay den Weg zu seinem Häuschen zurück, während der Wind ihm den Sand vom Strand ins Gesicht blies. Bevor er auf dem Bett das Bewusstsein verlor, hatte er einen letzten Gedanken. Früher oder später erreichte ein Mann einen Tiefpunkt, wurde ihm klar. Vielleicht hatte er es endlich geschafft.

»Aufwachen, Boss! Du müssen aufwachen!«

Irgendwann drang die Stimme durch. Als er die Augen aufmachte, sah er Carlos, der über das Bett gebeugt stand und ihn an der Schulter rüttelte. Draußen war es dunkel, und er konnte riechen, dass Regen im Anzug war.

»Tom sie dich müssen sehen im Büro, Boss«, sagte Carlos. »Es sein wichtig.«

Tom Hurdnut war der Eigentümer des Luftcharterdienstes.

»Wie spät ist es?«, fragte Macaulay.

»Kurz nach vier.«

Dann war der Himmel also nur gewitterdunkel. Er hatte den Großteil des Tages verschlafen.

Macaulay stieg aus dem Bett, ließ Wasser ins Becken laufen und wusch sich schnell das Gesicht. Ein flüchtiger Blick in den Spiegel reichte, um festzustellen, dass er grauenhaft aussah: Das dichte, grau melierte Haar lag verfilzt auf einer Seite, die stumpfen Augen waren völlig blutunterlaufen. Er roch nach schalem Rum.

Sie gingen zusammen zum Firmensitz der Hurdnut Air Charter Services, der aus zwei Räumen im ersten Stock über einem großen Bootshaus aus Holz am Rande des Hafens bestand.

Der Regen setzte ein, als sie ankamen. Als er die Treppe hochging, schaute Macaulay hinüber zum Liegeplatz ihres Grumman-Goose-Wasserflugzeugs. Selbst an der geschütztesten Stelle des Hafens tanzte das Flugzeug wie ein Schaukelpferd auf den Wellen.

Tom Hurdnut telefonierte an seinem Schreibtisch, als sie das Büro betraten. Auf der anderen Seite des Raums stand vor den Fenstern, die zum Strand hinausgingen, ein nervöser Frank Jessup in seiner gestärkten weißen Pilotenuniform. Aus dem andern Raum konnte Macaulay Stimmen aus dem Sprechfunkgerät hören; dann ein Stottern zerhackter Störgeräusche, und jemand auf dem Meer fing an, ein Maydaysignal zu senden.

Hurdnut schüttelte den Kopf und legte den Hörer auf.

»Die Lage ist wie folgt«, sagte er und fuhr sich mit der Hand durchs schütter werdende graue Haar: »Zwei Touristen … ein junges amerikanisches Paar … gingen letzte Woche auf eine der unbewohnten Inseln hinter Columbus Cay zelten. Frank hat sie hingeflogen. Vor zwei Tagen wurde die Frau von einer gelbmäuligen Tommygoff gebissen.«

»Einer was?«, fragte Macaulay, während er sich aus der abgestoßenen Emaillekanne Kaffee einschenkte.

»Verrückter Name«, räumte Hurdnut ein. »Das ist die gefährlichste Schlange da unten ... wird auch Lanzenotter genannt ... und anders als die meisten Schlangen ist sie aggressiv, und ihr Gift ist tödlich. Erst vor einer Stunde ist es dem Mann gelungen, sein Sprechfunkgerät zum Laufen zu bringen. Er sagt, seine Frau ist ins Koma gefallen. Ich habe gerade mit dem Doktor in der Klinik gesprochen; er meint, sie muss schnell ein Gegengift verabreicht bekommen, sonst wird sie nicht durchkommen.«

»Was ist mit der Belizer Küstenwache und ihren viel gepriesenen Rettungsbooten?«, fragte Jessup in ärgerlichem Ton. »Wir können die Gans bei dem Wetter nicht fliegen!«

»Ich habe ihre vorgeschobene Operationsbasis auf Calabash Cay angerufen. Sie registrieren fünf Meter hohe Wellen im Atlantik, und die Insel liegt dreißig Kilometer draußen«, antwortete Hurdnut. »Alles, was sie zur Verfügung haben, ist einer ihrer Boston Whaler; er würde es nicht rechtzeitig schaffen.«

Macaulay lauschte dem Trommeln des immer heftigeren Regens auf dem Dach. Durch das hintere Fenster sah er, wie ein großer Palmwedel sich von einem der Bäume am Strand löste und über die Lagune segelte.

»Tja, Frank, du hast recht«, sagte er. »Man kann durchaus sagen, dass der Flug ein bisschen haarig wäre.«

»Haarig?«, rief Jessup. »Ihr könnt mich nicht dazu bringen, in diesem ... das ist ein Selbstmordkommando ... bei dem

Wellengang kann die Gans nicht mal abheben! Ich habe Familie – ich werde es nicht machen!«

Abgesehen vom Geräusch des Regens und des Windes herrschte Stille.

»Zum Teufel, dann mach ich es halt«, sagte Macaulay.

Jessup beäugte seine körperliche Verfassung.

»Sieh ihn dir an, Tom! Er ist betrunken!«

»Nur verkatert, Tom«, widersprach Macaulay. »Du solltest öfter mal Rum probieren – vielleicht würde dir das ein bisschen Mumm geben.«

»Geht es dir denn gut genug, um zu fliegen, Steve?«, erkundigte sich Hurdnut.

Macaulay dachte darüber nach. Ja, er konnte fliegen. Ob verkatert oder nüchtern, Fliegen war die eine Sache, die er immer gut konnte. Die Gans mochte zwar nicht seine alte F-16 sein, aber diese Tage waren lange vorbei, ebenso wie der berauschende Nervenkitzel, wenn er seine Männer im Kampf angeführt hatte.

»Du wirst sie nie im Leben in die Luft kriegen!«, wandte Jessup ein.

»Du halten verdammt noch mal Klappe!«, warf Carlos mit einem bedrohlichen Funkeln ein.

Jessup drehte sich um und ging langsam zur Tür, stieß sie auf und marschierte ohne ein weiteres Wort hinaus. Der Wind schlug die Tür hinter ihm zu.

»Du brauchst da draußen nicht zu landen«, erklärte Hurdnut. »Wir stehen in Funkkontakt mit dem Ehemann und haben seine GPS-Koordinaten. Bis du dort bist, wird es dunkel sein, er wird dir also seine genaue Position mit einer Maglite signalisieren. Alles, was du machen musst, ist das Päckchen fallen lassen.«

»Ist klar«, sagte Macaulay, als die Lichter im Büro ein paar Sekunden flackerten und dann erloschen.

Die Tür ging auf, und ein stämmiger, dunkelhäutiger Mann in einem Laborkittel kam in den Raum. Er trug etwas, was wie eine Plastik-DVD-Hülle aussah.

»Ist es das, Doktor?«, fragte Tom Hurdnut.

Der Mann nickte und reichte ihm die Hülle.

»Da drin sind zwei Dosen für den Fall, dass es mit der ersten Injektion Schwierigkeiten gibt«, erklärte der Arzt.

Hurdnut wog sie in der Hand.

»Das muss schwerer sein!«, meinte er. »Wir werden es mit Plastik schützen und mit orangefarbenem reflektierendem Klebeband an einem Backstein befestigen. Steve, du musst einfach nur tief reinkommen und das Päckchen so nah du kannst am Ausgangspunkt des Taschenlampenstrahls abwerfen.«

»Ist klar«, wiederholte Macaulay, während er nach draußen auf den prallen Windsack am Mast vor dem Bootshaus schaute.

»Ist Pech mit dem Fahrwerksbein«, sagte Hurdnut, und Macaulay nickte.

Eine Woche zuvor war das Bein am rechten Fahrwerksschacht der Gans bei einer rauen Landung in Mitleidenschaft gezogen worden, und sie warteten immer noch auf die Ersatzteile. Andernfalls hätte Macaulay den Vogel zum Abheben einfach über die Rampe am Strand auf die unbefestigte Piste rollen und bei seiner Rückkehr auf demselben Weg wieder landen können. So aber waren sie aufs Meer beschränkt.

»Wo willst du abheben?«, fragte Hurdnut mit einem gezwungenen Lächeln.

»Die einzige Stelle, die infrage kommt, ist die geschützte Seite der inneren Lagune.«

»Das wird aber verdammt knapp werden, Steve. Bist du sicher, dass du dort genug Platz hast?«

»Es ist die einzige Möglichkeit«, sagte Macaulay. »Schon im Hafen sind die Wellen zwei Meter hoch.«

Zehn Minuten später fuhr Carlos ihn im großen Boot der Firma raus zum Liegeplatz. Als Macaulay in den dunkler werdenden Himmel blickte, sah er einen Schwarm Braunpelikane und Kormorane, die aufs Landesinnere zuflogen. *Kluger Schachzug*, dachte er, während der vom Wind gepeitschte Regen ihm in den Augen brannte.

»Du sein verrückt zu gehen, Steef«, meinte Carlos.

Macaulay hielt sich am Schandeck fest, als das Ruderboot sich wie lebensmüde in ein tiefes Wellental stürzte.

»Ich gehen mit dir, Mann«, sagte Carlos, als sie die Liegeboje der Grumman Goose erreichten.

»Diesmal nicht, Compadre«, sagte Macaulay. »Du bist zu schwer, um uns hochzukriegen.«

Carlos starrte ihn ein paar Sekunden lang verdrießlich an, während der Regen vom Schirm seiner Yankees-Mütze floss.

»Ich dir werden spendieren ein Goombay Smash bei Lana's, wenn du werden zurückkommen«, meinte er dann.

»Abgemacht!«

Das grüne Wasser strudelte heftig unter dem Rumpf der Gans, als Macaulay auf das Heck des Ruderbootes trat, um die Kabinentür zu öffnen. Er stimmte seine Bewegungen mit dem Seegang ab und sprang hinein; Meerwasser brandete hinter ihm in die Kabine und bedeckte den mit Teppich ausgelegten Boden. Er schloss die Tür und begab sich nach vorn zum Cockpit.

Die Grumman Goose war müde. 1944 war sie glänzend und neu gewesen und von ihren Originalmotoren über den Pazifik in den Seekrieg gegen Japan getragen worden; jetzt war die Acht-Passagier-Kabine übersät mit Flecken und durchdrungen von den jahrzehntealten Gerüchen nach Zigarettenrauch und Körperausdünstungen. Der letzte Anstrich mit weißer Farbe blätterte am Rahmen ab, und roter Rost kam durch. Die Windschutzscheibe des Cockpits war an zwei Stellen gesprungen.

Nachdem das Flugzeug Tausende von Starts und Landungen verkraftet hatte, näherte sich das Metall selbst dem Ende seiner Gebrauchsdauer. Macaulay fragte sich, ob es noch einem letzten wichtigen Einsatz gewachsen war.

Er ließ sich auf dem ledernen Pilotensitz nieder und betätigte automatisch die Schalter für die Fluginstrumente und Anzeigen. Die Kraftstoffuhr zeigte an, dass er noch Sprit für ungefähr eine Flugstunde hatte, was reichlich war. Wenn er erst einmal in der Luft war, würde er weniger als fünfzehn Minuten brauchen, um die Insel zu erreichen.

Er speiste die GPS-Koordinaten, die Tom Hurdnut ihm für die küstennahe Insel gegeben hatte, ins Navigationssystem ein und stellte die UKW-Funkanlage auf ihre Notfrequenz ein. Als er den ersten der beiden auf den Tragflächenvorderkanten montierten Pratt-&-Whitney-985-Sternmotoren startete, hörte er schon mehrere Notrufe.

Der erste Motor sprang sofort an, und er jagte ihn ein paar Mal hoch, ehe er den zweiten startete. Es dauerte über zehn Sekunden, bevor er mit einer lauten Fehlzündung zum Leben erwachte. Als beide ruhig liefen, gab er Carlos das Zeichen, das Flugzeug von den Festmachern zu lösen.

Für ein Wasserflugzeug verfügte die Gans über eine robuste Konstruktion, was auch der Grund dafür war, dass nach achtzig Jahren immer noch viele von ihr in Betrieb waren. Der tief liegende Rumpf diente als Schiffskörper, und das Flugzeug war selbst bei mittelschweren Wetterbedingungen seetüchtig. Für die Bedingungen, auf die Macaulay jetzt zusteuerte, war es nicht konstruiert.

Er drückte die Gashebel nach vorn und überquerte den Hafen auf die Einfahrt der Lagune zu, wobei die Gans sich schwerfällig durchs Wasser wälzte und kaum vorankam. Jede neue Welle krachte gegen die Windschutzscheibe und strömte am Rumpf entlang. Die Scheibenwischer kamen nicht nach. Phasenweise fühlte es sich an, als wäre er unter Wasser.

Der Wellengang und die Dünung schwollen auf drei Meter ab, sobald er in der Lagune war, anderthalb Meter hoch und anderthalb runter. Das andere Ende der Lagune beheimatete mehrere exklusive Resorts und einen Bootshafen; auf dem Wasser verstreut lagen Segel- und Motorboote, die alle wild an ihren Vertäuungen zerrten. Er brachte ein paar Minuten damit zu, den längsten freien Weg zum Abheben zu bestimmen.

Die Startbahn, für die er sich schließlich entschied, war weniger als zweihundert Meter lang, begrenzt an einem Ende von einem zweistöckigen Hotel und am anderen von der steinernen Fußgängerbrücke, die die Lagunenresorts mit dem Hafen verband. Die Brücke ragte ungefähr sieben Meter über der Wasseroberfläche auf.

Das Fliegen eines Wasserflugzeugs war für Macaulay der leichte Teil; die größten Herausforderungen waren die Winde aus wechselnden Richtungen, die Strömungsgeschwindigkeit, die Rauheit der See, Hindernisse im Wasser und andere Dinge, über die er keine Kontrolle hatte. Der Wind war das Schlimmste. Die Gans war wie ein Fähnchen im Wind, und ihr Windmesser maß augenblicklich Böen von fünfzig Stundenkilometern aus westlicher Richtung. Wenigstens würde er nicht mit Gegenwind zu kämpfen haben.

Bei maximaler Schubkraft würde die Gans ungefähr sechshundert Meter windgeschütztes Wasser brauchen, um ein Fünfzehn-Meter-Hindernis zu überwinden; Macaulay schätzte, dass er mit weniger als einem Drittel dieser Strecke auskommen musste. Wenigstens trug das Flugzeug keine Ladung.

Nach seiner Einschätzung würde er bei der drei Meter hohen Dünung vermutlich zwanzig Sekunden brauchen, bis er in der Luft war, und weitere fünf bis zehn, um genug Höhe zu gewinnen, um das Hoteldach oder die Mauerkrone der Steinbrücke zu überwinden. Auch wenn die Brücke höher war – im Hotel waren Menschen. Er entschied sich für die Brücke. Bei all den Variablen taxierte er seine Chancen auf etwa eins zu fünf.

Der Himmel über ihm war grauviolett und wurde dunkler, als er einen festgemachten Katamaran und zwei Fahrrinnenmarkierungen passierte. Als er sich dem Hotelkai näherte, drehte er den Vogel in die entgegengesetzte Richtung herum und drückte die Gashebel auf maximale Leistung nach vorn.

Die Gans schwankte vorwärts durchs trübe Wasser und nahm langsam Fahrt auf. Nachdem er das Flugzeug in die gewünschte Position gebracht hatte, warf Macaulay einen Blick auf den Strand: Ein paar Touristen hatten dem Wind getrotzt und waren aus ihrer Resortvilla heruntergekommen, um sich den Sturm anzuschauen. Einer davon zeigte auf ihn.

Er stellte die Flügelklappen auf zwanzig Grad. Das bedeutete zwar zusätzlichen Luftwiderstand, doch er brauchte so viel Auftrieb wie möglich, um den Vogel aus dem Wasser zu bekommen. Als die Steinbrücke am Ende der Startbahn näher ins Blickfeld rückte, stellte er fest, dass sie mindestens drei Meter höher als ursprünglich angenommen war. Die Gans begann nach links zu gieren, sodass er mit den Seitenrudern gegensteuern musste.

Er spürte einen kleinen Geschwindigkeitsschub, als die Gans aus der Dünung zu steigen und sich ganz aus dem Meer zu lösen begann. Das unruhige, aufgewühlte Wasser trug einen widerlichen Fäulnisgeruch ins Cockpit.

Schnell begann die Brücke die Windschutzscheibe auszufüllen – jetzt gab es kein Zurück mehr. Macaulay hatte den Umkehrgrenzpunkt hinter sich gelassen. Entweder würde er die Brücke schaffen, oder das Flugzeug würde sich in die Steinpfeiler bohren.

Die Gans war jetzt ganz aus dem Wasser und stieg langsam, aber stetig auf die Brückenkrone zu. Er zog das Steuer nach hinten, so weit er konnte, ohne sie abzuwürgen. Dann waren sie da.

»Komm schon, Baby!«, brüllte er, während das Dröhnen der Motoren seine Ohren füllte.

Macaulay hörte und spürte ein Knirschen unter seinen Beinen. Als er nach unten sah, war da ein frisch aufgerissener Teil des Kabinenbodens, durch den er den Flugzeugrumpf sehen konnte – er war an den Fahrwerksschächten abgebrochen. Der obere Teil der Brücke hatte einen fast zwei mal zwei Meter großen Bereich der Flugzeugzelle abgerissen.

Er wusste, dass das Flugzeug immer noch flugtüchtig sein würde; er war sich nur nicht sicher, wie er es landen und mit heiler Haut davonkommen sollte.

Der Himmel hatte inzwischen ein bedrohliches Violett angenommen. Zusammenballungen von Gewitterwolken markierten die herannahende Sturmfront, als Macaulay sich auf zweitausend Fuß einpendelte. Es war sinnlos zu versuchen, den Sturm zu überfliegen; bis er hoch genug wäre, hätte er sein Ziel schon erreicht. Er überprüfte die GPS-Koordinaten, mit denen er das Navigationssystem gefüttert hatte: Die Insel lag etwas über dreißig Kilometer genau östlich seiner Position. Vielleicht fünfzehn Minuten Flugzeit.

Er dachte wieder an die allzu kurzen Wochen, die er nach seiner Entlassung aus dem Krankenhaus in Maine mit Lexy verbracht hatte. Bis dahin hatte er nicht gewusst, was Liebe sein konnte, hatte die Hoffnung und das Versprechen jedes neuen Tages nicht gekannt, die Intensität des Ganzen. Und dann war sie ebenso plötzlich wieder fort gewesen.

Er befand sich jetzt in der Sturmfront; die Gans flog mit einer konstanten Geschwindigkeit von zweihundertzwanzig Stundenkilometern. Ein greller Blitz erhellte den violetten Himmel. Er würde heruntergehen müssen, sobald er sich der Insel näherte, nah genug an den Boden, um den Taschenlampenstrahl zu sehen. Er dachte an die Möglichkeit einer plötzlichen Fallbö und was sie zur Folge hätte.

Die Gans erbebte im Wind. Sie war so robust, wie man es sich nur wünschen konnte, ein großes, schwerfälliges Arbeitstier, aber auch ein Arbeitstier war irgendwann am Ende. Es gab keinen Spielraum für einen Fehler. Er würde jede Menge Glück brauchen.

Macaulay warf einen Blick auf das altnordische Medaillon, das er an den Höhenmesserdrehknopf gehängt hatte. Er hatte sich nie für sentimental gehalten. Lexy hatte es getragen, als er sie mitten in einem anderen höllischen Sturm fünfzehn Kilometer über den Grönländischen Eisschild geschleppt hatte. Sie hatte es ihm im Krankenhaus geschenkt.

Er überprüfte noch einmal die GPS-Koordinaten und leitete einen langsamen Sinkflug ein. Der Regen prasselte gegen die Windschutzscheibe, und die Sicht betrug knapp über einen Meter, als er die Gans durch die dichten Wolken nach unten steuerte.

Er flog immer noch blind, als das Flugzeug in der stürmischen Luft zu bocken und zu taumeln anfing. Der Höhenmesser zeigte tausend Fuß an, aber als er nach unten schaute, war da bloß noch mehr Tinte. Er fragte sich, ob die Wolkendecke überhaupt aufreißen würde.

Mit ruhiger Gleichgültigkeit handhabte er die Kontrollen. In seinen zwanzig Jahren als Luftwaffenpilot hatte er so ungefähr alles im Arsenal geflogen, von Apache-Helikoptern über F-15 Eagles bis hin zu C-5A Transportern. Er flog nach Gefühl und Erfahrung.

Der Höhenmesser zeigte vierhundert Fuß an, als die Wolken im Nachthimmel endlich aufrissen und er die Schaumkronen berghoher Wellen unter sich sehen konnte. Den Koordinaten zufolge, die das Navigationssystem anzeigte, würde er in weniger als einer Minute über der Insel sein.

Er kämpfte mit den Kontrollen, um exakt auf Kurs zu bleiben, während die Gans auf beiden Seiten von bösartigen Windstößen attackiert wurde. Ein Aufwind riss ihn plötzlich hundert Fuß hoch, bevor es ihm gelang, die Herrschaft über das Flugzeug wiederzugewinnen und erneut in den Sinkflug überzugehen.

Dann lag die Insel auf einmal vor ihm. Sie war nicht breiter als vierhundert Meter und vielleicht doppelt so lang. Anders als die meisten küstennahen Inseln war sie von einem Streifen Karibischer Kiefern bestanden, die einen großen Teil der Oberfläche sprenkelten. In der Dunkelheit und bei diesem Wolkenbruch wirkte sie unbelebt und verlassen.

Er verringerte die Fluggeschwindigkeit auf hundertzwanzig; bei noch weniger hätte er riskiert, die Motoren abzuwürgen. Er konnte schemenhafte Wellen auf einen Sandstrand prallen sehen, als er knapp über Baumwipfelhöhe hereinkam. Er hielt nach dem Taschenlampenstrahl Ausschau, aber in der dunklen Stille unter ihm war nichts zu sehen.

Er war schon an der Insel vorbei, als er einen Blick über die Schulter warf und das Licht sah.

Es war kaum mehr als ein Flimmern, aber genug für Macaulay, um ein Gefühl für seine ungefähre Position zwischen den Bäumen zu bekommen. Er lenkte die Gans herum und flog zurück. Er öffnete das Seitenfenster, schnappte sich das Päckchen vom Kopilotensitz und hielt es mit der linken Hand aus dem Cockpit.

Der Strahl der Taschenlampe war inzwischen deutlich vor ihm zu sehen; er wanderte auf die Gans zu. Macaulay nahm eine grobe Schätzung der Entfernung vor und ließ das Päckchen dann fallen. Gleich darauf wurde der Lichtstrahl waagrecht, als der Mann losrannte, um es zu holen.

Macaulay machte sich auf den Weg nach Hause. Er stieg auf zweitausend Fuß, schloss wegen des Windes das Fenster und gab die entgegengesetzten GPS-Koordinaten ein. Noch etwa fünfzehn Minuten und er würde wieder in Dangriga ankommen. Er schaute durch das Loch im Kabinenboden nach unten auf den großen Riss im Rumpf und rief sich ins Gedächtnis, dass die Optionen für seine Landung begrenzt waren.

Genau genommen waren die Optionen praktisch nicht vorhanden. Auf den ausfahrbaren Rädern konnte er das Flugzeug nicht landen, weil sie nicht mehr da waren. Er konnte nicht auf dem Wasser landen, weil das Flugzeug wegen des Lochs im Rumpf volllaufen und im Meer versinken würde.

Das Steuer begann in seinen Händen zu vibrieren und zu zittern. Er befand sich wieder im Blindflug. Der Himmel um ihn herum war von undurchdringlichem Schwarz. Es spielte keine Rolle; das Navigationssystem würde ihn genau dahin bringen, wo er hinmusste.

Etwa eine Minute später versagte das Bordnetz und die Instrumentenlichter gingen aus. Macaulay legte den Schalter um, um die Notstromanlage anzuwerfen – die Messgeräte und Instrumente blieben dunkel. Er erinnerte sich daran, dass die Batterien fürs Hilfssystem sich im Rumpf unter dem Cockpit befanden. Der Schlagregen, der durch den offenen Hohlraum gepeitscht war, hatte sie vermutlich erledigt.

Seine beste Chance bestand darin, auf einem westlichen Kurs auf die Küste zuzufliegen und gleichzeitig tief genug herunterzugehen, um die Lichter Dangrigas zu finden. Er kontrollierte den Schwimmkompass, um einen ungefähren westlichen Steuerkurs zu bekommen, und behielt diesen bei, während er begann, durch den Sturm herunterzugehen.

Der Wind ließ jetzt zwar allmählich nach, aber ohne funktionierenden Höhenmesser hatte er keine Ahnung, wie dicht er am Wasser war. Falls die Wolkendecke bis ganz hinunter reichte, würde er ins Meer stürzen.

Genau wie auf all seinen Luftkampfmissionen im Persischen Golf verspürte Macaulay auch jetzt keine körperliche Angst. Er glaubte nicht an einen gütigen Gott – er glaubte an Schicksal. Falls er jetzt sterben sollte, so geschähe es mit einem tiefen Gefühl des Bedauerns, dass sich die Dinge mit Lexy nicht so entwickelt hatten, wie er es gehofft hatte.

Die Gans durchbrach die dichte schwarze Wolkenschicht. Er war nicht mehr als vierzig Meter über dem Meer. In geringer Entfernung konnte er die Lichter Dangrigas sehen.

Nachdem er die Nase der Gans darauf ausgerichtet hatte, sah er etwas noch Besseres.

Auf dem pechschwarzen Meer waren zwei Reihen grüner Drehwarnlichter, die parallel zueinander verliefen. Es war klar, dass er das Tom Hurdnut zu verdanken hatte, der damit einen sicheren Landepfad für ihn markieren wollte.

Als er näher kam, sah Macaulay, dass der Landepfad parallel zum Strand verlief, ungefähr zwanzig Meter draußen im seichten Wasser. Hurdnut hatte längs des Strandes Lichtpfosten aufgestellt, um das Wasser zu beleuchten. Die See war immer noch sehr rau mit fast zwei Meter hohen Wellen, aber wenn die Gans ihren Bauch nicht verloren hätte, hätte er sie wahrscheinlich sicher landen können.

Es hatte keinen Zweck, das Unvermeidliche hinauszuzögern. Als er auf den beleuchteten Landepfad zu in den Sinkflug ging, sah er, dass sich am nächsten Teil des Strandes eine Menschenmenge zusammengefunden hatte. Ein paar Leute fingen an, auf ihn zu zeigen, als sie das klaffende Loch im Rumpf bemerkten.

Er fuhr die Landeklappen voll aus und zog die Nase der Gans höher, denn er wollte versuchen, sie auf dem Teil der Flugzeugzelle aufzusetzen, der noch unversehrt war. Auf einmal verloren die Motoren ihre Leistung und begannen zu stottern, weil die Gischt die Ansaugöffnungen verstopfte.

Die Nase senkte sich, und einen Augenblick später schlug der beschädigte Vorderteil des Flugzeugs auf dem Wasser auf; ein Kreischen von gequältem Metall, und die Gans blieb ruckartig stehen, als hätte sie eine Backsteinmauer getroffen.

Macaulay wurde im Sicherheitsgurt nach vorne geworfen, sodass er mit dem Kopf aufs Steuer schlug und für einen Moment das Bewusstsein verlor. Ein Brecher krachte gegen die

Flugzeugnase; Macaulay sah mit an, wie die bereits gesprungene Windschutzscheibe vor ihm zerbarst.

Als er die Arme hochriss, um seine Augen zu schützen, spürte er einen plötzlichen, stechenden Schmerz in den Händen und dem rechtem Arm, als die Splitter durchs Cockpit flogen. Dann war er von kaltem Meer umgeben. Er holte tief Luft, bevor das Wasser ihm über den Kopf stieg und das Cockpit füllte.

Kurz darauf gab es einen heftigen Stoß, als die Nase der Gans sich in den sandigen Grund des Hafens bohrte. Er war sich sicher, dass die Wassertiefe keine zwei Meter betragen konnte; er musste einfach nur das Sicherheitsgeschirr öffnen und durch die Öffnung schwimmen, wo vorher die Windschutzscheibe gewesen war.

Seine Lunge kämpfte gegen seinen verschlossenen Mund an, als er nach unten langte, um die einzelnen Gurte um Brust und Bauchgegend zu lösen, denn bei diesen alten Teilen gab es keinen Schnelllösemechanismus. Beide waren mit Schnallen versehen und liefen in der unteren rechten Ecke des Pilotensitzes zusammen.

In dem Moment, als er den rechten Arm heben wollte, um die Schnallen zu öffnen, merkte er, dass er bei der Explosion der Windschutzscheibe gebrochen worden war: Er hing unbeweglich und anscheinend gelähmt herunter. Er drehte sich nach rechts und versuchte, die Schnallen mit der Linken zu erreichen und zu öffnen. Bei der Brustschnalle gelang es ihm; die Hüftschnalle saß zu weit unten, um an sie heranzukommen.

Im Sog des kalten Wassers schlug ihm ein Trümmerteil so heftig ins Gesicht, dass er unwillkürlich den Mund öffnete und Meerwasser schluckte. Er stemmte die Füße gegen den

Kabinenboden und stieß sich nach oben. Der zweite Sicherheitsgurt blieb fest um seine Taille, und er sackte wieder in den Sitz zurück.

Als sein Gehirn sich abzuschalten begann, dachte er für einen Moment darüber nach, wie absurd es war, den Flug überlebt zu haben, nur um dann wegen eines Gurtschlosses in gerade einmal mannshohem Wasser zu sterben. Wenn sich seine Lunge in diesem Moment nicht mit Wasser gefüllt hätte, hätte er vielleicht gelacht. Aus der Richtung der fehlenden Windschutzscheibe trieb etwas Großes gegen ihn.

In seinen letzten halbbewussten Momenten spürte er, dass er jetzt irgendwie frei war und schwerelos im dunklen Meer auf ein strahlendes Licht in weiter Ferne zuschwebte. Vielleicht gab es ja doch einen Himmel, dachte er, bevor sein Verstand endgültig erlosch.

Eine Stimme störte seine ewige Ruhe. Es war die Stimme eines Engels.

»Atme, Liebling!«

Langsam kam er aus der Dunkelheit wieder hoch und hörte die Stimme noch einmal.

»Atme, Liebling!«

Er fühlte jemandes Mund auf seinem, der ihm Luft in die Lunge blies.

»Atme, Liebling!«, wiederholte die Stimme.

Er glaubte die Stimme zu kennen. Macaulay öffnete die Augen.

Das Gesicht nahm über ihm Kontur an, regennass.

Es konnte nicht sein. Aber sie war es.

Lexy.

Sechs

14. Mai
Karl-Heusner-Memorial-Krankenhaus
Belize City

Als er aufwachte, blickte er in das hagere, strahlende Gesicht von Carlos, der sich über sein Krankenbett beugte. Macaulay wünschte, es wäre das Gesicht gewesen, das er gesehen hatte, als er am Strand das Bewusstsein wiedererlangt hatte. War Lexy dort gewesen, oder hatte er eine Wahnvorstellung gehabt?

Macaulay dröhnte der Schädel, aber daran war kein Kater schuld. Er griff mit der linken Hand nach oben und betastete den Verband an seiner Stirn. Er erinnerte sich daran, mit dem Kopf aufs Steuer geschlagen zu sein, als die Gans auf dem Wasser aufgekommen war. Sein rechter Arm war unbeweglich und steckte in einem Kunststoffverband; die Bandagen an beiden Händen hatte er wohl der geborstenen Windschutzscheibe zu verdanken.

»Du haben geschafft, Steef!«, sagte Carlos. »Ich nicht haben glauben. Der Lady tauchen in Wrack, und er bringen dich zurück.«

Eine riesige Gestalt tauchte in der Tür auf und näherte sich der anderen Seite des Betts. Carlos blickte auf, und seinem Gesichtsausdruck nach zu urteilen hatte er den Mann, den er erblickte, noch nie zuvor gesehen. Er trug eine Latzhose und war fast zwei Meter groß, hatte einen gewaltigen Brustkorb und einen Schopf weißer Haare, die ihm bis halb über den Rücken fielen. Seine schiefe Nase war rot wie eine Tomate.

»Es hat den Anschein, General Macaulay, dass Sie jedes Mal, wenn ich Sie sehe, in einem Krankenhausbett liegen«, sagte Barnaby Finchem. »Sie sollten sich was schämen, derart rumzugammeln!«

»General?«, wiederholte Carlos. »Du sein ein General, Steef?«

»Bin ich mal gewesen«, antwortete Macaulay. »Wie haben Sie mich gefunden, Barnaby?«

»Dazu bedurfte es nur einer simplen Personensuche auf meinem Computer. Ich habe bloß die Worte *liebeskranker Exgeneral* eingegeben, und schon erschien Ihr Name.«

»Danke!«, sagte Macaulay und drehte sich von ihm weg.

»Na gut«, lenkte Barnaby ein. »Ich habe die Hilfe einer kleinen Behörde in Anspruch genommen, die sich US-Außenministerium nennt; die haben Ihren Pass aufgespürt.«

»Wo ist sie?«, fragte Macaulay.

»Wartet im Aufenthaltsraum«, antwortete Barnaby. »Ich wollte Sie ein paar Minuten allein sehen, bevor Sie beide sich wieder begegnen.«

»Ich sein direkt draußen, falls du mich brauchen, Steef«, sagte Carlos und schenkte dem großen Mann im Gehen einen misstrauischen Blick.

Barnaby zog sich einen Stuhl ans Bett. »In meinem Alter ist es ein bisschen zu spät, eine Karriere als Partnerschaftsberater zu beginnen.«

»Ich habe gesehen, wie Sie Ihre Partnerschaftsqualifikationen bei Ihren Studentinnen in Harvard unter Beweis stellen.«

»Versuchen Sie, nicht zu voreingenommen zu sein«, sagte Barnaby. »Ich war auch dreimal verheiratet und habe in dieser Zeit ein oder zwei Dinge gelernt.«

»Legen Sie los!«, forderte Macaulay ihn auf.

»Sie und Alexandra haben etwas Besonderes zusammen gehabt … um die Sache nicht zu bagatellisieren, Sie und Alexandra haben sich geliebt.«

»Sie sollten Ihre eigene Realityshow haben … ›Dr. Barnaby‹.«

»Sie wäre wahrscheinlich ein Quotenschlager. Darf ich fortfahren?«

Macaulay nickte.

»Sie haben zusammen auch einige der grauenvollsten Erfahrungen gemacht, denen zwei Menschen vielleicht jemals ausgesetzt waren«, sagte Barnaby. »Dazu zählen das Massaker an Ihrem Expeditionsteam in Grönland, Ihr knappes Entkommen über den Eisschild, das Überleben des Mordversuchs in Maine, das Feuergefecht an Leif Erikssons Grab, das Begraben von lebendigen Menschen. Man könnte diese Erlebnisse durchaus als in hohem Maße traumatisch bezeichnen.«

»Ja … einverstanden.«

»Menschen reagieren beim Umgang mit emotionalen Traumata auf unterschiedliche Weise«, führte Barnaby aus. »Manche verschließen sich oder laufen einfach davon. In Ihrem Fall kam es zu einer Idealisierung und Verehrung Alexandras … bei ihr hingegen zur völligen Versenkung in ihre Arbeit. Diese beiden Herangehensweisen waren unvereinbar.«

»Ich möchte sie jetzt sehen«, sagte Macaulay.

Barnaby ging zur Tür, blieb stehen und drehte sich um. »Als wir gestern Nacht ankamen, waren Sie bereits losgeflogen. Alexandra und ich warteten mit den Gaffern am Strand, als Sie zurückkamen. Nachdem Ihr Flugzeug auf dem Wasser aufgeschlagen war, standen alle anderen rum und machten Fotos mit ihren Handys und sahen zu, wie in der Ferne das

Rettungsboot kam. Alexandra ist rausgeschwommen und hat Sie aus dem Wrack gezogen, bevor das Boot da war. Soviel ich weiß, war es ziemlich knapp. Das scheint darauf hinzudeuten, dass sie immer noch Zuneigung für Sie hegt.«

»Warum sind Sie hier runtergekommen?«, wollte Macaulay wissen.

»Heben wir uns das für später auf!«, entgegnete Barnaby. »Ein Flugzeug des Verteidigungsministeriums wartet auf uns … falls Sie in der Verfassung für einen neuerlichen Flug sind.«

Macaulay nickte.

Als Barnaby gegangen war, lag Macaulay mit beinahe kindischer Vorfreude da, während er auf die geschlossene Tür starrte. Es war, als wäre er wieder ein kleiner Junge und würde darauf warten, dass seine Eltern ihn am Morgen des ersten Weihnachtsfeiertags herunterriefen.

Die Tür ging auf, und sie kam ins Zimmer. Ihr Gesicht lag im Schatten, als sie sich dem Bett näherte. Ohne ein Wort beugte sie sich hinab und küsste ihn sanft auf den Mund. Sie roch nach Seife und Shampoo. Geißblatt.

Die großen veilchenblauen Augen blickten auf ihn herab. Ein natürlicher Scheitel teilte die noch feuchten kastanienbraunen Haare über ihrem Gesicht; es lag ein goldener Schimmer darin. Sie nahm seine Hand in ihre. Sie war warm und weich.

»Eine weitere wagemutige Heldentat«, sagte Lexy mit dem Anflug eines Lächelns. »Du scheinst nicht davon lassen zu können.«

»In dem Moment sah es wie eine gute Idee aus.«

»Welche Fehler du auch haben magst, mangelnder Mut gehört nicht dazu«, sagte sie.

Sie trug ein zu großes Männer-Cargohemd und eine kurze Hose. Er fragte sich, was aus ihren Kleidern geworden war.

»Ich habe mir nicht die Zeit genommen, über die Gefahr nachzudenken.«

»Das machst du doch nie«, sagte sie. »Die Frau, die von der Schlange gebissen wurde, hat das Gegengift rechtzeitig verabreicht bekommen. Du hast ihr das Leben gerettet.«

»Danke für mein Leben«, entgegnete er.

»Ich habe mich nur für Grönland und Maine revanchiert«, sagte sie. »Ich liege immer noch mit zwei oder drei hinten.«

»Wie hast du … warum bist du …?«

»Wir waren gerade an den Strand gekommen, als wir dein Flugzeug zurückkommen hörten«, erklärte sie. »Ich sah, dass der beleuchtete Flugpfad dich dicht am Ufer herunterbringen würde. Gleich als wir das klaffende Loch im Rumpf sahen, streifte ich die Schuhe ab und zog mich bis auf BH und Höschen aus.«

»Das muss einen Aufruhr verursacht haben!«, meinte er grinsend.

»Mich hat niemand beachtet«, sagte sie. »Ich rannte am Strand entlang zu der Stelle, wo ich mit deinem Aufprall rechnete; als es so weit war, sprang ich ins Wasser und schwamm raus. Dort, wo du runtergegangen bist, betrug die Tiefe weniger als drei Meter, also tauchte ich zum Cockpit und stellte fest, dass die Windschutzscheibe fehlte. Die Positionslichter am Flugzeug waren noch an, und ich konnte dich im Pilotensitz sehen. Du hast dich nicht bewegt und schienst in deinem Sicherheitsgurt festzuhängen. Ich musste wieder hoch, um Luft zu holen, aber bei meinem zweiten Tauchgang entdeckte ich, dass der Gurt noch zugeschnallt war. Von da an war es einfach.«

»Klar, Kinderspiel!«

Sie beugte sich hinab und küsste ihn noch einmal. Diesmal ließ sie ihren Mund auf seinem verweilen, bevor sie den Kopf wieder wegzog.

»Ich habe dich vermisst«, sagte sie.

»Ich wünschte, ich könnte dasselbe sagen«, erwiderte er. »Einfach zu viel zu tun hier unten.«

»Du bist kein guter Lügner, Steve«, sagte sie. »Das mit uns … ich musste tun, was ich getan habe … weggehen.«

Er schwieg.

Barnaby kam herein und türmte sich wie ein Koloss über ihnen auf.

»Ich bitte um Vergebung, wenn ich diese zärtliche Versöhnungsszene störe, aber auf uns wartet ein Flugzeug«, sagte er. »Und um Ihre Frage zu beantworten, General Macaulay, warum wir hier sind: Wir werden Sie jetzt aus diesem pestverseuchten Loch rausholen und es Ihnen im Flugzeug gemütlich machen. *Das Wild ist auf*, mein Junge!«

Der weiße Learjet 45 wartete mit heulenden Motoren und offener Kabinentür auf dem Rollfeld auf sie; der Flugzeugrumpf trug in strahlendem Blau die Worte *United States of America.*

Als Macaulay sich im Passagierabteil niedergelassen hatte, kam Barnaby wieder, um nach ihm zu sehen. Er hielt ein volles, langstieliges Weinglas in der Hand.

»Hätten Sie lieber Weißen oder Roten zu Ihrem Prime Rib?«, fragte er. »Unser Bordküchen-Steward ist bestrebt, die Passagiere zufriedenzustellen.«

»Ich hätte lieber ein Sam Adams«, antwortete Macaulay mit mattem Grinsen, »kalt wie Valley Forge!«

Barnaby setzte sich zu ihm.

»Was wissen Sie über den Pekingmenschen?«, fragte er.

Macaulay dachte über die Frage nach.

»Jetzt fällt es mir wieder ein«, sagte er. »Das war mal ein gutes chinesisches Restaurant in Arlington, als ich im Pentagon stationiert war.«

»Ausgezeichnet!«, erwiderte Barnaby. »Dann sind Sie ja auf dem neuesten Stand, was unser Vorhaben betrifft!«

Sieben

17. Mai
Amerikanisches Naturkundemuseum
Central Park West
New York City

»Das könnte ein guter Anlaufpunkt sein«, meinte Barnaby Finchem, während er Lexy und Macaulay durch den von hohen Säulen gesäumten Eingang des Museums führte. »Einer meiner Harvard-Kollegen hat mir erzählt, dass dieser Sebastian Choate mehr über das Verschwinden des Pekingmenschen weiß als jeder andere lebende Mensch.«

»Ohne dass es ihm allerdings gelungen wäre, ihn zu finden, soviel ich weiß«, sagte Macaulay.

»Er könnte uns vielversprechende Hinweise liefern«, fuhr Barnaby fort, ohne auf die Stichelei zu reagieren. »Außerdem habe ich gehört, dass er außerordentlich exzentrisch ist.«

»Dann dürften Sie beide ja wie Blutsbrüder klarkommen!«, meinte Lexy mit einem Grinsen.

Seit der Abreise aus Belize und einem Übernachtaufenthalt im Bethesda Naval Hospital hatte Macaulays Genesung Fortschritte gemacht: Die Stirnbandage war durch ein kleines Pflaster ersetzt worden, und für seine ausgerenkte Schulter brauchte er keinen Verband mehr.

»Choate ist ein bedeutender Gönner des Museums und der Enkel eines seiner ursprünglichen Gründer«, erklärte Barnaby, als sie sich einer Schar von Touristen und Schulkindern anschlossen, die im Vestibül herumliefen.

Eine schlanke Chinesin in einem grünen Hosenanzug kam durch das Gewühl auf sie zu; mit einem zaghaften Lächeln des Wiedererkennens blickte sie zu Barnaby hoch.

»Ich bin Dongmei, Dr. Finchem«, sagte sie in leicht akzentuiertem Englisch, »Professor Choates Assistentin. Er hat mich geschickt, um Sie zu ihm zu bringen.«

Sie war in den Sechzigern, hatte ein zierliches ovales Gesicht, einen Helm glänzender schwarzer Haare und strahlende braune Augen.

»Woher wussten Sie, wer ich bin?«, fragte er.

Sie errötete und sagte: »Die Beschreibung Ihres Äußeren ließ wenig Raum für Zweifel.«

»Das will ich mal als Kompliment auffassen.«

Barnaby hatte einen ernsthaften Versuch unternommen, salonfähig auszusehen. Seine üppige weiße Mähne war zu einem langen Pferdeschwanz gebändigt, und er hatte einen sauberen roten Gabardine-Overall angezogen. Die Touristen, die anstanden und auf den Einlass zu den Ausstellungen warteten, glotzten ihn an, als er vorbeiging.

Während sie sich durch die ›Milstein-Halle der Meereslebewesen‹ begaben, hörte Lexy aufgeregte Rufe und sah, als sie nach ihrem Ursprung Ausschau hielt, einen Pulk von Grundschulkindern, die ehrfürchtig das dreißig Meter lange Modell eines Blauwals bestaunten, das von der Decke hing. Sie erinnerte sich an ihre eigene Verzauberung, als sie als Kind die ›Halle der Ursprünge des Menschen‹ in diesem Museum besucht hatte; es war eine der Inspirationen für sie gewesen, Archäologin zu werden.

Es dauerte zehn Minuten, bis sie sich durch das Labyrinth der Gänge und Treppen gearbeitet hatten, die von den Hauptausstellungshallen zu den Hunderten von Büros und Forschungslaboren in den siebenundzwanzig miteinander verbundenen Gebäuden führten, die das Museum bildeten.

Als sie im Erdgeschoss des ältesten Museumsgebäudes im Komplex ankamen, bemerkte Macaulay das Datum 1869 im Grundstein. Die Chinesin führte sie über mehrere Treppenfluchten ins oberste Stockwerk und dann durch einen dunklen Korridor. Die Decken aus der viktorianischen Zeit waren fünf Meter hoch. Das flackernde Licht kam von alten Gaswandleuchten, die im Wandputz eingebettet waren.

»Vielleicht haben sie hier oben noch nichts von der Entdeckung der Elektrizität gehört«, raunte Macaulay Lexy zu.

Lexy roch den Duft exotischen Räucherwerks, als die Chinesin zum letzten Büro entlang des Korridors kam. Auf einem Namensschild aus Messing neben der massiven Eichentür stand SEBASTIAN CHOATE, URSPRÜNGE DES MENSCHEN. Dongmei nahm einen Schlüssel aus ihrer Handtasche, entsperrte einen Riegel und führte sie hinein.

Als Macaulay den Blick über die nussbaumgetäfelten Wände wandern ließ, hörte er, wie die Tür hinter ihm wieder abgesperrt wurde, und fragte sich, wieso die Sicherheitsvorkehrungen so streng waren. Es gab zwei hohe Fenster in dem Raum, doch Fensterläden verhinderten das Eindringen von Tageslicht. Eine einsame Schreibtischlampe mit Tiffany-Schirm lieferte die einzige Beleuchtung. Durch eine Türöffnung in einen anderen, größeren Raum konnte er ein Holzfeuer auf dem Rost eines Marmorkamins brennen sehen.

Bevor Dongmei sie in den nächsten Raum hineinführte, deutete sie auf ein Silbertablett, auf dem sich mehrere Paare an der Ferse offene Brokatpantoffeln befanden.

»Wenn Sie bitte so freundlich wären«, sagte sie höflich. »Ich bedaure, dass es notwendig ist, dass Sie Ihre Schuhe ausziehen«, ertönte eine dünne Fistelstimme aus dem nächsten Raum.

Nachdem sie die Pantoffeln angezogen hatte, ging Lexy hinein und sah einen Mann, der auf einem gepolsterten viktorianischen Lehnstuhl neben dem Kamin hockte. Er zeigte auf den Läufer auf dem Boden und sagte: »Es ist der zweitälteste urkundlich belegte chinesische Läufer auf der Welt, ein Cousin des Pasyryk. Mindestens zweitausend Jahre alt.«

Als Macaulay auf den Mann herabblickte, kam ihm der Gedanke, er könnte in etwa genauso alt sein.

»Bitte sehen Sie mir nach, wenn ich nicht aufstehe, um Sie zu begrüßen«, sagte der Mann. »Ich bin Sebastian Choate.«

Er war nicht größer als eins fünfzig und trug einen roten Morgenrock aus Seide, der mit goldenen Tigern geschmückt war. Seine kleinen Beine ruhten auf einem Polsterhocker, der noch näher am Feuer stand, und waren mit einer roten Häkeldecke zugedeckt.

Es war unglaublich warm im Raum, deutlich über dreißig Grad, schätzte Macaulay. Der Geruch nach Räucherwerk war überwältigend, als der Mann ihnen bedeutete, sich gegenüber von ihm zu setzen.

»Dongmei«, sagte er mit dünner Stimme, »bitte bringen Sie Tee für meine Gäste!«

Sie verbeugte sich und verließ das Zimmer.

»Ich fürchte, dass ich, wie wechselwarme Insekten, auf Wärmebasis existiere«, erklärte Sebastian Choate.

»Danke, dass Sie sich die Zeit nehmen, uns zu empfangen«, sagte Barnaby. »Wir sind weit gereist, um Ihren Rat zu suchen.«

»Ich fürchte, ich bin der letzte Mensch, dessen Rat Sie suchen sollten«, erwiderte der kleine Mann.

Es war schwer, sein Alter zu schätzen. Ein Klacks weißer Haare bedeckte den obersten Punkt seines leicht spitz zulaufenden Kopfes. Sein Körper war skelettartig und die Haut seiner Hände wie knittriges Pergament. Sein Gesicht hatte etwas Affenartiges, und das unnatürliche Grinsen, das unentwegt um seinen Mund lag, deutete auf einen erlittenen Schlaganfall hin.

»Wir hatten gehofft, mehr über das Verschwinden der Pekingmensch-Fossilien zu erfahren«, fuhr Barnaby fort, »und vielleicht ein paar neue Informationen zu bekommen, die uns helfen werden, sie ausfindig zu machen.«

Choate betrachtete einige Sekunden lang Barnabys Gesicht, ehe er antwortete.

»Als ich jung war, Dr. Finchem, war es mein Traum, Wissenschaftler zu werden«, sagte er, »und einen ernsthaften Beitrag auf dem Gebiet der Anthropologie zu leisten. Ich wollte die Chance haben, bei der Auswertung jeder neuen Entdeckung zu helfen, die die Ursprünge des Menschen erklären würde. Ich war ein junger Mann von einiger Befähigung, doch im Laufe meines Lebens fand ich heraus, dass Befähigung nur eine Kunstfertigkeit ist. Befähigung ohne Hingabe ist nichts wert. Statt Wissenschaftler zu werden, wurde ich bloß ein Mensch, der Wissenschaft studiert … wenn auch kein unbedeutender.«

Lexy schaute sich in dem großen Raum um und betrachtete die Sammlungen, die die Wände schmückten und die Glas- und Mahagonivitrinen füllten. Alle Exponate waren eine Hommage an den frühen Menschen, Gipsabgüsse von Schädeln, alte Steinwerkzeuge und -waffen, Bruchstücke von Knochen, alte Schwarz-Weiß-Fotografien von Archäologen bei verschiedenen Grabungen.

»Vor ein paar Jahren steuerte ich mehrere Monografien zu der fünfzehnbändigen Geschichte der Wissenschaft bei, die Professor Charles Gillispie aus Princeton herausgegeben hat«, fuhr er fort. »Aber in Wahrheit, Dr. Finchem, bin ich ein kompletter Versager. Ich habe in der Ehe versagt. Ich habe als Vater versagt. Ich habe bei der wichtigsten Suche versagt, die ich jemals unternommen habe. Und jetzt wartet das Ende auf mich.«

Macaulay fing an zu schwitzen. Er zog die Jacke aus und fragte sich, ob die Grübeleien des Mannes über sein vergangenes Leben auch ein baldiges Ende finden würden. Weil er neben Lexy saß, konzentrierte er sich auf die feine Struktur des Haars in ihrem Nacken.

»Im Laufe meiner achtundneunzig Jahre schaue ich mir an, was wir nach einer Million Jahren menschlichen Fortschritts erreicht haben. Die Welt ist ein tückischer Ort geworden, Sir, grotesk gewalttätig; verfeindete religiöse Lager kämpfen in jedem Teil der Erde, begünstigt von Armut und Hungersnot«, sagte Choate. »Nicht dass unser Planet nicht schon immer eine Jauchegrube gewesen wäre, aber es ist fortschreitend schlimmer geworden.«

Die Chinesin kam wieder herein, vor sich einen Servierwagen, auf dem sich ein silbernes Teeservice befand. Mit geübter Feierlichkeit goss Professor Choate jedem von ihnen Tee in fingerhutgroße Porzellantassen. Seinem Monolog tat dies keinen Abbruch.

»Wie Sie sich denken können, gehöre ich keiner organisierten Religion an. Einmal bildete ich mir ein, ein Transzendentalist vom Schlage Emersons und Whitmans zu sein, aber selbst diese kleine Hinwendung zu einer optimistischen Weltsicht wurde von der Last dessen zunichtegemacht, was nur als göttlich geniale Hölle auf Erden bezeichnet werden kann.«

Macaulay warf erneut einen Blick auf die Uhr. Falls der alte Mann mit seinem gegenwärtigen Tempo weitermachte, würden sie das nächste Jahrtausend erreichen, bevor er zu dem Thema kam, das sie besprechen wollten.

»Sie haben vorhin Ihre große Suche erwähnt«, unterbrach Barnaby ihn behutsam.

»Natürlich, vergeben Sie mir meine Abschweifungen! In meinem Alter scheint die Wahrheit wie ein mächtiger Fluss hinauszuströmen. In der Tat, ich habe Millionen meines Familienerbes und siebzig Jahre meines Lebens in die Jagd nach *Homo erectus pekinensis* investiert«, sagte er, wobei er traurig den kleinen Kopf schüttelte, »weil ich mich der Aufgabe verschrieben hatte, ihn seinem Platz in der Geschichte wieder zuzuführen. Leider sollte es nicht sein.«

»Wir wissen, dass es zahlreiche Theorien gibt, was aus ihm geworden ist«, sagte Barnaby.

»Ja, und ich kenne sie alle«, antwortete Choate, »all die vielen vielversprechenden Hinweise, all die anfangs vielverheißenden Wege, die am Ende alle ins Nichts führten.«

Das unnatürliche Grinsen wurde von einem kurzen Kichern verdrängt.

»Du meine Güte … ich glaube, ich habe einen Witz gemacht!«

Barnaby schenkte ihm ein gezwungenes Lächeln und sagte: »Wie sieht's mit harten Fakten aus?«

»Die eine Tatsache, bei der wir uns sicher sind, ist, dass der Pekingmensch auf dieser Erde zum letzten Mal am Nachmittag des 8. Dezembers 1941 chinesischer Zeit gesehen wurde, als die Fossilien im Peking Union Medical College in Glaskästen gepackt, mit wasserdichtem Wachstuch abgedichtet und in zwei Teakholzkisten geschlossen wurden. Wegen des

Chaos, das der japanische Vormarsch verursachte, war in den Straßen der Stadt Panik ausgebrochen. Danach ist alles reine Spekulation.«

»Soviel ich weiß, bestand die Sorge, dass die Fossilien den Japanern in die Hände fielen«, sagte Barnaby.

Choate setzte sich im Stuhl auf, und das ständige Grinsen konnte seine Erregung nicht verbergen.

»Es war nicht bloß eine Sorge … die Japaner waren Fossilienräuber«, sagte er, »wenn sie nicht gerade der Lust am Abschlachten chinesischer Frauen und Kinder nachgaben! Noch am selben Tag, als die Invasoren in der Stadt ankamen, kam eine Abordnung japanischer Archäologen ins College und verlangte, dass der verschlossene Safe im Fachbereich Anatomie geöffnet wurde, der bis zum Tag davor die Fossilien des Pekingmenschen enthalten hatte. Sie wussten, dass er da war, und sie wollten ihn haben. Als die Japaner den Pekingmenschen nicht fanden, wurden die chinesischen Archäologen im College befragt und gefoltert. Zwei wurden hingerichtet.«

»Warum wollten sie die Fossilien denn unbedingt haben?«, fragte Lexy.

Choate starrte sie ein paar Momente lang an. Von dem intensiven Ausdruck in seinen Augen her dachte Macaulay, er würde vielleicht gleich etwas Wichtiges enthüllen. Gleich darauf zuckte er mit den Schultern und sagte: »Sie waren Tiere.«

»Was sind die vielversprechendsten Theorien über den Verbleib der Fossilien?«, wollte Lexy wissen.

»Über die Jahre hinweg sind viele aufgestellt worden, Dr. Vaughan«, antwortete Choate. »Und darf ich sagen, dass ich ein großer Bewunderer Ihrer Monografien über die altnordischen Expeditionen nach Minnesota im vierzehnten Jahrhundert bin? Sie liefern sehr überzeugende Argumente.«

»Nicht für jeden«, erwiderte sie.

»Sie sind jung … Sie haben eine glänzende Zukunft vor sich.«

»Wie lautet Ihre eigene Theorie?«, fragte Barnaby.

»Sie hat sich im Lauf der Zeit geändert. Manche Theorien schienen bei erster Betrachtung lächerlich, wurden jedoch bei weiterer Recherche plausibler. Andere wirkten ganz logisch, stellten sich aber als falsch heraus. So gab es zum Beispiel vermeintlich eindeutige Darstellungen, dass die Kisten per Zug in den Norden nach Tientsin geschickt wurden, und es gab andere vermeintlich eindeutige Darstellungen, dass man die Fossilien zur sicheren Aufbewahrung auf dem Gelände der amerikanischen Botschaft vergrub.«

Choate deutete auf etwas auf der anderen Seite des Raumes, was wie ein großer, schwarz glänzender Wandschrank aussah. Macaulay erkannte, dass es sich um einen hochmodernen, auch mit neuester Technik praktisch nicht zu überwindenden Stahltresor handelte. Die zwei Zahlenkombinationsschlösser öffneten ihn nicht wirklich, sondern lösten den Mechanismus aus, der Fünfzig-Millimeter-Stahlbolzen in alle Richtungen schickte, um sämtliche Ränder der Stahltür zu schützen. Die Stahlplatten der Tresorwände waren vermutlich an die zehn Zentimeter dick.

»Alle Daten, die ich über die letzten siebzig Jahre hinweg gesammelt habe, befinden sich da drin«, sagte Choate. »Unter den viertausend Seiten finden Sie Niederschriften von jeder Unterredung, die während meiner Suche geführt wurde, die Namen von allen, mit denen ich in diesem Zeitraum zusammengearbeitet habe, die Resultate von Dutzenden von fruchtlosen Suchen und die Fahrpläne und Passagierlisten sämtlicher Züge, Schiffe oder Flugzeuge, die wir ausfindig machen konnten, die während dieser Woche im Jahr 1941 zwischen Peking und dem Norden verkehrt sind. Sie dürfen sie gerne nach Belieben durchsehen!«

Falls sie das in diesem Treibhaus tun mussten, da war Macaulay sich sicher, würde er an einem Hitzschlag sterben. Choates Energie schien plötzlich nachzulassen, und das Kinn sank ihm auf die Brust. Dongmei nahm ihm die Teetasse aus der Hand. Er rührte sich und wurde wieder munter.

»Sie wollten uns gerade von Ihrer eigenen Theorie erzählen, Professor Choate«, kam Barnaby ihm zu Hilfe.

»Ja, richtig, direkt nach Kriegsende schrieb ich eine Belohnung von fünfzigtausend Dollar für jede Information aus, die zur Wiederbeschaffung der Pekingmenschfossilien führen würde«, fuhr er fort. »Das führte zu drei chinesischen Studenten, die 1941 auf der eingangs erwähnten medizinischen Hochschule waren. Ich befragte sie einzeln. Auch wenn sich ihre Angaben in Details unterschieden, sagten doch alle drei, dass sie mitbekommen hätten, wie die Kisten auf zwei grüne Lastwagen geladen und von einer kleinen Abteilung amerikanischer Marinesoldaten weggebracht worden waren. Die Soldaten wurden von einem einzelnen Offizier angeführt. Die Studenten waren zwar mit unserem militärischen Rangsystem nicht vertraut, sagten aber übereinstimmend aus, dass er jung war.

Nach siebzig Jahren bin ich persönlich zu dem Schluss gekommen, dass es tatsächlich einen Marine-Lastwagenkonvoi gegeben hat, der die Fossilien abgeholt hat, und dass er sich auf den Weg nach Camp Holcomb machte, dem einzigen verbliebenen Marinestützpunkt der Amerikaner im Norden nahe der Hafenstadt Chinwangtao«, sagte Choate. »Die Frage ist: Ist er jemals dort angekommen? Einer meiner Mittelsmänner befragte einen Marinesoldaten im Ruhestand in San Diego, der 1941 an den Chinwangtao-Hafenanlagen stationiert war, und der behauptete, dass die beiden Kisten zu einem Schweizer Lagerhaus gebracht und dort vergraben wurden. Ich selbst habe Chinwangtao Anfang 1949 besucht, kurz vor der Machtübernahme durch die chinesischen Kommunisten. Inzwischen hatte ich einen anderen Marinesoldaten befragt, der behauptete, in Camp Holcomb gewesen zu sein, als der Lastwagenkonvoi eintraf, und mir erzählte, dass die Kisten unter einer Kaserne auf dem alten Marinegelände vergraben wurden. Er besorgte mir sogar eine Landkarte. Ich beauftrage sofort eine Baufirma damit, das ganze Areal auszubaggern. Sie fanden nichts. Als Nächstes befahl ich ihnen, an dem früheren Standort des Schweizer Lagerhauses in der Nähe der Hafenanlagen das Erdreich auszuheben, aber ich war gezwungen, auf dieses Vorhaben zu verzichten, als die sogenannte Volksbefreiungsarmee ankam. Es kostete mich ein kleines Vermögen und den Großteil meiner Haare, aus dem Land zu entkommen.«

»Unter der Annahme, dass es einen Marinekonvoi gab«, ergriff Lexy wieder das Wort, »dürfen wir auch annehmen, dass sein Bestimmungsort die Hafenstadt war, weil dort ein Schiff auf ihn wartete.«

»Äußerst scharfsinnig, Dr. Vaughan!«, sagte Choate. »Tatsächlich war das letzte amerikanische Schiff in China zu diesem Zeitpunkt unterwegs von Manila und steuerte Chinwangtao an. Es war die S.S. *President Harrison.* Unglücklicherweise wurde es von japanischen Kriegsschiffen angegriffen und hat es nie am Jangtse vorbeigeschafft. Falls der Marinekonvoi Chinwangtao wirklich erreicht hat und sah, dass kein Schiff da war, erscheint es logisch, dass sie die Kisten versteckten. Dieses Hafengebiet ist inzwischen ein chinesischer Fertigungskomplex. Vor zehn Jahren erwarb ich einen Anteil an einer der Firmen einzig und allein aus dem Grund, weil sich ihr befestigter Parkplatz an derselben Stelle befindet wie das ursprüngliche Schweizer Lagerhaus. Seitdem haben wir heimlich dort gegraben, jedoch ohne Erfolg.«

»Was ist mit der Möglichkeit, dass ein anderes Schiff im Hafen lag, als sie ankamen?«, schlug Lexy vor.

»Sämtlichen Aufzeichnungen zufolge lagen in Chinwangtao zu der Zeit keine anderen Schiffe«, sagte Choate. »Jede Schifffahrtsgesellschaft meldete, dass sie ihre Schiffe lieber in See hatten stechen lassen, als sie von den Japanern konfiszieren zu lassen.«

»Der Offizier, der die Marineabteilung am 8. Dezember kommandierte, müsste militärische Einsatzberichte zu den Akten genommen haben«, warf Macaulay ein, dem jetzt der Schweiß übers Gesicht rann. »Haben Sie die Aufzeichnungen der Marine aus dieser Zeit überprüft?«

Choate drehte sich zu ihm um und musterte ihn. »Sind Sie krank, Sir? Soll ich ärztliche Betreuung rufen?«

»Man nennt es Wasserkur«, antwortete Macaulay. »Es geht mir gut.«

»Wie Sie sich denken können, waren diese paar Tage zu Beginn des Krieges unglaublich chaotisch«, sagte Choate. »Die Japaner waren im ganzen Pazifik unterwegs. Die baldige Kapitulation der Amerikaner auf den Philippinen und der Briten in Singapur war abzusehen. Die in China verbliebenen Marinesoldaten saßen in der Falle und konnten nirgendwohin. Die meisten waren gezwungen, sich zu ergeben, und verschwanden in den japanischen Todeslagern.«

»Es muss Personalakten der Soldaten geben, die zu der Zeit dort waren«, ließ Macaulay nicht locker.

»Ich gab einem pensionierten Dreisternegeneral der Marine den Auftrag zu versuchen, die noch vorhandenen Militärakten zusammen mit den Namen der Marineinfanteristen in diesem Konvoi aufzuspüren, damit ich jeden befragen könnte, der noch am Leben war. Er schickte Leute in die Staatsarchive nach St. Louis und College Park und ins Marine Corps Records Center in Quantico, Virginia. Sie fanden keine Aufzeichnungen über irgendeinen Marinekonvoi, der Peking am 8. Dezember 1941 verlassen hatte, und keine Aufzeichnung über einen Lastwagenkonvoi, der in Camp Holcomb ankam, bevor der Stützpunkt evakuiert wurde. Etwas Interessantes förderte er allerdings zutage: Er berichtete, dass viele Aktivitäten unseres militärischen Personals in China zu dieser Zeit immer noch der höchsten Geheimhaltungsstufe unterliegen!«

»Warum sollte das so sein?«, wunderte sich Barnaby.

»Er vermutete, dass es zwischen dem Außenministerium und dem kommunistischen China womöglich inoffizielle Kanäle gegeben hat, die für unsere Regierung im ›Wer-hat-China-verloren‹-Fiasko unangenehm gewesen sein könnten«, führte Choate aus.

»Aber das war vor langer Zeit!«, wandte Barnaby ein.

»Das stimmt«, pflichtete Choate ihm bei.

»Mir sind die Sicherheitsvorkehrungen aufgefallen, die Sie hier ergreifen«, sagte Macaulay. »Gibt es dafür einen bestimmten Grund?«

»In den letzten drei Wochen hat es zwei Einbrüche in mein Haus in Riverdale gegeben, während ich weg war. Es wurde zwar nichts von Wert gestohlen, aber mein Arbeitszimmer und meine Bibliothek wurden ins Visier genommen und durchsucht.«

»Wie Sie gesagt haben, wir leben in gewalttätigen Zeiten«, sagte Macaulay. »Vielleicht ist das nur eine Bestätigung dafür.«

Dieser Geistesblitz riss den alten Mann fast aus seinem Stuhl.

»Ich mag ja von kleiner Statur sein, Sir, aber ich kann Ihnen versichern, dass ich in meinen Tagen viele Abenteuer erlebt habe! Ich habe im kommunistischen China und anderen gefährlichen Orten auf der Flucht gelebt, da entwickelt man ein besonderes Gespür für solche Sachen! Ich erwarte nicht, dass Sie mir glauben.«

»Aber ich glaube Ihnen ja«, versuchte Macaulay ihn zu beschwichtigen. »Ich würde Ihnen dringend raten, Ihre Sicherheitsmaßnahmen beizubehalten.«

Barnaby erhob sich und sagte: »Wir wären dankbar für die Gelegenheit, diese Aufzeichnungen im Safe durchzusehen.«

»Neben meinem Büro hier gibt es einen sicheren Raum«, sagte Choate. »Sie können mit Dongmei eine Zeit ausmachen; ich werde hier sein müssen, um ihn aufzuschließen.«

Sie waren schon an der Tür, als sie die Fistelstimme des alten Mannes noch einmal hörten.

»Bitte kommen Sie noch einmal kurz her, Dr. Finchem«, sagte er, »und schließen Sie die Tür!«

Barnaby kehrte zu seinem Stuhl zurück.

»Sie haben vermutlich von dem neuen religiösen Kult in China gehört, der den Pekingmenschen deifiziert. Millionen von Bauern verehren ihn inzwischen schon als Gott«, sagte Choate. »Ich glaube, dass in diesem Drama neue Mächte am Werk sind.«

»Da könnten Sie recht haben, Professor«, meinte Barnaby.

»Sind Sie mit der paläontologischen Forschung von Davidson Black vertraut?«, erkundigte sich Choate.

»Das war der kanadische Anatom, der die Asien-Hypothese aufgestellt hat«, antwortete Barnaby.

»Sehr gut!«, sagte Choate. »Ja, er glaubte, dass Asien und nicht Afrika die Wiege der Menschheit ist.«

»Einer der wenigen«, ergänzte Barnaby.

»1927 wurde an der Fundstätte des Pekingmenschen am Drachenknochenhügel ein Backenzahn gefunden. Black tat den Zahn in ein kleines, mit Samt ausgeschlagenes Kupferetui, das an seinem Gürtel befestigt war. Er trug ihn bei sich bis zu dem Tag im Jahr 1934, als er plötzlich an Herzversagen starb. Der Zahn wurde dann wieder der Pekingmensch-Sammlung hinzugefügt.«

Er hielt fast eine Minute lang inne, als ränge er mit einem Entschluss von entscheidender Bedeutung. »Sie sind ein Wissenschaftler von höchstem Ansehen. Ich will Ihnen etwas erzählen, was ich noch keiner lebenden Seele anvertraut habe. Ich schätze, mit achtundneunzig ist es endlich an der Zeit, es jemandem zu offenbaren. Nach dem Fund des Backenzahns, Dr. Finchem, dachte Davidson Black anfänglich, er gehöre zu einer neuen Menschengattung. Im Lauf der Jahre führte er eine Reihe von Tests daran durch, so wie sich die Technologie auf Gebieten der Datierungsmethoden und anderer wissenschaftlicher Hilfsmittel allmählich weiterentwickelte. Er fand auch heraus, dass eine Anzahl der anderen Knochenfossilien in der Pekingmensch-Sammlung sich vom Rest unterschieden – in einzigartiger Weise unterschieden.«

»Wollen Sie damit sagen …?«

»Ich will damit nichts weiter sagen, als dass ein gefeierter Wissenschaftler kurz vor seinem Tod zu gewissen Schlussfolgerungen gelangte … wovon eine war, dass, basierend auf der Knochensubstanz selbst zusammen mit der Physiologie des

Thorax, der Pekingmensch nicht der menschlichen Evolutionsfolge, wie wir sie kennen, entsprach.«

»Warum ist seine Forschung nie publik gemacht worden?«

»Die Tests, die er an dem Zahn vorgenommen hat, und die daraus resultierenden Untersuchungsergebnisse wurden in seinem persönlichen Tagebuch aufgezeichnet. Das Tagebuch befand sich unter den Sachen, die später, nach seinem viel zu frühen Tod, seiner Witwe übergeben wurden. Unter großen Kosten gelangte es 1945 in meine Hände. Es ist der alleinige Grund für mein lebenslanges Trachten, dem Geheimnis auf den Grund zu gehen. Nennen Sie es Ego oder Hybris oder wie immer Sie möchten: Ich wollte, dass es meine Entdeckung ist!«

»Wo befindet sich Blacks Tagebuch jetzt?«

Choate drehte den Kopf und blickte auf seinen Safe.

»Werden Sie mir erlauben, es einzusehen?«, fragte Barnaby.

Choate nickte und sagte: »Es ist an der Zeit.«

»Danke!«, sagte Barnaby.

»Ich frage mich allmählich, ob diese neue Sekte in China Blacks Schlussfolgerungen unabhängig von ihm irgendwie bestätigt hat«, sagte Choate, wobei sich sein faltiges Affengesicht zu einem grotesken Lächeln verzog. »Mir ist aufgefallen, dass sie nicht als Gottes Sohn von ihm sprechen, sondern vielmehr als dem Sohn des Universums.«

»Ich teile Ihre Skepsis, was alle organisierten Religionen angeht«, sagte Barnaby und erhob sich, um zu gehen.

Als die Besucher fort waren, verriegelte Dongmei die Tür und kehrte in Choates inneres Büro zurück, um den Teewagen wieder zu holen. Der alte Mann war schon eingeschlafen, als sie den Wagen durch den Raum in die daran angrenzende kleine Küche schob.

Nachdem sie das Teeservice in der Spüle abgewaschen und es abgetrocknet hatte, griff sie unter den unteren Boden des lackierten Nussbaum-Teewagens und nahm das sprachgesteuerte digitale Aufzeichnungsgerät aus dem magnetisierten Schlitz neben dem Vorderrad heraus.

Acht

17. Mai
Harvard Club
Vierundvierzigste Straße 27 West
New York City

»Schlussfolgerungen?«, fragte Barnaby, als er, Lexy und Macaulay sich an einen Ecktisch im Hauptspeiseraum setzten. Es war kurz nach zwei am Nachmittag, und alle Tische bis auf drei waren leer. Von der verkleideten Wand über ihren Köpfen starrte ein längst gestorbener Ehemaliger mit missgestimmter Miene von einem lebensgroßen Ölgemälde auf sie herab.

Auf dem Weg in die Innenstadt, den sie in der von Ira Dusenberry zur Verfügung gestellten Lincoln-Limousine mit Chauffeur zurückgelegt hatten, hatte Barnaby Lexy und Macauley die überraschenden Neuigkeiten über Davidson Black mitgeteilt, die ihm Choate unter vier Augen enthüllt hatte.

»Black war ein brillanter Paläoanthropologe«, sagte Lexy. »Ich habe viele seiner Veröffentlichungen gelesen. Er war kein Scharlatan, aber als er 1934 starb, gab es noch keine Kohlenstoffdatierungs-Technologie, geschweige denn die Möglichkeiten, die uns heute zur Verfügung stehen, um die DNS eines Fossils zu prüfen. Ich frage mich nur, welche Tests er durchgeführt haben könnte, um zu diesen Schlüssen zu gelangen.«

»Ich nehme an, sie sind in seinem Tagebuch erläutert«, sagte Barnaby, »zusammen mit seinen Notizen über die seltsame Zusammensetzung der Knochensubstanz des Pekingmenschen und der Physiologie des Brustkorbs des Fossils.«

Lexy blickte auf und sah eine Bedienung, die nervös in der Nähe ihres Tisches stand, als wäre sie sich nicht sicher, ob sie zu ihnen kommen sollte.

Dann sprach Macaulay.

»Ich würde diesen ›Nicht-von-dieser-Erde‹-Blickwinkel komplett ignorieren«, sagte er. »Selbst wenn da ein Anflug von Wahrheit drinstecken sollte, wird es keinen Beweis geben, bis die Fossilien nicht wieder da sind. Unsere beste Chance, sie zu finden, liegt bei diesem kleinen Marinekonvoi. Es ist mir egal, was Choates angeheuerter Dreisternegeneral ihm erzählt hat – wenn der Konvoi existiert hat, dann gibt es auch irgendwo eine Aufzeichnung darüber!«

»Es freut mich, dass Sie da so zuversichtlich sind«, sagte Barnaby. »Das wird Ihre erste Aufgabe sein. Wo wollen Sie anfangen?«

»Ich habe einen Bekannten im Marine Corps Records Center in Quantico«, erklärte Macaulay. »Ich werde ihn anrufen und ihm sagen, dass ich komme; Sie können unterdessen dafür sorgen, dass Dusenberry ihn darauf hinweist, dass die Sache oberste Priorität hat. Es gibt einen Nachmittags-Kurierflug von La Guardia nach Quantico, den werde ich nehmen.«

»Gut!«, sagte Barnaby. »Alexandra und ich werden uns auf den Inhalt des Safes konzentrieren. Nach dem Mittagessen rufe ich Choate an und vereinbare noch für heute Nachmittag eine Zeit, wenn es möglich ist.«

Lexy entschuldigte sich, um die Damentoilette aufzusuchen. Als sie den Raum durchquerte, warf Macaulay einen Blick auf die beiden letzten Speisenden. Es waren zwei Männer in den Vierzigern, die Straßenanzüge trugen. Einer von ihnen hatte feuerrote Haare. Er sagte etwas zu Lexy, als sie vorbeiging; falls sie ihn gehört hatte, so ignorierte sie es.

Die Bedienung stand immer noch in der Nähe von Barnabys Tisch.

»Ich nehme das Übliche«, bestellte er, ohne in die Karte zu schauen. »Einen Crimson Cocktail und die Bonbons von den einheimischen Jonahkrabben.« An Macaulay gewandt sagte er: »Da ich Ihre Vorliebe für rotes Fleisch kenne, General, würde ich Ihnen dringend das gegrillte Rindfleisch thailändischer Art empfehlen oder die Leber mit Speck an Kompott. Für Alexandra bestelle ich die in der Pfanne gebratenen Jakobsmuscheln.«

»Es tut mir leid«, sagte die Bedienung, »aber der Geschäftsführer kommt gleich.«

»Ausgezeichnet!«, erwiderte Barnaby. »Ich habe immer neue Ideen für die Speisekarte!«

Macaulay beobachtete, wie der Rothaarige vom Tisch aufstand und Lexy aus dem Speiseraum folgte. Er war gebaut wie ein ehemaliger Footballspieler, ein Defensive Tackle oder Linebacker.

Am Eingang kam ein kleiner, schlanker Mann an ihm vorbei und schritt geradewegs auf Barnabys Tisch zu. Er sah wie Mitte dreißig aus und trug einen dunkelgrauen Zweireiher, ein weißes Oxfordhemd und eine bordeauxrote Klubkrawatte. Seine hellbraunen Haare waren kunstvoll zerzaust wie die eines liegenden Löwen; sein fliehendes Kinn hatte er mit einem kurzen Spitzbart zu kaschieren versucht.

»Mein Name ist Tor Hinchcliff, Dr. Finchem«, stellte er sich vor, als er an den Tisch kam. »Ich bin der stellvertretende Geschäftsführer des Klubs.«

»Ich habe meinen Gästen gerade erzählt, dass ich ein paar hervorragende Ideen zur Verbesserung der Speisekarte habe!«, sagte Barnaby.

»Danke sehr, aber ich muss Sie bitten, den Speiseraum zu verlassen!«, erwiderte Hinchcliff. »Andere Mitglieder haben sich beschwert, Sir.«

»Welche anderen Mitglieder?«, wollte Barnaby mit einem Blick durch den leeren Raum wissen.

»Es steht mir nicht frei, Ihnen das zu sagen, Sir«, antwortete Hinchcliff. »Wir ermutigen all unsere Mitglieder, ihre Pflicht zu tun und die Regeln der Etikette durchzusetzen.«

»Inwiefern habe ich es denn versäumt, meinen moralischen Verpflichtungen nachzukommen?«, erkundigte sich Barnaby.

»Im Hauptspeiseraum ist stets Geschäftskleidung erforderlich«, erklärte sein Gegenüber mit flegelhaftem Lächeln. »Eine Klempnermontur wird nicht als Geschäftskleidung betrachtet. Ich muss Sie noch einmal auffordern zu gehen!«

»Das ist keine Klempnermontur!«, verwahrte sich Barnaby. »Sie wurde von Churchill während des Zweiten Weltkriegs entworfen. Er hat genau so eine bei seinem Besuch im Weißen Haus getragen!«

»Mr. Churchill … wer immer das ist … wäre der Aufenthalt als Gast in diesem Speiseraum nicht gestattet, wenn er solch ausgefallene Garderobe trüge«, entgegnete Hinchcliff. »Wenn Sie nicht freiwillig gehen, rufe ich die Polizei und lasse Sie als öffentliches Ärgernis entfernen!«

Macaulay warf einen Blick auf die Uhr und fragte sich, was Lexy widerfahren war.

»Darf ich fragen, wo Sie aufs College gegangen sind?«, fragte Barnaby, der sich kaum noch beherrschen konnte.

»Harvard, Sir … Klasse von 2004.«

»Und Ihre Schwerpunkte?«

»Frauen, soziales Geschlecht und Sexualität«, sagte Hinchcliff. »Ich war auch Kapitän des Kunstspringerteams.«

»Und Ihr Geburtsname ist Tor Hinchcliff?«, fragte Barnaby mit einem Lächeln.

Macaulay stand auf und begab sich zu den Toiletten. Ein Schild neben dem Eingang führte ihn durch einen vertäfelten Flur an der Herrentoilette vorbei und um eine Ecke. Weiter vorn stand der rothaarige Mann im Gang neben der Damentoilette; er hatte die Arme zur Wand hingestreckt und schien mit ihr zu reden.

Als Macaulay näher kam, sah er, dass eine Telefonzelle in der Wand versenkt war, die Sorte mit einem einzelnen Sitz und einer verglasten Tür. Die Tür stand auf. Er konnte Lexys Knie sehen, die ein paar Zentimeter aus der Öffnung ragten.

»Bitte lassen Sie mich gehen!«, hörte er sie aus der Kabine sagen.

Der Rothaarige lachte und sagte: »Ich brauche noch deine Nummer!«

»Ich habe ihre Nummer«, sagte Macaulay mit nicht auf Logik beruhender Wut. »Sie ist geheim.«

Der Mann behielt die Hände flach an der Wand, drehte jedoch den Kopf, um Macaulay anzusehen. Man hätte ihn auf eine raue Art attraktiv nennen können, wären nicht die eng stehenden Augen gewesen. Auf seinem linken Wangenknochen befand sich eine wunde Hautabschürfung, und Steve fragte sich, wer wohl das Vergnügen gehabt hatte, sie dort anzubringen.

»Ich komme schon klar, Steve«, sagte Lexy, stand auf und versuchte, sich an dem Mann vor der Kabine vorbeizuzwängen.

Der Rothaarige beließ seine langen Arme an Ort und Stelle, sodass Lexy nicht an ihm vorbeikonnte.

»Ich würde jetzt gehen, Arschloch«, sagte der Mann.

»Bitte, Steve!«, sagte Lexy.

»Bitte, Steve!«, äffte der Mann sie mit mädchenhafter Stimme nach.

Macaulay packte das linke Handgelenk des Mannes und zog es von der Wand weg. Der Mann brachte dreißig Pfund mehr auf die Waage und war schnell. Er machte einen Schritt auf Macaulay zu und schlug mit einer langen rechten Hand nach seinem Gesicht. Macaulay wich dem Schwinger aus und rammte seinem Gegenüber das Knie in den Schritt. Als er sich vor Schmerzen krümmte, packte Macaulay ihn am Hosenboden und schlug ihn mit dem Kopf an die andere Wand; er rutschte daran herunter und blieb reglos liegen.

»Wenn Sie fertig sind, General, ich kenne da einen Ort namens Mulligan's in der Ninth Avenue, wo man das beste Lammragout in New York bekommt«, sagte Barnaby vom Ende des Ganges aus.

Neun

17. Mai
US-Marinekorps-Stützpunkt, Quantico
Marine Corps Records Center
Triangle, Virginia

Als Macaulay um fünf Uhr abends aus dem Kurierflugzeug des Marinekorps stieg, wartete auf dem Vorfeld am Rand der Landebahn eine grüne Lincoln-Limousine auf ihn; ein jugendlich frischer Leutnant trat vor, um ihn zu begrüßen.

»Willkommen in Quantico, General!«, sagte er. »Ich freue mich, Sie zu Oberst Alexander zu geleiten.«

Es war zwanzig Jahre her, seit Macaulay den ausgedehnten Stützpunkt zum letzten Mal besucht hatte. Damals war er gerade aus der Luftwaffe ausgetreten und nahm an einem Wohltätigkeitsturnier auf dem Medal-of-Honor-Golfplatz teil.

Er und sein enger Freund, der Milliardär John Lee Hancock, hatten sich mit Tequila betrunken und die Runde nie zu Ende gespielt. Das Leben war verrückt, dachte Macaulay. Sie hatten beide im ersten Golfkrieg Flugzeugabstürze und schwere Luftkämpfe überlebt, und dann war John Lee auf dem Grönländischen Eisschild von einem altnordischen religiösen Kult ermordet worden. Vor seinem geistigen Auge konnte Macaulay ihn noch in der Höhle stehen sehen, in der sie die sterblichen Überreste der zehn Wikinger von Leif Erikssons Expedition im Jahr 1015 gefunden hatten: die Augen vor Aufregung leuchtend, scheinbar unverwüstlich.

Überall auf dem Quantico-Stützpunkt herrschte Bauaktivität. Staubwolken wirbelten vor den Fenstern auf, als der Wagen langsam an Baggern, Planierraupen und Baucontainern vorbeirollte. Macaulay beobachtete, wie ein Stahlträger von einem riesigen Kran oben auf einem der neuen Gebäude abgesetzt wurde, und dachte an Lexy.

»Keine Heldentaten, während du weg bist, Mr. Quichotte!«, hatte sie gesagt, kurz bevor er in den Wagen gestiegen war, der ihn nach La Guardia brachte. »Deine Rüstung ist zu ramponiert … zu viele Dellen, zu viele Flicken. Deine Lanze wird die Windmühlen nicht mehr durchbohren.«

»An meiner Lanze gibt es nichts auszusetzen«, antwortete Macaulay.

Während er noch auf sie herabschaute, hatte sie ihm einen flüchtigen Kuss auf den Mund gegeben.

»Ich hoffe, da wo der herkam, gibt's noch mehr davon!«, sagte Macaulay.

»Sei ein braver Junge, und man wird sehen!«, hatte ihre Antwort gelautet.

Im Kurierflugzeug von New York las er die neuesten Berichte von Ira Dusenberrys Arbeitsstab für nationale Sicherheit über die jüngsten Aktivitäten des chinesischen Oligarchen Zhou Shen Wui und seines Sohns Li. Einer davon bezog sich auf Meldungen über ein Massaker, das unlängst in der Provinz Sichuan stattgefunden hatte. Möglicherweise hatte Zhou den Angriff organisiert, um die Woge religiösen Eifers einzudämmen, die über die ländlichen Provinzen flutete.

Die Zentrale des Marineinfanteriekorps für Akten und Archivmaterial war eins von mehreren modernen Bürogebäuden in der Nähe des Universitätskomplexes. Oberst Joe Alexander erwartete ihn im Empfangsfoyer, als er hereinkam.

Seine blauen Augen unter dem grauen Bürstenhaarschnitt

und dem wettergegerbten Gesicht waren klar und wachsam, sein Grinsen warm und ungekünstelt, als er ihm die Hand schüttelte. Alexander war Berufssoldat im Korps und dekorierter Bataillonskommandeur in Vietnam gewesen. Nachdem er als Oberst aus dem Korps ausgeschieden war, war er zu einem führenden Militärhistoriker auf dem Gebiet der amphibischen Einsätze bei Tarawa, Peleliu und Iwojima geworden. Jetzt war er leitender Militärarchivar in der Aktenzentrale.

Sein Büro im zweiten Stockwerk war fensterlos und kahl bis auf die Fotos von der Korpselite an den Wänden, darunter Lewis ›Chesty‹ Puller, Smedley Butler, Merritt Edson und der frühere Kommandant, Thomas Holcomb. Macaulay zeigte auf Letzteres.

»Der Grund, weshalb ich hier bin, hat seinen Ursprung bei einem Marinestützpunkt in China, der nach ihm benannt wurde«, sagte Steve. »Es hat etwas damit zu tun, was am Tag nach dem japanischen Angriff auf Pearl Harbor dort passiert sein könnte.«

»Das klingt ja ziemlich interessant!«, meinte Alexander.

»Ist es auch«, bestätigte Macaulay.

Bedächtig ging er die Einzelheiten durch, die ihnen über den möglichen Lastwagenkonvoi bekannt waren, der am 8. Dezember 1941 Peking verlassen und vielleicht Camp Holcomb angesteuert hatte, als er verschwand.

Als er fertig war, sagte Joe Alexander: »Zu diesem Zeitpunkt des Krieges herrschte Chaos; keiner war sich sicher, was er machen sollte. Der größte Teil der Marinesoldaten, die noch dort waren, ergab sich den Japanern, bevor sie wussten, was los war, unter ihnen ein paar Hundert in Camp Holcomb und Chinwangtao. Die meisten endeten im Wusung-Gefangenenlager bei Shanghai. Man kann sich denken, was mit ihnen passierte. Es ist denkbar, dass die Männer in Ihrem Lastwagenkonvoi in dieser Gruppe landeten.«

»Können wir es auf irgendeine Weise herausfinden?«, fragte Macaulay.

»Ich werde versuchen, irgendwelche Einsatzberichte oder schriftliche Befehle oder womöglich Augenzeugenaussagen von Marinesoldaten ausfindig zu machen, die einen der Männer in Camp Holcomb oder dem Gefangenenlager gekannt haben könnten«, antwortete Alexander. »Dank der Zauberkunst unseres neuen Computersystems haben wir Querverweise auf die Berichte und Befehle sowohl nach Einheit als auch nach Datum. Wenn die Abteilung 1941 in Peking stationiert war, dann wird uns das einen Verweis liefern. Wenn die Aktion am 8. Dezember stattfand, dann wird uns das einen weiteren Verweis liefern. Sobald wir die beteiligte Einheit kennen, können wir die Namen der Männer identifizieren, die darin gedient haben, und uns ihre Personalakten aus den Archiven in College Park und St. Louis besorgen.«

»Wie lange wird das alles dauern?«, fragte Steve.

»Es ist noch gar nicht so lange her, da hätte ich in einem Depot von der Größe von Fort Knox in drei Meter hohen Stapeln von Ablageboxen nach den originalen Durchschlagpapieren und Acht-mal-dreizehn-Karteikarten suchen müssen«, sagte Alexander. »Das hätte einen Monat dauern können. Heutzutage … geben Sie mir eine Stunde, und ich sollte imstande sein, mit etwas Vorläufigem aufzuwarten.«

»Hören Sie … ich habe den ganzen Tag noch nichts gegessen«, sagte Macaulay. »Könnten wir uns in der Offiziersmesse treffen?«

»Sicher!«, stimmte Joe zu.

Eine knappe Stunde später, Macaulay aß gerade den Rest

seines englisch gebratenen Filets mit Knoblauchkartoffelpüree und grünem Salat, gesellte sich Joe Alexander wieder zu ihm. Mit leeren Händen setzte er sich an den Tisch.

»Sehr seltsam!«, sagte Joe, nachdem er sich ein Sam-Adams-Lager bestellt hatte.

»Was?«

»Anscheinend hat Ihre kleine Militäraktion tatsächlich stattgefunden – zumindest wurde sie befohlen.«

»Sie haben den Bericht gefunden? Es ist wirklich passiert?«

»Ich habe eine Kopie eines aus zwei Zeilen bestehenden Befehls vom Marinehauptquartier in Camp Holcomb gefunden, datiert auf den siebten Dezember 1941. Darin wird ein Hauptmann Theodore Allen, der auf dem Gesandschaftsgelände in Peking stationiert war, angewiesen, einen kleinen Lastwagenkonvoi zu organisieren, um jemanden oder etwas von Bedeutung vom Peking Union Medical College zu eskortieren.«

»Und was ist seltsam daran?«

»Das Ganze hat vor über siebzig Jahren stattgefunden«, erklärte Joe, »und unterliegt immer noch der höchsten Geheimhaltungsstufe!«

»Was ist aus Theodore Allen geworden?«

»Seine Personalakte ist, ebenso wie die der Männer in seiner Abteilung und sämtliche Einzelheiten, die es vielleicht darüber gibt, was ihrem Konvoi während der Mission zugestoßen ist, als streng geheim eingestuft.«

»Warum zum Teufel …?«

»Ich bin schon mal auf so was gestoßen«, sagte Joe. »Es bedeutet wahrscheinlich, dass die Mission entweder fürs Marinekorps oder das Außenministerium oder das Weiße Haus blamabel war. Sie wird als Top Secret abgestempelt; dann gerät sie in Vergessenheit. Natürlich könnte auch mehr dran sein.«

»Wer hat die Befugnis, den Schleier zu lüften?«, erkundigte sich Macaulay.

»Schwer zu sagen heutzutage«, meinte Alexander. »Hängt vom Einfluss des Antragstellers ab. Ich kann versuchen, es herauszufinden. Ich kann aber nichts versprechen.«

»Zeit ist ein Luxus, den wir uns nicht leisten können«, sagte Macaulay.

»Ich habe einfach das Personal nicht, Steve«, sagte Joe, dessen Augen seine Frustration erkennen ließen.

»Wie sieht's mit Dusenberry aus, dem nationalen Sicherheitsberater des Präsidenten?«, schlug Macaulay vor.

»Normalerweise würde ich sagen ja, aber wegen des letzten Fiaskos in Nordkorea hat er Ärger mit dem Kongress und auch der CIA«, antwortete Alexander. »Ich bezweifle, dass er es in diesen Zeiten tun könnte. Und wenn er es versucht und versagt, werden sie es nur noch fester verschließen. Kennen Sie jemanden bei der Agentur?«

Macaulay dachte ein paar Augenblicke nach. »Haben Sie eine sichere Leitung hier, die ich benutzen kann?«

Barnaby Finchem stand vor dem kunstvollen Mahagonischreibtisch, der einst im Besitz von Theodore sen. gewesen war und jetzt von Horace Starling in Anspruch genommen wurde, dem Vizedirektor für Sicherheit im Museum. Starling war Mitte fünfzig, hatte ein melancholisches Gesicht, eine fleischige, rot geäderte Nase und schwindendes braunes Haar. Er trug einen zerknitterten braunen Anzug mit einer gelb gepunkteten Krawatte.

»In Professor Choates Büro ist keiner, und die Person, die in seinem Haus am Riverside Drive ans Telefon geht, meint, es steht ihr nicht frei, uns etwas zu sagen«, sagte Barnaby.

Nachdem sie Mulligan's verlassen hatten, waren Barnaby und Lexy direkt zu Choates Büro zurückgegangen. Auf ihr Klopfen hatte niemand reagiert. Sie hatten dreißig Minuten lang gewartet und dann den Sicherheitschef im Museum aufgesucht.

»Professor Choate verwaltet seinen Zeitplan selbst«, erklärte Starling. »Ich muss zugeben, dass er etwas exzentrisch in seinen Aktivitäten und Methoden ist.«

»Exzentrisch?«, wiederholte Barnaby. »Er hat Gaslampen aus der viktorianischen Zeit in seiner Büroetage!«

»Sein Großvater war einer der Mitgründer dieses Museums; ursprünglich waren es seine Büroräume. Ich möchte hinzufügen, dass Professor Choate weiterhin ein wichtiger Gönner für uns ist … Wir sind seinen Eigenheiten gegenüber nachsichtig.«

»Ich muss ihn jetzt sofort erreichen! Er hat uns Zugang zu einigen sehr wichtigen Papieren in seinem Safe versprochen!«

»Ich kann Ihnen nicht helfen!«, blieb der Vizedirektor beharrlich, während seine Nase röter wurde. »Professor Choate hat seine persönliche Einschätzung meiner eigenen Fähigkeiten bereits verdeutlicht. Sie werden eben warten müssen, bis er wieder da ist, und dann einen Termin ansetzen.«

»Ich weiß, dass das ein überstrapazierter Refrain ist, aber es handelt sich um eine Frage der nationalen Sicherheit!«, startete Barnaby noch einen Versuch, obwohl er sich an seine eigene Skepsis erinnerte, als dieselben Worte in seinem Unterschlupf am Long Wharf zu ihm gesagt worden waren.

»Das werden Sie beweisen müssen«, erwiderte der Vizedirektor mit einem müden Lächeln.

Barnaby wandte sich an Lexy. »Kontaktieren Sie auf der Stelle Dusenberry! Lassen Sie ihn eine sofortige Suche nach

Choate autorisieren, sagen Sie ihm, er soll auch anderen Möglichkeiten nachgehen, Krankenhäuser, Unfallmeldungen …«

Plötzlich spürte Barnaby, wie sich in seiner Brust etwas zusammenzog; es fühlte sich an, als würde sich eine riesige Faust um sein Herz ballen. Gleich darauf erreichte der scheußliche Schmerz Kiefer und Zähne. Er hatte so etwas noch nie erlebt. Benommenheit bedrängte sein Gehirn, und er merkte, dass er fiel.

»Rufen Sie einen Rettungswagen!«, hörte er Lexy wie aus weiter Entfernung schreien.

Barnabys letzter bewusster Gedanke war, wenn dies das Ende der langen, gewundenen Straße des Lebens war, dann wünschte er, er hätte es im Bett mit einer seiner Studentinnen anstatt mit dem Gesicht nach unten auf diesem grünen Teppich erreichen können.

Zehn

17. Mai
Central Intelligence Agency (CIA)
McNamara-Bibliotheksanbau
Langley, Virginia

Oberstleutnant Thomas Everett ›Tommy‹ Somervell IV (a. D.) saß in dem rissigen Ledersessel in seinem beengten, fensterlosen Büro und dachte zum vielleicht zehnten Mal an diesem Tag darüber nach, ob es nicht endlich Zeit war, seine Papiere einzureichen und zu kündigen.

Tommy war drei Monate zuvor vom neuen Direktor und den Führungskräften quasi in den Ruhestand versetzt worden. Zuerst hatten sie ihm eine Golden-Ager-Auszeichnung verliehen und ihn dann wieder in den Keller verbannt.

Bis vor ein paar Minuten hatte das blaue Telefon auf seinem Schreibtisch die ganze Woche nicht geklingelt. Dann kam der Anruf von Steve Macaulay. Nachdem er aufgelegt hatte, rief Tommy die Leute vom Sicherheitsteam an, um General Steven Macaulay auf die Liste der Zutrittsberechtigten setzen zu lassen, und gab ihnen seine Büronummer.

Zum letzten Mal hatte er von Steve gehört, unmittelbar bevor das Walhalla-Chaos seinen Höhepunkt erreicht hatte. Es war die letzte gute Arbeit gewesen, die Tommy geleistet hatte. Jetzt lagen die einzigen Andenken an seine bunte Karriere auf seinem Schreibtisch – nicht dass irgendjemand außer dem Reinigungspersonal sie gesehen hätte. Eine Handvoll Fotos dokumentierte seinen Weg von Exeter nach Yale hin zu seinen

Jahren als Kampfflieger der Luftwaffe, der Arbeitsperiode im Pentagon und dann der Agentur.

Über die Jahre hinweg hatte er sich im Armdrücken mit dem »geläuterten« KGB im Baltikum und später mit den islamischen Fundamentalisten in Beirut geübt. In dieser Zeit hatte er sich seinen Teil an ehrenvollen Wunden verdient, darunter die Granatsplitter, die immer noch in seinem linken Knie schmerzten.

Steve Macaulay. Es hatte einmal eine Zeit während der Mobilmachung für den ersten Golfkrieg gegeben, da hatte Tommy seinen jungenhaften Geschwaderkommandeur begehrt. Sein einziger Verführungsversuch war ohne Wertung oder Geringschätzung kunstvoll abgewendet worden. In jenen Tagen hatte Tommy seine sexuellen Vorlieben größtenteils vergeistigt, um seine militärische Karriere nicht zu gefährden. Später hatte die Agentur großen Nutzen daraus zu ziehen gewusst.

Er war der Versuche müde, einen stimulierenden Internet-Chatraum in Dubai oder Caracas zu finden. Er schlief inzwischen nicht mehr länger als ein oder zwei Stunden am Stück, wenn er nach dem Mittagessen und während der einsamen Nächte in seinem Zuhause bei Leesburg unruhig döste.

»Tommy?«, erklang eine Stimme nach einem sachten Klopfen an die Faserplattentür.

»Komm rein, mein lieber Junge!«, sagte Tommy und erhob sich schwerfällig aus seinem Sessel, um ihn zu begrüßen.

Macaulay sah besser aus denn je, irgendwie wie ein schlaksiger und reifer Gregory Peck in *Das letzte Ufer*. Macaulay nahm Somervells kurze Umarmung hin.

»Schön, dich zu sehen, Tommy!«, sagte er. »Ich hatte noch gar keine Gelegenheit, dir dafür zu danken, dass du nach dem

Grönland-Massaker die Kastanien für mich aus dem Feuer geholt hast!«

»Das ist sicherlich ein bisschen übertrieben, aber dennoch willkommen in Zeiten wie diesen«, antwortete Tommy. »Du hast mich vorübergehend wieder wichtig gemacht.«

Als Tommy sich vorsichtig in seinen Sessel sinken ließ, konnte Steve seinem Gesicht den gravierenden körperlichen Verfall ansehen. Tommy war nur ein paar Jahre älter als er und hatte einmal wie eine robustere Ausgabe von Tennessee Williams ausgesehen; jetzt hatten seine Haare die Farbe von altem Schnee, und Leberflecken sprenkelten seine Wangen. Wie immer trug er einen zerknitterten Seersucker-Anzug.

»Schickes Büro!«, stellte Macaulay fest. »Erinnert mich an einen Pferdestall.«

»Spotte nicht, mein lieber Junge! Ich warte bloß auf den Somervell-Frühling!«

»Du solltest besser hoffen, dass der Winter nicht mehr allzu lange dauert!«, meinte Macaulay.

»Du hast am Telefon gesagt, du hättest vielleicht etwas Interessantes für mich.«

»Ich brauche noch mal deine Hilfe«, erklärte Macaulay. »Es ist aber nicht so schlimm wie damals, als ich wegen zweier Morde auf der Flucht war. Es hat mit unserer Suche nach einem Fossil zu tun, das man den Pekingmenschen nennt.«

»Ich habe in Yale einmal einen Aufsatz über sein Verschwinden geschrieben.«

»Dann kennst du ja den allgemeinen Hintergrund. Die chinesische Regierung versucht ebenfalls, ihn zu finden. Soviel ich weiß, steht viel auf dem Spiel, und die Zeit drängt. Wir haben eine einzige brauchbare Spur, die zurück nach 1941 führt, aber sie ist als Top Secret eingestuft.«

»Nach über siebzig Jahren?«

Macaulay erzählte ihm, was er von Joe Alexander über den Lastwagenkonvoi der Marine erfahren hatte, der Peking am 8. Dezember 1941 mit Ziel Camp Holcomb in Chinwangtao verlassen hatte.

»Wir glauben, dass sie die Fossilien des Pekingmenschen geladen hatten, aber da endet die Spur auch schon. Alles, was wir haben, ist ein Befehl vom Hauptquartier in Holcomb an einen Marinehauptmann namens Theo Allen. Allen war offenbar auf dem Gesandschaftsgelände stationiert und wurde angewiesen, den Konvoi zu organisieren. Mehr wissen wir nicht.«

Tommy Somervell zuckte zusammen und rieb sich das linke Knie.

»Würde denn so altes Geheimmaterial nach all der Zeit noch existieren?«, fragte Macaulay.

»Schwer zu sagen, ohne ein bisschen herumzustochern.«

»Wo würde man solche Akten aufbewahren?«

»Wahrscheinlich bei dem ganzen Ufo-Material«, meinte Tommy mit todernster Miene.

»Wir brauchen die Akten so schnell wie möglich«, sagte Macaulay. »Ich hoffe, wir müssen nicht die ganzen geheimdienstlichen Standardprotokolle beim Untersuchungsausschuss über uns ergehen lassen, um den Schleier zu lüften – das könnte Wochen dauern!«

»Zuerst einmal müssen wir herausfinden, ob es überhaupt da ist«, sagte Tommy. »Es ist nicht notwendig, den Einsatz zu erhöhen, bevor wir es bestätigt haben. Ich werde June Corcoran darauf ansetzen. Sie ist die beste Dokumentenspürnase in der Agentur, eine lebende Legende unter den wenigen von uns, die ein institutionelles Gedächtnis haben. Wenn es da ist, wird sie eine Akte darüber finden.«

»Ich brauche dir wohl nicht zu sagen, dass über die Sache Stillschweigen bewahrt werden muss.«

»June ist mir völlig ergeben. Gib mir vierundzwanzig Stunden, mein lieber Junge; das dürfte uns reichen, um wenigstens ein paar vorläufige Informationen zu sammeln.«

»Du bist erstaunlich!«, sagte Macaulay.

»Ich weiß«, stimmte Tommy ihm zu. »Ich wünschte nur, diese Ansicht wäre weiter verbreitet.«

»Falls sie mit irgendwas kommt, was die Existenz von Ufos beweist, dann will ich es wissen!«

»Das liegt über deiner Besoldungsgruppe, mein lieber Junge!«, erwiderte Tommy.

»Das ist mir völlig schleierhaft!«, sagte Dr. Nancy Nealon, als sie auf Barnaby hinab und dann wieder auf die Testergebnisse auf ihrem Klemmbrett schaute.

Die leitende Kardiologin auf der Intensivstation des Krankenhauses war eine attraktive, gedrungene Frau in den Fünfzigern mit intelligenten blauen Augen, kurzen rötlich braunen Haaren und einer dunklen, sinnlichen Stimme.

»Wie fühlen Sie sich jetzt?«, fragte sie.

»Wenn mir noch jemand mit einer Nadel kommt, dann wird er es herausfinden!«, erwiderte Barnaby, über dessen Gesicht Gewitterwolken zogen.

Seine mächtige Gestalt überforderte das Krankenbett völlig, sodass er gezwungen war, diagonal darin zu liegen. Die nackten Füße ragten über das Fußende.

»Unsere ersten Tests bestätigen, dass Sie keinen Herzinfarkt gehabt haben«, sagte sie, »und dennoch haben Sie alle offensichtlichen Symptome durchlebt … Schwindelgefühl, Brustschmerzen, Atemnot und dazu Ihre Vorgeschichte.«

»Er ist kreidebleich geworden, bevor er zusammengebrochen ist«, sagte Lexy. »Es war beängstigend.«

»Ich stehe vor einem Rätsel«, fuhr Doktor Nealon fort. »Ihr ICD überwacht Ihren Herzrhythmus und gibt bei Herzrasen oder Kammerflimmern elektrische Impulse ab, die den normalen Rhythmus wiederherstellen, und das Gerät scheint einwandfrei zu arbeiten.«

»Prima!«, sagte Barnaby. »Ich habe also keinen Herzinfarkt gehabt. Lassen Sie mir meine Kleider bringen!«

»Ich fürchte, das geht nicht!«, sagte Dr. Nealon bestimmt. »Wir haben es hier womöglich mit einem glücklichen Vorboten zu tun, einem Vorfall, der uns die Gelegenheit verschafft, zusätzliche Untersuchungen durchzuführen, um herauszufinden, was in Ihrem Innern vorgeht.«

»Was in meinem Innern vorgeht, ist, dass ich bereit bin, ein Entlassungsformular zu unterschreiben, in dem ich erkläre, dass ich es ablehne, dass noch weiter an mir herumexperimentiert wird!«, entgegnete Barnaby. »Ich kann nur vermuten, dass Ihre liebevolle Sorge der Tatsache entspringt, dass Sie wie alle Krankenhäuser von Anwälten belagert werden, die nur darauf warten, Sie wegen Behandlungsfehlern zu verklagen. Ich gelobe, dass ich Ihrer Bürde nichts hinzufügen werde!«

»Das ist vollkommen unwahr!«, versetzte Dr. Nealon hitzig. »Basierend auf Ihrer Anamnese ist Ihr Leben ernsthaft in Gefahr, solange wir nicht die Gelegenheit bekommen herausfinden, wieso diese arrhythmische Anomalie aufgetreten ist!«

»Und wie wollen Sie das anstellen?«, fragte er.

»Wie Sherlock Holmes«, antwortete Dr. Nealon mit grimmigem Lächeln. »Wenn man alle anderen Faktoren eliminiert, muss das, was übrigbleibt, die Wahrheit sein.«

»Bitte, Barnaby!«, schaltete Lexy sich ein. »Geben Sie ihr eine Chance!«

»Na schön. Schießen Sie los!«

»Haben Sie in letzter Zeit irgendwelche Kontaktsportarten ausgeübt?«

Er starrte sie mit einem derart ungläubigen Gesichtsausdruck an, dass Lexy in Lachen ausbrach.

»Ich weiß, dass es unwahrscheinlich ist«, rechtfertigte sich die Ärztin. »Was ist mit Aktivitäten, bei denen ein starkes Magnetfeld vorgekommen sein könnte, so wie Lichtbogenschweißen … oder womöglich ein neuer Kopfhörer zum Musikhören? Auch die können Arrhythmien verursachen oder zum Verlust der Reizleitung an den Ventrikel führen.«

»Lichtbogenschweißen!«, wiederholte Barnaby mit einem neuen Grad an Verwunderung. »Ich gehe jetzt!«

Lexy legte die Hand auf seine Schulter, um ihn zurückzuhalten.

»Wie sieht es mit einer versagenden Batterie in seinem ICD aus?«, fragte sie die Ärztin.

»Normalerweise halten sie mindestens sechs Jahre«, antwortete Dr. Nealon. »Wir haben das schon überprüft; seine Batterie funktioniert normal, ebenso wie der Computerchip, der Kondensator und der Elektrodendraht zu seiner rechten Herzkammer. Bevor wir andere Möglichkeiten ausschließen können, müssen wir weitere Tests durchführen.«

Barnaby zog das Laken von seiner nackten Brust und begann, aus dem Bett zu steigen.

»Sie dürfen nicht entlassen werden, bis …«

»Ich entlasse mich selbst«, schnitt Barnaby, dessen halb nackte Gestalt die Blicke der Patienten in den benachbarten Betten auf sich zog, ihr das Wort ab. In diesem Moment kamen zwei weitere Krankenschwestern herein. »Wenn Sie mir nicht meine Kleider bringen, gehe ich im Adamskostüm hier raus!«

Schlussendlich kapitulierte Dr. Nealon und wies eine Schwester an, seine Kleider zu holen, und eine andere, ihn ein Entlassungsformular unterschreiben zu lassen. Barnabys einziges Zugeständnis bestand darin, sich in einem Rollstuhl zum Krankenhauseingang fahren zu lassen, und das auch nur, nachdem Dr. Nealon gedroht hatte, die Sicherheitsleute zu rufen und Zwang anwenden zu lassen.

Zehn Minuten später war er angezogen und rollte in einem von einer Schwester geschobenen Rollstuhl auf den Eingang der Notaufnahme zu. Lexy hatte vorher angerufen, sodass das Auto, das Ira Dusenberry ihnen zur Verfügung gestellt hatte, draußen wartete.

»Danke für Ihre liebevolle Fürsorge!«, sagte Barnaby zu der Schwester, als er am Eingang aus dem Rollstuhl stieg und auf den Wagen zuging.

Mit flotten Schritten ging er durch die Tür, Lexy im Schlepptau. Als sie sich dem Randstein näherten, verließ der Fahrer den Wagen und öffnete die hintere Beifahrertür für sie.

Lexy hörte, wie Barnaby einen lauten Seufzer ausstieß, und sah ihn straucheln; gleich darauf brach er auf der Straße zusammen. Er war kaum noch bei Bewusstsein, als sie und der Fahrer ihn wieder in den Rollstuhl hoben.

Mit verschränkten Armen und einem selbstgefälligen und überlegenen Lächeln im Gesicht stand Dr. Nealon an der automatischen Tür der Intensivstation, als Barnaby ein paar Minuten später wieder hineingeschoben wurde.

Elf

18. Mai
Army and Navy Club
Siebzehnte Straße 901 NW
Washington, D. C.

Als Macaulay in seinem Zimmer in der sechsten Etage aufwachte, hörte er von der Straße den Lärm des morgendlichen Verkehrs, Autos und Taxis, die sich Stück für Stück auf die Lobbyismustürme der K Street zuschoben. Er hatte schon immer gut geschlafen im Klub, seit seinen Akademietagen. Das Telefon neben seinem Bett begann zu klingeln, und er hob ab.

»Ich habe etwas Wichtiges mit dir zu besprechen, mein lieber Junge«, sagte Tommy Somervell. »Hast du Zeit für ein Frühstück?«

»Fünfzehn Minuten!«, bestätigte Steve.

»Ich bringe June Corcoran mit«, sagte Tommy. »Sie mag gern den Eisenhower-Teller mit den pochierten Eiern.«

Zufällig sah Macaulay gerade auf eine an der Wand hängende Fotografie von Eisenhower, wie er kurz vor ihrem Abheben zur D-Day-Invasion das Wort an die Männer der 101. Luftlandedivision richtete. Er erinnerte sich daran, dass June Corcoran in Tommys Team gewesen war, als sie den Maulwurf im Weißen Haus entlarvt hatten. Wieder klingelte das Telefon. Es war Lexy.

»Er ruht sich aus«, sagte sie, »aber er ist ziemlich unruhig.«

»Dafür hätten ihm die Ärzte auch ein Beruhigungsmittel für Elefanten verabreichen müssen«, meinte Macaulay.

Sie hatten am Abend zuvor miteinander telefoniert, als Lexy aus dem Krankenhaus ins Hotel fuhr, nachdem sie sich vergewissert hatte, dass Barnabys Zustand stabil war. Sie hatte Macaulay von dem ersten Anfall im Museum erzählt und auch vom zweiten beim Verlassen des Krankenhauses. Merkwürdiges Timing, hatte Macaulay gedacht.

»Das FBI und die Polizei suchen immer noch nach Professor Choate«, sagte sie. »Wir waren vielleicht die Letzten, die ihn gesehen haben.«

»Er scheint über einen ziemlich guten Selbsterhaltungstrieb zu verfügen«, sagte Steve. »Vielleicht hat ihn etwas beunruhigt, und er ist untergetaucht.«

»Ich finde, du solltest wieder herkommen. Wir müssen unseren nächsten Schritt planen, falls Barnaby körperlich nicht in der Lage ist weiterzumachen.«

»Ich treffe mich in ein paar Minuten mit Tommy Somervell«, erklärte er. »Sobald wir fertig sind, werde ich von Andrews aus einen Flug nehmen.«

»Ich wundere mich, dass dieser Mann immer noch da ist. Er ist so … schrill.«

»Schrill ist das richtige Wort«, stimmte er ihr zu. »Aber er ist noch immer erfolgreich. Treffen wir uns am Homeland Security Building in der 125sten Straße! Falls Tommy etwas Wichtiges herausfindet, müssen wir vielleicht verschlüsseltes Material empfangen.«

Tommy wartete unten im Foyer unter dem Gemälde von Admiral David Farragut auf ihn.

»Das ist June Corcoran«, stellte er ihm die spindeldürre Frau vor, die neben ihm stand. »Sie hat den Maulwurf im Weißen Haus für uns aufgespürt.«

Wie Steve so auf sie herunterblickte, erinnerte sie ihn an das

First-Baseman-Handschuh-Modell Willie Stargell, das er einmal in der Little League gehabt hatte. Sein Bruder hatte ihn im Garten hinter dem Haus gelassen, und dort hatte er den ganzen Winter gelegen, bis Steve ihn im Frühjahr fand.

Sie mochte einmal attraktiv gewesen sein, doch jetzt schauten ihre aufmerksamen grauen Augen aus einer Fülle winziger Risse und Schrunden in dem elfenartigen Gesicht zu ihm hoch. Sie war weit in den Sechzigern, hatte abgestorben aussehende bräunlich graue Haare und trug einen roten Hosenanzug mit ausgefranstem Kragen. Sie roch nach Zigarettenrauch.

Gemeinsam betraten sie den eleganten Hauptspeiseraum. Während der Kellner sie zu ihrem Tisch führte, betrachtete Tommy die vertrauten Wandgemälde und die himmelhohe Decke. Wie Macaulay hatte er über die Jahre hinweg viele Feiern in diesem Raum genossen. Er war froh, dass an den Tischen in der Nähe keine anderen Gäste saßen.

Nach ihrer Bestellung teilte Tommy ihm mit leiser Stimme mit: »June konnte bereits bestätigen, dass die streng geheimen Dokumente, die mit diesem Lastwagenkonvoi nach Camp Holcomb in Verbindung stehen, noch in einem streng geheimen Archiv existieren. Die Schriftstücke sind nicht einzeln aufgeführt, deshalb kann man ohne Zugang zum Ordner nicht sagen, wie viele es sind.«

»Die offizielle Bezeichnung des Archivs lautet ›Hilfeeinrichtung Zwölf‹«, ergriff June Corcoran das Wort und trank ihre erste Tasse Kaffee aus. Ihre Stimme war rau wie Sandpapier.

Ein Kellner mit weißem Jackett eilte wenige Momente später herbei, um sie aus einer Kanne aus Sterlingsilber wieder aufzufüllen. Sie wartete, bis er an einen anderen Tisch weiterging.

»Es war einer der ersten Aufbewahrungsorte für wichtiges

Geheimdienstmaterial und liegt in den Catoctin-Bergen in der Nähe des Ferienrefugiums des Präsidenten in Camp David«, fuhr sie fort. »Der Zweite Weltkrieg war im Anzug, als es gebaut wurde, und im ganzen Land gab es deutsche Spione. Anfänglich benutzte das Kriegsministerium es dazu, um Material der Spionageabwehrermittlungen zu beschützen, und während des Kalten Krieges mit Russland wurde es ausgebaut. Es ist stark gesichert.«

»Wie gesichert?«, erkundigte sich Macaulay.

»Ich war ein Mal dort. Es ist in einen Berg gebaut und mit den neuesten Angriffserkennungssystemen, Videoüberwachung und Stahlkammern ausgestattet, darüber hinaus patrouillieren ständig Wachmänner«, führte June aus.

Macaulays Miene spiegelte seine offenkundige Enttäuschung wider.

»Keine Sorge, General ... ich denke, ich habe einen durchführbaren Plan«, sagte sie und verdrückte eine weitere Tasse Kaffee.

Als der Kellner wieder weg war, erläuterte sie ihn. »Die Unterlagen werden zusammen mit anderem Material aus der Zeit des Kriegsbeginns, welches damals als topsecret eingestuft wurde, in einer unversiegelten Ablagebox aufbewahrt. Manche dieser Dokumente sind seitdem zwar freigegeben, aber nie aus der Box genommen worden. Ich habe von allen die Aktenzeichen gefunden, auch von Ihrem. Ich musste nur einen der freigegebenen Ordner finden, der scheinbar genug Relevanz für Tommy besitzt, um jetzt den Zugang dafür anzufordern.«

Tommy grinste.

»Lass hören!«, sagte Macaulay.

»Der Ordner, den wir ausgesucht haben, ist relevant für das

Verständnis dafür, wie hochgestellte politische Amtspersonen sich durch unbesonnene sexuelle Verbindungen dem Risiko der Erpressung aussetzen. Ich habe die Leute über mir davon in Kenntnis gesetzt, dass ich beabsichtige, eine Abhandlung darüber zu schreiben.«

»Nun, du bist eindeutig der richtige Mann, um über dieses Thema eine Abhandlung zu schreiben!«, meinte Macaulay.

»Ganz richtig, mein lieber Junge«, stimmte Tommy ihm zu. »Wenn wir erst einmal in der Ablagebox sind, ist die nächste Aufgabe, unseren Archivar so lange abzulenken, dass ich kopieren kann, was in deinem Ordner steht.«

»Warum musst du selbst dorthin?«, fragte Macaulay. »Warum kannst du nicht einfach danach schicken?«

»Erhöhte Sicherheit, mein lieber Junge«, erklärte er. »Heutzutage dreht sich alles um erhöhte Sicherheit … ein oder zwei Schritte weitergehen, um die Quelle zu schützen.«

»Erinnern Sie sich noch an Sumner Welles?«, fragte June Macaulay, während sie aus einem Silberetui eine filterlose Zigarette nahm.

»Sie dürfen hier nicht …«, setzte Macaulay an.

»Ich weiß!«, unterbrach sie ihn. »Bekommen Sie bloß keine Panik.«

»Der Name ist mir geläufig«, sagte Macaulay.

»Franklin Roosevelt machte ihn während des Zweiten Weltkriegs zum stellvertretenden Außenminister der Vereinigten Staaten unter Cordell Hull«, sagte June. »Welles und FDR gingen beide auf die Groton-Schule in Massachusetts. Jemand schrieb einmal, dass Welles genug Würde hätte, um Vizekönig von Indien zu sein … Wie dem auch sei, er leitete zu dieser Zeit das Außenministerium, und Hull gefiel das nicht.«

»Er war eine sehr vornehme Erscheinung«, pflichtete

Tommy ihr bei. »Im September 1940 begleitete Welles FDR zur Beisetzung eines bedeutenden Kongressabgeordneten aus Alabama. Auf dem Rückweg nach Washington zahlte Welles für Sex mit zwei schwarzen Schlafwagenschaffnern im Zug. Irgendwie bekam Cordell Hull Wind davon, der sowieso nach einem Weg suchte, ihn loszuwerden. Damit wurde die Aktenkette in der Box ausgelöst, um deren Einsicht ich gebeten habe. Nach dem Frühstück fahren wir dort raus.«

»Hat es gestimmt?«, fragte Macaulay nach.

»Die Schlafwagenschaffner wurden vom FBI verhört, und langsam stieg die Information an der Nahrungskette hoch. In derselben Woche, als unser Lastwagenkonvoi unterwegs nach Camp Holcomb in China war, wurde die Sache mit Welles einem republikanischen Senator aus Maine zugespielt, der Roosevelt opponierte. Interessanterweise weigerte sich J. Edgar Hoover, die FBI-Akte freizugeben, und Welles blieb mit FDRs Unterstützung bis 1943 im Amt, als er zum Rücktritt gezwungen wurde.«

»Ich gehe raus eine rauchen«, sagte June.

Macaulay sah, dass sie keinen Bissen von dem Omelett auf ihrem Teller gegessen hatte.

»Ist alles mit ihr in Ordnung?«, fragte er.

»Wohl kaum«, sagte Tommy. »Sie hat Lungenkrebs … ihr bleiben vielleicht noch sechs Monate.«

Macaulay nickte.

»Sie hat einen guten Lauf gehabt«, sagte Tommy. »Bis vor ein paar Jahren hat sie nach ihren Worten das Einzige gemacht, was ihr Leben lebenswert gemacht hat. Jetzt hat man sie genau wie mich aufs Abstellgleis geschoben.«

Steve trug Tommy auf, ihn auf seinem abhörsicheren Telefon anzurufen, falls es ihnen gelänge, in das Geheimdienstarchiv einzudringen und Zugang zu der streng geheimen Akte zu erlangen. Er verfolgte, wie Tommy durch den Vordereingang hinausging und sich auf dem Bürgersteig gegenüber dem Farragut Square zu June Corcoran gesellte. Sie zog noch einmal tief an ihrer Zigarette und steckte sie in einen der sandgefüllten Ständer in der Nähe der Tür; dann gingen sie zusammen auf den Parkplatz auf der anderen Seite der Straße zu.

Zwölf

18. Mai
Hilfeeinrichtung Zwölf
Catoctin-Berge, Maryland

Die fernen Gipfel der Blue-Ridge-Gebirgskette türmten sich vor ihrer Windschutzscheibe auf, als Tommy den Wagen von der Straße lenkte, damit sie noch einmal die Karte zurate ziehen konnten. Der neue Toyota war zwar mit einem Navigationssystem ausgestattet, aber ihr Ziel wurde vom Satelliten nicht erkannt.

Die von Bäumen gesäumte Straße in der ländlichen Gegend Marylands wartete bei keiner ihrer Abzweigungen mit Wegweisern auf. June arbeitete nach einer Reihe von Anweisungen, die ihr von einem Archivar am Zielort auf ihr sicheres Datentelefon gesendet wurden.

»Da vorn rechts!«, sagte sie, wobei eine dicke Wolke aus Zigarettenrauch aus dem halb geöffneten Beifahrerfenster zog.

Sie bogen von der Landstraße ab und fuhren sechs Kilometer über eine zweispurige, unbefestigte Straße. Der dichte Wald, der zu beiden Seiten an die Straße grenzte, wies keine Lücke auf. Tommy fiel die angenehme Mischung aus Weißeichen, Ahorn und Birken auf. Das Laubwerk über ihnen schimmerte in der Mittagssonne und fügte sich an einer Stelle ganz zu einem Baldachin aus Blättern zusammen.

»Ein wunderschöner Ort!«, sagte June. »Wenn das Laub sich in diesem Herbst bunt färbt, kannst du etwas von meiner Asche hier verstreuen.«

»Ich werde es mit auf die Liste nehmen«, sagte Tommy. »Damit hätten wir schon mindestens zehn Ruheplätze.«

»Was wirst du denn dann anderes zu tun haben?«

»Stimmt«, pflichtete er ihr bei.

»Du brauchst mich nicht zu bemitleiden«, meinte sie. »Ich bin alt genug, um mich daran zu erinnern, dass uns ein Mann jeden zweiten Tag Milch und Eier an die Tür geliefert hat. Ich war so glücklich, zwei große Lieben in meinem Leben gehabt zu haben, ob du's glaubst oder nicht, und ich habe sie beide begraben.«

»Ich weiß, June«, sagte Tommy. »Hör zu, June, wir werden eine Ablenkung brauchen, wenn wir in die Magazine kommen. Ich habe etwas im Sinn, allerdings wird das mit Sicherheit Aufmerksamkeit erregen.«

»Was ist es?«, fragte June skeptisch.

Er schob den rechten Zeigefinger in seinen Gürtel und förderte einen dünnen Plastikschnipsel zutage. Er war ungefähr so groß wie ein Kaugummistreifen und in einem luftdichten Verschluss. »Es ist eine Rauchvorrichtung. Sobald ich den Verschluss aufreiße und es auf den Boden fallen lasse, dauert es exakt sieben Minuten, bis sie sich aktiviert; sie ist so konstruiert, dass sie sich aufbraucht, ohne Spuren zu hinterlassen. Das Kunststück besteht darin, es zeitlich so abzustimmen, dass wir die Ablagebox erreicht und geöffnet haben, wenn der Rauch sich entwickelt.«

»Das gefällt mir nicht!«, sagte June.

Plötzlich tauchte am rechten Straßenrand ein drei Meter hoher Stacheldrahtzaun auf. Sie fuhren fast einen Kilometer daran vorbei, bis sie an einem weiß lackierten Stahltor ankamen; Tommy bog auf die Kiesstraße ab, die zu ihm führte. Das Tor war fünf Meter breit und in zwei Betonpfeilern verankert.

»Das ist es!«, sagte June, während Tommy das Stück Plastik wieder in den Schlitz in seinem Gürtel steckte.

Es gab keine Schilder, die auf eine Einrichtung der Bundesregierung hinwiesen. Tommy sah eine Videokamera und noch irgendein anderes kleines elektronisches Gerät, das oben auf dem linken Torpfosten angebracht war. Hinter dem Tor begrenzte der Zaun die Straße, so weit er sehen konnte. June streckte ihren Ausweis aus dem Fenster und hielt die Rückseite hoch vor das elektronische Gerät.

»Sie lesen die verschlüsselten Informationen auf der Karte«, erklärte sie, »und vergleichen sie mit dem Besucherzeitplan.«

Das Tor schwang langsam auf. Zwei Wachmänner näherten sich ihnen; einer von ihnen hatte etwas in der Hand, was wie ein Minensuchgerät aussah. Er suchte damit die Unterseite des Wagens ab, während der zweite zur Fahrertür kam.

»Bitte öffnen Sie den Kofferraum«, sagte er, »und treten Sie vom Auto weg.«

Als sie sich davon überzeugt hatten, dass in dem Toyota keine Bomben waren, winkte der zweite Wachmann sie wieder ins Fahrzeuginnere und sagte ihnen, sie sollten zum Empfangsbereich fahren. Dieser stellte sich als unscheinbares, eingeschossiges Backsteingebäude mit Flügelfenstern heraus, das ungefähr hundert Meter weiter an der Kiesstraße lag.

Eine kleine, mollige, chinesisch-amerikanische Frau in einem marineblauen Straßenanzug erwartete sie im Eingang des Gebäudes. Sie stellte sich als Alice Chen vor und schüttelte ihnen die Hand. Sie war Anfang dreißig und trug ihr glänzendes schwarzes Haar zu einem Knoten zurückgesteckt. Tommy konnte sehen, dass sie nervös war. Er fragte sich, ob von oben in Langley womöglich die Order gekommen war, dass ihnen auch der Zugang zu freigegebenem Material verweigert werden solle.

Es hatte einen anderen Grund.

»Ich wollte nur, dass Sie wissen, dass Sie meine Heldin sind, Mrs. Corcoran!«, sagte sie. »Der Grund, weshalb ich überhaupt hier bin, ist ganz allein das Beispiel, mit dem Sie uns als Karrierefrau in der Agentur vor so langer Zeit vorangegangen sind.«

»Ich danke Ihnen, mein Kind«, erwiderte June. »Ich habe für die Arbeit gelebt; ich rate Ihnen nicht, es genauso zu machen. Genießen Sie die Tage – es sind vielleicht nicht mehr so viele, wie Sie …«

Unvermittelt drehte June den Kopf weg und wurde von einem Hustenanfall geschüttelt, der mindestens eine halbe Minute andauerte.

»Es tut mir so leid!«, sagte Alice Chen, der Tränen in die Augen traten.

Im Bereich hinter der Rezeption wurden sie von zwei weiteren uniformierten Wachmännern erwartet. Sie flankierten zwei stationäre Metalldetektoren, einer für Menschen und der andere für persönliche Gegenstände. Dahinter befand sich ein Ganzkörperscanner.

»Bitte entfernen Sie alle Metallgegenstände aus Ihrer Kleidung und legen Sie sie in die Wanne!«, forderte der erste Wachmann sie höflich auf.

»Ich habe keine bei mir«, erklärte June Corcoran.

»Gehen Sie weiter durch die Scanner!«, wies er sie an.

Tommy nahm alles aus den Taschen: Brille, Autoschlüssel, Lippenbalsam, Kleingeld, Füllfederhalter, Handy und Brieftasche. Der Wachmann inspizierte die Gegenstände und gab ihm Brille, Lippenbalsam und Brieftasche zurück und sagte:

»Den Rest werden wir hier sicher aufbewahren, bis Sie abfahrtbereit sind.«

Der zweite Wachmann bemerkte das Band an Tommys rechtem Jackenaufschlag.

»Distinguished Flying Cross?«, fragte er.

Tommy nickte.

»Danke für Ihren Dienst, Sir!«, sagte der zivile Wachmann.

»Ist zwar schon lange her«, antwortete Tommy, als er durch den Scanner ging, »aber ich bin stolz darauf.«

Alice Chen führte sie in einen modernen Aufzug und drückte den Knopf für ›Zweites Untergeschoss C‹. Als die Tür wieder aufging, schritt sie mit ihnen durch einen hell erleuchteten Korridor mit gebohnertem Linoleumfußboden. Tommy sah weitere Videokameras an den Wänden. Nach zwanzig Metern blieb sie an einer rot lackierten Metalltür stehen, schloss auf und ging hinein. Sie folgten ihr.

Sie standen auf einem eisernen Laufsteg, der eine ausgedehnte dunkle Fläche unter ihnen überspannte. Als Tommys Augen sich an das gedämpfte Licht angepasst hatten, konnte er ferne Bibliotheksregale sehen, die hundert Meter weit weg stehen mussten. Ihm kam die Stelle in *Jäger des verlorenen Schatzes* in den Sinn, wo die Kiste mit der Lade in einen Lagerraum gerollt wurde, der bis in die Unendlichkeit zu reichen schien.

»Die Halle hat ungefähr die Größe dreier Fußballfelder, die der Länge nach aneinanderliegen«, sagte Alice Chen, als sie ihre Reaktion sah. »Wir haben annähernd zehn Millionen Dokumente in diesem Archiv. Auch wenn viele davon inzwischen freigegeben wurden, werden die Originale immer hierbleiben.«

Bis sie zu Staub zerfallen!, dachte Tommy.

Über eine Eisentreppe stiegen sie zur ersten Reihe von Regalen hinunter. Als sie auf Bodenhöhe angekommen waren, ging eine Reihe von Lichtern automatisch an und beleuchtete den Gang direkt vor ihnen. Alice Chen befragte ihren Tabletbildschirm und ging dann durch einen der parallelen Gänge.

»Falls Sie irgendetwas von dem Material im Ordner vervielfältigen müssen, können wir es mit ins Kopierzimmer nehmen«, bot sie an. »Es kann auf Papier oder als Datei festgehalten werden.«

Die Regale waren zweieinhalb Meter hoch und ungefähr fünfzehn Meter lang; jedes hatte vier Metallfächer, die mit Papp-, Blech- und Holzablageboxen und Fächerordnern gefüllt waren. Die oberen Fächer waren mithilfe von Metallleitern auf Rollen erreichbar, die mittels Winkelschienen am Regal befestigt waren.

Auch der ständige Luftstrom des Umluftsystems konnte den muffigen Geruch von sich zersetzendem Papier nicht überdecken. Tommy stellte sich die Millionen von vergilbenden Akten vor, die hier aufbewahrt wurden, und fragte sich, wie viele davon ihre Topsecret-Einstufung verdient hatten. Wahrscheinlich nicht mehr als zehn Prozent, dachte er, beruhend auf seiner eigenen Erfahrung. Vorsicht ist besser als Nachsicht, das war schon immer das Motto gewesen.

Alice Chen sah noch einmal auf ihren Bildschirm, bevor sie durch einen der senkrechten Korridore weiterging. Die Neonlichter über ihnen schalteten sich weiter automatisch ein; hinter ihnen verblassten sie nach ein paar Sekunden, sobald sie ein Regal hinter sich gelassen hatten.

»Ich glaube, wir sind gleich da«, sagte Alice Chen.

Als sie in den nächsten Lichtkegel traten, blieb Tommy, gestützt auf seinen Gehstock, ein paar Momente stehen. Er schickte sich an, die Rauchvorrichtung aus dem Gürtel zu ziehen, als June sich umdrehte und zu ihm zurückkam.

»Nicht! … Pass einfach auf!«, flüsterte sie.

Ein paar Minuten später hielt Alice Chen an und zeigte auf das oberste Fach des Ganges, den sie gerade betreten hatten.

»Der Fächerordner müsste da oben sein«, sagte sie.

Sie nahm die Leiter und rollte sie an die entsprechende Stelle, stieg geschickt zum obersten Fach hoch und las mithilfe einer Taschenlampe, die sie bei sich getragen hatte, die kleinen Zahlen auf den Ablageboxen und zog eine davon heraus. Nachdem sie wieder heruntergestiegen war, führte sie sie weiter bis zur nächsten Kreuzung.

Am Ende jedes Regals befand sich eine kleine Nische mit einem Eichenpult, das von einer herabhängenden Messinglampe beleuchtet wurde. Sie legte die Box auf das Pult, nahm den Deckel ab und begann, mit dem Finger die säurefreien archivalischen Ordner darin durchzugehen. Tommy sah, dass es ungefähr zehn Mappen waren, manche so voll, dass sie sich wölbten, und andere so dünn, dass nur ein paar Blätter darin sein könnten.

»Hier ist die Akte zum Fall Sumner Welles«, sagte sie und nahm sie aus der Mappe und legte sie aufs Pult.

Sie trat zurück, um Tommy an die Mappe zu lassen. Sie enthielt ungefähr drei Zentimeter Akten. Er begann, die erste Seite zu überfliegen; es war eine Zusammenfassung des übrigen Materials in der Mappe, darunter Hoovers FBI-Bericht über den Zugzwischenfall, Originalabschriften der folgenden Protokolle, Vernehmungsmitschriften und Schriftverkehr.

»Das wird ausgesprochen nützlich sein!«, befand Tommy. »Von einem Teil davon brauche ich Kopien.«

Alice Chen stand mit dem Rücken zu Tommy, als er rasch

die Aktenzeichen der anderen Dokumente in der Mappe überflog. Er fand dasjenige, dessentwegen sie gekommen waren: Es war sehr dünn. Er hoffte, dass es das ganze Risiko wert war.

»Vielleicht gehen wir mal einen Tee miteinander trinken, wenn Sie nächstes Mal in Washington sind«, sagte June.

»Es wäre mir eine Ehre!«, strahlte Alice Chen.

Tommy nahm die dünne Akte aus der Fächermappe und breitete sie auf dem Pult über der Welles-Akte aus. Es waren nur zwei Blätter. Beide waren mit Namen und Ziffern bedeckt.

»Wir können die gesamte Akte ins Kopierzimmer mitnehmen, wenn Sie möchten«, bot Alice Chen an und drehte sich wieder zu Tommy um.

In diesem Moment erlitt June einen neuerlichen, unkontrollierbaren Hustenanfall und sank langsam auf die Knie. Alice Chen bückte sich, um ihr zu helfen.

Tommy nahm das Distinguished Flying Cross von seinem Revers und richtete die Linse der Mikrokamera auf das erste Dokument.

»Danke, mein Kind«, sagte June, als sie den Arm der Chinesin umklammerte und sich mühsam wieder aufrichtete. Alice Chen tätschelte ihr beruhigend den Arm, während Tommy die Kamera auf das zweite Blatt richtete.

Als sie ihm kurz darauf wieder das Gesicht zuwandte, war die Akte wieder in der Mappe, und Tommy stützte sich auf seinen Gehstock.

»Das ist eine gute Idee!«, stimmte er zu. »Bringen wir sie ins Kopierzimmer!«

Er und June waren hinter Alice Chen auf dem Weg zurück durch die Regale, als Tommy seiner Partnerin zuraunte: »Bette Davis in *Opfer einer großen Liebe* … als beste Hauptdarstellerin nominiert … hatte das Nachsehen gegenüber Vivien Leigh.«

Dreizehn

19. Mai
NewYork-Presbyterian Hospital
Achtundsechzigste Straße Ost
New York City

Barnaby wachte in einem Einzelzimmer auf der Intensivstation auf. Neben dem Kopfende seines Betts hing ein Computermonitor, der seine Vitalzeichen erfasste. Lexy saß auf einem Stuhl am Fenster und schaute auf ihr Tablet. In der geöffneten Tür stand ein blau uniformierter Wachmann.

»Befinden wir uns im Belagerungszustand?«, brummte Barnaby.

»Im Gegenteil!«, antwortete sie. »Ich habe Ira Dusenberry gebeten, jemanden hierherzuschicken, um dafür zu sorgen, dass Sie das Krankenhaus nicht verlassen, ehe die Ärzte es erlaubt haben.«

»Ich kann mich immer darauf verlassen, dass Sie das Richtige tun«, sagte er.

Sie sagte mit gesenkter Stimme: »Ich muss mich mit Steve im Heimatschutz treffen. Es scheint, als hätte sich etwas Neues mit dem Marinelastwagenkonvoi ergeben.«

Er schüttelte frustriert den mächtigen Kopf.

»Mit den unsterblichen Worten von Tony Curtis nach neun Monaten mit Stanley Kubrick am Set von *Spartacus*«, sagte er, »Wem muss ich's besorgen, um aus diesem Film rauszukommen?«

Lexy lachte.

»Lachen Sie nur!«, sagte er, während er dem steten Tropfen des Beruhigungsmittels aus dem Kunststoffbeutel in die Vene seines linken Arms zusah. »Diese Leute sind offensichtlich inkompetent. Mit mir ist alles vollkommen in Ordnung, das haben alle ihre Tests bestätigt!«

»Dr. Nealon hat gesagt, man wird Sie entlassen, nachdem sie morgen die endgültigen Testergebnisse bekommen haben«, entgegnete Lexy, als ein Krankenpfleger mit einem Plastikessenstablett hereinkam. Was darauf angerichtet war, sah wie Haferbrei oder eingeweichte Frühstücksflocken aus, gekrönt von drei Dörrpflaumen.

»Lehnen Sie sich einfach zurück und genießen Sie die Küche!«, fügte sie noch hinzu, als sie zur Tür ging. »Vielleicht möchten Sie ihnen ja Anregungen für zukünftige Speisepläne geben!«

Der Fluch, den er ausstieß, brachte sie dazu, stehen zu bleiben und sich umzudrehen.

»Das ist anatomisch unmöglich«, sagte sie.

Eine halbe Stunde später war sie im Bürogebäude des Heimatschutzes in der 125sten Straße. Macaulay erwartete sie in einem der kleinen, abgesicherten Kommunikationsräume in der zehnten Etage. Zehn Minuten später kam der Telefonanruf aus Langley herein. Macaulay stellte Tommy auf Lautsprecher.

»Ich habe etwas für dich, mein lieber Junge«, sagte er. »Es besteht aus zwei Blatt Papier, die June dir in diesem Moment an die verschlüsselte Datenadresse schickt, die du ihr gegeben hast. Bei der ersten Seite handelt es sich um ein Dokument, das auf den 9. Dezember 1941 datiert ist. Es wurde von jemandem auf der Schreibmaschine getippt, der in der Vierten-Marine-Stabskompanie in Camp Holcomb Dienst tat, kurz bevor die Abteilung sich den Japanern ergab. Das Dokument beinhaltet einen kurzen Bericht über die Konvoimission aus Peking von einem Unteroffizier namens Fabbricatore, in dem er behauptet, der einzige Überlebende nach einem Hinterhalt durch eine japanische Patrouille in der Nacht des achten Dezembers gewesen zu sein. Er gibt an, dass Hauptmann Allen bei dem Feuergefecht getötet wurde, nachdem er einen der Lastwagen losgeschickt hatte, einen Fluchtversuch zu unternehmen. Was aus diesem Lastwagen oder den beiden Marines, die ihn fuhren, wurde, wusste er nicht. Abgesehen von dem getippten Bericht gibt es eine Liste von neun Marines, die neben Fabbricatore im Konvoi waren und die an ihren Verletzungen starben. Sieben sind als im Kampf gefallen aufgeführt. Zwei andere, Hauptfeldwebel James Donald Bradshaw und Korporal Sean Patrick Morrissey, sind als vermisst und tot geglaubt gelistet.«

»Und die zweite Seite?«, fragte Lexy.

»Da wird es wirklich äußerst merkwürdig«, sagte Tommy. »Das zweite Blatt ist die Zusammenfassung einer Krankenhausakte für einen gewissen Marinekorporal Sean Patrick Morrissey. Darin wird angegeben, dass Morrissey am 2. März 1942 ins US-Marinekrankenhaus in Key West, Florida, eingeliefert wurde; er litt an Verbrennungen zweiten Grades, einem Kopftrauma, Unterkühlung, Unterernährung und einer Wirbelkörperkompressionsfraktur, was ich als gebrochenes Kreuz übersetzen würde.«

»Augenblick mal!«, stutzte Lexy. »Im ersten Dokument steht, er sei tot geglaubt. Das zweite ist seine Krankenhausakte. Wie denn das?«

»Wie gesagt, es ist äußerst merkwürdig.«

»Was steht als Letztes in der Krankenhausakte?«, wollte Macaulay wissen.

»Es wird angegeben, dass er am 12. Oktober 1942 als diensttauglich entlassen wurde.«

»Mehr als sieben Monate später!«, sagte Lexy.

»Ich habe noch etwas anderes für euch. June hat eine Todesanzeige für einen Sean Patrick Morrissey gefunden, der 2011 in Detroit, Michigan, gestorben ist. Das Geburtsdatum stimmt mit dem unseres Morrissey überein, der zu dem Zeitpunkt seiner Einlieferung ins Krankenhaus in Key West gerade achtzehn geworden war. Laut der Todesanzeige hat er nur einen Angehörigen hinterlassen, einen jüngeren Bruder mit Namen Daniel Morrissey, der früher bei General Motors tätig war und jetzt im Ruhestand ist. June zufolge lebt er in Detroit. Ich schicke euch seine Adresse mit den anderen Dokumenten zu.«

»Danke, Tommy«, sagte Macaulay. »Wir werden der Sache von hier aus nachgehen.«

Lexy beugte sich zum Lautsprecher vor. »Bitte betrachten Sie es als oberste Priorität, weitere Informationen über Sean Morrissey ausfindig zu machen!«

»Selbstverständlich, mein liebes Mädchen«, versprach Tommy. »Diesen Spaß wollen wir uns doch nicht entgehen lassen!«

»Ich mache mich nach Detroit auf!«, sagte Macaulay, nachdem er die Dokumente kurz durchgesehen und sie an Lexy weitergereicht hatte. »Der Bruder ist unsere einzige Spur.«

»Ich komme mit!«, sagte Lexy.

»Ich dachte, du müsstest Babysitterin für den kleinen Prinzen spielen.«

»Little Big Man ist noch bis mindestens morgen Früh im Kittchen«, erwiderte sie und schnappte sich ihre Handtasche. »Lassen Sie unser Flugzeug kommen, General!«

Das Detroiter Viertel, durch das sie fuhren, war ein Albtraum von einer Industriestadt, eine scheinbar endlose Abfolge von stillgelegten Güterbahnhöfen, verrammelten Fabriken und leeren, ausgebrannten Fassaden. Die wenigen noch betriebenen Geschäfte waren Schnapsläden, Pizzerien und Chinarestaurants.

Nachdem sie den Flughafen verlassen hatten, waren sie vom Jeffries Freeway abgebogen und über die Wyoming Street auf die Orangelawn gefahren. An einer Stelle kamen sie an einer kleinen Gruppe Obdachloser vorbei, die sich um ein Notzelt auf einem der unbebauten Grundstücke drängten. Lexy schaute auf ihr Smartphone.

»Laut der Nachbarschaftswache ist das hier eine der gewalttätigsten und gefährlichsten Wohngegenden in Amerika«, sagte sie.

»Das kann man schon gar nicht mehr Wohngegend nennen«, meinte Macaulay. »Sie sollten es abreißen und von vorn anfangen.«

»Erzähl das mal den Menschen, die hier leben!«

Eine der Seitenstraßen der Orangelawn führte zu der Adresse, die sie suchten. Das Haus stand unversehrt zwischen den verlassenen Wohnhäusern entlang der Straße. Das Nachmittagslicht begann zu verblassen, als Macaulay hinter einem der ausgeschlachteten Autos anhielt und sie ausstiegen. In der Ferne konnten sie die quietschenden Druckluftbremsen eines Lastwagens hören, als der Fahrer herunterschaltete, um vom Jeffries Freeway abzufahren.

Es lag ein beißender Gestank in der Luft. Eins der Autos am Häuserblock stand in Flammen. Auf einem mit Unkraut übersäten Hof auf der anderen Straßenseite sah Macaulay Kinder spielen. Niemand schien die Flammen zu beachten.

Daniel Morrisseys Haus war aus roten Ziegeln errichtet und drei Stockwerke hoch, hatte vorn eine breite Veranda und große Erkerfenster, die zur Straße hinausgingen. Irgendwann einmal war es vermutlich ziemlich beeindruckend gewesen. Jetzt waren die Erkerfenster mit Sperrholz vernagelt, das dunkelgrün angestrichen war.

Als sie sich der Veranda näherten, sah Macaulay, dass auch jedes Keller- und Erdgeschossfenster mit Sperrholz vernagelt war. Ein Blick nach oben zeigte ihm, dass die Fenster im ersten und zweiten Stock noch intakt und mit weißen Vorhängen umrahmt waren.

Das Nachbarhaus war genauso gebaut wie das morrisseysche, jedoch völlig ausgebrannt. Durch die verkohlten Fensterrahmen im Erdgeschoss konnte Macaulay Schutthaufen sehen, die von der Decke beziehungsweise dem Wohnzimmerboden darüber stammten. Im Vorgarten stand ein kleines Schild: ZU VERKAUFEN $ 2200. Jemand hatte die ursprüngliche Zahl mit einem Filzstift durchgestrichen und $ 500 hingeschrieben.

»Fort Apache«, sagte Macaulay, als sie die Stufen zur Veranda hochstiegen.

Lexy sah, dass die Eingangstür mit einer großen, fünf Zentimeter dicken Eichenplatte verstärkt worden war. Es war kein Knauf oder Griff daran. Auf Höhe ihrer Augen war ein winziges Guckloch in die Türmitte geschnitten. Von irgendwo hinter der Tür konnte sie Lachen und Applaus von einer Gameshow im Fernsehen hören.

Macaulay klopfte an die Tür. Sie warteten. Eine halbe Minute verging. Er klopfte noch einmal, lauter. Lexy konnte den Fernseher nicht mehr hören. Nichts rührte sich im Innern.

»Jemand ist da drin«, sagte Lexy, »und denkt wahrscheinlich, wir wären vom städtischen Finanzamt oder Gerichtsvollzieher.«

»Du siehst eindeutig nicht wie eine Gerichtsvollzieherin aus!«, sagte er, schaute hoch und sah eine kleine Überwachungskamera, die an einem der Dachsparren der Veranda montiert war.

Er blickte hinein und sagte: »Mr. Morrissey, mein Name ist Steven Macaulay, und wir sind hier, um Sie etwas über Ihren verstorbenen Bruder Sean zu fragen. Es ist sehr wichtig und wird nur ein paar Minuten dauern!«

Zehn Sekunden später hörte er, wie erst ein Riegel zurückgeschoben wurde und unmittelbar darauf ein zweiter. Die massive Tür öffnete sich langsam nach innen und zeigte einen unrasierten alten Mann in einem Rollstuhl. Er trug Jeans und ein schäbiges Detroit-Lions-Sweatshirt. Hinter ihm erstreckte sich ein langer, dunkler Flur; Macaulay erkannte eine breite Treppe, die in den ersten Stock führte.

»Daniel Morrissey?«, fragte Lexy.

Der alte Mann nickte. Er winkte sie herein, wobei er seinen Stuhl wegrollte, um sie vorbeizulassen; dann rollte er zurück, machte die Tür wieder zu und schob die zwei schweren Riegel wieder vor, bevor er sie durch den Flur in ein hell erleuchtetes Zimmer führte.

Es war einmal ein eleganter Salon mit drei Meter hoher Decke, Stuckleisten und Eichenvertäfelung an den weißen Gipswänden gewesen. Jetzt, wo die Fenster sowohl außen wie innen mit grün angestrichenem Sperrholz verrammelt waren, wirkte der Raum mehr wie eine moderne Grabkammer.

Die Helligkeit stammte von an den Wänden angebrachten Leuchten. Zwei Sofas, mehrere Polstersessel und ein Nussbaumcouchtisch waren im Zimmer verstreut; auf einer Nussbaumanrichte an der Wand stand ein wuchtiger alter Fernseher. Macaulay wusste nicht genau, was er erwartet hatte, aber der Raum war sauber und ordentlich, und alles hatte seinen Platz.

»Nehmen Sie Platz!«, forderte der alte Mann sie auf und deutete aufs Sofa. »Tut mir leid, dass ich Ihnen nichts anbieten kann – ich lebe derzeit von eiserner Ration. Bin es nicht gewohnt, Gäste zu haben.«

Der alte Mann musste in jungen Jahren stark gewesen sein, dachte Macaulay mit einem Blick auf die dicken Handgelenke und die großen, vernarbten Hände, die aus den Ärmelaufschlägen seines Sweatshirts guckten. Die einst kräftigen Muskelstränge seiner Schultern waren zu Sehnen geschrumpft; Runzeln durchzogen sein Gesicht, das käseweiß war bis auf einige alte Narben am Hals. Die braunen Augen blickten intelligent und aufgeweckt.

»Ich will Ihnen sagen, weshalb wir hier sind«, begann Lexy. »Wir sind auf der Suche nach jedweden Informationen über den frühen Dienst Ihres Bruders als Marinesoldat während des Zweiten Weltkriegs. Wir wissen, dass er zu Anfang in China stationiert war. Hat er jemals mit Ihnen darüber gesprochen?«

»Was wissen Sie über meinen Bruder?«, fragte Daniel Morrissey.

»Sehr wenig«, antwortete sie, »eigentlich nur die Tatsache, dass er am 8. Dezember 1941 in China war und später, im März 1942, in ein Militärkrankenhaus eingeliefert wurde, nachdem er sich schwere Wunden oder Verletzungen zugezogen hatte. Wir wissen auch noch, dass er im darauffolgenden Oktober wieder in den aktiven Dienst entlassen wurde.«

»Ich will ehrlich zu Ihnen sein, Ma'am«, sagte der alte Mann.

»Wir standen uns nicht nahe. Als er aus dem Krieg zurückkam, war er ein anderer Mensch. Er wollte nicht arbeiten … wollte gar nichts tun. Das Einzige, was er tat, war schottischen Whisky zu trinken; darin war er verdammt gut. Nachdem er ein paar Monate damit zugebracht hatte, warf meine Mutter ihn raus, und er fuhr mit der Eisenbahn in den Nordwesten. Wir hörten, dass er eine Zeit lang als Holzfäller arbeitete, und dann verschwand er. Er hat sein Leben vergeudet.«

Morrissey räusperte sich und spuckte mit vollendeter Präzision in das Einweckglas, das zwischen seinen Beinen ruhte.

»Meine Mutter starb 2001«, fuhr er fort. »Ungefähr sechs Jahre darauf kam Sean hierher zurück. Er war ein gebrochener Mann und ein ziemlicher Alkoholiker. Er versuchte verzweifelt, nüchtern zu bleiben und Arbeit zu finden. Meine Frau war zu dem Zeitpunkt schon an Krebs gestorben. Ich erbarmte mich seiner, und wir wohnten hier zusammen, bis er 2011 starb. Das war am zehnten Jahrestag des Angriffs aufs Trade Center. Er wurde neben unserer Mutter beerdigt.«

»Sie haben früher bei General Motors gearbeitet?«

Er nickte.

»Fünfunddreißig Jahre als Werkstattleiter am Montageband und mit der Pension, die es beweist«, bestätigte er mit einem gepressten Grinsen. »Jedenfalls bis die Republikaner sie uns wegnehmen.«

»Hat Sean mit Ihnen jemals über seine Erlebnisse im Krieg gesprochen?«, fragte Macaulay.

»Sie sehen wie ein Exmilitär aus«, meinte Morrissey, nachdem er ihn kurz, aber scharf gemustert hatte. »Hab ich recht?«

Macaulay nickte.

»Dachte ich mir. In der Fabrik in Pontiac haben viele Veteranen für mich gearbeitet. Das ist jetzt alles weg … die Fabrik, meine Frau, meine Tochter unten in Alabama, die ganzen alten Nachbarn … sogar die Geschäfte in der Innenstadt, wo wir früher immer eingekauft haben.«

»Warum sind Sie nicht auch weggegangen?«, fragte Lexy.

»Gute Frage … reine Störrigkeit vielleicht. Das und dass Sean es nicht schaffte. Er wollte es hier überstehen.«

»Können Sie uns etwas über seine Zeit in China erzählen?«

»Er war in China und an vielen anderen Orten«, sagte Daniel Morrissey. »Er war erst sechzehn, als er sich verpflichtete … hat bei seinem Alter gelogen wie viele andere, die zu Hause Probleme hatten. Unsere Mutter hatte kein Händchen für Männer. Sie hatten alle eins gemeinsam: Sie mochten keine Kinder. Ich war fünfzehn, als der Krieg zu Ende ging, und groß genug, um den letzten zu verscheuchen.«

Er hielt inne, um sich erneut geräuschvoll zu räuspern und einen weiteren Schleimklumpen ins Glas zu befördern.

»Zu Anfang war er, wie Sie schon gesagt haben, in China. Danach war er im Krankenhaus. Später kämpfte er bei Iwojima und wurde schwer verwundet. Man verlieh ihm den Silver Star. Er kam raus, als der Krieg 1945 endete. Sein Mädchen hatte nicht auf ihn gewartet: Als er zurückkam, hatte sie einen Ehemann und zwei Kinder.«

»Uns interessiert nur, was ihm in China widerfuhr und wie er drei Monate später im Marinekrankenhaus in Key West landete«, sagte Macaulay.

»Darüber weiß ich nichts«, erklärte Morrissey. »Er sprach nicht darüber, jedenfalls soweit ich mich erinnere. Ich weiß nur, er sagte, es war wie bei Iwojima. Das hat er nie bewältigt.«

»Gibt es sonst jemanden, an den wir uns wenden könnten, dem Sean womöglich mehr über China mitgeteilt hat, vielleicht ein anderer Marineveteran?«, fragte Lexy.

»Ich glaube nicht, dass er mit jemandem in Fühlung geblieben ist, jedenfalls soweit ich weiß«, antwortete Morrissey. »Es war, als würde er versuchen, das alles hinter sich zu lassen.«

Lexy blickte Steve an und schüttelte den Kopf.

»Ich habe seinen Silver Star oben, wenn Sie ihn sehen möchten.«

»Schon gut«, sagte Lexy. »Danke, dass Sie sich die Zeit genommen haben.«

»Es wird allmählich dunkel«, meinte Morrissey. »Sie sollten besser zusehen, dass Sie so schnell wie möglich aus dieser Gegend wegkommen.«

Sie waren wieder im Auto und vier Blocks weg, als Lexy sagte: »Stopp!«

Macaulay fuhr sofort rechts ran.

»Sind dir die Narben an seinen Händen aufgefallen?«, fragte sie.

»Ja«, antwortete Macaulay. »Er war dreißig oder vierzig Jahre lang Werkstattarbeiter.«

»Was ist mit denen an seinem Hals?«

Steve schüttelte den Kopf.

»Das sind Brandnarben. In der Krankenhausakte steht, dass Sean Morrissey bei der Einlieferung Verbrennungen zweiten Grades hatte.«

»Du hast recht … und er wusste auch, dass ich ein Militär war … und er benutzte den Ausdruck *eiserne Ration*!«

Als er das Auto gerade wenden wollte, begann Lexys Handy zu klingeln. Sie hielt es ans Ohr und gleich darauf mit einem Ruck wieder weg.

»Es war in meinen Schuhen!«, brüllte Barnaby.

Einen Moment lang fragte sie sich, ob er vielleicht nach einem weiteren Anfall halluzinierte.

»Die Chinesin in Choates Büro!«, sprach er weiter. »Sie hat Mikrochiptransmitter in unseren Schuhen versteckt! Das hat die arrhythmischen Anfälle ausgelöst! Als die ganzen Testergebnisse negativ zurückgekommen sind, haben sie beschlossen, meine Kleidung zu scannen, um sicherzugehen, dass ich nicht etwas Bakteriellem oder Biologischen ausgesetzt war.«

Lexy schaute auf ihre Füße hinunter. Sie hatte ihre Pumps im Hotel gegen Wanderschuhe eingetauscht. Macaulay trug seine gewohnten Chukka-Boots.

»Weg mit deinen Schuhen!«, sagte sie. »Es könnte ein Sender drin sein.«

Macaulay zog sie rasch aus und stieg aus dem Wagen. Ein Pick-up fuhr vorbei und bremste vor dem Stoppschild; Steve warf die Schuhe auf die offene Ladefläche und sah zu, wie das Auto in der Nacht verschwand.

Als sie zu Morrissey zurückfuhren, hoffte Macaulay, dass sie die Gefahr beseitigt hatten. Lexy telefonierte noch mit Barnaby und erzählte ihm von ihrem Verdacht bezüglich Morrissey, und dass sie sich wieder melden würde, sobald sie etwas wüssten.

Die Straße war noch verlassen, als sie wieder zur Veranda hochgingen. Macaulay hielt sich nicht damit auf zu klopfen, sondern blickte in die Überwachungskamera und sagte: »Tut mir leid, dass wir Sie noch einmal stören müssen, Mr. Morrissey, aber wir haben noch eine letzte Frage an sie. Es wird keine Minute dauern!«

Sie hörten wieder, wie die Riegel zurückgeschoben wurden, und die Tür schwenkte auf.

»Was ist denn jetzt schon wieder?«, fragte er mürrisch aus dem Rollstuhl.

»Wieso geben Sie sich für Ihren Bruder aus?«, fragte Lexy.

Sie sah ein kurzes Aufblitzen in den braunen Augen, bevor sie wieder teilnahmslos blickten.

»Falls Sie Sean Morrissey sind, so ist das leicht zu beweisen«, sagte Macaulay, »indem wir mit der Polizei wiederkommen und Ihre Fingerabdrücke nehmen.«

»Darauf würden wir lieber verzichten«, sagte Lexy. »Wir wollen bloß ein paar Informationen.«

Der alte Mann schaute an ihnen vorbei auf die Straße, wo sich nichts rührte.

»Ich bin Sean Morrissey«, sagte er.

Vierzehn

19. Mai
Gabriel Street 1762
Detroit, Michigan

»Was ich Ihnen vorhin erzählt habe, ist wahr, alles, auch das mit dem Silver Star bei Iwojima«, sagte Morrissey. »Ich war ein guter Marine. Als ich wieder heimkam, hatte das Mädchen, das ich liebte, geheiratet. Ich ging nach Oregon und später nach Mexiko. Als ich schließlich wieder herkam, nahm Dan mich auf und kümmerte sich um mich. Da war er schon ein Einsiedler. Die Gangs versuchten, uns wie die anderen älteren Nachbarn zu vertreiben, aber wir wussten uns zu verteidigen.«

Er betrachtete Macaulays Füße.

»Was ist mit Ihren Schuhen passiert?«, fragte er.

»Die sind unterwegs nach Chicago«, antwortete Macaulay, was den alten Mann einen Moment lang verwirrte.

»Warum haben Sie Daniels Identität angenommen?«, fragte Lexy behutsam, während sie ihr Notizbuch und einen Stift herausnahm.

Als Sean Morrissey sich aus dem Rollstuhl erhob, schien er sich vorübergehend in einen anderen Mann zu verwandeln, groß, jünger, vornehm. Sie sah den guten Knochenbau in seinem Gesicht, eine Momentaufnahme dessen, wie er als strammer Marineinfanterist zu Kriegsbeginn ausgesehen haben mochte.

»Ich hatte nichts davon geplant«, erklärte er. »Ich kam eines Morgens nach unten und fand Dan auf dem Boden liegend vor. Er muss seit drei oder vier Stunden tot gewesen sein; die Leichenstarre setzte bereits ein. Ich rief die Polizei an und sagte ihnen meine Adresse und dass mein Bruder in der Nacht gestorben war. Die Beamtin in der Zentrale war zu unaufmerksam, um meinen Namen aufzunehmen, und sagte, sie würde so bald wie möglich einen Wagen schicken. Er kam ein paar Stunden später.«

Er sah Macauley und Lexy mit einem grimmigen Lächeln an.

»Bis dahin hatte ich mir ein paar Gedanken über seine Pension und die Annehmlichkeiten gemacht, die dieses Geld fürs Überleben hier in dieser Stadt mit sich brachte. Dan und ich sahen einander in unseren alten Tagen sehr ähnlich. Seine Frau war tot, und seine Tochter hatte ihn schon seit Jahren nicht mehr besucht. Als der Polizeibeamte mich nach seinem vollständigen Namen fragte, nannte ich ihm meinen. Niemand machte sich die Mühe, es zu überprüfen. Eine Woche später wurde er eingeäschert.«

»Können Sie sich noch an diese zwei Holzkisten in Peking erinnern?«, kam Macaulay zum Kern der Sache.

»Ich weiß noch, dass die eine in unserem Lastwagen leuchtend rot angestrichen war«, sagte Morrissey. »Es waren chinesische Schriftzeichen drauf.«

»Wieso haben Sie nie jemandem davon erzählt, nachdem Sie nach Key West kamen?«

»Ich war im Krankenhaus monatelang neben der Spur. Anfangs konnte ich mich nicht mal an meinen Namen erinnern. Als mein Gedächtnis allmählich wieder zurückkam, schien es … Es schien einfach nicht wichtig zu sein. Die Kiste war sowieso fort – sie ging mit dem Schiff unter, auf dem ich war.«

»Mit Ihnen zusammen wurde noch ein anderer Soldat als

vermisst geführt … Hauptfeldwebel James Donald Bradshaw«, sagte Lexy. »Wissen Sie, was aus ihm geworden ist?«

Morrissey schwieg. Sein Kinn zuckte und er wandte den Kopf ab. Als er die Fassung wiedererlangt hatte, sagte er: »Der alte J. D. … Ich kann ihn noch ganz klar vor mir sehen. Ich sehe ihn jeden Tag. Er hat sein Leben für mich gegeben.«

Er schilderte die Szene im Hafen von Chinwangtao, als J. D. Bradshaw Sean beim Eintreffen der japanischen Vorhut befohlen hatte, an Bord des Schiffes zu gehen. Und was Bradshaw mit den Granaten gemacht hatte, als das Schiff ablegte.

»Hat einer von Ihnen gewusst, was in der roten Kiste war?«

»Als J. D. sah, wie die Kisten von den Kulis getragen wurden, meinte er, sie wären zu leicht, um Gold zu enthalten. Nachdem er gestorben war, war es mir egal. Welche Bedeutung hatten sie schon? Welche Bedeutung hatte irgendetwas davon? Als ich das Gedächtnis wiedererlangte, wusste ich, dass die rote Kiste auf dem Grund des Meeres lag.«

»Haben Sie eine Ahnung, wo das Schiff gesunken ist?«, wollte Lexy wissen.

»Nein«, antwortete Morrissey. »Das Einzige, woran ich mich mit Gewissheit erinnere, ist, wie ich in dem Krankenhaus in Key West zu mir gekommen bin, um den Kopf ein Verband so groß wie ein Hornissennest.«

»Jemand muss Sie gerettet haben«, sagte Macaulay. »Sie haben gar keine Erinnerung daran?«

»Bis zum heutigen Tag ist zwar alles verschwommen, aber im Lauf der Jahre ist manches zurückgekommen. Ich erinnere mich daran, dass das Schiff, auf dem ich China verlassen habe, irgendwo lange Zeit angehalten hat. Ich denke, es lag vielleicht an den Maschinen. Es war ein altes Trampschiff. Zu dem Zeitpunkt hatte ich schlimme Malaria.«

Lexy brachte seine Aussagen weiter in Kurzschrift zu Papier, während er sich in einem der Sessel gegenüber dem Sofa niederließ.

»Ich weiß noch, dass es Nacht war und der Himmel voller Sterne. Es war ganz warm, und mir wehte eine sanfte Brise ins Gesicht, und dann war da ein blendend heller Lichtblitz. Ich erinnere mich daran, dass ich gegen ein Stahlschott geworfen wurde … Später trieb ich auf einem Wrackteil. Ich war allein. Dann war da eine seltsame Stimme um mich herum. Ich war sehr durstig. Dann wachte ich im Krankenhaus auf.«

»Machen Sie sich deswegen keine Sorgen«, sagte Lexy, wieder ganz behutsam. »Es gibt therapeutische Wege, Ihnen zu helfen, Ihr Gedächtnis wiederzuerlangen. Keiner davon ist schmerzhaft oder gefährlich.«

»Ich mag keine Krankenhäuser, und ich mag keine Ärzte.«

»Wer tut das schon?«, meinte Macaulay grinsend. »Schauen Sie, Sie haben sich bei Iwojima einen Silver Star verdient. Sie haben Ihr Leben für dieses Land aufs Spiel gesetzt. Ich will, dass Sie uns glauben, dass es sich hierbei um eine Angelegenheit von großer Wichtigkeit handelt.«

Morrissey dachte einige Augenblicke darüber nach und nickte dann. »Ich habe seitdem nichts mehr gemacht, was auch nur einen Pfifferling wert gewesen wäre.«

»Erinnern Sie sich an den Namen des Schiffes, das in Chinwangtao wartete?«

Er schüttelte den Kopf. »Ich würde es Ihnen sagen, wenn ich könnte … Es war was Ausländisches.«

Plötzlich starrte er zur Decke hoch.

»Haben Sie das gehört?«, fragte er.

Sie schüttelten den Kopf. Macaulay wartete auf ein Geräusch. Abgesehen vom fernen Brummen des Verkehrs auf dem Mikeries Freeway blieb es still. Morrissey saß da, das Ohr immer noch zur Zimmerdecke geneigt.

»Jemand ist im Haus!«, sagte er, ging zur Tür, die in den Flur führte, und verriegelte sie mit einer Eisenstange. Das Gleiche machte er mit einer zweiten Tür auf der anderen Seite des Zimmers.

»Überprüfen Sie den Bildschirm!«, forderte er Macaulay auf.

Macaulay ging zu dem kleinen Fernsehschirm, der mit der Überwachungskamera verbunden und neben der Tür angebracht war. Der Bildschirm war dunkel.

»Ist nicht eingeschaltet«, meldete er.

»Es gibt drei Kameras, und alle sind drahtlos!«, erwiderte Morrissey. »Jemand hat sie abgeschaltet!«

Lexy hatte Barnabys Nummer in ihr Handy eingegeben.

»Ich habe kein Netz«, sagte sie.

»Sie blockieren es!«, sagte Macaulay und sah durch den Türspion. Die Straße war dunkel. Er glaubte einen Schatten über dem Rasen zu sehen. Ein Schauder durchfuhr ihn, eine atavistische Warnung.

»Dieses Zimmer ist sicher«, sagte Morrissey. »Dan und ich haben es über die Jahre gebaut. Die Türen sind durchschusshemmend und die Fenster mit bewehrtem Beton gesichert, hinter den Rückenkissen der Sofas sind Stahlplatten.«

Morrissey stand vor der dritten und letzten Tür im Zimmer. Als er sie öffnete, erblickte Macaulay ein kleines Waffenarsenal, darunter zwei Gewehre, eine abgesägte Schrotflinte, mehrere Handfeuerwaffen an Haken und Munitionsstapel in den Regalen. Eine Reihe von Stufen führte von dem Waffenversteck in die Dunkelheit.

»Der Keller ist auch sicher«, erklärte Morrissey. »Die Tür ins Freie ist zubetoniert.«

Er nahm die abgesägte Schrotflinte und reichte sie Macaulay zusammen mit einer Schachtel Patronen.

»Flintenlaufgeschosse Kaliber zehn«, sagte er.

Es war eine Browning-Vorderschaftrepetierflinte. Die Patronen sahen groß genug aus, um ein Pferd aufzuhalten, als Macaulay sie ins Magazin einlegte. Für sich selbst nahm Morrissey einen M1-Karabiner vom Wandregal und begann, ihn mit .30-Kaliber-Hohlspitzgeschossen zu laden. »Einen von denen habe ich bei Iwojima getragen … gut für den Nahkampf.«

Lexy hörte einen dumpfen Schlag irgendwo über ihnen.

Macaulay sagte: »Es tut mir leid, dass wir Sie da mit reingezogen haben, aber wir haben es wahrscheinlich mit einer chinesischen paramilitärischen Truppe zu tun. Wenn ich recht habe, dann werden sie versuchen, Sie lebend in die Hände zu bekommen, um herauszufinden, was Sie über diese Kisten wissen. Mrs. Vaughan und ich sind entbehrlich.«

»Es braucht Ihnen nicht leidzutun, Mann!«, erwiderte Morrissey und grinste ihn an. »Es warten ein paar Überraschungen auf jeden, der sich ungebeten in dieses Haus wagt. Eine davon liegt auf der anderen Seite der Tür da, die in die Küche führt, und oben gibt es noch ein paar.«

Er wandte sich an Lexy und sagte: »Ma'am, Sie sollten besser genau hinter dem Sofa bleiben!«

»Geben Sie mir die 45er da auf dem rechten Regal!«, antwortete sie. »Ich nehme an, sie ist einsatzbereit?«

Er lachte und warf sie ihr zu.

»Semper fi!«, sagte er, als sie die erste Patrone in die Kammer lud.

Das Licht ging aus.

Morrissey legte einen Schalter um, und zwei kleine, versenkte Spots gingen an, deren Lichtkegel auf die Tür zum Flur und die gegenüber, die zur Küche führte, gerichtet waren.

»Ich werde das Licht löschen, wenn wir wissen, aus welcher Richtung sie kommen. Die hier werden auch nützlich sein«, sagte er und reichte Macaulay ein Infrarot-Nachtsichtgerät. »Falls die Kerle Körperpanzer benutzen, schießen Sie besser auf Hände, Beine und Gesicht!«

»Sie haben die Pension Ihres Bruders weise angelegt!«, sagte Macaulay.

Hinter der Tür, die zur Küche führte, hörten sie plötzlich einen schrillen Todesschrei, ein paar Sekunden später einen lauten Aufprall im Stockwerk über ihnen, dann herrschte wieder Stille.

»Dan hat junge Brillenschlangen aus Indien eingeführt und aufgezogen«, sagte Morrissey mit einem kurzen Lachen. »Nach seinem Tod ließ ich sie bleiben; sie haben den größten Teil des Hauses für sich.«

Dann folgte eine laute Detonation, die Riegel flogen von der Flurtür, und die Hälfte unter der Eisenstange platzte auf. Als Morrissey die Strahler ausschaltete, rannte ein Mann in einem schwarzen Ganzkörperanzug durch die Öffnung und hechtete nach rechts, die leichte Maschinenpistole vorgestreckt und auf das Sofa feuernd, hinter dem Lexy und Macaulay Stellung bezogen hatten. Seine Waffe war mit einem Schalldämpfer ausgerüstet, sodass die Kugeln, die in die Viertelzoll-Stahlplatten einschlugen, wie ein leistungsstarkes Bolzenschussgerät klangen.

Durch sein Nachtsichtgerät beobachtete Macaulay, wie ein einzelner Schuss aus Morrisseys Karabiner den Kopf des Angreifers in einem merkwürdigen Winkel nach hinten warf; er schlug auf dem Boden auf und rührte sich nicht mehr.

»Flüssiger Körperpanzer«, konstatierte Morrissey gelassen.

Ein kleines Objekt flog durch die Öffnung, aus dem eine Wolke gashaltigen Rauchs quoll, während eine zweite Explosion die Tür zur Küche sprengte. Die Eisenstange blieb an Ort und Stelle, der nächste Angreifer rannte dagegen und blieb wie angewurzelt stehen. Macaulay feuerte hinter dem zweiten Sofa heraus, und das großkalibrige Flintenlaufgeschoss zerschmetterte seinen Helm und ließ sein Gehirn platzen.

Der Geruch des Gases erreichte Macaulay. Kurz nachdem er es gerochen hatte, merkte er, dass es sich um irgendeinen lähmenden Wirkstoff handeln musste, er spürte, wie er benommen wurde, und wusste, dass die andern schnell an denselben Folgen leiden würden.

»Wir müssen hier raus!«, sagte er noch, bevor er den Atem anhielt.

Er hörte ein halbes Dutzend Wörter, die in einem gutturalen Chinesisch geblafft wurden.

»Die Kellertür!«, sagte Morrissey, als der dritte Angreifer tief geduckt durch die Flurtür kam und sein Nachtsichtgerät schnell hin- und herschwenkte, um den Raum zu überblicken. Er war größer als die ersten beiden und trug etwas, was wie ein schweres Maschinengewehr aussah.

Als Lexy zur Kellertür hechtete, feuerte er auf das Sofa, wo Macaulay sich immer noch versteckte; die Kugeln zerfetzten das Möbel, die Stahlplatten lösten sich. Macaulay erwiderte das Feuer und zielte auf den Helm des Mannes, bevor er sich flach auf den Bauch fallen ließ.

Das Flintenlaufgeschoss traf den Angreifer in die Brust seines Körperpanzers und warf ihn an die Wand zurück; im selben Moment drehte Lexy sich um und feuerte die ganze Trommel ihres 45er auf ihn ab. Eine Kugel musste seine rechte

Hand getroffen haben, denn er ließ das Maschinengewehr fallen. Der nächste Schuss aus Morrisseys M1-Karabiner erwischte seinen Kopf.

Der Kriegsveteran gab ihnen Deckung, als Macaulay hinter Lexy zur Kellertür rannte. Sie waren noch im Dunkeln, als unten ein Neonlicht automatisch anging und die Grundmauern erhellte.

Als zwei weitere Angreifer durch die zertrümmerten Türen hereinkamen, hatte Morrissey die Tür zum Keller schon erreicht und zog sie hinter sich zu.

Der Strahl des Neonlichts, der durch die noch nicht vollständig geschlossene Tür drang, zog die Aufmerksamkeit eines der Angreifer auf sich, er eröffnete das Feuer und bestrich die kleine Öffnung mit Maschinengewehrkugeln. Morrissey konnte noch den eisernen Sicherheitsriegel in die Halterung fallen lassen, ehe er kopfüber die Treppe hinunterstürzte.

Macaulay fing ihn am Fuß der Treppe auf. Der alte Mann blutete aus drei Wunden im oberen Rücken.

»Hinter dem Bücherschrank«, sagte er mit heiserer Stimme, »ein Durchgang zwischen diesem Haus und dem, das mein Onkel gebaut hat!«

Macaulay erinnerte sich an das identische Haus nebenan, das ausgebrannt war. Es gab nur einen Bücherschrank in dem Keller; er ging hin und zog an der linken Seite. Der Schrank bewegte sich nicht. Als er es rechts versuchte, schwenkte er auf Stahlrollen, die unter dem Boden verborgen waren, auf.

Lexy kniete sich neben den alten Mann und nahm seinen Kopf behutsam in die Arme. Über ihnen kündete eine weitere kleine Explosion von der Zerstörung der verstärkten Kellertür.

»Viel Glück!«, sagte er, während das Blut aus seinen Mundwinkeln quoll. »Semper fi.«

Fünfzehn

19. Mai
Gabriel Street 1764
Detroit, Michigan

Macaulay roch das faulige Wasser, das den Boden des Durchgangs bedeckte; es schmatzte unter seinen Socken, als er ins fahle Dunkel des Kellers trat. Im gedämpften Licht seines Handys suchte er vorsichtig einen Weg durch den niedrigen Raum.

Hinter ihm versuchte Lexy, Barnaby noch einmal auf dem Handy zu erreichen.

»Immer noch kein Netz!«, flüsterte sie.

Die Tür vom Keller ins Freie war von verkohlten Trümmern blockiert, die zu einer einzigen Masse erstarrt waren. Die Treppe ins Erdgeschoss war unbeschädigt, aber mit noch mehr Trümmern bedeckt.

Langsam stieg er die Stufen im Dunkeln hoch und versuchte dabei, nicht das leiseste Geräusch zu machen, er ertastete sich den Weg, während Lexy ihm dicht folgte. Wie im Morrissey-Haus führte die Treppe zu einer Tür zum Wohnzimmer. Der Raum war genauso gestaltet, nur dass die Erkerfenster, die auf den Vorgarten blickten, fehlten.

Über den Garten vom Morrissey-Haus hinweg konnte er gedämpfte Stimmen hören, die erregt und wütend klangen. Durch eins der leeren Fenster sah er die schemenhaften Umrisse zweier Männer, die an beiden Enden von Morrisseys Veranda standen, und zweier anderer in der Nähe des Bürgersteigs, wo Macaulay den Wagen geparkt hatte.

Ansonsten war es still in der Nachbarschaft. In der Einöde verlassener Häuser hatten die Geräusche von Gewehrfeuer und Explosionen offenbar niemanden dazu veranlasst, die städtische Polizei zu rufen.

Steve erinnerte sich daran, dass er einen hohen Lattenzaun gesehen hatte, der sich quer über die Hinterhöfe der zwei identischen Häuser hinzog und von einer Backsteingarage getrennt wurde. Die Garage ging nach hinten auf eine Gasse hinaus, die parallel zur Straße verlief. Das war ihr einziger Ausweg.

Er führte Lexy durch den dunklen Flur. Die Hintertür des Hauses führte aus der Küche, aus der alles von Wert, einschließlich des Herdes, der Spüle und des Kühlschranks, entfernt worden war, auf einen erhöhten Säulenvorbau.

Nur die untere Hälfte der Hintertür hing noch in den Angeln. Macaulay ging daran vorbei, stieg langsam über die Stufen des Vorbaus nach unten und blieb stehen. In dem trüben reflektierten Licht eines Autos, das auf einer der Querstraßen vorbeifuhr, sah er, dass ein weiterer Kommandosoldat im Hinterhof des Morrissey-Hauses Aufstellung bezogen hatte.

Der Mann stand mit dem Rücken zu ihm. Er trug einen Infrarotsucher am Helm und hatte sein leichtes Maschinengewehr auf die Rückseite des Hauses gerichtet. Alle zehn oder fünfzehn Sekunden drehte er den Kopf, um den Bereich hinter sich abzusuchen.

Die Zeit würde nicht reichen, um es ganz über den Hof zu schaffen – der Mann musste ausgeschaltet werden. Während Lexy beim Säulenvorbau wartete, schlich Macaulay zurück in die Küche, um nach einer Waffe zu suchen. Als er den Raum durchquerte, stolperte er über etwas; er hob es auf und sah, dass es ein Nudelholz war. Einen Moment lang stellte er sich all die Kuchenteige vor, die in friedlicheren Zeiten vielleicht damit ausgerollt worden waren. Er hatte jetzt eine bessere Verwendung dafür.

Draußen raunte er Lexy seinen Plan zu und zog die durchnässten Strümpfe aus. Er wartete, bis der Soldat in beide Richtungen geschaut hatte, und sprintete auf ihn zu, während Lexy zu der Backsteingarage rannte.

In vollem Lauf landete Macaulays rechter Fuß auf einer zerbrochenen Flasche, und ein sengender Schmerz schoss durch sein Bein. Ohne einen Laut von sich zu geben, fiel er zu Boden. In diesem Moment fing jemand aus dem Inneren des Hauses, das sie gerade verlassen hatten, an zu rufen – anscheinend war der Durchgang hinter dem Bücherschrank entdeckt worden.

Der Kommandosoldat drehte den Kopf in Richtung der Stimme, die offenbar einen Befehl auf Chinesisch schnauzte; er rannte aufs Haus zu und kam dabei in weniger als drei Metern Entfernung an Macaulays hingestrecktem Körper vorbei.

Am rückwärtigen Säulenvorbau blieb der Soldat kurz stehen, überprüfte den Raum mit seinem Infrarotsucher und verschwand dann im Innern. Macaulay war schon auf und lief wieder weiter, aber die Schmerzen in seinem Fuß waren scheußlich. Lexy hatte die Garage schon erreicht, er hoffte nur, dass das Tor, das zur Gasse führte, nicht mit Gerümpel zugestellt war.

Er lief hinein und sah, wie Lexy den hinteren Teil mit ihrer Handytaschenlampe absuchte. Die Garagentore waren zugenagelt worden, um zu verhindern, dass Einbrecher durch die Gasse aufs Grundstück gelangten. Wieder erscholl ein kurzer, abgehackter Ruf – sie waren im Hof und kamen näher.

Eine Seitentür in der Garage führte außen am Lattenzaun vorbei. Es war ihre einzige Chance. Schimmel hatte die Tür aufquellen lassen, aber mit vereinten Kräften zerrten sie sie auf und traten ins Freie. Eine Straßenlampe in einiger Entfernung warf einen schwachen Lichtschein auf die Gasse; Macaulay zeigte in die Richtung von der Lampe weg, und sie begannen zu rennen.

»Der nicht blinzelt« stand im Hangarbüro des Coleman-Young-Regionalflughafens fünfzehn Kilometer nordöstlich von Detroit-Mitte und heftete einen finsteren Blick auf seinen stellvertretenden Befehlshaber. Oberst Mu stand vor ihm stramm, die Augen geradeaus auf die goldenen Sterne an Li Shen Wuis Uniformkragen gerichtet.

Mu war siebenundzwanzig und wie ein Miniatur-Arnold-Schwarzenegger geformt. Obwohl er, anders als sein Vorgänger Oberst Wong, noch nie im Kampf erprobt worden war, hatte Mu sich bei Lis Säuberungsaktionen als erbarmungslos erwiesen und befolgte kritiklos jeglichen Befehl seines Vorgesetzten.

Mu war soeben von dem Angriff auf das Haus des alten Marinesoldaten zurückgekehrt und hatte seinen Bericht erstattet. Die Mission war ein komplettes Desaster gewesen. Mu war außerstande, die Scham in seinen Augen zu verbergen.

Wieder dachte Li kurz über die Gründe nach, die ihn dazu bewogen hatten, die Mission nicht selbst zu leiten. Es lief auf seine Versagensangst hinaus. Nun würde man ihn dennoch zur Verantwortung ziehen. Er trat von Mu weg und durchmaß das heruntergekommene Büro.

Er hatte den Flugzeughangar als Sammelpunkt für das Überfallkommando gemietet und um ihre beiden Transportdüsenjets vor neugierigen Blicken zu schützen. Der gesamte Komplex war ein verfallender Dreckhaufen, genau wie alles andere in der abgewirtschafteten Stadt. Als sein Jet gelandet war, glaubte er in Kuba zu sein.

Während das Überfallkommando seinen Auftrag durchführte, hatte Li seinen Versorgungsoffizier angewiesen, eine Party zu organisieren, um die Rückkehr des Trupps mit dem alten Mann zu feiern, der ihr Schlüssel zum Auffinden des Pekingmenschen war.

»Wann werden die Ersatzleute eintreffen?«, wollte Li wissen.

»Ihr Flugzeug hat San Francisco verlassen«, antwortete Mu. »Sie werden in drei Stunden hier sein.«

»Versammeln Sie die Männer, damit ich im Hangar das Wort an sie richten kann!«, befahl Li und ließ ihn wegtreten.

Eine halbe Minute darauf klopfte es leise an der Bürotür, die vom Alter und häufigen Zuknallen verzogen war und nicht mehr richtig schloss.

»Herein!«, sagte Li.

Die Tür ging auf und enthüllte Feldwebel Shi; er marschierte drei Schritt vorwärts, blieb stehen und salutierte.

»Es ist Gebieter Zhou, Euer Exzellenz«, meldete er, »er ruft auf der sicheren Leitung an.«

Li heuchelte eine Miene höchster Zufriedenheit.

»Sie dürfen gehen!«, sagte er und nahm das abhörsichere Telefon in die Hand.

»Erzähle mir von den aufregenden Neuigkeiten!«, sagte Zhou Shen Wui.

Die Stimme seines Vaters war so deutlich, als säße er im Zimmer nebenan, den fetten Arsch in seinen Lieblingsthronsessel gezwängt. Li musste davon ausgehen, dass einer der Spione seines Vaters ihm bereits von dem Debakel berichtet hatte.

»Ich schreibe gerade den Bericht«, sagte Li neutral.

»Wie hat sich deine Tarnkappen-Kavallerie auf amerikanischem Boden bewährt?«

Li entging der Anflug von Spott in seiner Stimme nicht.

»Es gibt noch viel zu tun, mein Gebieter«, antwortete er.

»Hast du die Mission persönlich geleitet?«, erkundigte sich Zhou.

Li fragte sich, von wo sein Vater wohl anrief – vielleicht aus seinem Hochgeschwindigkeitszug irgendwo im Hochland oder womöglich dem Bett seiner Lieblingskonkubine, Chunwa, dem Mädchen, das einmal mit Li verlobt gewesen war.

»Ich hielt es für besser, die Mission von unserer Basis hier auf dem Flughafen aus zu koordinieren, sodass ich den wertvollen Informationen des alten Marinesoldaten, die ich zu erhalten erwartete, unverzüglich nachgehen könnte«, sagte Li. »Meine Befehle an Mu lauteten, Macaulay und Vaughan zu eliminieren und den alten Marinesoldaten gefangenzunehmen und zu mir zu bringen.«

»Und hat er schon geredet?«

Lis Wut und Erniedrigung fegten wie flüssiges Feuer durch seine Eingeweide, auch wenn das einzige körperliche Anzeichen seiner wahren Gefühle das noch weitere Vorwölben seiner hervortretenden Unterlippe war.

»Bedauerlicherweise starb der alte Marinesoldat bei dem Angriff«, sagte er mit ruhiger Stimme. »Macaulay und Vaughan sind uns vorübergehend entschlüpft. Wir fanden allerdings eine Blutspur, die darauf hindeutet, dass einer von beiden von meiner Truppe schwer verletzt wurde.«

Das Schweigen währte so lange, dass Li sich schon fragte, ob die Verbindung unterbrochen worden war.

»Deine Truppe«, wiederholte Zhou schließlich, »deine Tarnkappen-Kavallerie.«

Seine Stimme troff vor Hohn.

»Gab es Verluste?«, fragte Zhou.

»Ja, mein Gebieter«, antwortete Li.

»Nun?«, verlangte Zhou zu wissen.

Li wusste, dass das widerliche Schwein keine Ruhe geben würde, bis er ihm jede Einzelheit aus der Nase gezogen hatte.

»Vier Männer wurden bei dem Angriff getötet, drei durch Schüsse und einer durch eine Giftschlange. Ein Mann ist verwundet; ein Schlangenbiss hat ihn gelähmt.«

»Natürlich … die berühmten Schlangen von Detroit!«, sagte Zhou. »Haben deine Männer wenigstens die Schlange mit zurückgebracht?«

»Das weiß ich nicht, mein Gebieter«, sagte Li, wobei sich seine Unterlippe noch weiter vorschob.

Wǒ hèn tā … wǒ hèn tā … wǒ hèn tā, formte er stumm mit den Lippen ins Telefon.

»Deine Männer haben das Gelände nicht ausgespäht?«

»Das Haus des alten Mannes war wie eine Festung ausgebaut, mein Gebieter«, sagte Li. »Der alte Mann sah harmlos aus. Er wurde in einem Rollstuhl beobachtet. Man konnte nicht wissen, wie es im Innern aussah.«

»Natürlich«, pflichtete Zhou ihm bei. »Der Ausgang war unvermeidlich.«

Li wollte gerade erwidern, dass er einen neuen Plan entwickelt hatte, um die Bewegungen Macaulays und Vaughans zu verfolgen, doch bis dahin hatte sein Vater aufgelegt, und in Lis Ohr blieb nur ein Dauerpiepton.

Er stelzte aus dem Büro und stellte fest, dass Oberst Mu die verbliebenen Männer des Überfallkommandos in zwei Reihen hatte antreten lassen. Als er den Hangar durchquerte, um zu ihnen zu sprechen, knallten sie die Hacken zusammen und nahmen Haltung an.

Lächelnd erzählte er ihnen, wie stolz er auf ihre erste militärische Unternehmung auf amerikanischem Boden war und dass nach dem sicheren Erfolg ihrer Mission daheim in China Ruhm und Belohnung auf sie warteten.

Nachdem er sie entlassen hatte, trug Li Mu auf, den Mann, der den alten Marinesoldaten erschossen hatte, in sein Hangarbüro zu bringen. Als sie eintrafen, versuchte Mu vergeblich, die verzogene Tür hinter sich zu schließen. Der junge Mann nahm Haltung an und salutierte.

Er war nicht älter als zwanzig und hübsch wie ein Mädchen, dachte Li, mit seinen langen Wimpern und dem Mund, der wie ein Amorbogen geformt war. Li erinnerte sich noch von der Mission in dem kleinen Dorf neben der Chemiefabrik her an ihn, das sie ausgelöscht hatten: Er war derjenige gewesen, dem es übertragen worden war, die überlebenden Kinder zu erschießen. Er schien die Aufgabe genossen zu haben. Jetzt schwitzte er so stark, dass die Feuchtigkeit Flecken auf dem Kragen seiner Uniform bildete.

»Wieso haben Sie entgegen meinen Einsatzbefehlen geschossen?«, fragte Li höflich.

»Uns wurde gesagt, dass der Mann, den wir gefangen nehmen sollten, an einen Rollstuhl gefesselt ist«, verteidigte sich der Junge. »Ich sah einen Mann durch die Tür entkommen; er zeichnete sich gegen das Licht ab und stand aufrecht da. Ich hielt ihn für die Zielperson, deren Eliminierung von Oberst Mu bewilligt war.«

»Sie haben meine Befehle missachtet«, sagte Li, als hätte er die Erklärung nicht gehört.

»Es wird nicht wieder vorkommen, General!«, versicherte der Junge.

»Ein weiterer Fehler wird nicht geduldet werden.«

»Es wird keinen weiteren geben!«

»Sie können gehen«, sagte Li.

Nachdem der Junge salutiert und das Büro verlassen hatte, blickte Li in das ausdruckslose Gesicht von Oberst Mu.

»Statuieren Sie ein Exempel an ihm, wie Sie es bei dem alten Mann im Keller getan haben!«, sagte Li. »Und sorgen Sie dafür, dass die Ersatzleute sich über die Strafe für Fehler im Klaren sind! Haben Sie meine Visitenkarte im Haus bei der Leiche zurückgelassen?«

Oberst Mu nickte. »Wie Sie es befohlen hatten, Exzellenz.«

»Falls Sie mich brauchen, ich bin im Pool«, sagte Li und begab sich ins angrenzende Büro, wo er sie sein transportables Zehn-Meter-Schwimmbecken hatte aufbauen lassen.

Sie waren zehn Blocks weit gelaufen, bevor sie außerhalb der Reichweite des Störsignals waren und Lexy Barnaby anrufen konnte. Sie hatten vor einem gut beleuchteten Spirituosen- und Gemischtwarenladen haltgemacht, um sich auszuruhen; Schutzgitter aus Stahl bedeckten die Schaufenster und die Eingangstür.

Während sie Barnaby davon in Kenntnis setzte, was passiert war, ging Macaulay in den Laden und kaufte einen halben Liter Jack Daniel's, eine Rolle Isolierband und Küchenpapier.

»Ich sehe es nicht gern, wenn meine Kunden auf den Boden bluten!«, sagte der asiatische Inhaber.

Steve setzte sich draußen auf den Bordstein, nahm einen tiefen Zug Whiskey und goss dann fünf Zentimeter aus der Flasche über die tiefe Schnittwunde in seiner Ferse. Danach umwickelte er den Fuß mit Küchenpapier und fixierte es mit dem Isolierband, während Lexy ihm erzählte, dass ein FBI-Team zusammen mit der städtischen Polizei auf dem Weg zum Morrissey-Haus war und dass ein Streifenwagen sie in ein paar Minuten abholen würde.

Das Morrissey-Haus war beleuchtet wie ein Filmset, als sie eine Viertelstunde später zurückkehrten. Funkstreifenwagen flankierten beide Enden der Straße, der Vorgarten wurde von auf Lastern angebrachten Scheinwerfern angestrahlt. Ein kleiner Schwarm von Polizisten mit Stabtaschenlampen durchkämmte bereits die mit Unkraut übersäten Flächen vor und hinter dem Haus.

Ein FBI-Agent erwartete sie auf der Veranda. Durch die offene Tür konnte Lexy Leute von der Spurensicherung sehen, die im Flur und auf der Treppe zum ersten Stock ihre Arbeit machten.

»Mein Name ist McAdams«, stellte der Agent sich vor.

Für Macaulay sah er aus wie Abraham Lincoln ohne Bart. Er war groß und schlank, und sein hageres, zerfurchtes Gesicht mit den nachdenklichen Augen wurde von einem Schopf widerspenstiger grauer Haare gekrönt. Seine Stimme war leise und rauchig.

»Man hat mir gesagt, dass ich Ihnen keine Fragen stellen darf über das, was hier passiert ist«, sagte er. »Es wäre aufschlussreich, die Gründe dafür zu erfahren.«

»Es steht uns nicht frei, sie zu erörtern«, erwiderte Macaulay.

»Liegt außerhalb meiner mickrigen Besoldungsgruppe – schon klar«, sagte er. »Ich dachte ja nur, ich frage mal.«

Sie folgten McAdams durch den Flur ins Wohnzimmer. Ein beißender metallischer Geruch durchsetzte die Luft und vermischte sich mit dem nach Kordit. Jemand hatte Halogenlampen aufgestellt, die das Gemetzel grell beleuchteten.

»Hier gibt es irgendeinen Gasrückstand«, sagte einer der Kriminaltechniker. »Wir werden das im Labor überprüfen.«

»Es befindet sich zwar nur eine Leiche im Haus«, informierte McAdams sie, »aber das viele Blut deutet auf jede Menge mehr hin. Jemand hat den Saustall aufgeräumt und dabei ziemlich gute Arbeit geleistet.«

Einschusslöcher überzogen die weißen Wände und das grüne Sperrholz vor den Erkerfenstern. Das Sofa, hinter dem Macaulay und Lexy sich versteckt hatten, lag auseinandergebrochen auf dem Boden; die Füllung war überall verstreut, die Stahlplatten von Kugeln verbeult.

»Die Leiche im Keller wurde vorläufig als Daniel Morrissey identifiziert, aber ich nehme an, das wussten Sie schon«, sagte McAdams.

Lexy nickte.

McAdams warf einen Blick auf Macaulays mit Küchenpapier umwickelten Fuß.

»Ich werde mich hüten zu fragen!«, meinte er, als sie die Kellertreppe hinunterstiegen.

Sean Patrick Morrissey lag nicht länger dort auf dem Boden, wo Lexy seinen Kopf in ihren Armen gehalten hatte – er stand da und sah sie an. Man hatte ihn wie bei einer Kreuzigung mit den Handgelenken an zwei der Kieferpfosten genagelt. Sein Kopf war mit einer Lederhundeleine an der Wand festgeschnallt worden. Er war nackt.

Jemand hatte ihm vom Hals bis zur Hüfte die Haut abgezogen. Ein Messer war ihm so tief durchs Herz gestoßen worden, dass es in der Wand dahinter steckte. Lexy weigerte sich, den Blick von dem alten Mann abzuwenden, denn sie wollte, dass sich der sichtbare Beweis dessen, was sie ihm angetan hatten, für immer in ihr Gehirn einbrannte.

»Ich bin inzwischen zu der Ansicht gelangt, dass Wölfe in der Nahrungskette weiter oben stehen als Menschen«, sagte McAdams. »Es sind reinlichere, anständigere und fleißigere Lebewesen, und sie beschützen ihre Jungen.«

»Er hat nichts gespürt«, sagte einer der Kriminaltechniker, während er das Heft des Messers untersuchte. »Er war schon tot, als sie das hier gemacht haben.«

»Warum haben sie sich dann die Zeit genommen?«, wunderte sich Lexy.

Der Forensiker schaute sie mit müden, zynischen Augen an. Er war in den Fünfzigern, hatte Hasenzähne und trug eine Nickelbrille.

»Sie sollten mal die Kunstfertigkeit von manchen Bandenmorden sehen«, antwortete er, »wenn eine Botschaft übermittelt werden soll. Wenigstens hat der arme Kerl hier noch seine Augen und seine Genitalien zwischen den Beinen.«

Er winkte McAdams zu sich heran, um einen Blick auf das Messer in Morrisseys Brust zu werfen.

»Sieht mir wie ein kurzes Breitschwert aus«, meinte er.

»Eher wie ein Bowiemesser«, sagte McAdams, »außer dass beide Ränder geschliffen sind.«

»Es ist wegen des getrockneten Blutes schwer zu erkennen, aber da scheint irgendeine Inschrift zu sein«, sagte der Techniker und zeigte auf den Griff.

»Das ist wahrscheinlich chinesisch«, schaltete Macaulay sich ein.

McAdams drehte sich um und sah ihn abschätzend an.

»Sonst noch bedeutende Einsichten auf Lager?«

Macaulay schüttelte den Kopf.

Regen trommelte gegen die Fensterscheiben von Sebastian Choates Büro, in dem es überraschenderweise kalt war. Anscheinend hatte jemand die Heizkörper abgedreht. Ansonsten war der Raum exakt so, wie Barnaby ihn in Erinnerung hatte. Choates winzige Seidenpantoffeln lagen auf dem Polsterhocker vor seinem Lieblingslehnstuhl.

Der Raum war vollgestopft mit Leuten: der Vizedirektor für Sicherheit des Museums, drei Bundesagenten von Dusenberrys Arbeitsstab, zwei New Yorker Polizisten, ein gerichtsmedizinisches Team und ein Beamter von der Hundestaffel in Begleitung seines speichelnden Deutschen Schäferhunds. Barnaby fragte sich, was Choate wohl gesagt hätte, wenn er gesehen hätte, wie sie alle in ihren schmutzigen Schuhen auf dem ältesten bekannten Teppich der Welt herumtrampelten.

»Wir haben zu diesem Zeitpunkt wirklich nichts, worauf wir aufbauen könnten!«, sagte Horace Starling, der Sicherheitsvize des Museums. »Professor Choate hat sehr skurrile Angewohnheiten. Nach allem, was wir wissen, könnte er in Chile oder Sansibar sein.«

»Das ist ja gut und schön«, sagte Barnaby. »Alles, was ich zu diesem Zeitpunkt will, ist der Zugang zu seinem Safe, und Sie haben jetzt die bundesstaatliche Ermächtigung, die uns das ermöglicht.«

»Das dürfte nicht so einfach werden«, schaltete sich der kleine rothaarige Mann ein, den der hiesige Polizeichef mitgebracht hatte, um ihn beim Öffnen des hochmodernen Stahltresors ›hinzuzuziehen‹, in dem Choate siebzig Jahre Forschungen über den Pekingmenschen sicher aufbewahrte.

»Ich dachte, ich hätte Ihnen verdeutlicht, dass das Öffnen dieses Safes eine Frage von nationaler Dringlichkeit ist!«, sagte Barnaby zum Polizeichef.

Der korpulente leitende Beamte war in den Sechzigern und stand wahrscheinlich kurz vor der Pensionierung; Barnaby vermutete, dass der kleine Mann irgendein alter Spezi von ihm war. Dem Polizeibeamten war die Situation sichtlich unangenehm.

»Ich glaube, dass Mr. Doyle unsere beste Chance dazu darstellt«, beharrte er.

Doyle sah mit demselben Ausdruck der Ungläubigkeit zu Barnaby auf, die dieser empfand, als er auf ihn hinabblickte. Der Mann musste mindestens an der Siebzig kratzen und sah aus wie ein Statist in *Das Geheimnis der verwunschenen Höhle*. Er war beinah kleinwüchsig und hatte flammend rote Haare, die eindeutig gefärbt waren. Zu behaupten, er hätte eine rötliche Gesichtsfarbe, wäre eine Untertreibung gewesen: Sein Teint stimmte mit seiner Haarfarbe überein.

»Sie sehen aus, als kämen Sie direkt aus einem Film«, sagte Barnaby.

»Ich komme direkt aus dem Bundesgefängnis Leavenworth«, entgegnete Doyle, »wo ich viele Jahre Zeit hatte, meine vergangenen Verirrungen einzusehen.«

»Er ist der beste Geldschrankknacker in New York«, erklärte der Polizeichef.

»Einer der letzten«, ergänzte Doyle traurig. »Es ist eine aussterbende Kunst, verstehen Sie. In meinem Fall handelte es sich um ein Familienunternehmen, das von Generation zu Generation überliefert wurde, seit die Doyles 1847 hier ankamen. Mein Urgroßvater knackte den Safe von J. Pierpont Morgan, als er während der Panik von 1907 in der Madison Avenue wohnte.«

»Tatsächlich?«, sagte Barnaby. »Und was fand er?«

»Eine Bibel der Episkopalkirche samt einigen Briefen, die

von Morgan an die Hauslehrerin seines Sohnes geschrieben worden waren und, so könnte man sagen, unvorsichtig waren.«

»Ich hoffe, er hat sie gut verwendet«, sagte Barnaby. »Im Moment haben wir allerdings Wichtigeres zu tun. Wie zum Teufel wollen Sie diesen Tresor aufkriegen?«

Er sah zwar bloß wie ein glänzender schwarzer Schrank aus, der eine Wand des Zimmers einnahm, aber die Polizei hatte Barnaby gesagt, dass er praktisch unüberwindlich war. Doyle ging zu dem Safe hin, öffnete die Außentür und kniete sich hin.

»Ein doppeltes Kombinationsschloss«, sagte er. »Wenn es ein Steckschloss wäre, könnte ich es in einer Stunde knacken, aber diese Lady stellt eine größere Herausforderung dar.«

»Wie sehen unsere Optionen aus?«, fragte der Polizeichef.

Langsam drehte Doyle am Zahlenrad und legte den Kopf schief, als horchte er nach Stimmen. »Die sogenannten modernen Fachmänner würden vermutlich eine magnetische Metallkernbohrmaschine mit Bohreinsätzen, die die harten Stahlplatten durchdringen können, empfehlen. Ich habe mir sagen lassen, dass sie jetzt Lichtleiteroptiken benutzen, um die Stellung der Räder zu lesen. Leider gibt es da drin eine Schicht weichen Stahls, um den Bohrer zu hemmen.«

Barnaby hatte keine Ahnung, wovon er sprach.

»Wie lange wird es dauern?«, fragte er.

»Diese Fünfzig-Millimeter-Bolzen gehen in alle Richtungen«, sagte Doyle. »Man könnte die Gelenke mit Azetylen wegbrennen, und die Tür würde trotzdem noch halten.«

»Wie lange?«, wiederholte Barnaby.

»Man könnte ihn natürlich sprengen«, fuhr Doyle ungerührt fort, »aber es gibt keine Garantie, dass der Inhalt die Explosion überleben würde. Sowieso ist Sprengen nicht meine Masche.«

»Und was ist Ihre Masche?«, fragte Barnaby ihn.

»Er fühlt es«, antwortete der Polizeichef an seiner statt.

»Bitte legen Sie los und fühlen Sie es!«, forderte Barnaby ihn auf.

»Ich gehe so vor«, führte Doyle aus. »Es gibt kein Klicken, wenn die Zuhaltungen die richtige Position erreichen, aber ich kann es normalerweise hören, wenn der Hebel sich für jede Zahl der Kombination in den Schlitz senkt. Ich kann es fühlen, sobald ich die Gepflogenheiten der Lady kenne … meistens jedenfalls.«

»Wie lange wird das ganze Gefühle dauern?«, wollte Barnaby wissen.

»Vielleicht vier Tage«, antwortete Doyle. »Könnte auch schneller gehen, hängt von ihr ab.«

Barnaby schaute in die Runde. Bis auf den Deutschen Schäferhund mieden alle seinen Blick.

»Sie haben meine Handynummer!«, sagte Barnaby zum Polizeichef.

Eine Stunde später hatte Barnaby im La Grenouille zwei Gläser Orfevi Frascati getrunken, um seinen Gaumen zu reinigen, und schickte sich gerade an, die erste von zwei Dutzend Amerikanischer Austern zu kosten, als sein Telefon klingelte. Er ging dran.

»Er ist drin!«, sagte der Polizeichef.

Als Barnaby in Choates Büro zurückkam, stand die Tür zum Safe ein paar Zentimeter weit offen.

»Das müssen Sie sich ansehen!«, empfing der Polizeichef ihn.

Barnaby zog die Stahltür auf.

Da waren keine Papiere oder Aktenordner wie die, die Choate beschrieben hatte: Es war überhaupt nichts in dem Safe. Bis auf Choate. Er lag in Embryonalstellung da, das Gesicht zur Tür. Er sah aus, als wäre er schlafen gegangen.

Sechzehn

24. Mai
Washington, D.C.
Weißes Haus, Lagezentrum

Ira Dusenberry begutachtete das Tablett aus Sterlingsilber, auf dem sich frisch gebackenes, noch warmes Teegebäck, Donuts und Kekse stapelten, die ein paar Minuten zuvor aus der Kantine des Weißen Hauses heruntergeschickt worden waren. Zusammen mit dem Aroma seiner Lieblingsmischung dunklen kolumbianischen Kaffees erfüllte ihr Duft den Konferenzraum.

Er war versucht, sich den Teller mit sämtlichen Gebäcksorten zu füllen, sah jedoch, dass die andern schon am Konferenztisch saßen und darauf warteten, dass er die Versammlung eröffnete. Also wählte er nur einen kleinen Spritzkuchen und ein Baileys-Törtchen und nahm seinen Platz am Kopfende ein.

Als nationaler Sicherheitsberater des Präsidenten benutzte er inzwischen den größten der drei schalldichten Kontrollräume im Lagezentrum zur Koordinierung der Geheimdienstinformationen tief unter dem Westflügel des Weißen Hauses – was ihm heute allerdings etwas übertrieben vorkam: Von den achtundzwanzig Stühlen am Tisch waren lediglich sechs besetzt.

Dusenberry warf einen Blick auf das Morgenbuch, den vor ihm liegenden morgendlichen Bericht für den Präsidenten, der den aktuellen Stand in Angelegenheiten nationaler Sicherheit enthielt. Das Morgenbuch war beim Pekingmenschen aufgeschlagen. Dusenberry nahm sich ein paar Momente, um die Seite mit der Zusammenfassung zu überfliegen, während er den Spritzkuchen zu sich nahm.

Seine persönliche Assistentin, Darlene Choy, stellte einen Becher mit dem schwarzen Kaffee auf den Untersetzer neben dem Bericht und nahm auf einem der Stühle für die Angestellten an der Wand Platz, wo schon Dusenberrys stellvertretender Sicherheitsberater und zwei ranghohe Berater saßen.

Er nahm einen ersten kleinen Schluck und warf einen Blick auf die Mitglieder von Barnaby Finchems sogenanntem Team, die sich am Tisch versammelt hatten. Die Zusammensetzung war nicht gerade beruhigend. Nicht zum ersten Mal fragte er sich, ob es nicht ein schwerwiegender Fehler gewesen war, Finchems Hilfe in Anspruch zu nehmen.

Zu Dusenberrys Linken saß der abgehalfterte CIA-Geheimagent Somervell in seinem fleckigen Seersucker-Anzug und neben ihm die dörrpflaumengesichtige Spinatwachtel June Corcoran, die eine nicht angezündete Zigarette in den nikotinverfärbten Fingern hin und her rollte wie Kapitän Queeg seine Stahlkugeln.

Alexandra Vaughan war zwar noch so schön, wie er sie in Erinnerung hatte, aber der pensionierte Luftwaffen-Brigadegeneral Macaulay sah so fertig aus wie damals, als Dusenberry ihn nach der Walhalla-Sache das letzte Mal in dem Krankenhaus in Maine gesehen hatte. Er war auch mit einem deutlichen Hinken in den Kontrollraum gekommen.

Zu Dusenberrys Rechten erwiderte Barnaby Finchem seinen Blick mit einem sardonischen und fast schon beleidigenden Grinsen; seine wirre weiße Haarmähne wallte über das Rückenteil seines schäbigen Overalls. Dusenberry hoffte, dass keiner seiner hochrangigen Kollegen im Weißen Haus die Ankunft dieser Truppe im Kontrollraum beobachtet hatte.

»Wie ich gehört habe, hat Ihr Team einige Fortschritte erzielen können, Professor Finchem«, begann Dusenberry, der beschlossen hatte, vor seinen Beratern die Form zu wahren.

»Das haben wir in der Tat«, bestätigte Barnaby. »In den vergangenen vier Tagen haben wir mehr erreicht, als Ihr ressortübergreifender Arbeitsstab in drei Jahren!«

»Ach, wirklich?«, sagte Dusenberry mit einem skeptischen Grinsen. »Dann lassen Sie mal hören!«

Barnaby warf einen flüchtigen Blick auf die vier Mitglieder des NSC, des Nationalen Sicherheitsrats, die an der Wand saßen.

»Es ist nur für Ihre Ohren bestimmt«, wandte er ein.

Dusenberry schenkte ihm ein arrogantes Lächeln und entgegnete: »Ich kann Ihnen versichern, dass jedem Mitglied meines Stabs auch die sensibelsten Informationen anvertraut werden dürfen, die Sie gesammelt haben.«

»So wie Jessica Birdwell, Ira?«, fragte Barnaby unschuldig.

Dusenberry wurde rot. Birdwell war während der Walhalla-Sache ein Mitglied des nationalen Sicherheitsstabs gewesen und hatte sich als feindlicher Maulwurf entpuppt. Entzückende Frau, erinnerte Dusenberry sich, tolle Beine und sehr aufgeweckt. Er fragte sich kurz, ob sie wohl noch in Guantanamo war.

Er wandte sich an seine Berater und sagte: »Von hier an übernehme ich.«

Als sie sich zum Gehen erhoben, warf Darlene Choy einen Blick auf ihre Armbanduhr und sagte knapp: »Das NSC-Meeting wegen der Jemen-Krise beginnt in fünfzehn Minuten.«

Dusenberry wartete, bis sie den Raum verlassen hatten.

»Nun, da Sie meine Mitarbeiter beleidigt haben, weihen Sie mich doch bitte in den Stand der Dinge ein!«, sagte er.

»Wir haben tatsächlich eine ziemlich gute Vorstellung davon, wo der Pekingmensch gefunden werden kann«, kam Barnaby der Aufforderung nach, »jedenfalls innerhalb von zweihundertfünfzig Quadratkilometern.«

Dusenberrys anfänglich heiterer Gesichtsausdruck verschwand.

»Wir glauben, dass der Pekingmensch bei den Bahamas auf dem Grund des Meeres liegt«, führte Barnaby aus. »Zurzeit sind wir dabei, die Parameter der genauen Stelle einzugrenzen.«

»Worauf fußt diese Annahme?«

Barnaby begann bei ihrem Besuch bei Professor Choate im Naturkundemuseum. Er fasste kurz die Schlussfolgerungen zusammen, die Choate nach seiner siebzigjährigen Suche nach dem Fossil gezogen hatte, und endete mit der verblüffenden Schlussfolgerung aus dem Tagebuch des berühmten Archäologen Davidson Black, mit der Choate ihn bekannt gemacht hatte.

»Wollen Sie damit sagen, Choate glaubt, dass der Pekingmensch irgendein außerirdisches Wesen war?«

»›Glaubte‹ wäre das angebrachtere Wort«, sagte Barnaby. »Choate wurde kurz nach unserem Besuch ermordet. Seine genauen Worte zu mir waren, dass Davidson Black durch seine Testergebnisse zu dem Schluss gelangte, dass der Pekingmensch nicht der menschlichen Evolutionsfolge, wie wir sie kennen, entsprach. Wir müssen ihn finden, um das entweder zu beweisen oder zu widerlegen.«

»Und Choate hatte die Protokolle oder das Tagebuch, das diese Testergebnisse enthält?«

»Das hat er jedenfalls behauptet. Als ich vor drei Tagen Ihre Sicherheitsfachmänner seinen Bürosafe knacken ließ, stellten wir fest, dass seine gesamte Sammlung von Aufzeichnungen und Unterlagen über den Pekingmenschen gestohlen worden war. Das Einzige, was wir im Safe fanden, war Choate selbst. Dem Gerichtsmediziner zufolge war er noch am Leben, als man ihn darin eingeschlossen hat. Das FBI fahndet noch nach seiner chinesischen wissenschaftlichen Mitarbeiterin.«

Dusenberry erhob sich vom Tisch und füllte seinen Teller mit zwei Cannoli und einem mächtigen Stück Apfelstrudel mit Schlagsahne auf.

»Wieso glauben Sie, dass das Fossil auf den Bahamas ist und dass Sie seine genaue Lage ausfindig machen können?«, fragte er.

»Eine ganze Menge sachdienlicher Nachforschungen«, antwortete Barnaby. »Von hier an werde ich Dr. Vaughan übernehmen lassen.«

»Unser Bericht über Sean Patrick Morrissey, dem einzigen Überlebenden des Lastwagenkonvois der Marines, liegt Ihnen ja schon vor«, fing sie an. »Bevor Professor Choate vor vier Tagen von der chinesischen paramilitärischen Truppe ermordet wurde, notierte ich stenografisch seine Erinnerungen. Sie waren oft bruchstückhaft, doch zusammen bildeten sie ein durchgängiges Muster. Die Schlüsselelemente waren, dass er sich daran erinnerte, lange an Bord des Schiffes gewesen zu sein, nachdem dieses Chinwangtao am achten Dezember verlassen hatte. Danach glaubte er, dass es wegen eines Maschinenschadens irgendwo liegen blieb. Zu der Zeit hatte er einen Malariaanfall. Wir sind zu dem Schluss gekommen, dass das Schiff eigentlich angehalten wurde, weil es darauf wartete, durch den Panamakanal zu fahren. Der einzige andere Weg, auf dem es die Atlantikküste erreicht haben könnte, wäre das Umschiffen von Kap Horn gewesen, und in dem erforderlichen Zeitrahmen hätte es dann nicht in die Karibik gelangen können.«

»Woher wollen Sie wissen, dass das Schiff in die Karibik gelangt ist?«

»Steht alles in dem Bericht, den Sie da haben«, sagte sie und zeigte auf das Morgenbuch des Präsidenten. »Morrissey wurde von einem unbekannten Bergungsfahrzeug am zweiten März 1942 in Key West, Florida, an Land gebracht. Sie werden sich daran erinnern, dass das Schiff, auf dem er davor gewesen war, Chinwangtao in China am achten Dezember 1941 verlassen hat. Die Entfernung auf dem Seeweg von Chinwangtao zum Panamakanal beträgt etwa neuntausend Seemeilen. Morrissey erwähnte, dass es sich bei dem Schiff um ein altes Trampschiff handelte. Wenn wir davon ausgehen, dass es eine Maximalgeschwindigkeit von zehn Knoten hatte, hätte das Schiff unter Volldampf mindestens achtunddreißig volle Tage und Nächte gebraucht, um den Kanal zu erreichen. Zu diesem Zeitpunkt des Krieges versuchten Hunderte von Handelsschiffen verzweifelt, aus japanischen Gewässern zu entkommen, sodass es zu einem Stillstand kam, als sie Panama erreichten. Wir glauben, eins davon war Morrisseys Schiff. Für unser spekulatives Grundgerüst haben wir noch angenommen, dass das Schiff nicht registriert war, denn Sebastian Choate sagte uns, dass er die Aufzeichnungen sämtlicher Schifffahrtslinien durchgesehen hat, die im Dezember 1941 in China tätig waren, und keins davon war am achten Dezember in Chinwangtao.«

»Ich will einräumen, dass es prinzipiell möglich klingt, wenigstens bisher«, sagte Dusenberry, während er verstohlen die Weste seines braunen Anzugs aufknöpfte.

In letzter Zeit hatte Dusenberry es sich angewöhnt, Dreiteiler zu tragen, nachdem eine der Ratgeberinnen für Gesellschaftliches im Weißen Haus darauf hingewiesen hatte, dass sie wieder modern würden. Er hatte sie in drei Größen bei seinem indischen Schneider in Trinidad bestellt. Die kleinste Größe war für die Baseballspielzeit, wenn er öfter rauskam und etwas abzunehmen pflegte. Der Footballspielzeit-Anzug war eine Nummer größer, denn Ira neigte zu Fressorgien, wenn er zusehen musste, wie die Redskins beinahe jede Woche einen Weg fanden, ihr Spiel zu verlieren. Und am größten war der Basketball-Anzug. Den Winter über hatte er praktisch keine körperliche Betätigung, und obwohl die Basketballsaison noch keine zwei Monate alt war, drohte er schon aus dem Anzug zu platzen.

»Zum nächsten Abschnitt unseres Berichts kann June sich äußern«, sagte Lexy.

»Vor vier Tagen bin ich auf Bitten von Dr. Finchem nach Panama City geflogen«, begann June Corcoran, »und ersuchte um Zugang zu den Archiven, in denen die Kanalbehörde alle Schiffe verzeichnet hat, die den Kanal seit 1914 passiert haben. Die Aufzeichnungen aus dem Zweiten Weltkrieg waren natürlich aus Sicherheitsgründen geheim, aber dank der Vermittlung Ihres Büros wurde mir gestattet, sie einzusehen.«

Dusenberry sah, dass die Zigarette, die sie die ganze Zeit zwischen den Fingern gerollt hatte, allmählich auseinanderfiel. Die anderen schienen es nicht zu bemerken.

»Ich begann meine Durchsicht der Aufzeichnungen mit der Suche nach Schiffen, die Mitte Januar 1942 am Kanal ankamen, dem frühesten Datum, zu dem unser Schiff aus Chinwangtao dort eingelaufen sein konnte. Wir wissen auch, dass es den Kanal nicht später als in der dritten Januarwoche durchfahren haben kann, denn es musste noch weitere tausend Seemeilen zurücklegen, um einen Punkt zu erreichen, der nahe genug an der Küste Floridas war, um Korporal Morrissey am zweiten März bei Key West an Land setzen zu können. Ich habe in Erfahrung gebracht, dass im Januar 1942 die ungefähre Wartezeit für die Kanaldurchquerung bei Handelsschiffen fünf Tage betrug. Oberste Priorität wurde Kriegsschiffen eingeräumt. Ein Trampfrachter hätte am Ende der Prioritätenliste gestanden.«

»Das ist ja alles sehr interessant, aber wäre es möglich, dass Sie Ihre Präsentation beschleunigen, Ms. Corcoran?«, fragte Dusenberry. »Ich bewundere zwar die Sorgfalt, die Sie auf Details verwenden, aber auf meiner Agenda für heute stehen noch andere dringliche Angelegenheiten.«

Sie zerdrückte die filterlose Zigarette in der rechten Hand und ließ die Tabakkrümel auf den Tisch fallen, nahm eine kleine Portion mit Daumen und Zeigefinger auf, steckte sie in den Mund und kaute schweigend ein paar Sekunden darauf herum.

»Ich fand die Aufzeichnung eines einzigen Handelsschiffs, das alle unsere Hauptkriterien erfüllte«, fuhr sie fort. »Der Name des Frachters war die *Prins Willem*. Er kam am einundzwanzigsten Januar am Panamakanal an und transportierte Schiffsmotoren, Traktoren und anderes landwirtschaftliches Gerät. Als Herkunftshafen war Yingkou, China, angeführt. Yingkou liegt ein Stück nördlich von Chinwangtao am Golf von Bohai. Der Kapitän des Schiffes besaß zwar einen niederländischen Pass, konnte aber die offizielle Schiffszulassung nicht vorlegen. Er behauptete, dass sein Schiff zum Fahren in chinesischen Gewässern zugelassen war, er die Papiere jedoch wegen der chaotischen Zustände nach dem japanischen

Vormarsch in Yingkou hatte zurücklassen müssen. Fünf Tage darauf wurde der *Prins Willem* gestattet, den Kanal zu durchqueren.«

»Sie sagten, dieser Marinekorporal Morrissey war an Bord des Schiffes, als es in Panama ankam«, sagte Dusenberry. »Warum hätte der Kapitän ihn nicht dort von Bord lassen sollen?«

»Sie erinnern sich vielleicht daran, dass Morrissey gesagt hat, er habe zu dem Zeitpunkt an einem Malariaanfall gelitten«, schaltete Lexy sich ein. »Einen kranken Marinekorporal von einem nicht registrierten Trampdampfer an Land zu setzen hätte nur unliebsame Fragen aufgeworfen.«

»Und inzwischen wusste der Kapitän, dass sich etwas außergewöhnlich Wertvolles in der Kiste befand«, ergänzte Macaulay, bevor er Dusenberry von den Umständen berichtete, unter denen sie auf das Schiff verladen worden war, während die japanische Vorhut es angriff.

»Und was ist nun aus der *Prins Willem* geworden?«, fragte Dusenberry, dessen Neugierde jetzt geweckt war.

»Kapitän DeVries gab als seinen nächsten Bestimmungshafen Martinique auf den Kleinen Antillen an und als endgültigen Bestimmungsort des Schiffes New York«, sagte June Corcoran, nachdem sie die letzten Schnipsel ihrer Zigarette gekaut und heruntergeschluckt hatte. »Am dreiundzwanzigsten Februar kam die *Prins Willem* in Fort-de-France auf Martinique an. Nach dem Auffrischen ihrer Kohlevorräte fuhr sie am fünfundzwanzigsten Februar mit Ziel New York weiter. Dann verschwand sie.«

»Und woher zum Henker wollen Sie dann wissen, wo sie nach all den Jahren zu finden ist?«, fragte Dusenberry.

»Eines der Dinge, woran Korporal Morrissey sich erinnerte, war, in einer warmen Nacht mit einer sanften Brise auf Deck des Schiffes gewesen zu sein, und dann war da auf einmal ein blendendes Licht«, sagte Macaulay, »gleich darauf wurde er gegen ein Stahlschott geworfen.«

»Ein Torpedo?«, vermutete Dusenberry.

Macaulay nickte und fuhr fort: »Anfang 1942 wurden vom Golf von Mexiko bis zu den Bahamas täglich alliierte Handelsschiffe versenkt. Die Navy nannte die Route die Torpedogasse. Tommy und ich fanden das nächste Teil des Puzzles in den Akten der deutschen Kriegsmarine, die 1945 von der amerikanischen Armee in Flensburg erbeutet wurden. Sie sind alle auf Mikrofilm in den Militärarchiven in College Park. Tommy fand, dass wir uns aus Sicherheitsgründen selbst darum kümmern sollten, also sind wir die Aufzeichnungen jedes U-Boots durchgegangen, dessen Kapitän für sich beanspruchte, Anfang 1942 in karibischen Gewässern ein Schiff versenkt zu haben.«

»Sind diese Aufzeichnungen nicht in Deutsch?«, fragte Dusenberry.

»Ich lese und spreche fließend Deutsch, Ira«, sagte Tommy Somervell, als spräche er zu einem geistig behinderten Kind.

Dusenberrys Smartphone begann zu klingeln. Er ging ran, hörte ein paar Momente zu und sagte: »Ich bin ja gleich da! Es ist doch nur der gottverdammte Jemen!«

»Innerhalb des relevanten zeitlichen Rahmens sind wir auf mehr als drei Dutzend glaubhafter Berichte deutscher U-Boot-Kommandanten über Versenkungen von Handelsschiffen in diesen Gewässern gestoßen. Diese Berichte haben wir mit der Liste der Schiffe verglichen, deren Verlust im gleichen Zeitraum von alliierten Seebehörden und Reedereien bestätigt wurden. Es waren nur drei Schiffe, für die es keine Begleitinformationen gab … alles Frachter, alle drei anscheinend nicht registriert und ohne irgendwelche Überlebende, die die Versenkung gemeldet haben.«

»Ist es nicht denkbar, dass die Frachter, deren Versenkung die U-Boot-Kommandanten für sich in Anspruch genommen haben, gar nicht untergegangen sind?«, wandte Dusenberry ein. »Es wurden damals auf beiden Seiten viele übertriebene Angaben gemacht.«

»Da ist was dran, Ira«, sagte Tommy, »aber in diesen drei Fällen konnten die U-Boot-Kommandanten beweisen, dass die Schiffe gesunken sind. In einem Fall gab es eine verschwommene Fotografie der letzten Momente. Jedenfalls ist der Frachter, der vor den Turks- und Caicosinseln unterging, am helllichten Tag gesunken. Ein anderer wurde nachts angegriffen, aber er sank in der Nähe der Kaimaninseln südwestlich von Kuba. Wer immer Korporal Morrissey gerettet hat, er hätte ihn von dort aus nicht den ganzen Weg nach Key West gebracht.«

Dusenberry hatte den Jemen vergessen.

»Und der dritte?«, fragte er.

»Dem Einsatzbericht zufolge wurde der dritte Frachter ein paar Seemeilen nördlich eines Ortes versenkt, der sich Dunmore Town nennt und auf Harbour Island vor Nord-Eleuthera liegt«, sagte Macaulay.

»Von Dunmore Town habe ich schon gehört«, sagte Dusenberry. »Viele amerikanische Tories, die während des Unabhängigkeitskrieges auf Seiten der Briten gestanden haben, verschlug es dorthin, wenn sie fürchteten, gehängt zu werden.«

»Leider hat der U-Boot-Kommandant keine genauen Längen- oder Breitengradkoordinaten aufgezeichnet, um die Stelle zu markieren«, sagte Tommy. »In seinem Einsatzbericht notierte er, dass das Meer an der Stelle, wo der Frachter unterging, zweiundvierzig Meter tief war. Es gab noch einen anderen Hinweis auf seine Position: An den Rand schrieb er die Worte *Teufels Rückgrat.*«

Er lächelte Dusenberry abwartend an.

»Schon gut, ich gebe auf!«, sagte der.

»Es ist ein Riff«, erklärte Tommy, »bei uns bekannt unter der Bezeichnung *Devil's Backbone*. Es liegt vor der Ostküste Nord-Eleutheras und erstreckt sich bis zu der alten Piratenfestung Spanish Wells. Eins ist allerdings merkwürdig … die Deutschen waren äußerst pedantisch, was Aufzeichnungen betraf. Wir haben die Logbücher der Kommandanten von jedem anderen U-Boot gefunden, nur von diesem hier nicht.«

»Ist es wichtig?«, fragte Dusenberry.

»Keine Ahnung«, sagte Tommy. »Es ist möglich, dass das U-Boot einen oder zwei Überlebende aus dem Wasser gefischt hat, die Aufschluss darüber geben könnten, was aus der Kiste geworden ist, vielleicht wurde sogar die Kiste selbst geborgen, falls ihnen ein Überlebender gesagt hat, dass sie wertvoll ist.«

»Ich habe Mr. Somervell und Ms. Corcoran gebeten, die Spur zu verfolgen«, sagte Barnaby.

»Was werden Sie sonst noch brauchen?«, fragte Dusenberry. »Wie kann ich helfen?«

»An diesem Punkt sollten wir wahrscheinlich eine inoffizielle Aufklärung vornehmen, nachdem wir uns eine plausible Tarngeschichte ausgedacht haben«, meinte Macaulay. »Wenn man jetzt ein Militärteam da runterschickt, wird das nur Fragen aufwerfen und Interesse bei den Einheimischen erregen. Es würde sich schnell herumsprechen. Ich werde eine Liste von Dingen zusammenstellen, die wir brauchen, um mit der Suche zu beginnen … ein Boot, Tauchausrüstung …«

Dusenberrys Telefon klingelte wieder. »Halten Sie mich

einfach auf dem Laufenden!«, sagte er, während er versuchte, seine Weste wieder zuzuknöpfen. »Ich werde dafür sorgen, dass Sie alles kriegen, was Sie brauchen!«

Er war schon an der Tür, als er sich umdrehte und sagte: »Eine letzte Frage noch … würden sich die Fossilien inzwischen im Meer nicht aufgelöst oder zersetzt haben, zusammen mit den Gebeinen der Schiffsbesatzung?«

»Laut den Aufzeichnungen im Peking Union Medical College wurden sie sorgfältig in luftdichten Glasbehältern verpackt, umgeben von Wachstuch und Stroh«, erklärte Barnaby. »Da Kapitän DeVries wusste, dass die Kiste von beträchtlichem Wert war, dürfen wir davon ausgehen, dass er dafür gesorgt hat, dass sie sicher verstaut wurde. Wir können nur hoffen, dass sie keinen direkten Treffer abbekommen hat.«

Siebzehn

28. Mai
An Bord der *Island Time*
Devil's Backbone
Nord-Eleuthera, Bahamas

Die Morgendämmerung zog herauf, als Steve und Lexy kurz davor waren, den ersten Suchvorgang entlang der Riffe im Norden von Harbour Island abzuschließen. Macaulay saß an der Steuerkonsole, schlürfte Kaffee aus einem weißen Keramikbecher und sah zu, wie eine grelle orangefarbene Sonne aus einem ruhigen, strahlend blauen Meer stieg. In ihrem plötzlichen gleißenden Licht musste er die Augen zusammenkneifen, um die Anzeigen auf dem hintergrundbeleuchteten LCD-Display des Ultraschall-Tiefenmessers und des Seitensichtsonargeräts ablesen zu können.

Als sie den geplanten Durchlauf beendet hatten, steuerte er einhundert Meter weit nach Norden und gab dann den umgekehrten westlichen Kurs ins Navigationssystem der Zehn-Meter-Regal-Commodore-Segeljacht ein. Die *Island Time* schlug mit einer gleichbleibenden Geschwindigkeit von zwölf Knoten die entgegengesetzte Richtung ein.

Lexy kam mit einem Truthahn-und-Schinken-Sandwich und noch mehr Kaffee aus der Bordküche. Sie hatten beide die Kleidung des offiziellen Washington abgelegt: Macaulay trug nur khakifarbene Cargoshorts; Lexys weißer Stringbikini kontrastierte reizvoll mit ihrer sich schnell entwickelnden Bräune.

Er warf einen Blick nach Steuerbord. Im Süden konnte er die weiße Gischt der Wellen sehen, die sich an einem verlassenen weißen Sandstrand auf Nord-Eleuthera brachen. Näher am Ufer sah er Flecken von Dunkelgrün, wo das zerklüftete Korallenriff direkt unter der Oberfläche lag.

Das Gebiet, das sie rasterartig absuchten, erstreckte sich über eine Länge von etwa zwölf Kilometern entlang des Riffs; die Breite dieses Suchrasters betrug nur einen Bruchteil davon. Einen knappen Kilometer vor der Küste fiel der Meeresgrund auf weit über zweiundvierzig Meter ab, und näher am Ufer war das Wasser zu seicht, weniger als dreißig Meter tief.

Diese topografischen Gegebenheiten machten ihre Suche nach dem letzten Ruheplatz der *Prins Willem* ein bisschen einfacher. Zur Zeit der spanischen Konquistadoren waren zahlreiche Schiffe auf das Devil's Backbone aufgelaufen und gesunken; es wäre unmöglich gewesen, die *Prins Willem* auf diesem Friedhof zu finden, wenn ihr Schicksal sie am Riff selbst ereilt hätte. Aber sofern die Angabe des U-Boot-Kommandanten, dass sie ungefähr vierzig Meter weiter weg lag, den Tatsachen entsprach, hatte sie beinahe sicher ein einsames Grab gefunden.

In Verbindung mit dem Seitensichtsonar des Bootes waren die Sendeempfängersensoren des Tiefenmessers auf einen halben Prozentpunkt genau und zeichneten die Datenübertragungen auf, sobald sie am Meeresboden empfangen wurden. Diese wurden mit den GPS-Daten koordiniert, die gleichzeitig in den von Lexy unten in der Bordküche überwachten Laptop eingespeist wurden. Nach der Komplettierung des Rastergitters würden sie die Resultate sichten und zurückkommen, um eine komplexe Untersuchung des Meeresbodens in jedem Bereich durchzuführen, der die richtige Tiefe aufwies.

Als weiteres Tarnkolorit für neugierige Blicke an Land hatte Macaulay zwei PENN-2-Gang-Multirollen, mit denen das Boot ausgestattet war, am Heck des Schiffes befestigt und zwei Schleppangeln mit Sidewinder-Ködern achteraus ausgebracht.

Es waren vier geschäftige Tage für Macaulay seit der Besprechung im Kontrollraum im Weißen Haus gewesen. Ein Plan, wie die Suche durchgeführt werden sollte, ohne Aufmerksamkeit zu erregen, war schnell umrissen; Barnaby hatte seine Zustimmung gegeben, und Macaulay war noch am selben Tag nach Fort Lauderdale geflogen, wo er sich geradewegs zu der Bootsmaklerei begab, die seinem alten Freund Chris Kimball gehörte.

Unter den Piloten des F-16-Geschwaders, das früher von Macaulay befehligt worden war, war Chris als ›der Königsfisch‹ bekannt gewesen, größtenteils wegen seiner Fähigkeiten bei Frauen, aber auch wegen seiner Liebe zu Booten und zum Angeln. Nach seiner Pensionierung hatte er sich seiner zweiten Leidenschaft hingegeben, indem er eine Charterbootfirma gegründet hatte. Am wichtigsten war, dass Macaulay wusste, dass er ihm sein Leben anvertrauen konnte.

Chris hatte sich seit ihren Tagen im Geschwader kaum verändert. Er war glänzend in Form geblieben, und sein dichtes, strubbeliges Haar zeigte noch keine Spur von Grau. In seinem vertäfelten Büro, das den Hafen überblickte, vertraute Macaulay ihm an, dass er die Suche nach einem gesunkenen Schiff auf den Bahamas organisiere, nicht wegen eines Schatzes, sondern weil es wichtig fürs Land sei. Es müsse so schnell und so unauffällig wie möglich vonstattengehen, fügte er hinzu.

Macaulay sagte, er brauche zwei Boote, ein kleineres, um die einleitende Suche durchzuführen, und ein größeres, auf dem ihr Team wohnen konnte, um dem Kontakt mit der einheimischen Bevölkerung so weit wie möglich aus dem Weg zu gehen.

»Wie ist das Budget?«, erkundigte sich Kimball.

»Was immer wir brauchen«, antwortete Macaulay. »Aber es sind Steuergelder … faire Gewinnspannen.«

Als Mutterschiff empfahl Chris einen zweiundzwanzig Meter langen Hatteras Sports Fisherman namens *Trader's Bluff*, der einem Hedgefonds-Millionär aus Philadelphia gehörte und sofort verfügbar war.

»Dieses Boot wird der Meinung Vorschub leisten, dass ihr zum Angeln auf den Bahamas seid, und unter den pompösen Jachten, die normalerweise hier herumkreuzen, wird es nicht auffallen. Wir können es direkt im Hafen von Dunmore Town festmachen.«

»Wir?«, fragte Macaulay.

»Ich komme mit euch, Skipper«, sagte Chris mit demselben bewundernden Tonfall, den er Macaulay gegenüber schon immer an den Tag gelegt hatte. »Hört sich an, als könnte es witzig werden.«

»Es könnte echt gefährlich sein, Chris!«, entgegnete Macaulay. »Drei von uns werden bereits gejagt, und ich darf dir nicht mal sagen, weshalb es wichtig ist.«

»Wenn du es machst, weiß ich, dass es wichtig ist. Außerdem bin ich dort als ernst zu nehmender Angler bekannt«, erklärte Kimball. »Ich kann euch alle nötigen Vorräte beschaffen, ohne Verdacht zu erregen.«

Für das kleinere Suchboot empfahl er eine Zehn-Meter-1989-Regal-Commodore namens *Island Time* mit zwei MerCruiser-Zwillingsmotoren mit jeweils vierhundertvierundfünfzig Pferdestärken und Bravo-Z-Antrieben.

»Sie kreuzt mit vierundzwanzig Knoten und kann maximal

fünfunddreißig erreichen«, sagte Chris. »Das Boot ist hochseetauglich und mit den neuesten elektronischen Geräten ausgerüstet. Der Kerl, dem es gehört, hat die letzten zwanzig Jahre die gesamten Bahamas damit bereist, das Boot ist dort also bekannt.«

Macaulay gab ihm eine Liste mit Sachen, die darin installiert werden sollten, darunter ein Ultraschall-Tiefenmesser, ein Seitensichtsonar, Hebesäcke und ein transportabler Hochdruckkompressor zum Wiederbefüllen von Tauchflaschen.

»Wir werden ausreichend Tauchausrüstung für mindestens vier brauchen.«

»Ich sorge dafür, dass die Commodore und die Hatteras in Nassau auf euch warten«, sagte Chris Kimball. »Von dort aus sind es bloß achtzig Meilen zum Hafen von Dunmore Town. Ich werde die Hatteras bevorraten und mich um alle Genehmigungen und Liegeplatzreservierungen kümmern.«

Macaulay gab ihm die Kreditkarte, die ihm von Dusenberrys Büro zur Verfügung gestellt worden war.

»Wer ist Ross Lockridge?«, fragte Kimball.

»Du siehst ihn gerade an«, antwortete Macaulay, »wenigstens so lange, bis die Sache vorbei ist. Mein Team wird in zwei Tagen in Nassau eintreffen. Im Moment sind wir zu dritt, außer mir noch ein Mann und eine Frau. Mit dir brauchen wir sonst niemanden mehr für die Mannschaft. Ich habe auch noch einen Maschinenwärter und Taucher, den ich mit ins Boot nehmen will, den besten Burschen im Umgang mit Motoren, den ich je gesehen habe.«

Von Kimballs Büro aus rief Macaulay bei Tom Hurdnuts Air Charter Services an. Als er Tom in der Leitung hatte, fragte er, ob Carlos vielleicht verfügbar wäre, um ihm bei einem Projekt zu helfen, an dem er gerade arbeitete.

»Ich habe ihn feuern müssen, Steve«, sagte Hurdnut. »Nachdem du weg warst, fing er an, die meiste Zeit bei Lana zu verbringen und zu trinken. Ich konnte mich nicht mehr auf ihn verlassen. Ich bin mir nicht sicher, ob du das noch kannst.«

Macaulay rief in der Kneipe an.

»Er sitzt hier vor mir, Steve«, sagte Lana. »Kommst du zurück?«

»So schnell nicht«, verneinte Macaulay. »Kannst du ihn mir geben?«

»Wo du sein, Steef?«, fragte Carlos in seinem gebrochenen Englisch.

»Ich habe vielleicht einen Job für dich«, sagte Macaulay. »Maschinen warten, bisschen tauchen.«

»Du haben an mir denken?«

»Ja«, antwortete Macaulay, »ich haben an dir denken.«

Mit einem verwirrten Grinsen beobachtete Chris Kimball ihn über den Schreibtisch hinweg.

»Du nix betrinken dürfen!«, fügte er hinzu.

»Ich bleiben nüchtern, Steef!«, beteuerte Carlos. »Da geben saubere Muschis, wo wir gehen hin?«

Macaulay ließ sich Lana wieder geben.

»Kannst du ihn in den nächsten Flieger nach Miami setzen?«, fragte er. »Ich werde dir das Geld sofort überweisen.«

»Darf ich auch kommen, Steve?«, fragte sie mit einer Stimme, die so rauchig war, wie er sie in Erinnerung hatte.

Er kicherte und sagte: »Diesmal nicht, Lana. Glaub mir, du würdest dich nicht amüsieren!«

Als der erste Tag der einleitenden Suche vor dem Devil's Backbone sich dem Ende zuneigte, schätzte Macaulay, dass sie schon annähernd ein Fünftel des Rasters abgearbeitet hatten.

Es gab mehrere Zielbereiche nördlich des Riffs, die das Kriterium der Wassertiefe erfüllten und vielversprechend aussahen.

»Machen wir noch einen Durchgang, bevor das Licht weg ist!«, rief er zu Lexy runter. »Wir müssen durch die Riffpassage und nach Dunmore zurück, bevor es dunkel wird!«

Eine Stunde darauf sah Lexy die schnell näher kommenden Gewitterwolken als Erste und rief ihm das über das Motorengeräusch hinweg zu. Macaulay hob den Blick von der Steuerkonsole und schaute hinter sich: Das Sturmtief sah wie eine gigantische Masse öligen schwarzen Rauchs aus und füllte den Himmel im Westen; in den Wolken zuckten blassblaue Blitze.

In der Hoffnung, der Sturmbö davonfahren zu können, ließ er die Motoren aufheulen und steuerte die schmale Lücke im Riff eine Meile voraus an, durch die der einzige Weg nach Dunmore Town führte. In einiger Entfernung backbords sah er die kleine Gruppe unbewohnter Inseln, die sich von der Spitze der Hawk-Point-Landzunge von Nord-Eleuthera aus ins Meer erstreckten.

Lexy stand am Heck und beobachtete, wie die Gewitterfront immer näher kam und dabei die Wasseroberfläche verdunkelte. Sie bewegte sich mit mindestens sechzig Stundenkilometern, und das Boot krängte so stark, dass Lexy fast über Bord gegangen wäre. In der Bordküche hörte sie lose Töpfe und Pfannen scheppern, als sie wieder auf die Beine kam und sich festhielt.

Dem Wind auf dem Fuß folgte ein schwerer Vorhang aus peitschendem Regen, der Macaulays Sicht praktisch auf null reduzierte. Durch die regenüberströmte Windschutzscheibe konnte er die schmale Lücke im Riff eine halbe Meile vor ihnen nicht mehr sehen; er konnte gar nichts mehr sehen, was weiter als drei Meter vom Bug weg war. Die Durchfahrt bei diesem Sturm zu versuchen wäre reiner Selbstmord.

Er schaltete die Positionslichter ein, während das Boot durch die wogende See schlingerte und stampfte. Er erinnerte sich an die kleinen Inselchen im Norden und steuerte in diese Richtung, weg von der Route entlang des Devil's Backbone. Er drosselte die Maschine auf fünfzehn Knoten und fuhr auf einem nördlichen Kurs weiter.

Er warf einen prüfenden Blick auf das 3-D-Display der Furuno-Radaranlage. Mit jedem Kreisen der Antenne sah er die Inselchen direkt vor sich größer werden, nicht mehr weiter als eine Viertelmeile entfernt. Es waren vier, und eine davon schien auf der Ostseite eine kleine Bucht zu besitzen, die zusätzlichen Schutz vor dem Wind bieten konnte, der inzwischen nach Macauleys Schätzung mit Böen von achtzig Stundenkilometern blies.

Während die Jacht von den Wellen hin- und hergeworfen wurde, navigierte er durch die Lücke zwischen den ersten beiden Inseln. Die nächste war die mit der kleinen Bucht. Im Blindflug und mit nichts als dem Radargerät als Führer steuerte er hinein und nahm das Gas zurück, bis das Boot im aufgewühlten Wasser kaum noch Fahrt machte.

Dem Tiefenmesser zufolge hatte er noch etwas über einen Meter Wasser unter dem Rumpf, als er sich weiter Stück für Stück vorarbeitete. Im Licht eines grellen Blitzes sah er, dass die Landmasse vor ihnen statt eines Sandstrands mit einem Mangrovendickicht überzogen war. Die Bäume schienen bis hinunter ans Ufer zu wachsen.

Die Mangroven standen schon lange Zeit dort und waren hoch genug, um wenigstens etwas Schutz vor dem Wind zu bieten. Er rannte übers Oberdeck zum Bug und ließ den Danforth-Anker sorgfältig zu Wasser, bevor er den zwanzig Pfund schweren Schirmanker, der im Staukasten im Heck lag, ebenfalls fallen ließ.

Mit völliger Schwärze brach die Nacht an.

Achtzehn

28. Mai
An Bord der *Island Time*
Devil's Backbone
Nord-Eleuthera, Bahamas

Macaulay sicherte den Mahagoni-Lukendeckel und ließ sich in die kleine Kajüte der Jacht hinunter. Deren Höhe betrug nur ein Meter achtzig, und er musste gebückt gehen, bevor er sich auf einem der Sitze am Kombüsentisch niederlassen konnte. So durchnässt, wie er vom kalten Regen war, schlotterte er unwillkürlich.

»Ich habe Barnaby angerufen«, erzählte Lexy ihm vom Herd aus, wo sie ihm einen Becher heißen Kaffee einschenkte, »und ihm gesagt, wir würden die einleitende Suche morgen früh wieder aufnehmen und dann vor Einbruch der Dunkelheit nach Dunmore Town zurückkehren.«

Sie hatte die Kajüte mit zwei Laternen erhellt, und Macaulay fühlte sich wohl hier unten. Er griff nach der Jack-Daniel's-Flasche auf einem der sturmsicheren Regalbretter über dem Tisch und versetzte seinen Kaffee mit einem ordentlichen Schuss.

»Hey, nicht so verschwenderisch mit dem Stoff!«, sagte sie. »Ich brauche noch welchen, um meine Fischsuppe zu würzen!«

»Er ist ja nicht verschwendet!«, entgegnete er.

Während der Suchvorgänge am Nachmittag hatte eine vier Pfund schwere Stachelmakrele einen der Köder an den

Schleppangeln geschluckt, und Lexy hatte den Fisch eingeholt, gesäubert und filetiert und in die gekühlte Backskiste gelegt.

»Eins muss man deinem Freund Chris Kimball lassen, ein Boot verproviantieren kann er!«, sagte sie. »Nebenbei bemerkt sieht er auch noch sehr gut aus.«

Diese Enthüllung dämpfte Macaulays Stimmung ein wenig. Er sah ihr zu, wie sie die Stachelmakrelenfilets in dicke Stücke schnitt und in einen gusseisernen Schmortopf gab, der bereits gewürfelte Kartoffeln, Möhren, Knoblauch, eine Zwiebel, Staudensellerie und ein Pfund gefrorener Jakobsmuscheln enthielt. Sie fügte eine Prise Old Bay und einige andere Gewürze hinzu und gab einen halben Liter Geflügelbrühe und ein Drittel des Inhalts der Jack-Daniel's-Flasche dazu.

Als er zusah, wie sie ihre Mahlzeit zubereitete, musste er wieder daran denken, wie sehr er sie vermisst hatte, nachdem sie fortgegangen war. Nie war sie ihm schöner vorgekommen als in diesem Moment, wie sie im Laternenschein am Herd stand. Ihr schlanker Körper war schnell braun geworden und betonte zusammen mit ihren kastanienbraunen Haaren perfekt den weißen Bikini. Während sie weiter im Topf rührte, drehte sie sich zu ihm um.

»Du machst einen ziemlich griesgrämigen Eindruck, wenn man bedenkt, dass der erste Tag so gut gelaufen ist«, stellte sie fest.

Schweigend nippte er an seinem Kaffee und lauschte dem Regen, der über ihnen aufs Deck prasselte.

»Ich war in letzter Zeit nicht besonders gut zu dir, stimmt's?«, sagte sie und suchte seinen Blick.

»Ein Jahr und sechzehn Tage lang nicht«, erwiderte er mit einem trockenen Lächeln.

»Mit dieser Fischsuppe werde ich es wiedergutmachen!«,

versprach sie mit einem Seitenblick auf die Jack-Daniel's-Flasche. »Krieg ich auch ein bisschen davon?«

Er goss ihr einen ordentlichen Schuss ein und schenkte sich dann in seinen eigenen leeren Becher wieder ein.

Ein paar Minuten später drehte der Wind nach Nordosten und fing an, heftig an den Ankerketten zu zerren. Er ging zurück an Deck, um sich zu vergewissern, dass sie hielten. Der Regen machte keine Anstalten nachzulassen, und die Windböen kamen mit unverminderter Stärke. Wieder in der Kajüte, ging er noch einmal die Daten der Suche des ersten Tages durch und begann, alle Stellen zu vermerken, die eine verfeinerte Suche rechtfertigten.

Bis Lexy schließlich so weit war, die Fischsuppe auf die Teller zu geben, hatte der herrliche Duft schon die Kabine durchdrungen und ihn heißhungrig gemacht. Sie servierte sie mit einem kleinen Baguette, das sie im Gefrierfach gefunden und mit Butter im Grillofen getoastet hatte. Macaulay machte eine Flasche Cabernet Sauvignon auf.

»Es macht Spaß, mit dir einen Sturm abzureiten, Steve«, sagte sie, nachdem sie die Mahlzeit mit zwei Schokoriegeln beendet hatten.

»Nicht nur die Stürme, hoffe ich«, antwortete er.

»Du bist eine treue Seele«, sagte sie und blickte ihn über den Tisch hinweg mit ihren veilchenblauen Augen an, »alte Schule, ein Klassiker … ein Atavismus.«

»Trotzdem hat es dich nicht bei mir gehalten«, entgegnete er.

»Du kennst den Grund, weshalb ich gegangen bin«, sagte sie. »Jedenfalls dachte ich, du würdest es verstehen.«

»Die Worte spielten keine Rolle«, sagte Macaulay. »Die einzige Realität war, dass du weg warst.«

»Ich hatte das Gefühl, eine Erweiterung von dir zu werden statt von meiner eigenen Person. Gerade du weißt, wie wichtig mir meine Arbeit ist. Es gibt so viel, was ich erreichen will! Genau genommen ist es ein Bedürfnis. Ich bin mir nicht sicher, woher es stammt. Dass meine Mutter jung starb, war ein Teil davon. Ich weiß nur, dass ich meine Arbeit nicht aufgeben könnte, auch für dich nicht.«

»Das habe ich auch nicht von dir verlangt«, sagte er.

»Es lag nicht daran, was du gesagt oder nicht gesagt hast. Es war dein Verhalten, nachdem wir aus Maine zurückkamen … als wäre ich ein Vogel mit einem gebrochenen Flügel, der deine tägliche Unterstützung brauchte, um zu überleben.«

»Ich hätte nicht gedacht, dass ich dich noch einmal wiedersehe.«

»Tja, hier bin ich.«

»Ja«, sagte er und drehte sich weg, damit sie das Verlangen in seinen Augen nicht sah. »Wir sollten wohl besser früh zu Bett gehen; morgen gibt es viel zu tun.«

Als er vom Tisch aufstand, fiel ihm plötzlich auf, dass es nur eine bequeme Koje in der vorderen Kabine gab; er würde den Küchentisch in ein behelfsmäßiges Bett verwandeln müssen. Als er zurückblickte, sah er, wie sie zu ihm hochschaute.

»Nach diesem Tag komme ich mir vor, als würde ich in einer Salzkruste stecken«, sagte sie und stand auch auf.

Sie streifte den Bikini ab, nahm sich eine Plastikflasche mit Spülmittel von dem kleinen Abwaschbecken aus Stahl und stieg die Treppe hoch zur Luke.

»Du darfst mir gerne Gesellschaft leisten!«, rief sie zu ihm zurück.

Er dachte einige Sekunden über die Einladung nach. Als er sich umdrehte, um ihr zu folgen, stieß er mit dem Kopf an die Kajütendecke. Er zog die Cargoshorts aus und folgte ihr nach oben. Sie stand an der Reling in der Nähe des Hecks und wusch sich die Haare. Der schrille Wind zeigte immer noch keine Anzeichen des Nachlassens, und der Regen kam wie eine Sintflut, die Tropfen fühlten sich wie kleine Nadelstiche auf der Haut seines Gesichts und Oberkörpers an.

Sie hielt ihm das Spülmittel hin. Als er danach griff, nahm sie ihn in die Arme. Einen Moment später lagen ihre Lippen auf seinen. Ihre Finger begannen, über seinen Körper zu wandern, und jede Berührung ließ ihn aufleben. Die nächsten Sekunden verschwammen auf verwirrende Weise; dann lagen sie nackt zusammen auf der Doppelkoje in der Vorderkabine.

Beim ersten Mal liebten sie sich schnell, denn ihr beiderseitiger Hunger überwältigte ihre persönliche Beherrschung. Danach lagen sie sich in den Armen, und die Wärme ihrer erhitzten Körper vermischte sich mit dem Nachglühen reiner Empfindung.

Das zweite Mal war intensiver. Sie ließen es langsam angehen, bewegten sich dicht an den Rand des Abgrunds und dann wieder zurück. Er wollte sehr, dass es nur für sie allein war, wollte die süßen Feinheiten ihres Körpers freilassen. Sie schien sich an der sicheren Liebkosung seiner Lippen, seiner Zunge und seiner Finger zu weiden. In Lexys Augen war fast nur noch das Weiße zu sehen, sie war wie berauscht vor Verlangen, als er sie streichelte und liebkoste. Am Ende küsste sie ihn heißhungrig, als wären seine Lippen ein wundervolles Festmahl, das verschlungen werden wollte, bevor sie sich schließlich von einer letzten Sturzflut der Empfindung fortreißen ließ.

Sie schliefen.

Er erwachte zum leisen Rauschen des Windes, eine blasse Erinnerung an den Sturm vom Vorabend. Wellen plätscherten sanft an den Schiffsrumpf. Sie lagen umschlungen zusammen. Macaulay beobachtete, wie ein zitternder Sonnenstrahl sich durch die Luke über ihnen schlich und ihr Haar golden schimmern ließ.

Ihr schönes, komplexes Gesicht lag in ruhigem Schlaf da. Wieder hatte er aus der tiefen Quelle körperlichen Verlangens gekostet, die tief auf dem Grund ihrer Hingabe an ihre Arbeit sprudelte. Die Intensität ihrer Lust schien ihr fast peinlich gewesen zu sein. Er spürte, dass es äußerst schwierig für sie war, sich gehen zu lassen, sich sicher genug bei einem Mann zu fühlen, um ihren heißblütigen Trieben nachzugeben.

Irgendwann während der Nacht hatte er geglaubt, alles ergründet zu haben, alles, was in Zukunft von Bedeutung war, doch es war wie einer jener lebhaften Träume, an die man sich nach dem Erwachen nicht mehr richtig erinnern konnte. Er fragte sich, wie ihre eigene Reaktion sein würde.

Als ihre Augen sich öffneten und ihn wahrnahmen, lächelte er auf sie herab.

»Ich bin bereit, eine uralte Massagetechnik auszuüben, die vor vielen Jahren von einem heiligen Mann im Himalaya an mich weitergegeben wurde«, sagte er sanft. »Meines Wissens ist sie nur vier Menschen auf diesem Planeten bekannt.«

»Ich werde dir ihre Ausübung erlauben«, antwortete sie, »sobald ich die erste Tasse Kaffee gehabt habe.«

Macaulay stellte die Kaffeekanne auf den Herd und sie gingen an Deck. Die Sonne stand noch niedrig über dem Meer, und die Luft war frisch und roch sauber; von der Insel trug der Wind den Duft von Hibiskus und wildem Frangipani heran. Das Wasser war so klar, dass sie den Grund sehen konnten; winzige Fische huschten zwischen kleinen Korallenköpfen umher.

Wie er im kurzen Licht des Blitzes am Abend zuvor gesehen hatte, wuchsen dicke Mangrovenbäume auf dem Inselchen bis direkt ans Ufer. Einen Strand gab es nicht. Im Osten hatte der Ozean unter einem wolkenlosen Himmel eine leuchtend blaugrüne Farbe.

Sie waren wieder in die Bordküche gegangen und schlürften ihren Kaffee, als Lexy die krächzenden Schreie eines Seemöwenschwarms über dem Boot hörte. Gleich darauf zerriss die laute Explosion eines Schusses die Luft.

Lexy schaute schnell durchs Steuerbordfenster nach draußen, während Macaulay sich vom Regal über dem Tisch die .45er schnappte und eine Patrone ins Magazin lud. Er machte einen Schritt auf die Luke zu.

»Ich bin nicht sicher, ob du die brauchen wirst«, sagte Lexy. »Es sind ein Mann und ein Vogel.«

Macaulay ging hoch an Deck und hielt die .45er hinter der rechten Hüfte.

Ein alter weißer Mann in zerlumpten Jeans und ausgeblichenem Hemd stand am Holzmast eines alten Segelboots in Klinkerbauweise. Das vielfach geflickte Segel flatterte lose in der milden Brise, als der Mann zornig zu Macaulay hochstarrte.

»Sie fahren jetzt weg, Mann!«, sagte er drohend, als Lexy zu Steve aufs Deck kam.

Sein Alter war schwer zu schätzen. Klein und drahtig, eine Haut wie dunkel gegerbtes Leder und klare blaue Augen. Er war barfuß und hatte einen vom Schweiß fleckigen Panamahut auf dem Kopf. In seiner rechten Hand lag eine alte Flinte, die wie eine Lee-Enfield .303 aussah, eine Repetierbüchse, die die britische Armee vor hundert Jahren benutzt hatte.

»Und dass ihr Leute nicht zurückkommt!«, fügte er hinzu.

Sein Akzent und Tonfall erinnerten Lexy an die Kreolsprache Bajan, die sie in den vergangenen paar Tagen bei Einheimischen auf Harbour Island gehört hatte, sowohl Schwarzen als auch Weißen. Es war eine harmonische Kombination aus Standardenglisch und verschiedenen afrikanischen Sprachen.

Im Heck des Segelboots saß ein Fregattvogel, der größte, den sie je gesehen hatte; an seinem roten Kehlsack erkannte sie, dass es ein Männchen war. Er hockte still auf einem verblassten Plastikkissen und blickte sie an, offensichtlich unbeeindruckt von dem lauten Schuss.

»Gehört diese Insel Ihnen?«, fragte Lexy.

»Ich bin fertig mit Reden«, sagte der Mann, legte die andere Hand an den Kolben des Gewehrs und hob es wieder. »Sie fahren oder Sie werden es rausfinden!«

»Diese Insel sah unbewohnt aus … Wir haben hier nur Zuflucht vor dem Sturm gestern Nacht gesucht«, sagte Macaulay, während er hinter dem Rücken langsam den Hahn der .45er spannte.

»Ich bewohne sie, Mann«, sagte der Alte. »Nur ich.«

Lexy warf Macaulay einen Blick zu und kam schweigend mit ihm überein, was als Nächstes zu tun war. Keiner von ihnen wollte einen Zwischenfall provozieren, der die Aufmerksamkeit der hiesigen Polizei und damit wahrscheinlich auch der Presse erregen würde.

»Wir fahren sofort weiter«, sagte sie. »Entschuldigen Sie die Störung!«

Macaulay drehte sich um, legte die .45er auf die Steuerkonsole und ließ die Motoren an. Er sah, wie der Alte das Gewehr auf der Ruderbank ablegte, als wäre er zu müde, um es noch länger zu halten. Während Lexy den Heckanker lichtete, ging Macaulay an den Bug, um den Danforth einzuholen.

Der alte Mann und der Vogel beobachteten sie schweigend, während Macaulay den Gashebel nach vorn drückte und sie langsam aus der Bucht herausfuhren.

»Der Fregattvogel machte einen freundlicheren Eindruck als der Einsiedler!«, sagte Lexy.

Neunzehn

28. Mai
Casa Grande Brugg
Harbour Island
Nord-Eleuthera, Bahamas

Juwan Brugg erwachte benommen aus einer schlafmittelinduzierten, völligen Regungslosigkeit, weil eine schrille Piepsstimme unablässig schnatterte. Sie kam von irgendwo draußen auf der anderen Seite der offenen Balkontür im dritten Stock.

Er lag auf dem Rücken und wartete, dass sie aufhörte. Das tat sie nicht. Nur ab und zu hielt die Stimme nach einer längeren Geplappersalve kurz inne, um anschließend lauter als zuvor wieder anzufangen. Mit einem zunehmenden Gefühl der Empörung wälzte er sich auf die Seite und stieß einen lauten Rülpser aus, was den jungen Mann, der neben ihm schlief, aufweckte.

»Schlaf weiter, mein Liebling!«, sagte Juwan sanft zu ihm, ehe er sich aus dem übergroßen Kingsize-Bett wuchtete und ins Badezimmer stakste, um sich zu erleichtern. Als er ins Schlafzimmer zurückkam, herrschte das schrille Geschrei unvermindert an.

Als er an die Balkontür ging, kam Juwan an der lebensgroßen Titelseite der *Sports Illustrated* vorbei, die er einst geziert hatte, nachdem er seinen Abschluss an der St. Paul's Academy in Nassau gemacht hatte. Die Worte unter seinem Oberstufenfoto lauteten: *Mit zwei Meter achtzehn – Juwan Brugg, der nächste Kareem Abdul Jabbar.*

Er betrachtete sich einen Moment lang auf dem Foto und fand, dass sein kurzgeschorener Kopf und seine feinsinnigen braunen Augen königliche Würde ausstrahlten. Einst hatte Juwan von sich selbst als kleinem Menschen im Körper eines großen Mannes gedacht, besonders nachdem er die Zwei-Meter-zehn-Marke überschritten hatte.

Obwohl sein prächtiger Körper muskelbepackt wie der eines riesigen Ochsen war und er auf den Inseln, wo er sich auch aufhielt, schon immer Aufmerksamkeit erregt hatte, wäre ihm Anonymität lieber gewesen, hätte er lieber selbst andere beobachtet statt wie irgendeine Missgeburt auf dem Rummel angestarrt zu werden.

Er trat auf den Balkon hinaus und blickte über das drei Morgen große ummauerte Gelände. Jenseits der drei Meter hohen Mauern lag das bahamaische Meer unter einem hellen sonnigen Himmel in dunklem Preußischblau da.

Seine Aufmerksamkeit wurde auf die sechs Eukalyptusbäume entlang des doppelgeschossigen Ziegelgebäudes am nördlichen Rand gelenkt, in dem die Kaserne und die Unterkünfte der Wachmannschaft untergebracht waren. Schnell hatten seine Augen den Ursprung des schrillen Lärms auf einem der oberen Äste des größten Eukalyptus ausfindig gemacht, ungefähr sechs Meter über der Rasenfläche.

Eine dienstfreie Wache versuchte, ihn mit einer Banane dazu zu bewegen herunterzukommen.

Es war der rote Brüllaffe von Major Subito, dem stellvertretenden Kommandanten seiner Wachmannschaft. Mit zwanzig Pfund war das Tier ausgewachsen. Über die Jahre hinweg hatte Subito es dazu abgerichtet, beim Publikum anzukommen, indem es den Leuten Küsschen zuwarf und mit den Händen vor den Augen Kuckuck spielte.

Juwan ging zum Bogenregal im Wohnzimmer nebenan und kam mit seinem Langbogen und einem Ein-Meter-zwanzig-Pfeil mit Carbonschaft und rosa gestreiften Federn zurück. Er stellte sich an den Rand des Balkons und beobachtete, wie der Affe der wachsenden Gruppe der Wachen, die sich unter ihm versammelt hatten, um dem Schauspiel beizuwohnen, zu winken und Küsschen zuzuwerfen begann.

Juwan liebte den Langbogen und zog ihn den Kompositbogen und Armbrüsten, mit denen er als Junge auf den Exumas wilde Schweine getötet hatte, bei Weitem vor. Wenn er auf lebende Beute damit anlegte, kam er sich wie Mel Gibson in *Braveheart* vor.

Mit dem mongolischen Daumengriff zog er die Ledersehne langsam ans Ohr und zielte sorgfältig. Den zwei Meter zehn langen Bogen ruhig zu halten war eine Kraftprobe, bei der sein Bizeps sich vor Anstrengung wölbte. Er schätzte die Entfernung auf etwas über dreißig Meter ein. Er hob das Visier zwanzig Zentimeter höher als das Ziel.

Die Wachen auf dem Rasen verfolgten alle kichernd die Possen des Brüllaffen, als sie das laute Plopp hörten, mit dem der Pfeil die Brust des Affen durchbohrte, ihn zurückschleuderte und an den Baumstamm nagelte. Ohne es zu wagen, die Blicke auf den Balkon im dritten Stock zu richten, zerstreuten sich die Wachen in alle Richtungen. Der Affe gab ein letztes benommenes Schnattern von sich und hing dann reglos im Baum.

Als Juwan ins Schlafzimmer zurückkam, lag Varna nackt auf seiner linken Seite, das fein gemeißelte, herzförmige Gesicht in ruhigem Schlaf. Juwan küsste ihn auf die rechte Hüfte, bevor er die Bettdecke zärtlich wieder über seine Brust zu seinem Hals hochzog.

In letzter Zeit war sein Verlangen nach ihm beinahe unstillbar geworden. Anders als bei seinen vielen anderen Eroberungen war Juwan Varna jetzt schon fast zwei Monate lang treu gewesen, die längste Liebesbeziehung, an der er je Gefallen gefunden hatte.

Varna war in Panama geboren und von ethnisch gemischter Herkunft, aber seine samtige, mahagonifarbene Haut deutete auf einen Mestizen hin. Wie Juwan war auch er ein hervorragender Athlet und hatte es als Turner mit der Spezialität Ringe ins panamaische Olympiateam geschafft.

Anders als die grotesken Bodybuilder, die Juwan als junger Mann mitreißend gefunden hatte, hatte Varna einen straffen Körper mit fein definiertem Brust- und Schulterbereich. Juwan hatte einmal zugesehen, wie er eine volle Minute lang mit gestreckten Armen ohne die geringste Bewegung waagrecht an den Ringen geschwebt hatte.

Juwan ging auf den Balkon zurück und inspizierte noch einmal seinen Besitz. Auf dem Gelände lag eine träge Stille, in die nur die fernen Schreie der Seevögel drangen, die majestätisch über dem Hafen flogen. Unter den kreisenden Vögeln lag ein Dutzend Superjachten vor Anker, jede über sechzig Meter lang und mit den Fahnen vieler Nationen beflaggt.

Als er den neuen Tag kritisch abschätzte, fiel Juwan auf, dass er auch sonst auf Varna stolz war. Varna führte jetzt das eine seriöse Unternehmen, das Juwan auf den Inseln gehörte. Sie hatten die ›Akademie für spirituelle und Selbstheilung‹ gemeinsam begonnen.

Inzwischen waren die Akademieschüler auf der Südseite seines Villengeländes untergebracht und kamen gerade paarweise aus ihren Unterkünften. Es waren genau zwanzig in jeder Klasse, die alle in makelloser Ordnung marschierten.

Jeder von ihnen hatte einen Vertrag unterschrieben, in dem er einem völligen Wandel seiner Lebensweise zustimmte, wozu Varnas intensiver täglicher Fitnessplan ebenso gehörte wie Ernährungs- und Verhaltensberatung. Für jeden der begehrten Plätze in den Klassen gab es Hunderte von Bewerbungen, und angenommen wurde am Ende nur, wer sich mentalen Belastungstests und einer Ganzkörperuntersuchung unterzog.

Zu den Grundsätzen von Varnas Lehren zählte, dass jeder Mann auf Alkohol, Rauchen und Selbstbefriedigung verzichtete. Tätowierungen und Körperpiercing waren verboten. Wurde ein Schüler dabei erwischt, wie er seinen Körper besudelte, erfolgte eine Gruppenleibesstrafe; ein zweiter Verstoß führte zu schimpflicher öffentlicher Entlassung. Jedem Mann wurden zweimal wöchentlich vor dem Morgenkreis die Körperhaare mit Wachs entfernt, und man ölte ihn ein, und während des folgenden Spaziergangs ums Gelände wurden ihre täglichen Gelöbnisse laut vorgetragen.

Absolventen wurden dann in die Welt hinausgeschickt, um mit einem jährlichen Gehalt von fünfzigtausend Dollar, die aus Juwans anderen erfolgreichen Unternehmensaktivitäten aufgebracht wurden, weitere Selbstheilungs-Spiritualisten zu werben. Hunderte von Gefolgsleuten waren bereits überall auf den Inseln und erzählten es herum, ein Gedanke, bei dem Juwan fast vor Stolz strahlte.

Er zog die Vorhänge an der Balkontür zu und ging wieder zu Bett. Obwohl er nichts mehr wollte, als Varna in die Arme zu schließen und ihn langsam und leidenschaftlich zu lieben, drehte er sich weg und schloss die Augen und zwang sich zu schlafen.

Er war sich des Bildes, das er und Varna zusammen den Menschen nach außen hin vermittelten, die in Juwans diversen anderen wirtschaftlichen Unternehmen arbeiteten, sehr wohl bewusst – sie gaben definitiv eine merkwürdige körperliche Kombination ab. Juwan hielt ständig Ausschau nach jedem, dessen Miene auch nur eine Spur von Spott zeigte beim Anblick eines Zwei-Meter-achtzehn-Mannes, der mit einem anderen Mann von nur eins fünfundsechzig tanzte. Der Letzte, der scheinbar höhnisch gegrinst hatte, war hinter einem Jetski mit geringem Tiefgang zum äußeren Riff des Devil's Backbone gezogen worden, wo er den Haien als Fischfutter gedient hatte.

Er konnte die Akademieschüler ihren Schwur unter dem Fenster aufsagen hören, als er wieder in einen unruhigen Schlaf sank. Fast augenblicklich war der Albtraum wieder da, derselbe, der ihm immer den Schlaf zur Qual machte. Das Schlimmste daran war, dass ihm eine wahre Begebenheit zugrunde lag.

Es war ihm beim NBA-All-Star-Spiel in Phoenix in den ablaufenden Sekunden des Schlussviertels passiert. Sie hatten ihn während des gesamten zweiten Viertels auf den Arm geschlagen, und die Schiedsrichter hatten nicht einmal ein Foul gegeben.

Als Juwan den Flügelspieler der Knicks mit einer Clothesline zu Fall brachte, waren zwei der Schiedsrichter vor ihn getreten und hatten ihn des schweren absichtlichen Fouls bezichtigt. Als er versuchte, seine Unschuld darzulegen, verhängten sie zwei technische Fouls über ihn.

Vor seinem geistigen Auge spielte sich alles wieder ab, als wäre es in Zeitlupe passiert. Er hatte die beiden Schiedsrichter mit seinen gewaltigen Händen um ihre dürren Hälse in die Luft gehoben, bis einem von ihnen die Augen aus den Höhlen traten, und dann ihre Köpfe wie Kokosnüsse zusammengeschlagen.

Er hatte nie gewollt, dass es so weit kam. Ungelogen! Als er auf sie herabblickte, wie sie bewusstlos da am Boden lagen, war der erste Gedanke, der ihm kam: Was machen die da auf dem glänzenden Boden mitten im All-Star-Spiel?

Um Haaresbreite war er einer langen Gefängnisstrafe wegen Körperverletzung mit Todesfolge entgangen. Der eine Schiedsrichter hatte eine Woche lang im Koma gelegen, aber er überlebte; der andere hatte nur eine schwere Gehirnerschütterung davongetragen. Von denen hatte Juwan schon reichlich gehabt.

Seine Rettung war allerdings nicht der Hilfe der NBA-Teambesitzer zu verdanken gewesen, die alle gemeinsam einen Brief aufsetzten, in dem sie sein Verhalten verurteilten, ihn als mordlüsternen Schläger bezeichneten und eine lebenslange Sperre verhängten. Nur der Entschädigung in Millionenhöhe, mit der er beide Schiedsrichter überschüttete, war es zuzuschreiben, dass er das Land verlassen und nach Hause auf die Bahamas zurückkehren konnte.

In Nassau war er als Nationalheld empfangen worden, nachdem Juwans Werbeagent aus ungenannten Quellen Beweise herbeigebracht hatte, dass beide Schiedsrichter Skinheads waren und einen Hass auf alle Schwarzen hatten. Pfarrer Al Sharpton hatte sich ihm bei einem Gebetsgottesdienst in Harbour Island zugesellt, um seine Rettung zu feiern.

Sein letzter Gedanke, bevor er wieder in die Besinnungslosigkeit seiner Schlaftabletten eintauchte, war, dass er eines Tages zur NBA zurückkehren würde, zu seinen Mannschaftskameraden, zu den Endrunden der Meisterschaft, zu den grölenden Rufen der bewundernden Fans, die skandierten: *›Juwan … Juwan … Juwan!‹*

Zwanzig

28. Mai
An Bord der *Trader's Bluff*
Harbour Island
Nord-Eleuthera, Bahamas

Barnaby betrachtete die bunt lackierten Tongefäße auf der granitenen Tischplatte im Speiseraum mit offensichtlichem Missfallen. Die Gefäße waren mit Müsli, frischem Obst, Joghurt und einer Auswahl an Körnern gefüllt, die für eine Wüstenrennmaus geeignet gewesen wären. Auf einem großen Teller lag etwas, was wie gedünsteter Fisch aussah. Vergeblich hielt er nach Speck, Schinken, Bagels oder Rühreiern Ausschau.

»Chris Kimball und ich haben den täglichen Speiseplan ausgearbeitet«, sagte Lexy, die gerade in einem weißen Leinenhosen-Outfit aus ihrer Kabine kam und schnurstracks zu dem Krug mit dem Ananassaft ging.

Nachdem er kurz ihre sonnengebräunte Haut bewundert hatte, ging Barnaby wieder in seine eigene Kabine und reicherte seinen Kaffee mit dem Courvoisier aus der Flasche an, die er unter dem Waschbecken im Bad aufbewahrte. Seine Kognakvorräte waren im Schwinden begriffen, und er hoffte, dass sie bei ihrer Suche bald einen Durchbruch erzielen würden.

Bei seiner Rückkehr in den Speiseraum sah er, wie die anderen ihr Tierfutter verzehrten.

»Wenn Sie diese Diät einhalten, werden Sie sich in einer Woche wie ein neuer Mensch fühlen!«, sagte Lexy zu ihm.

»Ich fühle mich jetzt schon wie ein neuer Mensch«, entgegnete Barnaby, »und der langweilt sich zu Tode.«

Womit er nicht gelogen hatte. Barnaby lechzte danach, sich der Jagd nach dem größten archäologischen Verlust in der Evolutionsgeschichte anzuschließen, und doch gab es zurzeit nichts, was er tun konnte, außer auf dem Schiff eingepfercht zu bleiben, darauf beschränkt, nach jeder täglichen Suche die Tiefenmesswerte und Seitensichtsonar-Resultate auszuwerten.

Am Tag ihrer Ankunft hatte Macaulay ihn daran erinnert, dass die Chinesen wahrscheinlich gerade auf der ganzen Welt nach ihnen suchten.

»Wir wissen, dass Zhou Shen Wui und seine Gefolgsleute jetzt im Besitz sämtlicher Aufzeichnungen und Dokumente sind, die Sebastian Choate zusammengetragen hat«, sagte Macaulay. »Vermutlich stecken sie so viel Arbeitskraft in das Projekt, dass sie schließlich die Schiffsunterlagen des niederländischen Trampschiffs finden und zu der Schlussfolgerung gelangen werden, dass es irgendwo in der Karibik gesunken ist.«

Während Lexy zustimmend nickte, deutete Macaulay behutsam an, dass Barnaby ›bei seinem beachtlichen Leibesumfang, seiner Größe und seinen faszinierenden Gesichtszügen‹ in Dunmore Town sofort alle Blicke auf sich ziehen würde.

Barnaby musste ihm widerwillig recht geben.

Wenigstens war es auf der zweiundzwanzig Meter langen Hatteras behaglich, denn sie hatte zwei Meter vierzig hohe Decken, sodass er keine Platzangst bekam, fünf geräumige Kabinen, zwei Aufenthaltsräume, die mit Sofas und Sesseln vollgestopft waren, und ein hochmodernes Satellitenkommunikationssystem, das es ihm erlaubte, seinen Forschungen nachzugehen.

Chris Kimball wurde zum Repräsentanten des Bootes nach außen hin; er wimmelte Besucher von anderen Jachten ab, die im Hafen vor Anker lagen, und fuhr einmal am Tag in ihrem Fünf-Meter-Zodiac-Schlauchboot an Land, um die Vorräte aufzufüllen und nach potenziellen Bedrohungen Ausschau zu halten.

Am dritten Nachmittag kam er spät zurück und schlug vor, dass Barnaby einen Ortsansässigen namens Mike McGandy in Dunmore Town überprüfen solle. Kimball sagte, dass er ein amerikanischer Auswanderer sei, der zehn Jahre lang als Ermittler für die US-bahamaische Drogenspezialeinheit gearbeitet hatte. Irgendwann hatte der ehemalige Marineoffizier sich in eine bahamanische Frau verliebt und beschlossen zu bleiben. Er war jetzt der Dive Master in einem örtlichen Jachthafen und brachte Gruppen zum Schnorcheln und Tauchen zum Devil's Backbone raus. Seine Frau leitete eine medizinische Klinik.

»Wenn er sich abmeldet, könnte er uns helfen, wenn wir das Wrack gefunden haben«, erklärte Kimball.

Barnaby schickte eine verschlüsselte Nachricht an Dusenberry und bat ihn, McGandy überprüfen zu lassen. Das Ergebnis war positiv, und Kimball war mit der Geschichte, auf die sie sich geeinigt hatten, an ihn herangetreten. Er hatte sich begeistert bereit erklärt zu helfen.

Kimball brachte ihn im Zodiac raus zur Hatteras, wo sie sich im Speiseraum zu Barnaby, Lexy, Macaulay und Carlos gesellten. Macaulay gefiel sofort, was er sah. McGandy war Afroamerikaner, ganz Militär, gepflegt, intelligent aussehend und ohne Schnickschnack. Als er sich mit seinem Kaffee hinsetzte, musterte er die anderen mit einem offenen, scharf geschnittenen Gesicht.

»Sie wissen inzwischen ja über die Vertraulichkeit dessen, was wir hier machen, Bescheid«, begann Barnaby, »also werden Sie die Notwendigkeit für strenge Sicherheitsmaßnahmen verstehen.«

»Selbstverständlich!«, antwortete McGandy. »Ich hatte bei der Marine Freigabe für die höchste Geheimhaltungsstufe.«

Die Geschichte, die Kimball McGandy erzählt hatte, lautete, dass sie nach der Fracht eines russischen Schiffs suchten, das den Inhalt seines Laderaums über Bord geworfen hatte, als es während der Kubakrise von einem amerikanischen Zerstörer vor der Küste Nord-Eleutheras abgefangen wurde. Er hatte angedeutet, dass das Schiff Bauteile für Kernwaffen transportiert hatte. McGandy hatte nicht nach Einzelheiten gefragt.

»Wir haben schon mit der Suche begonnen, und zwar auf eine Art, die hoffentlich keine Aufmerksamkeit erregt hat«, sagte Macaulay. »Auf einer kleinen Insel vor Hawk Point sind wir auf einen Mann gestoßen, der uns mit einer alten Enfield verscheucht hat.«

McGandy lachte und sagte: »Das klingt nach dem alten Dieter Jensen. Diese kleinen Inseln gehören der bahamaischen Regierung. Er ist ein illegaler Siedler und lebt in einer Hütte, die er selbst aus Muschelkalk und Treibholz gebaut hat. 1992 ist der Hurrikan Andrew direkt darüber hinweggezogen; die Insel stand komplett unter Wasser. Dieter hat irgendwie überlebt und seinen Schuppen neu aufgebaut.«

Als Lexy aufstand, um mehr Joghurt zu holen, sah Barnaby, wie ihre Finger sanft Macaulays gebräunte Schultern streiften. Er wusste, dass sie wieder miteinander schliefen. Er konnte es ihren Gesichtern ansehen, an den Blicken, die sie wechselten, wenn sie sich unbeobachtet wähnten. Sie versuchten, diskret zu sein, und für die anderen war es nicht offensichtlich.

Barnaby stand kurz das Bild der nackten Astrud vor Augen, so wie er sie zum letzten Mal auf dem Bärenfell in seinem Schlupfwinkel am Long Wharf gesehen hatte. Er versuchte, sich einen wichtigen Grund auszudenken, der es rechtfertigen würde, sie herzuholen und in das Team einzugliedern. Er wusste zwar, dass sie in Windeseile kommen würde, aber ihre Talente passten nicht zu der gegenwärtigen Expedition.

»Wer übt hier vor Ort die Macht aus?«, erkundigte sich Macaulay.

»Dem Namen nach die Gendarmerie, die von der Royal Bahamas Defence Force unterstützt wird«, antwortete McGandy. »Ihre Aufgabe ist es, Drogenschmuggel, illegaler Einwanderung, Wilderei und Gewaltverbrechen Einhalt zu gebieten, was ihr bis zu einem gewissen Grad auch gelingt.«

»Bis zu einem gewissen Grad«, wiederholte Macaulay.

»In Wahrheit hat hier ein Mann namens Juwan Brugg die Zügel in der Hand. Er kontrolliert alles … Drogen, Prostitution, Entführung, Erpressung, Schutzgelder. Sein Einfluss reicht weit; sie fürchten ihn sogar auf New Providence.«

»Juwan Brugg …«, sagte Chris Kimball. »Es gab einmal einen NBA-Spieler …«

»Derselbe!«, unterbrach ihn McGandy. »Er wuchs hier auf und kam zurück, nachdem er beinah diese Schiedsrichter umgebracht hätte. In der Öffentlichkeit trägt er oft einen afrikanischen zeremoniellen Kopfschmuck, mit dem er über zwei Meter vierzig groß ist. Manche Inselbewohner verehren ihn als lebenden Gott. Aber lassen Sie sich nicht täuschen … er ist kein Clown! Er ist knallhart, und er ist skrupellos.«

»Wo befindet sich seine Operationsbasis?«, fragte Lexy.

»Auf dem Weg zum Devil's Backbone sind Sie wahrscheinlich an seinem Anwesen auf Tollifer's Point vorbeigekommen«, erklärte McGandy. »Es ist die riesige Villa, die wie eine Festung gebaut ist und von drei Meter hohen Betonmauern umgeben ist, die oben mit Glasscherben gespickt sind. Er hat eine Palastwache, die ihn beschützt und nach seiner Pfeife tanzt.«

»Wie die selbsternannten lokalen Machthaber in Afghanistan«, sagte Macaulay.

»Genau!«, bekräftigte McGandy, bevor ihm noch etwas anderes einfiel. »Es ist vielleicht noch erwähnenswert, dass Juwan Brugg nicht der Einzige ist, der hier ein strenges Regiment führt – da ist auch noch seine Mutter.«

»Seine Mutter?«, hakte Barnaby nach.

»Ja, sie kümmert sich für ihn von ihrem Schönheitssalon in der Revere Street aus um das Tagesgeschäft«, sagte McGandy. »Man nennt sie die Schwarze Mamba. Ich habe allerdings gehört, sie sei tückischer als die Schlange.«

»Ich schlage vor, dass wir von jetzt an Wache stehen, wenn es im Hafen dunkel wird, das heißt von etwa Mitternacht bis Morgengrauen«, sagte Macaulay. »Chris, warum stellst du nicht einen Wachplan auf?«

»Ich melde mich freiwillig für die Vier-bis-sechs-Schicht«, sagte Barnaby. »Ich bin ja sowieso auf.«

»Es ist vielleicht vernünftig, wenn die Person, die Wache steht, etwas zu ihrem Schutz hat«, warf Kimball ein. »Ich bewahre eine halbautomatische Heckler und Koch Kaliber .40 im Ruderhaus auf.« Mit einem Seitenblick auf Lexy fügte er hinzu: »Sie hat ein kleines Griffstück für die Hand und eine ziemlich ordentliche Mannstoppwirkung.«

»Das ist ja in der Tat sehr beruhigend, Mr. Kimball«, meinte Barnaby, »aber alles, was ich an Mannstoppwirkung brauche, liegt in meiner Stimme!«

»Da hat er wahrscheinlich recht«, sagte Macaulay. »Die und sein Anblick in seinem churchillianischen Sirenenanzug dürften die meisten Störenfriede verscheuchen!«

Nachdem Chris Kimball McGandy im Zodiac wieder zum Hafen der Stadt zurückgefahren hatte, ging Macaulay mit den anderen die Pläne für den Tag durch.

»Du mich heute brauchen, Genral Steef?«, fragte Carlos, der vom Achterdeck durch die Glastür in den Speiseraum kam, nachdem er die vierte Zigarette geraucht hatte.

Er trug ein orangefarbenes Trägerhemd und zerrissene Bluejeans und hatte sich seit einer Woche nicht rasiert. Sein ausgezehrtes Gesicht erinnerte Barnaby an die Fixer, die er oft in der Brattle Street in Cambridge hatte betteln sehen.

Carlos hatte angefangen, Macaulay General zu nennen, nachdem er von Steves früherer Karriere bei der Luftwaffe erfahren hatte. Der Mechaniker schenkte sich noch einen Becher Kaffee ein und gab vier Esslöffel Zucker hinein. Lexy schüttelte den Kopf, sagte aber nichts.

»Ja, ich brauche dich«, sagte Macaulay, ohne auf Barnabys spöttisches Lächeln zu achten. »Wir tauchen heute.«

Bei der Durchsicht der Suchergebnisse vom Vortag war Barnaby auf einen ungewöhnlichen Messwert in einem der Seitensichtsonarbilder gestoßen. Sie hatten gerade eine tiefere Meeresstelle ungefähr einen Kilometer vor dem Devil's Backbone überquert, als zwei virtuelle Bilder aufgezeichnet wurden, die auf ein gesunkenes kleines Schiff hinzudeuten schienen, das entzweigebrochen auf dem Meeresboden lag.

Macaulay und Lexy standen auf und gingen in ihre Kabinen, um ihre Schwimmsachen anzuziehen. Barnaby blieb am Tisch und beobachtete, wie Carlos einen weiteren Esslöffel Zucker in seinen Kaffee gab.

»Sie könnten sich mal rasieren«, meinte Barnaby. »Sie sehen jeden Tag wilder aus.«

»Ich arbeiten an meinem Aussehen«, erwiderte Carlos. »Chris sagen, sein vielleicht hübsche Mädchen da drüben, und ich sein bereit für es.«

»Klingt nach einer ausgezeichneten Idee«, pflichtete Barnaby ihm bei. »Lassen Sie mich wissen, wenn Sie welche finden!«

Carlos leerte seinen Becher und ging wieder zur Badeplattform am Heck hinaus und band das Beiboot des Schiffes los. Nachdem er damit zum Liegeplatz der *Island Time* hinübergerudert war, ließ er deren Motoren an.

Einer lief ein bisschen uneben, deshalb nahm er die Motorverkleidung ab, um die Einspritzventile zu justieren. Anschließend verließ er den Liegeplatz wieder und brachte das Beiboot längsseits der Hatteras. Macaulay und Lexy sprangen zu ihm herunter. Kimball reichte Macaulay eine Kühlbox mit dem Proviant für den Tag.

Als sie an Tollifer's Point vorbeifuhren, betrachtete Lexy durch ein Fernglas das große, ummauerte Anwesen, das Juwan Brugg gehörte. Sie fand, dass es gar nicht so bedrohlich wirkte. Am Strand unter der nächstgelegenen Mauer spielte eine Gruppe nackter Männer Volleyball.

Eine halbe Stunde später waren sie durchs Riff und auf dem offenen Meer. Es war ein weiterer atemberaubender Morgen mit einer strahlenden Sonne unter einem wolkenlosen blauen Himmel. Es gab eine minimale Dünung, und Carlos behielt eine Geschwindigkeit von ungefähr zwanzig Knoten bei, als er die GPS-Koordinaten ins Navigationssystem einspeiste, die sie direkt zu der Position führen würden, an der Macaulay am Tag zuvor die Messung gemacht hatte.

Als sie sich dem Zielort näherten, begann das Navigationssystem ein Warnsignal von sich zu geben, und Carlos drosselte sofort die Motoren, bis aus dem Signal ein konstantes Pfeifen wurde. Macaulay hatte am Bug Stellung bezogen. Er musste über sechzig Meter Ankerkette herunterlassen, bevor der Danforth sich in den Meeresboden grub und sie an ihrer Position hielt.

»Das Ding da unten besteht aus zwei getrennten Teilen«, sagte Macaulay, als sie ihre Neoprenanzüge und Tauchflaschen, Bleigürtel und Flossen angezogen hatten. »Falls es die *Prins Willem* ist, könnte es sich um Bug- und Heckteil handeln, die fünfzig Meter auseinanderliegen.«

Sowohl seine als auch Carlos' Vollgesichtsmaske waren mit Ultraschall-Kommunikatoren ausgerüstet, die an den Einstellriemen befestigt waren. Die Technologie würde es ihnen ermöglichen, unter Wasser verbal miteinander und auch mit Lexy an Bord der *Island Time* zu kommunizieren.

Macaulay hatte den Tauchgang basierend auf der aufgezeichneten Tiefe von vierzig Metern geplant. Ein Blick auf seine Tauchtabellen zeigte ihm, dass ihnen am Boden etwa fünfzehn Minuten bleiben würden, ehe sie in abgestuften Zeiträumen langsam wieder auftauchen müssten, um einen Tiefenrausch zu vermeiden. Er nahm seine kleine Digitalkamera in dem wasserdichten Gehäuse zur Hand und vergewisserte sich, dass sie Signale an den Bildschirm zurücksendete, der am Schott des Ruderhauses angebracht war.

Sie setzten sich mit dem Hintern auf die Backbordseite des Hecks und ließen sich rückwärts ins sanft wogende Meer fallen. Nachdem er seine Maske abgewischt hatte, hangelte sich Macaulay entlang der Ankerkette nach unten. Carlos folgte ihm.

Als sie tiefer schwammen, veränderte das Wasser seine Farbe von einem blassen zu einem dunkleren Grün. Alle zehn Meter machte Macaulay eine Pause, um seine Ohren freizumachen. Als sie endlich am Ende der Ankerkette ankamen, drehte er sich um und blickte in alle Richtungen. Die Sicht war zwar ausgezeichnet, trotzdem konnte er nichts als feinkörnigen weißen Sand, kleine Schwärme farbenfroher Fische und die Unterwasserflora sehen.

Er überprüfte seinen Handgelenkkompass und gab Carlos ein Zeichen, ihm zu folgen. Er fing an, über den sandigen Meeresboden nach Norden zu schwimmen, und drehte den Kopf dabei nach links und nach rechts, um alles auf ihrem Weg wahrzunehmen. Nachdem er dreißig Meter zurückgelegt hatte, wandte er sich schräg nach rechts, schwamm wieder dreißig Meter und wandte sich dann nach Osten. Er und Carlos schwammen gerade nebeneinander auf dem östlichen Kurs, als Macaulay etwas aus der grünen Dunkelheit am Grund vor ihnen auftauchen sah.

»Du das sehen, Steef?«, fragte Carlos durch den Ultraschall-Kommunikator.

Im Näherschwimmen richtete Macaulay seine Kamera auf das Objekt. An Bord der *Island Time* sah Lexy das erste Bild auf dem Bildschirm. Es sah aus wie eine gewaltige Haifischflosse, die aus etwas Zylindrischem und glänzend Weißem aufragte, das auf dem sandigen Meeresboden lag.

»Es ist … ein Katamaran«, sagte Macaulay. »Ein großer … vielleicht zwanzig Meter lang und aufrecht liegend … soweit ich erkennen kann, keine offensichtlichen Beschädigungen.«

Carlos schwamm zu den Aufbauten hin. Das Boot war sowohl fürs Segeln wie auch zur Fahrt unter Motor ausgelegt. Den Hauptmast krönte eine kleine Flagge, aber das Segel fehlte. Als er das Heck erreichte, tauchte er tiefer, um sich den Namen auf der Heckplatte anzusehen.

Es gab keinen. Er kam nahe genug heran, um zu erkennen, dass da einmal ein Name gestanden hatte, doch er war beseitigt worden. Er berührte die Fläche, wo die Buchstaben aufgemalt gewesen waren, und spürte die harte, raue Oberflächenstruktur, die auf eine schwere Schleifmaschine hindeutete. Er schwamm längs der Backbordseite zum Bug, um nach der am Rumpf angebrachten Schiffsnummer zu suchen. Auch sie war weggeschleift worden.

Seine Blicke wurden von einem anderen großen Objekt angezogen, das in vielleicht fünfzig Meter Entfernung vom Katamaran auf dem Grund lag.

»Ich sehen noch eins, Steef«, sagte er in den Kommunikator. »Großer Bursche … Motorjacht.«

»Warte auf mich!«, antwortete Macaulay, der noch dabei war, aus jedem Winkel Fotos von dem Katamaran mit dem weißen Rumpf zu machen.

Eins der fünfzig Zentimeter langen rechteckigen Bullaugen im Steuerbordrumpf schien in Offenstellung geschoben worden zu sein; während er es noch betrachtete, schwebte ein rotes Halstuch durch die Öffnung und verschwand in der langsamen Strömung. Er nahm die Maglite von seinem Bleigürtel und schwamm auf das dunkle Bullauge zu. Er steckte die Tauchmaske durch die Öffnung und leuchtete in den Raum dahinter.

Es war eine instinktive und spontane Reaktion, mit der er von dem Bullauge zurücktaumelte. Er beruhigte sich zehn Sekunden lang, schwamm ans Bullauge zurück und richtete noch einmal den Taschenlampenstrahl in die Kabine.

Das Gesicht der Frau war nur wenige Zentimeter entfernt;

ihre toten Augen starrten ihn an. Dickes schwarzes Haar umschwebte ihr aufgedunsenes Gesicht wie eine Fächerkoralle. Ihr Mund war weit geöffnet, die Zähne gefletscht wie in einem immerwährenden stummen Schrei.

Die sachte Strömung trug sie langsam von ihm fort. Ihr Alter war unmöglich zu schätzen. Teile ihres Kopfs waren schon abgefressen worden. Das aufgeschwemmte Fleisch ihres Körpers, das noch da war, hatte das blaue Kleid, das sie trug, bis zum Zerreißen gedehnt.

Hinter ihr schwebte eine andere Gestalt in Sicht. Es war ein Mann. Er war nackt, und seine Genitalien fehlten. Früher einmal war er wahrscheinlich stark und gut gebaut gewesen; jetzt sah er aus wie eine aufgeblasene Gummischaufensterpuppe. Unter Macaulays Blicken schienen sie zusammen ein langsames Menuett zu beginnen, ihre aufgequollenen Hände berührten sich kurz und drifteten dann wieder auseinander.

Macaulay zog den Kopf aus dem Bullauge und bedeutete Carlos, ihm zum zweiten Wrack zu folgen. Die Motorjacht war mindestens zwanzig Meter lang und schön ausgestattet mit Mahagonidecks und einer Reihe der modernsten elektronischen Geräte, die über der Brücke angebracht waren. Wie der Katamaran schien auch sie unbeschädigt zu sein und lag aufrecht im Sand, als wartete sie darauf, ihre Reise wieder aufzunehmen.

Carlos schwamm ums Heck herum und auf den Bug zu. Wie bei dem Katamaran waren der Name des Bootes und die Schiffsnummer weggeschliffen worden. Macaulay fing an, Bilder zu machen; als sie auf dem Fernsehschirm an Bord der *Island Time* erschienen, erschauderte Lexy unwillkürlich.

»Es sieht so aus, als wären sie beide absichtlich versenkt worden«, sagte Steve in den Ultraschallkommunikator, als er ins offene Ruderhaus der Jacht schwamm. Die Tür, die aufs Hauptdeck führte, war versperrt.

Er fragte sich, ob wohl noch mehr Leichen im Inneren schwebten, als Carlos auf ihn zugeschwommen kam und auf sein Handgelenk zeigte. Als er auf seine Taucheruhr schaute, sah Macaulay, dass sie schon zwölf Minuten auf dem Grund gewesen waren; es blieb keine Zeit für weitere Erkundungen.

Plötzlich fiel ihm etwas ein, und er schwamm zurück zum Katamaran. Entlang des Masts begann er mit dem Aufstieg an die Oberfläche und hielt an der Spitze an, um den kleinen Wimpel zu untersuchen, der am Fall hing. Er war rot und weiß, und Macaulay zog ihn auf die volle Länge, ehe er ein Foto von dem Bild darauf machte.

Während sie ihre sorgfältig festgelegten Pausen auf dem Weg zur Oberfläche machten, fragte er sich, wie die gesunkenen Schiffe hierhergekommen sein mochten und ob vielleicht noch mehr da unten lagen. Sie waren beide in hervorragendem Zustand und zusammen locker eine Million Dollar oder mehr wert. Der Katamaran konnte noch nicht lange gesunken sein, denn auch wenn die Fische schon von den Leichen gefressen hatten, war immer noch Fleisch an den Knochen.

Macaulay durchbrach die Oberfläche des ruhigen Ozeans und war wieder in der Wärme der Sonne.

Einundzwanzig

28. Mai
Casa Grande Brugg
Harbour Island
Nord-Eleuthera, Bahamas

Durch die Beschallungsanlage, die an der Wand des unpersönlichen Speiseraums der Villa befestigt war, dröhnte ›Danny Boy‹ von den Muppets, während Juwan allein am Kopfende des gewaltigen, damastgedeckten Tisches saß und sich das zweite von drei Brathähnchen von der zinnernen Servierplatte nahm.

Seit Varna ihn auf eine strikte Rohkost- und Eiweißdiät gesetzt hatte, hatte sich Juwans Gewicht auf konstante einhundertsechsundsiebzig Kilogramm eingependelt. Er beschränkte sich mittlerweile auf zwei Mahlzeiten am Tag, eine nach den morgendlichen Leibesübungen und die zweite um fünf Uhr abends. Varna hatte ihm erklärt, dass seine früheren spätabendlichen Fressgelage der Hauptgrund für seinen beträchtlichen Ausstoß von Darmgasen war. Eine Ergänzung der zwei Mahlzeiten mit handgepresstem Gemüsesaft und rohen Baumnüssen war zulässig.

Er zog es vor, alleine zu dinieren. Es fiel ihm schwer, seinen Ärger zu verbergen, wenn ein Tischgast sich etwas von einem Servierteller nahm, was er eigentlich selbst hatte essen wollen. Juwans Mutter, die Schwarze Mamba, überwachte die Zubereitung der beiden Mahlzeiten jeden Tag. Die Verpflegung dieses Morgens bestand aus den drei am offenen Feuer gebratenen Hähnchen, die in Rum und Rose's Lime Juice mariniert worden waren und mit zwei Pfund gegrillten Garnelen und Hummer serviert wurden, anschließend eine Platte mit aufgeschnittener Ananas, Trauben, Datteln, Mandarinen und Birnen. Er vermisste ihre Süßkartoffelpommes schmerzlich.

Emile Bardot, der Chef seiner Wache und Stellvertreter seiner Mutter, traf um exakt halb elf ein, um seinen allmorgendlichen Bericht zu erstatten. Seine weiße Uniform mit den förmlichen Bändern und Auszeichnungen war gestärkt und gebügelt. Er nahm den goldbetressten Hut ab, als er sich dem Tisch näherte, und stand stramm.

»Ich freue mich, melden zu können, dass alle derzeitigen Aktivitäten plangemäß voranschreiten«, sagte er. »Major Subito möchte, dass Sie wissen, wie sehr er die Störung Ihrer Ruhe, die von seinem verstorbenen Affen ausging, bedauert.«

»Das soll ihm eine Lehre sein«, erwiderte Juwan mit seiner tiefen, wohlklingenden Stimme. »Ich liebe alle Tiere, aber es gibt Grenzen.«

Als Heranwachsender hatte er seine letzten fünf Jahre in der St. Paul's Academy in Nassau unter anderem damit verbracht, Artikulation unter seinem in Oxford ausgebildeten Englischlehrmeister zu studieren. Als er zur NBA kam, stellte ein gewisser ESPN-Kommentator fest, dass Juwan der einzige Spieler in der Liga war, der ›eine Stimme wie Darth Vader hat und foulen kann wie Bill Laimbeer‹.

»Ich habe einen Befehl erteilt betreffs zukünftiger Haustiere«, sagte Bardot, als das erste Muppetslied endete und ein neues anfing.

Bardot war ein hellhäutiger Haitianer mit Schmissen auf beiden Wangen. Er war auf die Bahamas gekommen, nachdem er von der haitianischen Regierung zum Justizflüchtling erklärt worden war, die ihn angeklagt hatte, ein Millionengeschäft zu betreiben, das auf dem Verkauf von Körperteilen noch lebender Haitianer beruhte. Davor hatte er als Offizier bei Jean-Claude ›Baby Doc‹ Duvaliers Tonton Macoute gedient.

Der Speiseraum der Villa hatte sechs Meter hohe Decken mit Eichengebälk; an drei der dicken Gipswände war Juwans breit gefächerte Waffensammlung untergebracht. Es begann mit antiken Handwaffen an der ersten Wand und ging über Schwerter und Donnerbüchsen an der zweiten hin zu einer modernen Sammlung von Büchsen, Flinten und Sturmgewehren von praktisch jeder Nation der Welt, dazu noch Fantasiewaffen aus Filmen wie *Star Wars* und *Predator*. An der letzten Wand waren zahlreiche von Juwans Trophäen zu sehen. Ein riesiger Schwertfisch, der seinen letzten Kampf gegen Juwans Ausdauer und Können verloren hatte, zierte den Ehrenplatz über dem Kamin.

»Was ist in der Schlachtschiff-Allee los?«, fragte Juwan, womit er sich auf die sich ständig ändernde Reihe der Superjachten bezog, die im Hafen hinter seinem Anwesen ankerten.

»*Typique*«, antwortete Bardot und konsultierte sein Klemmbrett. »Ein dänischer Prinz und sein Gefolge, zwei Angehörige der britischen Königsfamilie, drei sowjetische Oligarchen und ihre Gäste, ein kuwaitischer Prinz, ein grotesk aussehender Engländer mit einer Angelgruppe, ein unbedeutender Kennedy, ein amerikanischer Besitzer einer Sportmannschaft …«

»Welche Art von Sport?«, fiel Juwan ihm ins Wort.

Bardot sah auf seiner Liste nach. »Er besitzt ein Profi-Basketballteam.«

Juwan legte das ausgeweidete Hühnergerippe auf den Teller und wischte sich die Hände an einer Leinenserviette ab.

»Welches?«, wollte er wissen.

»Das steht hier nicht«, antwortete Bardot, dem die vertrauten Anzeichen für einen kurz bevorstehenden Vulkanausbruch nicht entgingen.

In diesem Moment kam die Schwarze Mamba durch die Schwingtür aus der Küche und näherte sich dem Tisch. Sie war eine Eins-achtzig-Ausgabe von Juwan mit dicken Zöpfen aus schwarzen Haaren, die um den Kopf gewickelt waren, und trug ein violettes, locker fallendes traditionelles hawaiianisches Kleid.

»Du hast deine Hähnchen ja gar nicht aufgegessen!«, tadelte sie ihn. »Du musst doch bei Kräften bleiben!«

»Finden Sie heraus, welches Team!«, verlangte Juwan, ohne sie zu beachten. »Was hat der Mann bisher gemacht?«

»Nach zehn Uhr hängt er in der Bar vom Romora Bay Club rum«, antwortete Bardot nach einem Blick auf sein Klemmbrett. »Laut diesem Bericht hat er ein Animiermädchen mit Namen Giselle eingeladen, ihm auf seinem Boot Gesellschaft zu leisten. Bisher hat sie es abgelehnt.«

»Warum?«, wollte die Schwarze Mamba wissen. »Ich habe dieses Mädchen ausgebildet, seit sie vierzehn war.«

»Der Mann ist anscheinend ein bisschen unerfreulich anzusehen«, sagte Bardot. »Sie hat ihm gesagt, sie würde sich lieber mit einem Bullenhai paaren.«

»Lass mich die Sache in die Hand nehmen!«, sagte die Schwarze Mamba. »Ich werde dafür sorgen, dass sie ihn heute Abend ins Michaud's bringt.«

Sie sprach von einem Raum über einem Fischrestaurant mit verspiegelter Decke und hochwertigen digitalen Videoaufzeichnungsgeräten. Potenzielle Erpressungsopfer wurden zur Teilnahme an Aktivitäten ermuntert, die sie nie auf YouTube zeigen wollten.

»Iss dein Hähnchen auf!«, forderte die Schwarze Mamba ihren Sohn ein zweites Mal auf, und widerspruchslos machte Juwan kurzen Prozess damit.

Als sie die Platte weggenommen hatte, sagte Bardot: »Ich habe alle Sicherheitsvorkehrungen für die Wohltätigkeitsveranstaltung morgen Abend getroffen. Man hat uns mitgeteilt, dass der Herzog von Lancaster und seine Frau, die Herzogin, anwesend sein werden.«

Die jährliche Wohltätigkeitsveranstaltung zur Bewahrung von Eleutheras zunehmend gefährdeten Habitaten seltener Vogelarten wurde jedes Mal von einem der bedeutenden Anwesen auf Harbour Island ausgerichtet. In diesem Jahr würde sie zum ersten Mal in Casa Grande Brugg stattfinden. Varna hatte weiße Livreen für die Schüler der Akademie für Spirituelle und Selbstheilung bestellt.

»Ich bin nicht sicher, ob ich daran teilnehmen werde«, sagte Juwan.

Es war Tradition, dass der Gastgeber und sein Ehepartner die Festlichkeiten feierlich eröffneten, indem sie den ersten Walzer tanzten, der vom hiesigen Orchester gespielt wurde. Er malte sich die Reaktionen des fürstlichen Gefolges beim Anblick von sich und Varna aus, als Bardot ihn aus seinen Gedanken riss.

»Es gibt noch eine weitere interessante Neuigkeit. Sie ist von Sir Henry in New Providence durchgekommen.«

Sir Henry Pindling war Juwans Anwalt und von Königin Elisabeth zum Ritter geschlagen worden, nachdem er geholfen hatte, die Untersuchungen über ein Wochenend-Stelldichein

Prinz Andrews mit einer möglicherweise minderjährigen Frau in der Nähe des königlichen Anwesens auf Eleuthera zu verkürzen.

»Und die wäre?«, fragte Juwan, während er mit den Gedanken bei Varna war, der oben seine Freiübungen machte und dabei sein Turntrikot aus Elastan trug.

»Es geht um eine Belohnung, man könnte es auch eine Prämie nennen«, erläuterte Bardot, »die von einer chinesischen humanitären Vereinigung ausgelobt wird, die mehrere Amerikaner ausfindig machen möchte, um sie mit einem Preis für ihr Lebenswerk zu ehren. Es hat den Anschein, als hätte sie eine ähnliche Auslobung in der gesamten Karibik publik gemacht.«

»Wer leitet diese Vereinigung?«, fragte Juwan.

»Ein chinesischer Industrieller mit Namen Zhou Shen Wui.«

Juwan lachte.

»Ich kann mir den Preis vorstellen, den die Amerikaner bekommen werden, wenn er sie trifft!«, sagte er. »Wie hoch ist die Prämie?«

»Fünfhunderttausend amerikanische Dollar«, antwortete Bardot.

»Da meint es wohl jemand ernst«, sagte Juwan und lehnte sich zurück. »Gibt es Beschreibungen der sogenannten Preisträger?«

»Einer von ihnen ist ein amerikanischer Luftwaffengeneral im Ruhestand«, sagte Bardot.

»Es könnte sich um eine Art Unterwasserfriedhof handeln … ein Abladeplatz für Schwierigkeiten«, sagte Steve Macaulay zu den anderen, die im Aufenthaltsraum der *Trader's Bluff* saßen und sich die Abfolge der Digitalbilder auf einem Fernsehschirm anschauten.

»Sollten wir es irgendjemandem melden?«, fragte Chris Kimball.

»Wenn Sie das tun«, sagte Mike McGandy, »wird es vermutlich an Juwan Brugg oder seine Mutter weitergeleitet, bevor es jemals den Amtsweg erreicht, und die beiden sind es wahrscheinlich, die den Friedhof unterhalten.«

»Ich sage, wir führen unsere Suche ohne Umschweife weiter!«, sagte Macaulay. »Die Schiffe laufen uns nicht davon, und die Gendarmerie können wir auch noch informieren, sobald wir in ein paar Tagen hier fertig sind.«

Auf der prächtigen Jacht, die neben ihnen festgemacht hatte, konnte er drei kleine Mädchen quieken und schreien hören, als sie vom Oberdeck ins Hafenwasser sprangen, dann zum Heck herumschwammen und es noch einmal machten.

»Das ergibt Sinn«, stimmte Barnaby ihm zu. »Basierend auf allen Messungen, die wir bis jetzt haben, gibt es fünf vielversprechende Stellen, die sowohl die richtige Tiefe haben als auch ungewöhnliche Bodencharakteristiken aufweisen, die auf ein gesunkenes Wrack von beträchtlicher Größe hindeuten.«

»Bei einer Tiefe von vierzig Metern müssen wir beim Auftauchen sorgfältig auf Dekompressionsstopps achten«, sagte Macaulay. »Um schneller arbeiten zu können, werden wir zwei Teams bilden. Carlos und Mike können die eine Stelle abtauchen, und während sie sich ausruhen, können Lexy und ich uns die nächste vornehmen.«

»Auf gutes Gelingen!«, sagte Barnaby und hob seinen Becher mit dem Courvoisier-Kaffee.

Zweiundzwanzig

29. Mai
An Bord der *Island Time*
Harbour Island
Nord-Eleuthera, Bahamas

Beim Verlassen des Hafens beschloss Macaulay, zunächst einmal in die falsche Richtung zu steuern, nämlich östlich in Richtung der unteren Seite des Backbones. Derselbe Überlebensinstinkt, der ihm schon im Kampf und in etlichen anderen gefährlichen Situationen gute Dienste geleistet hatte, sagte ihm, dass sie vielleicht von der Insel aus mit Ferngläsern beobachtet wurden.

Als er ungefähr fünf Kilometer gefahren war, drehte er nach Norden ab und manövrierte vorsichtig durch eine Öffnung, die er am selben Morgen auf einer Seekarte im *Bahamas Yachtsmen's Guide* entdeckt hatte. Sobald sie durch waren, brachte er das Boot wieder auf den korrekten Kurs zu ihren Suchgebieten.

Carlos und Mike McGandy brachten die Tauchausrüstung aus dem vorderen Laderaum hoch und begannen mit der Überprüfung der Atemregler und Druckluftflaschen, während Lexy die Masken, Flossen, Bleigürtel und Neoprenanzüge für sie ordnete. Einmal bat Macaulay Carlos, das Steuer zu übernehmen, und bedeutete Mike McGandy, mit ihm in die Kabine zu kommen.

»Sie sollten wissen, dass wir nicht nach einem russischen Frachter suchen, der seine Ladung während der Kubakrise über Bord geworfen hat«, teilte Macaulay ihm mit. »Ich darf Ihnen nicht sagen, wohinter wir wirklich her sind, nur so viel, dass es wichtig ist.«

»Über meiner Besoldungsgruppe«, sagte McGandy lächelnd. »Ich verstehe.«

»Sie müssen auch wissen, dass es ziemlich schnell sehr gefährlich werden kann«, fuhr Macaulay fort. »Ich würde es verstehen, wenn Sie sich nicht darauf einlassen wollen.«

»Ich bin im Süden von Los Angeles in einem Viertel aufgewachsen, das durch die Street Saints und die Barrio Evil getrennt wurde«, erwiderte McGandy. »Mein Vater war Ire und meine Mutter schwarz. Ich habe einiges an Gefahren erlebt.«

Macaulay schüttelte ihm die Hand. »Wir suchen nach einem Frachter, der zu Beginn des Zweiten Weltkriegs von einem U-Boot versenkt wurde. Unter seiner Ladung befand sich eine Teakholzkiste mit einer Seitenlänge von etwa anderthalb Metern. Sie war vermutlich solide gebaut.«

»Nach achtzig Jahren lässt sich nicht sagen, ob sie noch unversehrt ist«, meinte McGandy.

»Wir können nur nachschauen und hoffen«, sagte Macaulay.

Er hörte, wie die Umdrehungen der Motoren zurückgingen, als Carlos das Gas wegnahm. Ein Blick aus dem Backbordfenster zeigte ihm nur offenes Meer. Die See war ruhig mit nur leichtem Wellengang. Es war perfektes Tauchwetter.

Blendende Strahlen grellen Sonnenlichts tanzten über die Wasseroberfläche, als Macaulay wieder an Deck kam. Er überprüfte das Navigationssystem und sah, dass sie sich ganz in der Nähe des ersten Zielorts befanden. Er stellte die Motoren ab, und als das Boot über die Stelle trieb, warf Carlos den Anker über die Seite.

Nach fast einer Woche auf dem offenen Wasser hatte Steves Haut einen dunklen Bronzeton angenommen. Die schwere körperliche Arbeit hatte seine Hände abgehärtet, und er erfreute sich wieder der besten Verfassung seit jener unglückseligen Grönlandexpedition. Er fühlte sich jeder Herausforderung gewachsen, die sie dort unten erwarten mochte.

Er beschloss, Mike und Carlos den ersten Erkundungstauchgang machen zu lassen, um zu sehen, was dort unten war. Falls es vielversprechend aussah, würde einer von ihnen Macaulay durch das Ultraschallgerät kontaktieren und er sich unten zu ihnen gesellen.

Lexy wartete darauf, dass ihr sechster Sinn sich meldete, jener innere Rausch freudiger Erregung, der womöglich darauf hindeutete, dass der Pekingmensch dort unten auf dem Meeresgrund lag. Sie merkte jedoch nichts davon, als die beiden Taucher sich über den Rand fallen ließen.

Mike McGandy folgte der Ankerkette hinab bis zum Grund; Carlos blieb dicht hinter ihm. Als sie die halb eingegrabenen Flunken des Ankers erreichten, begannen sie mit der Suche, wobei sie sich an das grobe Gitternetz hielten, das Macaulay auf ihre Unterwasserschreibtafeln gezeichnet hatte. Er hatte ihnen empfohlen, die abgesuchte Distanz in jeder Richtung von den Sichtverhältnissen abhängig zu machen, die sie am Grund vorfanden.

McGandy schätzte die Sicht auf etwa fünfzig Meter. Nebeneinander schwammen sie fünfzig Meter weit nach Norden und drehten dann für weitere fünfzig nach Osten ab. Der Plan war, dass sie, wenn sie nichts entdeckten, nach zwei weiteren Richtungswechseln wieder an der Ankerkette ankommen und sich dann die nächste Stelle im Gitternetz vornehmen würden.

Sie waren auf dem südlichen Kurs, als Mike McGandy das sah, was die Auffälligkeit sein musste, die Barnaby bei den Seitensichtsonar-Messdaten aufgefallen war. Es handelte sich um einen Hügel, der mit wuchernden Korallen übersät war und sich vom sandigen Boden aus vielleicht fünf Meter in die Höhe und dreißig Meter in die Länge erstreckte. Die Vielzahl der Korallenfächer, des Seegrases und der exotischen Farne war ein eindrucksvoller Anblick.

Sie verbrachten zehn Minuten damit, die Korallenbank zu umschwimmen, entdeckten jedoch keine Anzeichen dafür, dass jemals Menschen hier unten gewesen waren. Sie kehrten zur Ankerkette zurück und machten sich unter Einhaltung der notwendigen Dekompressionsstopps langsam wieder auf den Weg zur Oberfläche.

Nachdem Macaulay sie an Bord geholt hatte, speiste er den nächsten GPS-Koordinatensatz ins Navigationssystem ein und ließ die Motoren aufheulen. Zwanzig Minuten später bereiteten er und Lexy sich auf den nächsten Tauchgang vor.

Es war Lexys erster, seit sie auf den Bahamas angekommen war, und sie war aufgeregt; kurz fragte sie sich, ob sie dieses Gefühl der Vorfreude nicht mit ihrer Gabe verwechselte, bisweilen zu wissen, wenn sie dicht vor einer bedeutsamen Entdeckung stand.

Nachdem sie ihren Neoprenanzug und die Flossen angezogen hatte, hob Macaulay ihr die schweren Druckluftflaschen auf den Rücken. Sie zog die Gurte am Bauch fest, legte den Bleigürtel um, wischte ihre Maske mit Spucke ab und setzte sie auf.

»Fertig!«, sagte sie.

Gemeinsam ließen sie sich rücklings von der Steuerbordseite fallen.

Das Wasser unterm Boot war so klar wie ein von einer Quelle gespeister Bach. Als der Bleigürtel Lexy nach unten zog, warf sie einen Blick zurück zur Oberfläche: Sie sah aus wie eine Platte aus poliertem Silber. Das verzerrte Bild von Carlos blickte auf sie herab und vergewisserte sich, dass alles in Ordnung war.

Mit dem Kopf nach unten paddelten sie und Macaulay in gleichmäßigem Rhythmus mit ihren Flossen und hielten auf den Boden zu. Über ihnen wurde der Schiffsrumpf kleiner und kleiner, bis er schließlich ganz verschwand.

Lexy merkte, dass sie sich im Meer vollkommen zu Hause fühlte, während sie mit dem kontrollierten, ruhigen Rhythmus atmete, den man ihr auf der PADI-Tauchschule in Cambridge beigebracht hatte, als sie noch in Harvard war. Als sie tiefer kamen, begannen Wolken farbenfroher Fische um sie herumzuhuschen.

Bei einer Tiefe von dreißig Metern sah Macaulay fast genau unter ihnen die Konturen dessen, was ein Wrack zu sein schien. Es besaß ungefähr die Größe eines kleinen Frachters, aber die Bauform war anders. Er schwamm Lexy voraus zu dem Trümmerfeld und dann darüber.

Was es auch einmal gewesen war, die *Prins Willem* war es nicht. Teile eines massiven Eichenstrebebalkens waren in die Korallen eingebettet, die die Struktur umgaben. Macaulay vermutete, dass es sich um ein älteres Schiff handeln musste, und sah sich sogleich bestätigt, als Lexy auf ein zylindrisches Objekt von etwa zweieinhalb Meter Länge hinwies, das in den Korallen vergraben war.

»Es ist eine Kanone«, sagte Macaulay durch den Ultraschall-Kommunikator, »achtzehntes Jahrhundert vielleicht.«

Er machte einige Digitalaufnahmen davon und wollte sie

gerade zurück zur Ankerkette führen, als Lexy ihm signalisierte, er solle zu ihr herüberschwimmen. Er tat es und sah, dass sie etwas im rechten Handschuh hielt. Als er näher kam, erkannte er, dass es auf der Kuppe ihres Zeigefingers stand.

Es war ein Seepferdchen, zinnoberrot und keine zehn Zentimeter groß und dennoch fein differenziert geformt. Er hielt seinen eigenen Zeigefinger neben ihren, und es sprang darauf.

»Ein gutes Zeichen, denke ich«, sagte sie, während er es behutsam wieder auf die Korallen setzte.

Langsam begannen sie den Aufstieg, strebten zusammen mit ihren Luftbläschen der Oberfläche zu, sorgsam darauf achtend, sie nicht zu überholen und unterwegs die erforderlichen Dekompressionsstopps einzuhalten. Als sie wieder an Bord der *Island Time waren,* war Mike McGandy offensichtlich fasziniert von ihrer Entdeckung des Wracks.

»Es mag ja nicht das sein, wonach Sie suchen«, sagte Mike, »aber die Kanone sieht eindeutig spanisch und sehr alt aus, möglicherweise siebzehntes Jahrhundert. Es könnte sogar eine der verlorenen Schatzgaleonen der Silberflotte von 1715 sein! Kip Wagner hat nur acht der ursprünglichen elf gefunden.«

Macaulay lachte.

»Sie dürfen gerne zurückkommen und sie genauer unter die Lupe nehmen, wenn wir hier fertig sind«, sagte er, während sie den dritten Zielort ansteuerten. »Schatzsuche ist nicht unsere Branche.«

»Jedenfalls nicht die Suche nach dieser Art von Schätzen!«, fügte Lexy mit einem rätselhaften Lächeln hinzu.

Bei ihrem nächsten Tauchgang waren Carlos und Mike nicht länger als fünfzehn Minuten auf dem Grund, als sie weitere Wrackteile entdeckten. Lexy und Steve betrachteten die Fotos ihres Fundes auf dem Fernsehschirm im Ruderhaus.

»Sein ein Schiff«, meldete Carlos. »Und zwar ein großes.«

»Es hat ungefähr die richtige Größe«, sagte McGandy mit einem Blick aufs Brückendeck. »Aber überall auf dem Meeresboden liegen riesige Kohlehaufen herum. Ich würde sagen, es war ein Kohlentransporter, ein Kohleversorgungsschiff … vielleicht aus dem Ersten Weltkrieg … jedenfalls nicht unseres.«

Sobald sie wieder an Bord waren, streiften Mike und Carlos die Druckluftflaschen ab, und Carlos begann, die entleerten Flaschen neu zu füllen. Während sie sich zu der nächsten Stelle begaben, rauchte er eine Zigarette nach der anderen und kippte mehrere Becher exzessiv gezuckerten Kaffees.

»Sein Schiffe überall in diesem Teil von Meer«, sagte er zu Steve. »Sein wie Nagel in Heuhaufen suchen.«

Lexy versuchte, sie bei Laune zu halten, indem sie darauf hinwies, dass noch zwei gute Spuren übrig waren.

Als sie schließlich an der vierten Stelle ankerten, war es später Nachmittag, und Lexy und Macaulay waren bereit, wieder nach unten zu gehen. In der Ferne konnte Steve das Inselchen vor der Küste Nord-Eleutheras sehen, wo sie Schutz vor dem Sturm gesucht hatten.

»Wir haben nicht mehr viel Tageslicht übrig«, sagte er. »Das ist der Letzte für heute.«

Er hielt es nicht für nötig zu erwähnen, dass die Menge an Stickstoff in ihrem Blutkreislauf mit jedem Tauchgang zunahm und sie viel weniger Zeit am Meeresboden haben würden, um das Wrack zu finden, selbst wenn es da war.

Als Lexy das Gurtzeug ihrer Druckluftflasche festzog, spürte sie plötzlich ein Prickeln der Erregung im Nacken. Sie sagte Steve nichts davon, als sie sich über die Seite fallen ließen und mit dem Abstieg begannen.

Im schwindenden Licht nahm die Sicht unterhalb einer Tiefe von fünfzehn Metern rapide ab. Sie trugen beide leistungsstarke Maglites an ihren Bleigürteln, die die trübe Dunkelheit am Grund hoffentlich durchdringen würden.

Als er das Ende der Ankerkette erreichte, wendete Macaulay dieselbe Suchtechnik an, die er zuvor Mike McGandy empfohlen hatte. Sie schalteten die Taschenlampen ein und schwammen nach Norden in die Finsternis. Macaulay war keine dreißig Meter weit gekommen, als etwas auf dem Meeresboden unter ihm im hellen Strahl der Lampe glitzerte.

Mit kräftigen Flossenschlägen schwamm er darauf zu. Der kleine Gegenstand war halb im Sand vergraben. Er griff mit den behandschuhten Fingern danach, zog ihn heraus und hielt ihn ins Licht. Das Objekt war etwa fünfunddreißig Zentimeter lang und bestand aus Messing. Es war von dreieckiger Form: am oberen Ende des Dreiecks war ein einzelner Messingstab befestigt, der frei beweglich war.

»Es ist der Neigungsmesser eines Schiffes«, sagte er in den Kommunikator.

Er spürte, wie das Adrenalin durch seinen Körper schoss, als er die Wörter las, die in den Sockel eingraviert waren: OCTROOICENTRUM NEDERLAND 1923.

»Sieht wie eine Patentkennzeichnung aus und ist auf Holländisch«, sagte er.

Er legte es wieder in den Sand und schwamm weiter vorwärts, Lexy an seiner Seite. Sie war es, die den nächsten, viel größeren Gegenstand erspähte. Es war ein großer Ackerschlepper, der aufrecht auf den Eisenfelgen seiner vier Räder stand; sein runder, konkaver Sitz schien den nächsten Fahrer zu erwarten.

Hinter dem Traktor waren Dutzende weiterer Objekte auf

dem Meeresgrund verstreut, darunter frei stehende Motoren, Generatorengehäuse, eine große Heuballenpresse und andere benzinbetriebene landwirtschaftliche Geräte.

»Es ist ein Trümmerfeld aus dem Laderaum eines Schiffes«, sagte Macaulay, »und soweit ich mich an das Ladungsverzeichnis der *Prins Willem* erinnere, transportierte sie Schiffsmotoren und landwirtschaftliches Zubehör.«

Als er den Taschenlampenstrahl über die lange Spur der Trümmer und Wrackteile wandern ließ, wurde in der Dunkelheit der Rumpf vom Teil eines Schiffes sichtbar. Irgendeine Explosion hatte das Heck abgebrochen. Das Vorderteil hatte sich auf die Backbordseite geneigt. Das Bugteil schien aufrecht auf dem Grund zu liegen.

Lexy schwamm darauf zu. Die Stahlplatten des rostigen braunen Rumpfs waren mit einer dünnen Schicht Moos überzogen. Als Lexy nur noch einen halben Meter vom Bugteil entfernt war, rieb sie mit dem rechten Handschuh den Bewuchs ab, der das Namensschild des Schiffes bedeckte.

In matten gräulich-weißen Buchstaben erschien *Prin* in der Dunkelheit.

»Wir haben sie gefunden!«, sagte Macaulay, der über ihre Schulter hinweg auf das Namensbruchstück starrte. »Kommt runter!«

Dreiundzwanzig

29. Mai
An Bord der *Island Time*
Harbour Island
Nord-Eleuthera, Bahamas

»Soweit ich es erkennen kann, ist das Schiff direkt nach dem Torpedotreffer entzweigebrochen«, berichtete Macaulay den anderen durch den Ultraschall-Kommunikator. »Die Fracht im vorderen Laderaum ist herausgefallen, als es gesunken ist; sie ist in dem ganzen Bereich verstreut.«

Während Mike und Carlos sich auf den Abstieg vorbereiteten, erkundeten Macaulay und Lexy kurz das Bugteil des Schiffes. Die Innenschotts waren komplett verschwunden, mitgerissen von der rutschenden Masse der Motoren und Maschinen. Der Frachtraum war ein leeres, gähnendes Loch; die Stahlspanten trugen nur noch ein verdrehtes und verbogenes Deck. Falls die Pekingmensch-Kiste im Bugladeraum verstaut gewesen war, so war sie jetzt Teil der Trümmerspur, die sich über den Meeresboden zog.

Macaulay schwamm am Hauptdeck entlang für den Fall, dass die Kiste dort festgezurrt gewesen war. Es war nichts darauf übrig als die geisterhaften Überreste eines Ladebaums, eine Elektrowinde, deren Stahlkabel über die Seite hing, zwei Lüftungseinlässe und verstreutes Tauwerk, und alles war mit moosigem grünem Meerschlamm überzogen.

Macaulay rief die anderen über den Kommunikator zu sich ans Heckteil der *Prins Willem*. Anders als der Bugrumpf stand es fast aufrecht im Sand. Als er näher heranschwamm, sah er, dass eine der Stahlladeluken, die vom Hauptdeck nach unten führten, weit offen stand.

Er wartete, bis die anderen bei ihm neben der Luke waren. Als sie versammelt waren, ließ er sie den Gasdruck in ihren Flaschen überprüfen. Mike und Carlos hatten genug, um noch zwanzig Minuten unten zu bleiben; ihm selbst und Lexy blieben weniger als zehn Minuten, bevor sie wieder auftauchen müssten.

»Es sind nur die beiden Decks über dem Maschinenraum und dem Kielraum, die erkundet werden müssen«, sagte er. »Ein paar der Schotträume sind weit aufgesprengt worden, als das Schiff auseinanderbrach. Carlos, du durchsuchst diejenigen oben vorne; wir werden versuchen, durch diese Luke zu den anderen Kabinen zu kommen. Falls ihr die Teakholzkiste nicht seht, haltet ihr nach Gegenständen Ausschau, die eventuell in luftdichten Glasbehältern eingeschlossen sind!«

Die Helligkeit am Boden hatte fortschreitend abgenommen, als die Sonne über ihnen an der Oberfläche verblasst war. Es herrschte jetzt ein beinahe undurchdringliches Dunkel, doch ihre leistungsstarken Maglites erhellten alles im Umkreis von sechs Metern.

Während Carlos sich aufmachte, schwamm Macaulay vor Mike und Lexy in die offene Ladeluke. Abgesehen von einer Trommel mit aufgewickeltem Ankertau war der erste Korridor völlig hindernisfrei, und er folgte ihm langsam. Etwa zehn Meter weiter vorn kreuzte er sich mit dem Hauptkorridor, der am Kiel des Bootes entlanglief. Im grellen Licht der Maglite konnte er eine Reihe von Kabinen sehen, die zurück zum Heck führten.

Die erste Kabine, zu der Macaulay kam, besaß eine Holztür

mit einem Messingschild daran, auf dem KAPITÄN stand. Er signalisierte den anderen, weiterzuschwimmen und die nächsten beiden Kabinen zu untersuchen, während er den Türgriff versuchte. Er gab nicht nach. Er drückte mit der behandschuhten Hand gegen den oberen Teil der Türfüllung – das durchweichte Holz fiel ohne Widerstand auseinander.

Er schob sich halb durch die Öffnung und leuchtete mit der Taschenlampe in die Kabine: Es war eine quadratische Stahlhöhle von zweieinhalb Meter Seitenlänge. Was der Kapitän auch an persönlichen Sachen besessen haben mochte, es war alles zerfallen. In eine der Wände war eine Stahlkoje eingebaut; sie enthielt jetzt nur noch die Sprungfedern der Matratze. Darunter und darüber befanden sich Metallschubläden. Das leere Holzgerüst eines Lehnstuhls nahm eine Ecke ein. An der anderen Wand sah er die zusammengefallenen Überreste eines Holzschreibtischs.

Er begab sich wieder in den Hauptkorridor. Am Schein der anderen Maglites erkannte er, dass Lexy und Mike die beiden nächsten Kabinen schon untersucht hatten und unterwegs zu den letzten drei waren. Keiner von ihnen trug eine Teakholzkiste oder Glasbehälter. Mike zeigte auf einen Niedergang aus Stahl, der am Ende des Korridors am Schott festgeschraubt war und nach unten aufs nächste Deck führte. McGandy entschwand ihren Blicken, und sie folgten ihm tiefer in die Eingeweide des Schiffes.

Die erste Reihe von Kabinen zu beiden Seiten des Korridors auf dem Unterdeck besaß keine Türen. Dies waren vermutlich die Unterkünfte der Besatzung gewesen. Vor den Öffnungen hatte es wohl einmal Vorhänge gegeben, um ein gewisses Maß an Privatsphäre zu gewährleisten, doch davon waren nur noch die Metallstäbe übrig, an denen sie aufgehängt gewesen waren.

Die letzte Kabine auf dem Unterdeck hatte wieder eine Stahltür; Macaulay fragte sich, ob es womöglich ein Lagerraum für wichtige Fracht gewesen war. Der Metallgriff der Tür stand auf offen. Mike stemmte sich gegen das gegenüberliegende Schott und versuchte, die Tür mit den Beinen aufzudrücken. Sie rührte sich nicht.

Macaulay nahm ein Brecheisen aus seinem Werkzeuggürtel und schob das Ende in den schmalen Spalt hinter dem Metallgriff. Als er das Eisen mit bedächtiger, gleichmäßiger Kraft nach hinten zog, merkte er, wie die Tür unter dem Druck langsam nachgab.

Als die entstandene Öffnung groß genug war, schwamm er hinein. Seine Maglite erhellte das trübe Dunkel dessen, was einst der Funkraum gewesen war. Eine Reihe von moosüberzogenen elektronischen Geräten war am Schott festgeschraubt.

Unter den Geräten stand ein Metalltisch mit den Sendetasten des Bordfunkers, dessen Stuhl sich unter dem Tisch verkeilt hatte. Auf der Sitzfläche balancierte die obere Hälfte eines menschlichen Skeletts; die untere Hälfte war abgefallen. Der Schädel des Mannes lag neben seinen Sendetasten. Wie alles andere in dem Schiff war auch er von grünem Schleim überzogen. Macaulay machte kehrt und schwamm zurück in den Korridor.

Eine Stahlleiter führte hinab zum Maschinenraum. Steve sah zu, wie Lexy Mike durch das kleine schwarze Loch nach unten folgte. Es hatte keinen Sinn, dort runterzugehen, dachte er sich: Der Kapitän hätte die gesuchte Kiste nicht im Maschinenraum aufbewahrt. Er sah auf die Uhr und überprüfte den Flaschendruck.

»Es ist Zeit zu gehen!«, rief er und holte noch einmal Luft.

Es gab keine Luft. Nichts als der Geschmack von Gummi. Es

war, als ob die Luftzufuhr komplett abgedreht worden wäre. Er langte über die Schulter, um das Ventil über den Flaschen zu überprüfen – es war weit offen. Dann musste es der Atemregler sein. Er blieb ruhig. Er hatte bereits wertvolle Luft mit Sprechen verbraucht. Er hatte nicht vor, in Panik auszubrechen.

»Ich stecke in Schwierigkeiten«, sagte er ruhig in den Kommunikator.

Er ließ sich am Schott hinuntersinken, bis er auf dem schleimigen Deck saß. Er erinnerte sich daran, wie er mit fünfzehn in einem YMCA-Schwimmbecken einmal drei Minuten lang die Luft angehalten hatte, aber damals hatte er vor dem Untertauchen seine Lunge mit Luft gefüllt. Er warf einen Blick durch den Korridor auf die Stahlleiter, die nach unten zum Maschinenraum führte. Von den Maglites war nichts zu sehen.

Jemand hatte ihm einmal erzählt, dass Ertrinken eigentlich keine schlechte Art war abzutreten. Einfach das Mundstück abnehmen, den Mund aufmachen und das Wasser einatmen. In ein paar Sekunden wäre alles vorbei.

Er merkte, wie sein Verstand abschaltete, und wusste, dass ihm nur noch Sekunden blieben, ehe er das Bewusstsein verlor. Die Kabine des Bordfunkers auf der anderen Seite des Korridors war noch beleuchtet im grellen Schein seiner Maglite. Der Schädel des Funkers glänzte auf seinem Übertragungstisch.

Gib das Signal!, dachte Macaulay, als das Licht dahinschwand.

Vierundzwanzig

29. Mai
An Bord der *Island Time*
Nord-Eleuthera, Bahamas

Macaulay schwebte frei im Wasser, atmete wieder, langsam und normal. Die Temperatur des Meerwassers um ihn herum war eindeutig im Ansteigen begriffen.

»Du kommen wieder in Ordnung, Boss!«, drang an einem Punkt eine körperlose Stimme durch den Ultraschall-Kommunikator.

Als er die Augen aufschlug, sah er keinen halben Meter weg von sich das hagere Gesicht von Carlos, das ihn hinter seiner Tauchermaske heraus prüfend anschaute. Er hielt Macaulay das Mundstück seines Atemreglers zwischen die Lippen, während er selbst seine Atemluft aus Mike McGandys Flasche bezog.

Das volle Bewusstsein erlangte Macaulay in der vorderen Kabine der *Island Time* wieder, als sie mit Höchstgeschwindigkeit nach Dunmore Town zurückfuhren. Lexy saß auf dem Rand der Koje und hielt seine rechte Hand mit ihren beiden umklammert.

»Wurde aber auch Zeit!«, sagte sie mit einem besorgten Grinsen. »Du kannst doch nicht den ganzen Tag schlafen!«

»Es war fast der große Schlaf«, sagte er.

»Carlos hat dir das Leben gerettet, Steve.« Sie goss fünf Zentimeter Sour-Mash-Whiskey in einen Plastikbecher. »Er hat dich im Korridor gefunden. Aus irgendeinem Grund hat dein

Kommunikator uns im Innern des Maschinenraums nicht erreicht; wir haben dich überhaupt nicht gehört.«

Macaulay versuchte sich daran zu erinnern, was passiert war. »War es mein Atemregler?«

Sie nickte. »Mike hat ihn auseinandergenommen … es war was mit dem O-Ring, was immer das ist.«

Macaulay schüttete den Whiskey hinunter. »Ich nehme an, du hast vor, mich betrunken zu machen und dann sexuell zu missbrauchen.«

»Das heben wir uns für später auf«, antwortete sie. »Barnaby wartet darauf, dass wir ihn auf den neuesten Stand bringen, bevor er sich entscheidet, ob er Verstärkung von Ira Dusenberry dazuholen soll.«

Es war dunkel, als sie wieder in den Hafen kamen und langsam auf die *Trader's Bluff* zusteuerten. Einige der Superjachten waren wie Casinos beleuchtet; auf einer war ein volles Orchester versammelt und spielte Gershwins ›Rhapsody in Blue‹.

Als sie längsseits der *Trader's Bluff* lagen, half Carlos Macaulay, das Fallreep hochzuklettern. Die andern gingen hinter ihnen an Bord. Chris Kimball setzte Steve in einen der Deckstühle, während Carlos die *Island Time* zu ihrem Liegeplatz fuhr, bevor er im Beiboot wieder zurückruderte.

Die anderen hatten sich im Speiseraum versammelt, als er zurückkam. Macaulay saß in einem der dick gepolsterten Sessel mit einem Drink in der Hand. Lexy stand neben ihm und nahm seinen Puls.

Barnaby hob sein Weinglas und brachte einen Toast aus.

»Das haben Sie gut gemacht, Mr. Lugo«, sagte er, als Carlos zur Kaffeemaschine ging und sich einen Becher einschenkte. »Danke, dass Sie General Macaulay ins Land der Lebenden zurückgeholt haben!«

Carlos grüßte ihn mit seinem Kaffeebecher und sagte: »Wir werden feiern alle heute Abend.«

»Noch nicht«, erwiderte Barnaby. »Also, wo stehen wir, Steve? Haben Sie die Suche abgeschlossen?«

Macaulay schilderte kurz, was sie beim letzten Tauchgang gesehen hatten.

»Es läuft alles darauf hinaus, wo Kapitän DeVries die Kiste verstaut hätte«, fasste er zusammen. »Das Heck der *Prins Willem* ist relativ intakt, und wir haben jede Kabine darin durchsucht. Die Kiste ist nicht dort. Wenn sie irgendwo an Deck festgezurrt war, dann ist sie jetzt nicht mehr da. Wenn sie im vorderen Laderaum verstaut war, dann liegt sie oder ihre Einzelteile jetzt irgendwo auf dem Meeresboden. Ich nehme an, wir könnten ein komplettes Bergungsteam hierherkommen lassen, um eine umfassende Suche zu organisieren. Ansonsten bezweifle ich, dass wir jemals eine Spur von ihr finden werden.«

»Er hat recht, Sir«, pflichtete Mike McGandy ihm bei. »Ich habe die letzten zehn Jahre hier nach Wracks getaucht. Es wäre eine gewaltige Unternehmung erforderlich, um den Meeresgrund nach kleinen Gegenständen abzukämmen; außerdem bräuchte man die Kooperation des Premierministers und des Sicherheitsministeriums.«

»Ich bin nicht sicher, ob wir diese Vollmacht von Washington haben«, sagte Barnaby.

Chris Kimball kam aus dem Ruderhaus herein und teilte ihm mit, dass Tommy Somervell auf einer sicheren Leitung aus Deutschland anrief. Barnaby nahm den Anruf an der Bar entgegen.

»June und ich sind in Koblenz«, sagte Tommy. »Sie wollten doch wissen, ob der U-Boot-Kapitän vielleicht Überlebende aus dem Wasser gefischt hat, nachdem er das Schiff torpediert hatte.«

»Haben Sie sein Logbuch ausfindig gemacht?«, fragte Barnaby und füllte sein Weinglas wieder auf.

»Noch nicht«, sagte Tommy, »aber nach dem, was wir bisher erfahren haben, war der Kapitän nicht der Typ, der sich lange mit Überlebenden aufhielt. Sein Name war Caspar von Bülow, und er war ein wahrer Gläubiger. Nach dem Krieg wurde er von den Russen in Abwesenheit angeklagt und für schuldig befunden, weil er die Überlebenden von zwei torpedierten Schiffen mit Maschinengewehren erschießen ließ.«

»Klingt nicht danach, als wäre sein Logbuch die Suche wert«, meinte Barnaby.

»June sieht das anders«, sagte Tommy. »Von Bülow wurde auch beschuldigt, Wertsachen von Schiffen geraubt zu haben, bevor er sie versenkte. Er ist 1969 hier in Koblenz gestorben, aber June hat hier Unterlagen über eine Frau gefunden, die möglicherweise von Bülows Tochter ist. Sie hat offenbar ein Vermögen geerbt und ist nach Uruguay übergesiedelt.«

»Montevideo soll schön sein, heißt es«, sagte Barnaby.

»Ich bin mir nicht sicher, ob June noch so lange durchhält«, meinte Tommy, »aber sie denkt, das Logbuch ist es wert, ihm nachzugehen.«

Als Barnaby wieder in den Speiseraum kam, zeigte Chris Kimball gerade Mike McGandy einige Seiten mit Wetterdaten.

»Ich will euch ja nicht den Spaß verderben«, sagte er, »aber es sieht so aus, als braue sich auf den Kleinen Antillen ein Kategorie-drei-Hurrikan zusammen.«

»Das hat uns gerade noch gefehlt!«, stöhnte Barnaby. »Sie werden ihn überwachen müssen, Chris. Jetzt ist es erst einmal Zeit, Mr. Lugo zu ehren. Während ihr da unten in den Fängen

Neptuns wart, habe ich eine zehnpfündige Hochrippe zubereitet, die ich im Kühlraum gefunden habe.«

»Was sein mit ein paar Mädchen?«

»Keine Mädchen!«, beschied ihm Barnaby. »Nur Hochrippe.«

Chris Kimball nahm die halbautomatische Heckler-und-Koch-Pistole Kaliber .40 aus dem Kartenschrank im Ruderhaus und schob eine Patrone aus dem Magazin ins Patronenlager ein. Behutsam entspannte er die Waffe und steckte sie unter sein lose fallendes Hemd in das Hüftholster an seinem Rücken.

Bevor er sich aufs Vordeck begab, um die erste Wache zu halten, ging er zu der Anordnung von Schaltern in der Kabine des Kapitäns, schaltete alle Außenlichter und anschließend die Wandleuchter und Deckenlampen in den Aufenthaltsräumen und dem Speiseraum aus. Dann ging er ans Heck und vergewisserte sich, dass sämtliche Luken verschlossen und verriegelt waren. Er sah auf die Uhr: Es war wenige Minuten vor Mitternacht.

Zwei Decks weiter unten saß Carlos im Maschinenraum und wartete. Er war vertraut mit der nächtlichen Routine. Er wusste, dass Chris jetzt zu der winzigen Bordküche neben dem Ruderhaus gehen würde, um sich den ersten Becher Kaffee zu holen, bevor er sich aufs Vordeck begab.

Auch wenn die andern auf dem Boot zu müde zum Feiern waren, Carlos würde es in ihrem Namen tun. Er hatte inzwischen eine Woche auf den Bahamas verbracht und noch nicht ein hübsches Mädchen gesehen, geschweige denn mit einem gesprochen.

Er kniete sich am rückwärtigen Schott des Maschinenraums

hin, schob die Notausstiegsluke auf und krabbelte in den Glasfaserlagerschrank, der ins Heck eingebaut war. Er drückte den gepolsterten Deckel hoch, stieg aufs Spiegelheck und band das Beiboot los.

Um kein Geräusch zu machen, knotete er zwei Handtücher um die Ruderblätter, dann ruderte er lautlos hinter die nächste Jacht und von dort aus auf den öffentlichen Hafen in Dunmore Town zu. Bis dahin befand er sich schon deutlich außerhalb von Chris' Sichtweite.

Er band das Beiboot neben all den andern an und ging in die Stadt. Die zweispurige Schotterstraße war dunkel bis auf die Lichter aus den kleinen Holzhäuschen entlang des Weges. Exotische Pflanzen und Wildblumen erfüllten die Luft mit einem angenehmen Duft.

Er ging, bis er an eine von Straßenlampen beleuchtete Kreuzung kam. Einige Häuserblocks weiter schien ein Geschäftsviertel zu beginnen, denn er sah beleuchtete Gebäude und hörte die fernen Klänge von Livemusik.

Er schritt an den Läden und Büros und kleinen Restaurants vorüber, die die Straße auf beiden Seiten säumten. Alle waren geschlossen. In ein paar davon sah er Reinigungspersonal bei der Arbeit. Carlos konnte keinen der Namen an den Gebäuden lesen, denn Lesen und Schreiben hatte er nie gelernt, aber er erkannte eine Kneipe, wenn er eine sah, und dachte sich, dass doch wenigstens eine geöffnet sein musste.

Er fand eine im nächsten Häuserblock. Sie stand ein wenig zurück von der Straße und hatte eine breite Veranda, auf der Leute rauchten und ihre Getränke genossen. Aus dem Innern war laute Musik zu hören. Er ging hinein.

Der Ort erinnerte ihn ein bisschen an Lanas Kneipe in Belize, wo immer ein buntes Gemisch aus Einheimischen und

Touristen sämtlicher Hautfarben anzutreffen war, die sich in allen möglichen seltsamen Sprachen unterhielten. Carlos mochte alle Farben, solange sie sauber waren.

Drinnen schob er sich durch eine Schar junger Männer und Frauen, die alle gleich angezogen waren; es musste die Mannschaft einer der großen Jachten draußen im Hafen sein. Sie trugen alle die gleichen gestärkten blauen kurzärmeligen Hemden, kurze weiße Hosen und weiße Strümpfe, die ihnen bis an die Knie reichten. Auf die Brusttaschen ihrer Hemden war der Name ihres Schiffs genäht und dazu noch etwas, was wie kleine Basketbälle aussah.

Eine Wand wurde von einer langen Theke mit einem Spiegel dahinter eingenommen, aber sie war bis auf den letzten Platz besetzt. Der Rest des Raums wurde von kleinen Tischen und Stühlen aus Kiefernholz beansprucht, die auch alle besetzt waren. Deckenventilatoren rührten die Luft über ihnen um und trugen den Zigarettenrauch fort.

Durch die offenen Glastüren im hinteren Teil des Raums sah Carlos einen weiteren Teil der Kneipe, der sich ins Freie erstreckte; in ihm standen eine strohgedeckte Chickee-Hütte und viele Tisch darum. Er ging nach draußen und fand den letzten freien Barhocker.

»Sie auch machen Goombay Smash?«, fragte er.

»Mann, wir haben die verdammten Dinger erfunden!«, antwortete der alte schwarze Barkeeper.

»Ich versuchen einen.«

Er schmeckte so gut wie jeder, den Lana für ihn gemixt hatte. Er schmeckte so gut wie nur irgendwas, was er jemals getrunken hatte. Carlos wölbte seine große Hand um das Glas. Der Drink war genau richtig, eiskalt und mit dem Geruch nach dem Zitrushain hinter seiner Hütte in Dangria.

Er bestellte sich noch einen und kippte ihn so schnell runter wie den ersten. Er machte eine frische Schachtel Zigaretten auf, zündete sich eine an und inhalierte tief. Als der Rauch sich in die Dunkelheit hochschraubte, fragte er sich, wie es Lana daheim in Dangria wohl gehen mochte. Und dem neuen Mädchen beim Luftcharterdienst mit den melonenförmigen Brüsten.

Hinter ihm stimmte eine kleine Band die Instrumente für ein weiteres Set nach ihrer Pause. Als er sich umdrehte, um die Musiker zu betrachten, stand ein Mädchen hinter ihm. Sie war vielleicht fünfundzwanzig, hatte karamellfarbene Haut und einen netten straffen Körper.

Sie lächelte zu ihm hoch und sagte: »Ich heiße Timaria. Spendierst du mir einen Drink?«

Sie trug ein pfirsichfarbenes Kleid, das mit einer weißen Seidenschärpe um ihre schmale Taille fixiert war. Ihre schwarzen Haare waren mit einem roten Band zusammengebunden und rochen nach Seife.

»Na klar!«, sagte er und grinste zu ihr herunter.

Sie bestellte Tequila, und Carlos sagte dem Barkeeper, ihn auf seine Rechnung zu setzen. Sie nahm sich eine Zigarette aus seiner Schachtel und er zündete sie für sie an.

»Wo wohnst du?«, fragte sie mit dem singenden bahamaischen Tonfall einer Einheimischen.

»Auf einem der Boote da draußen«, sagte er und zeigte auf den Hafen.

»Großes Boot?«

»Nicht so groß«, antwortete er und nahm seinen dritten Goombay Smash in Angriff. »Wir fischen.«

Nach dem vierten wusste er, dass er nicht mehr so deutlich wie sonst sprach. Die Worte liefen irgendwie zusammen. Er war schon mit weitaus hübscheren Mädchen zusammen gewesen. Ihre schwarzen Augen waren ein bisschen zu klein und ihr Gesicht zu rundlich, aber sie hatte ein süßes Lächeln, und sie war sauber.

»Ich sein am Feiern«, sagte er.

»Was am Feiern?«

»Ich retten meinen Freund heute … Wir tauchen.«

»Darauf trinke ich!«, sagte das Mädchen und hielt ihr Tequilaglas hoch. »Auf … Wie heißt er?«

»Sie sein Steef.«

»Das ist ein lustiger Name für ein Mädchen.«

»Sie ein Kerl … ein großartiger Kerl«, erklärte Carlos ihr.

Das Mädchen sah ihn an, als wüsste sie nicht, ob sie ihm glauben sollte. Carlos dachte, vielleicht fehlte es ihr ja in der Gripsabteilung. Er ertappte sich dabei, wie er ihr von seinem Leben in Belize erzählte und dann von Steve.

»Klingt ja nach einem tollen Kerl!«, meinte das Mädchen.

»Steef sein ein General!«, sagte Carlos.

»Ein General?«, wiederholte sie. »Wie in der Armee?«

»Der Luftarmee«, bestätigte Carlos. »Steef ein Pilot.«

»Ich muss auf den Lokus«, sagte sie und stellte ihr Glas ab.

Er zündete sich noch eine Zigarette an und dachte an alles, was an diesem Nachmittag passiert war. Er hatte Gutes getan. Die Band begann, Musik zu spielen, die er noch nie zuvor gehört hatte, irgendeine Art von karibischem Hip-Hop, kombiniert mit Calypso und Reggae. Er dachte daran, mit dem Mädchen zu tanzen, wenn sie zurückkam.

Sie kam nicht zurück. Durch die geöffneten Glastüren, die in den anderen Teil der Kneipe führten, sah er sie an einem der Tische sitzen, wo sie sich mit einem älteren Mann mit Narben auf beiden Wangen unterhielt. Er nickte, während sie ihm ins Gesicht sprach. Dann hörte sie auf, sich mit dem Mann zu unterhalten, stand vom Tisch auf und kam zurück zur Chickee-Hütte.

»Ich wohne ganz in der Nähe«, sagte sie. »Willst du mit mir kommen?«

Carlos sah auf die Uhr: Es war fast zwei. Mike McGandy würde bald zum Boot zurückkommen, um Chris abzulösen. Womöglich würde ihm auffallen, dass das Beiboot fehlte. Irgendwie sah das Mädchen nicht mehr so sauber aus, wie sie ihm vorgekommen war, als er sie kennengelernt hatte.

»Ich müssen gehen«, lehnte er ab. »Vielleicht morgen Abend.«

Er schwankte zwar ein bisschen, als er vom Barhocker aufstand, hielt sich aber gerade, als er den Rest der Kneipe durchquerte. Die Leute von der Bootsbesatzung in ihren blau-weißen Matrosenanzügen mit den Basketbällen darauf waren gegangen. Die Kneipe war fast leer.

Er trat durch die Verandatür und hinaus in die dunkle, kühle Nacht. Er ging die Straße hoch, die zurück zum Hafen führte. Einmal verfing sich sein linker Turnschuh in einer Spalte im Bürgersteig, und er stolperte und fiel hin. Lachend rappelte er sich wieder hoch. In den Lichtkegeln der Hafenlampen konnte er den Kai erkennen.

Etwas krachte an seinen Hinterkopf. Er sank auf alle viere nieder und schmeckte Blut zwischen seinen Zähnen. Zwei Männer packten ihn an den Armen und zerrten ihn hoch. Er machte den Mund auf, um nach Hilfe zu schreien, und spürte, wie die Seite seines Kopfs explodierte. Alles wurde dunkel.

Fünfundzwanzig

30. Mai
An Bord der *Trader's Bluff*
Dunmore Town
Nord-Eleuthera, Bahamas

»Nun, wir haben die *Prins Willem* gefunden«, sagte Barnaby am verschlüsselten Satellitentelefon zu Ira Dusenberry, »und die Pekingmensch-Kiste ist nicht mehr an Bord. Möglicherweise ist ihr Inhalt auf dem Meeresboden verstreut worden, als das Schiff auseinanderbrach, nachdem es torpediert wurde. Wenn dem so sein sollte, wird eine größere Bergungsaktion vonnöten sein, und wir werden die Kooperation der bahamaischen Regierung brauchen.«

»Es gibt neue Komplikationen«, sagte Dusenberry. »Allem Anschein nach teilt sich der neue Premierminister gewisse ausländische Bankenanteile mit einem der mexikanischen Drogenkartelle. Man muss ihm vielleicht den Hintern versohlen, bevor wir ihn in dieser Angelegenheit hinzuziehen können.«

»Ist mir egal, ob Sie ihm zwanzig Hiebe mit einer Nilpferdpeitsche verpassen«, erwiderte Barnaby. »Hauptsache, Sie lassen uns nicht ohne Unterstützung hier hängen.«

»Es ist nicht so einfach, wie Sie denken«, sagte Dusenberry. »Da sind bedeutende diplomatische Fragen mit im Spiel.«

Dusenberry hatte gerade erst einer Besprechung mit dem Präsidenten im Oval Office beigewohnt und war noch einen Momente dort geblieben, um die Erhabenheit des Schauplatzes zu genießen, als der Anruf durchkam. Es war für ihn immer etwas ganz Besonderes, sich auf dem Thronstuhl niederzulassen. Mit einem schnellen Blick auf den Terminplan des Präsidenten beschloss er, das Risiko einzugehen.

»Ich verlange ja nicht von Ihnen, wieder im Irak einzumarschieren, Ira«, sagte Barnaby ruhig, »aber Sie haben uns hier unten in Gefahr gebracht, und einer unserer Leute wird vermisst. Wir werden vermutlich sehr bald Unterstützung brauchen.«

»Na schön … Ich werde ein geheimes Einsatzkommando einschalten, das sich auf der Homestead Air Force Base in Bereitschaft hält«, sagte Dusenberry und ließ den Stuhl rotieren, um den Anblick des Washington Monuments zu genießen. »Sie werden in weniger als einer Stunde da sein, wenn Sie sie brauchen. In der Zwischenzeit versuchen Sie einfach, die Stellung zu halten!«

»Sparen Sie sich die ganzen Klischees extra für mich auf?«, erkundigte sich Barnaby.

Dusenberry hörte die Stimme der Sekretärin des Präsidenten, die sagte, dass er auf dem Rückweg sei.

»Finden Sie sich einfach damit ab, Himmelherrgott noch mal, und halten Sie sich ein oder zwei Tage lang bedeckt!«, knurrte er, bevor er auflegte.

Barnaby gab Chris Kimball das Telefon zurück und wandte sich an die anderen im Speiseraum.

»Tja, meinen Teil davon haben Sie ja gehört«, sagte Barnaby. »Er setzt ein verdecktes Kommando in Homestead in Bereitschaft, und wir sollen die weitere Entwicklung abwarten.«

»Sie haben Carlos!«, sagte Macaulay.

»Steve, vielleicht schläft er auch nur irgendwo in der Stadt seinen Rausch aus«, wandte Kimball ein. »Falls er ein Mädchen gefunden hat, gibt es jede Menge Orte, wo er die Nacht mit ihr verbracht haben könnte.«

Macaulay schüttelte den Kopf und sagte: »Carlos wäre zurückgekommen. Ich kenne ihn. Er mag vielleicht in die Stadt gegangen sein, um sich ein paar zu genehmigen und ein Auge auf die Mädchen zu werfen, aber er wäre nie über Nacht geblieben, selbst wenn er eins abgeschleppt hätte. Jemand hat ihn entführt.«

»Zu diesem Zeitpunkt wissen wir nichts mit Bestimmtheit«, sagte Barnaby. »Ich habe Mike gebeten, im Stillen ein paar Überwachungen vorzunehmen, ohne die hiesige Polizei zu alarmieren.«

Sie hörten das Geräusch eines Außenbordmotors, der sich dem Boot langsam näherte. Chris Kimball ging an eins der Fenster.

»Mike kommt im Motorboot zurück«, sagte er. »Er hat unser Beiboot im Schlepp.«

McGandy wirkte abgespannt und müde, als er in den Speiseraum kam und sich setzte.

»Wie Sie wissen, ist das hier eine kleine Insel. Meine Frau ist Arzthelferin, deshalb hat sie einen ziemlich großen Bekanntenkreis. Ich hatte sie heute Morgen ein paar Anrufe machen und sich umhören lassen, ob gestern Abend irgendetwas Ungewöhnliches vorgefallen ist. Eine ihrer Bekannten wohnt gegenüber dem Eingang von Bruggs Anwesen; sie hat gesagt, gegen zwei Uhr morgens wäre ein Lärm auf dem Gelände gewesen, von dem sie wach geworden wäre. Jemand hätte gebrüllt wie am Spieß.«

»Das könnte irgendwer gewesen sein«, meinte Barnaby.

»Sie hat gesagt, dass es auf dem Gelände nachts so still wie auf einem Friedhof ist«, fuhr McGandy fort, »und dass die

Stimme auf Spanisch geschrien hätte. Sie ging ans Schlafzimmerfenster und sah zwei Angehörige von Bruggs Palastwache jemanden durchs Tor hineinschleifen.«

»Ich werde ihn suchen!«, sagte Macaulay. »Wissen Sie etwas über den Grundriss innerhalb der Mauern?«

»Ich war nie drinnen«, sagte McGandy. »Unter normalen Umständen würde ich sagen, da reinzukommen zu versuchen wäre Selbstmord, aber uns kommt ein glücklicher Umstand zu Hilfe: Heute Abend findet eine Wohltätigkeitsveranstaltung statt, die jedes Jahr von einem der bedeutenden Häuser auf der Insel veranstaltet wird. Dieses Jahr ist sie in Bruggs Villa. Meine Frau hat gesagt, der Herzog von Lancaster und seine Frau werden erwartet, zusammen mit vielen anderen Würdenträgern.«

»Damit hätten wir eine Chance herauszufinden, ob sie ihn festhalten«, sagte Lexy.

»Und wo«, ergänzte Kimball.

»Ist die Öffentlichkeit zu diesen Veranstaltungen eingeladen?«, fragte Barnaby.

»Einladungen gehen nur an die Reichen«, antwortete McGandy. »Keine Chance, an eine Eintrittskarte ranzukommen, und die Sicherheitsvorkehrungen werden streng sein.«

»Tja, das macht es komplizierter«, meinte Barnaby.

»Vielleicht auch nicht«, sprach McGandy weiter. »Der Caterer, der das ganze Essen liefert, ist einer meiner Partner im Tauchgeschäft. Er sucht bei solchen Veranstaltungen immer nach zusätzlichen Aushilfskräften.«

Als Carlos wach wurde, spürte er die Übelkeit in seinem Kopf. Als er sich herumdrehen wollte, um sich zu übergeben, konnte er die Schultern nicht bewegen, und die Gallenflüssigkeit brach aus seinem Mundwinkel hervor. Er lag nackt ausgestreckt auf dem Rücken auf einer langen, dicken Stirnholzplatte; seine Handgelenke waren über ihm am einen Ende der Platte gefesselt und seine Fußgelenke am anderen.

Der gemauerte Raum war dunkel und höhlenartig und hatte eine niedrige Steindecke und keine Fenster. In der feuchten Luft lag ein ranziger Geruch. Das einzige Licht stammte von einer einzelnen Glühbirne, die über der Platte hing.

Die Gestalt einer riesigen schwarzen Frau ragte über ihm auf. Sie nahm einen Schwamm aus dem Eimer mit kaltem Wasser, den sie trug, und wischte sein Gesicht sauber.

»Ich habe den Eindruck, dass du nicht gut auf dich geachtet hast, *querido*«, sagte die Schwarze Mamba.

Er blieb stumm, als sie seinen Mund mit ihren enormen Fingern aufstemmte und Zähne und Zahnfleisch betastete.

»Du bist ein starker Raucher, was?«, sagte sie. »Und deine Zähne weisen die traurigen Folgen deines exzessiven Zuckerkonsums auf. Du solltest dein Leben umkrempeln, ehe es zu spät ist, *querido*.«

Von der anderen Seite der Kammer hörte er ein dumpfes Würgegeräusch. Carlos drehte den Kopf nach links und blickte in die Düsterheit. Ein anderer Mann saß auf etwas, was wie einer der alten elektrischen Stühle aus Holz aussah, die er aus Gangsterfilmen kannte. Seine Hand- und Fußgelenke waren an den Stuhllehnen und -beinen festgebunden.

Der andere Mann war auch nackt. Er war vielleicht sechzig, hatte ein rosafarbenes, fleischiges Gesicht und kurzgeschorene eisengraue Haare. Eine Speckrolle hing an seiner Bauchgegend, und seine glasigen Augen traten hervor. Jemand hatte seine Genitalien mit Isolierband an einen Basketball geklebt.

»Wer sein du?«, rief Carlos laut.

Der Mann erwiderte Carlos' Blick mit seinen glasigen Augen, sagte jedoch nichts.

»Das ist Mr. Dolan«, sagte die Schwarze Mamba. »Er ist hier, um seine Sportmannschaft meinem Sohn zu verkaufen.«

Mr. Dolan begann mit dem Kopf zu nicken.

»Und wie ist dein Name, *querido*?«, fragte sie Carlos mit einem matronenhaften Lächeln.

Als er keine Antwort gab, ging sie durch den Raum zu etwas, was auf einem Tisch an der Wand stand und wie eine Werkzeugkiste aussah. Sie kam mit einer Spitzzange wieder, wie Carlos sie beim Charterdienst fast täglich bei der Arbeit an den Flugzeugmotoren benutzt hatte.

»Ich frage nur ein Mal«, sagte sie und ergriff die Finger seiner linken Hand. Er merkte, wie die Zangenköpfe sich um den Nagel seines Zeigefingers schlossen.

Als er zu ihr hochsah, blickte sie auf ihn herab wie eine Mutter, die ihrem Kind in die Augen schaut. Einige Sekunden verstrichen, dann spürte er, wie ihre Hand seine Finger losließ. Einen Moment später riss sie ihm den Zeigefingernagel an der Wurzel heraus. Es hörte sich an, als würde ein Blatt Papier zerrissen. Der Schmerz war entsetzlich, aber er biss die Zähne zusammen, als sie ihm die übrigen Nägel einen nach dem andern herausriss.

»Ich werde dich noch einmal fragen, wenn ich wiederkomme«, sagte sie.

Er sah zu, wie sie die Steintreppe am Ende der Kammer hochstieg.

»Ich sein Bruce Willis, du scheiß Schlampe!«, rief er ihrem entschwindenden Rücken hinterher.

Juwan sah zu, wie Varnas Akademieschüler die Kunstledersofas aus der großen Halle der Villa räumten, um Platz fürs Tanzen zu schaffen. Beim Gedanken an die zu erwartenden Reaktionen während des Eröffnungstanzes, mit dem die alljährlichen Gastgeber den Reigen der Festlichkeiten einleiteten, verzog er das Gesicht. Varna hatte ihn angebettelt, ihn mit ihm zu tanzen.

Emile Bardot kam auf ihn zu und salutierte.

»Der Mann hat noch kein Wort gesagt, seit wir ihn hergebracht haben«, berichtete Bardot. »Er ist ein zäher Bursche, aber die Mamba sagt, sie wird dafür sorgen, dass er bald wie Engelbert Humperdinck singt.«

»Was wissen wir zu diesem Zeitpunkt?«, fragte Juwan.

»Er hat dem Mädchen in der Kneipe erzählt, dass er seinem Freund das Leben gerettet hat, während sie nach einem Wrack vor dem Backbone tauchten«, sagte Bardot, »und dass dieser Freund ein General ist. Wir werden bald erfahren, von welcher Jacht er gekommen ist.«

»Sir Henry soll die Chinesen verständigen«, sagte Juwan, »und verlangen, dass die Belohnung in US-Dollars ausgezahlt wird.«

»Ich werde Sir Henry sofort anrufen.«

»Noch eine Sache«, sagte Juwan.

»Ja, Sir?«

»Halten Sie sie hin!«

Sechsundzwanzig

30. Mai
An Bord der *Trader's Bluff*
Dunmore Town
Nord-Eleuthera, Bahamas

Chris Kimball stand auf dem Vordeck der Hatteras und tat so, als würde er den Blick auf den Hafen genießen, als Mike McGandys Motorboot mit Barnaby, Lexy und Macaulay an Bord auf den öffentlichen Hafen zusteuerte.

Kimball nahm sein Fernglas zur Hand und ließ den Blick langsam über die Aktivitäten im Hafen schweifen. Alles sah aus, wie es sein sollte, genau wie immer; Ruderboote fuhren zwischen den Jachten und der Stadt hin und her, Fischerboote steuerten hinaus zum Backbone, und die Fähre vom Flughafen brachte neue Gäste nach Dunmore Town. Falls es irgendwelche Anzeichen dafür gab, dass die *Trader's Bluff* unter Beobachtung stand, so konnte er sie nicht entdecken.

Er schwenkte das Fernglas in die entgegengesetzte Richtung und beobachtete, wie zwei kleine einheimische Jungen in einem geflickten Ruderboot an der Gangway einer der Superjachten anhielten, die auf der anderen Seite des Hafens vor Anker lagen. Der Heckteil ihres Bootes war mit Kokosnüssen beladen und lag tief im Wasser.

Die Jungen waren in den letzten paar Tagen ein vertrauter Anblick für Kimball geworden. Für einen Bahama-Dollar hackten sie mit einer Machete majestätisch die Spitze einer Kokosnuss ab und servierten die Kokosnussmilch mit einem

Strohhalm Kindern und Besatzungsmitgliedern am Fuß der Gangway einer Jacht.

Mike McGandy vertäute sein Motorboot an der Anlegestelle seines Tauchklubs und führte die andern zu seinem altehrwürdigen Range Rover. Die ununterbrochenen Tage mit strahlendem Sonnenschein und blauem Himmel waren von tief hängenden bleiernen Wolken abgelöst worden, die Regen verhießen.

McGandy fuhr sie zu seinem kleinen Häuschen, das die Meerseite von Dunmore Town überblickte. Dort stellte er sie seinem Freund und Tauchpartner Bob Littlefrost vor, der die Speisen und Getränke für die Wohltätigkeitsveranstaltung in Bruggs Villa lieferte, und Mikes bahamaischer Frau, Cora, einer auf dem College ausgebildeten Arzthelferin, die eine örtliche Klinik führte. Lexy schätzte, dass sie im sechsten Monat schwanger war.

Littlefrost war groß und blond mit Falkennase, sonnengegerbtem Gesicht und Bernhardineraugen. McGandy hatte Macaulay versichert, dass er vertrauenswürdig war. In Wahrheit gingen ihnen die Optionen aus. Weil Dusenberry mit Hilfe auf sich warten ließ, musste er das Risiko eingehen.

»Bruggs Handlanger haben versucht, einigen Klassenkameradinnen meiner Tochter aus der Mittelstufe Drogen zu verkaufen«, sagte Littlefrost, als er Macaulay die Hand schüttelte. »Ich werde Ihnen auf jede Weise helfen, solange es meine Familie nicht in Gefahr bringt.«

»Unser Freund wurde letzte Nacht gewaltsam auf Bruggs Anwesen gebracht«, sagte Macaulay. »Kann man eingrenzen, wo sie ihn vermutlich festhalten?«

»Ich bin über die Jahre hinweg einige Male dort gewesen«, antwortete Littlefrost. »Die wahrscheinlichste Möglichkeit ist der Keller der Villa. Er wurde beim Bau des Hauses aus dem darunterliegenden Muschelkalkstein ausgesprengt. Unter den Einheimischen geht das Gerücht um, dass er etwas Unglaubliches dort unten hütet. Es würde mich nicht überraschen, wenn es eine Folterkammer wäre.«

Lexy erblasste bei der Vorstellung, wie Carlos entsetzlichen Grausamkeiten unterworfen wurde.

»Sie könnten Ihren Freund auch in der alten Kaserne haben, die von seiner Palastwache benutzt wird. Sie ist älter als das Haus und liegt an der Westmauer des Anwesens. Die einzige andere Möglichkeit ist das Versorgungsgebäude des Anwesens. Es ist so gebaut, dass es einem Hurrikan widersteht, und besitzt eine Wasserentsalzungsanlage und Notstromgeneratoren, falls der Strom einmal ausfällt.«

»Wie haben Sie es sich vorgestellt, uns dort hineinzubringen?«, wollte Barnaby wissen.

»Ständiges und kurzzeitiges Personal zusammengenommen werden heute Abend ungefähr fünfundzwanzig Leute von uns auf der Veranstaltung arbeiten«, erklärte er. »Ich habe schon eine Gruppe hingeschickt, um vier verschiedene Ausgabestationen im Haus und auf den Terrassen aufbauen zu lassen. Wir werden gegen vier Uhr in meinen zwei Minibussen dort eintreffen, gefolgt von meinem Kühllaster. Man wird Parkflächen in der Nähe des Außeneingangs zur Küche für uns bereitstellen. Meine Leute tragen alle die gleichen weißen Uniformen, Röcke für die Frauen, Twillhosen für die Männer. Das Essen ist bereits vorbereitet und gekühlt. Mein Küchenpersonal wird die letzten Vorbereitungsarbeiten in der Küche vornehmen.«

Littlefrost sah auf seinen gedruckten Zeitplan. »Die Gäste werden gegen halb sechs zur Cocktailparty auf der vorderen Esplanade eintreffen und anschließend ein Abendbüfett in der großen Halle einnehmen. Es gibt eine Wohltätigkeitsauktion, danach wird getanzt und nach Einbruch der Dunkelheit schließlich ein Feuerwerk gezündet.«

»Wie viele Menschen werden bei der Veranstaltung zugegen sein?«, fragte Barnaby.

»Ich bin beauftragt worden, Speisen und Getränke für mindestens hundert Gäste zu liefern.«

»Werden von all Ihren Angestellten die Personalien überprüft?«, fragte Lexy.

Littlefrost schüttelte den Kopf. »Dazu haben sie nicht die Mittel. Sie werden bloß nach versteckten Waffen suchen. Ich muss Sie bitten, keine mitzunehmen; ihre Entdeckung würde sowohl mich als auch meine Familie in große Gefahr bringen.«

»Einverstanden!«, sagte Macaulay.

»Noch etwas«, ergänzte Littlefrost. »Wenn die Cocktailparty am Laufen ist, wird der Gastgeber eine persönliche Führung durchs Haus veranstalten. Falls Ihr Freund irgendwo anders im Haus festgehalten wird, könnte das einen Hinweis liefern, denn diesen Ort wird man mit Sicherheit aussparen.«

»Wer darf die Führung mitmachen?«, fragte Macaulay.

»Ehrengäste und wichtige Beitragende zu den Bemühungen, die gefährdeten Vogelarten der Bahamas zu erhalten«, antwortete Littlefrost. »Dieses Jahr wird eine Reihe von Angehörigen der königlichen Familie erwartet, darunter der Herzog von Lancaster und seine Frau. Sie ist federführend bei der ganzen Aktion.«

Littlefrost musterte Macaulay von Kopf bis Fuß.

»Sie werden sich gut in die Barmixer einfügen«, sagte er, ehe er sich an Lexy wandte. »Und Sie in das Servicepersonal, vielleicht als Kellnerin.«

Er schaute zu Barnaby hoch.

»Und ich?«, wollte der wissen.

»Ich fürchte …«

»Sie fürchten?«, hakte Barnaby nach.

»Ich meine nur … es wäre ziemlich schwierig, Sie zu verkleiden«, meinte Littlefrost.

»Ich werde reingehen!«, sagte Barnaby.

»Sie würden unsere Tarnung in fünf Minuten auffliegen lassen!«, widersprach Macaulay.

»Ich könnte ihm die Haare mit meiner medizinischen Schere schneiden«, schlug Cora vor. »Ich glaube, das würde eine Menge helfen.«

»Tut mir leid«, sagte Barnaby. »Niemand hat meine Haare angetastet, seit meine zweite Frau sie mit einem Wikinger-Kurzschwert abgeschnitten hat, als ich vor dreißig Jahren nicht ganz auf dem Posten war.«

»Da haben Sie ja Glück gehabt, dass sie Ihnen nichts Wichtigeres abgeschnitten hat«, sagte Macaulay. »Lassen Sie Cora es machen oder bleiben Sie zurück!«

Überraschend schnell gelang es Cora, ihm seinen Meter wirres Haar abschneiden. »Erstaunlich!«, sagte Lexy, als sie fertig war. »Sie sehen aus wie Ichabod Crane!«

»Auf Steroiden!«, ergänzte Macaulay.

»Beikoch«, sagte Littlefrost zu Barnaby. »Die Kochmütze wird es perfekt machen.«

Lexy nahm Cora beiseite, als die anderen begannen, die Uniformen anzuprobieren, die Littlefrost mitgebracht hatte.

»Haben Sie ein Cocktailkleid und ein Paar Pumps, die ich mir borgen könnte?«, fragte Lexy Cora. »Ich denke, wir haben ungefähr dieselbe Größe … wenigstens bevor Sie …«

Cora lachte und sagte: »Ich zeige Ihnen, was ich habe.«

Jeder Atemzug war ein leiser Seufzer. Nach dem anfänglichen Schock, alle Fingernägel an der Wurzel herausgerissen bekommen zu haben, begannen die unerträglichen Schmerzen wie ein kleiner Pressluftbohrer pausenlos hinter Carlos' Augen zu hämmern. Er schloss die Augen und zwang sich, still zu bleiben. Er konnte kochende Gewürze und den widerlichen Gestank von Abwasser in der Luft riechen.

Er hörte wieder jemanden die Steintreppe herunterkommen und wartete, während die Person sich der Holzplatte näherte. Als er die Augen öffnete, lächelte sie mit dem scheinbaren Ausdruck mütterlicher Sorge zu ihm herab.

»Wo ist das gesunkene Schiff?«, fragte sie ihn.

Er starrte schweigend zu ihr hoch.

Sie ging wieder zur Werkzeugkiste und kam mit einer Gartenschere zurück, wie man sie zum Stutzen kleiner Zweige benutzt. In der anderen Hand hielt sie etwas, was wie eine Tube mit Heilsalbe aussah. Sie wartete ein paar Momente ab, ob er etwas sagen wollte.

Wieder lächelte sie und trat ans Ende der Platte, packte seinen linken Fuß und schnitt ihm den großen Zeh ab. Er sah zu, wie sie die Salbe auf die Wunde drückte. Gleich darauf spürte er eine See der Schmerzen wie Feuer durch sein Gehirn rasen.

»Epoxidharzmörtel, um die Blutung zu stillen«, sagte sie. »Der stechende Geruch ist Formaldehyd; davon möchte man lieber nicht zu viel im Blutkreislauf haben.«

Sie kam wieder an seine Seite und hielt ihm seinen großen Zeh dicht vors Gesicht. »Du hast nur noch einen hiervon übrig. Wenn du mir nicht erzählst, was ich wissen muss, wirst du dich des Gebrauchs deiner Zehen und Finger nicht länger erfreuen können. Und das ist erst der Anfang.«

Carlos drehte den Kopf, um den Mann anzusehen, der auf

den Thronstuhl geschnallt worden war. Der Mann saß immer noch da, aber sein Kinn lag jetzt auf der nackten Brust, und seine Augen waren geschlossen. Er schien nicht zu atmen.

»Mr. Dolan hat einen tödlichen Herzinfarkt erlitten, während ich meinen Rundgang machte«, sagte sie mit scheinbarer Betrübtheit. »Wie du hat er der Verehrung des heiligen Tempels seines Körpers nicht die geringste Bedeutung beigemessen. Nun, wo liegt das Wrack des Schiffes, das ihr gefunden habt?«

Siebenundzwanzig

30. Mai
Casa Grande Brugg
Dunmore Town
Nord-Eleuthera, Bahamas

Leichter Regen begann die Fenster der Minibusse zu bespritzen, als sie am Eingang des Anwesens ankamen und durch das gewaltige Bronzetor gelassen wurden.

Mike McGandy fuhr den ersten Bus mit Barnaby, Macaulay und Lexy an Bord. Eine Menge Wachmänner der Villa, die mit halbautomatischen Pistolen bewaffnet waren und rot-weiße Uniformen trugen, flankierten die offenen Türen der Busse, als das Cateringpersonal ausstieg. Jeder Neuankömmling wurde sorgfältig abgetastet und mit einem Handdetektor überprüft.

Littlefrosts kleine Profiteams begaben sich in die Küche und begannen sich auf die Veranstaltung vorzubereiten. Während ein Team die Lebensmittel aus dem Kühllaster hereinbrachte, schwärmten andere im Erdgeschoss der Villa aus, um die vorbestimmten Ausgabestationen mit Wein, Spirituosen und Erfrischungsgetränken zu bestücken.

In der großen Halle wurde begonnen, die langen Tische mit Blumen und Essbesteck zu dekorieren, während die Beiköche in der Küche die gekühlten Speisen erwärmten und das Servicepersonal die Reihe der verschiedenen Gerichte auf unechten Silberplatten arrangierte.

Bis die ersten Gäste eine Stunde später eintrafen, hatten

Macaulay und Barnaby durch Ausschlussverfahren die einzige Tür zum Keller gefunden; sie lag hinter einer massiven Eichentür abseits der großen Halle. Die Tür war verschlossen.

Als zwei der Barmixer irgendwann eine Rauchpause machten, ging Macaulay mit ihnen nach draußen. Zwanzig Meter weiter auf der anderen Seite des Anwesens sah er die Stahltür zum Versorgungsgebäude. Es war fensterlos, abgesehen von zwei großen Lüftungsöffnungen im ersten Stock, die in die Betonblockwand eingelassen waren. Er fragte sich, ob Carlos sich darin befand, nur wenige Schritte von ihm entfernt.

Ein Wachmann war an jeder Ecke des Gebäudes stationiert und zwei weitere an der Eingangstür. Er würde bis zum Einbruch der Dunkelheit warten müssen, ehe er einen Versuch starten konnte, beschloss er. Während er das Gebäude noch beobachtete, fuhr ein weißer Lieferwagen mit den schablonierten Buchstaben BEC auf den Seiten am Eingang vor. Zwei Männer in Uniformen, die das BEC-Logo trugen, stiegen aus und näherten sich den Wachen. Sie wurden hineingelassen.

»Wartungsleute von der bahamaischen Elektrizitätsgesellschaft«, sagte der eine Barmixer zum anderen. »Anscheinend machen die Generatoren wieder Schwierigkeiten.«

»Die Villa hängt nicht am örtlichen Stromnetz?«, fragte Macaulay.

Der Barmixer schüttelte den Kopf. »Sie wollten völlig unabhängig sein. Sogar das Trinkwasser hier drin kommt aus der großen Entsalzungsanlage da drüben.«

Da der Zugang zu dem Versorgungsgebäude für den Fall technischer Probleme ständig gewährleistet sein musste, strich Macaulay es von der Liste der Orte, an denen Carlos vielleicht festgehalten wurde.

Um fünf Uhr strömten Gäste im Regen unter farbenfrohen Regenschirmen durch den Eingang des Anwesens, alle bunt gekleidet, die meisten Männer in Krawatte und Sportsakko und die Frauen in den unterschiedlichsten Kleidern und Aufmachungen, die nach Alter und Figur maßgeschneidert waren.

Die Angehörigen des britischen Königshauses kamen in einer Reihe von vier Bentley-Limousinen an. Juwan stand neben Varna, um den Herzog und die Herzogin von Lancaster persönlich zu begrüßen, als sie über die Gartentreppe aus Stein zum repräsentativen Eingang schritten.

»Willkommen, Euer Gnaden!«, sagte Varna mit einem kurzen, aber schwungvollen Hofknicks.

Die alte Herzogin machte auf Juwan den Eindruck, als hätte sie seit einer Woche nichts gegessen, und trug einen Hund von der Größe einer Gambia-Riesenhamsterratte unterm rechten Arm. Sie hatte ein gelbes, gekräuseltes Kleid an, das Juwan an diejenigen erinnerte, die die Südstaatenschönheiten im *Vom Winde verweht* getragen hatten.

Er stand teilnahmslos da, als die alte Dame die Hand ausstreckte. Er war sich nicht sicher, ob von ihm erwartet wurde, sie zu küssen. Stattdessen nahm er bloß ihre dünnen Finger in seine eigene mächtige Hand und schüttelte sie behutsam. Sie fühlten sich an wie trockene Zweige.

Er wünschte, er hätte Varna nie erlaubt, die Einladung anzunehmen, die Veranstaltung auszurichten. Zu viele Dinge passierten gleichzeitig, darunter die bevorstehende Ankunft der Chinesen. Als er seine Gäste hineinführte, hatte er das ungute Gefühl, die Sache würde nicht gut enden.

Im Haus hatte sich das volle Orchester, das Lexy an Deck der dänischen Jacht draußen im Hafen gesehen hatte, inzwischen in der großen Halle eingerichtet und spielte ein Medley von Sir-Elton-John-Hits.

Auf einem weißen Spruchband über den Partygängern stand RETTET UNSERE KOSTBAREN VÖGEL. Die Gäste mussten eine Gasse von vergrößerten Fotografien gefährdeter bahamaischer Vogelarten passieren, bevor sie in den Unterhaltungsbereich gelangten, unter ihnen die Bahamaschwalbe, der Bahamaspecht, der Michiganwaldsänger und die Kubapfeifgans. Lexy bewegte sich mit einem Tablett mit Kanapees zwischen ihnen und bediente jede neue eintreffende Gästegruppe.

Macaulay hatte Bob Littlefrost gefragt, ob er ihn für die Ausgabestation einteilen könnte, die in der Nähe der verschlossenen Tür platziert worden war, von der er bereits wusste, dass sie in den Keller führte. Beim Aufbau hatte er vier Holzkisten mit Erfrischungsgetränken davor gestapelt.

Als er jetzt Drinks für eine lange Reihe von Gästen mixte, beobachtete er, wie der bullige Bruggs mit seinem zierlichen Partner durch die große Halle schlenderte, Hände schüttelte und Gäste willkommen hieß.

»Ich hätte gerne einen Gin-Martini, so trocken wie die Kalahari«, sagte die nächste Stimme in der Schlange. »Ohne Eis!«

Es war der Herzog von Lancaster. Macaulay erkannte ihn von seinem Betreten der Halle wieder, das vom Applaus der anderen Gäste begleitet gewesen war. Er war Ende siebzig, hatte einen silbernen Pferdeschwanz und trug flammend rote Bermudashorts unter einer Safarijacke. Um den Hals hatte er einen lila Schal gebunden.

Macaulay griff nach einem Martiniglas. Der Herzog schüttelte den Kopf.

»Eins von denen da«, sagte der Herzog und zeigte auf die großen Bechergläser, die für Mischgetränke benutzt wurden.

»Jawohl, Euer Gnaden«, sagte Macaulay und füllte einen Mixbecher mit Gin und Eis und fügte einen Spritzer Wermut und Angostura hinzu. Nachdem er ihn einige Male geschüttelt hatte, servierte er ihn mit einer Cocktailserviette in einem Becherglas.

»Himmlisch!«, sagte der Herzog und zog ab.

Eine halbe Stunde nach der Begrüßung sah Lexy, wie Brugg sich der königlichen Entourage näherte. Es war klar, dass er und sein kleiner Freund im Begriff waren, mit der Führung durchs Haus zu beginnen. Sie nahm ihr Tablett und ging schnell zurück in die Küche. Sie stellte das Tablett auf der Essensausgabe ab, griff in eine Ablage darunter und nahm den Rucksack heraus, den sie im Bus mitgebracht hatte.

In der Angestelltentoilette ein Stück weg von der Küche zog sie schnell das Cocktailkleid, das Cora ihr geliehen hatte, und hochhackige schwarze Pumps an, anschließend löste sie ihr dickes kastanienbraunes Haar und fuhr ein paar Mal mit einer Bürste durch, ehe sie das Ganze mit einem Hauch von Lippenstift abrundete.

Zurück in der großen Halle begab sie sich zu der Gruppe, die sich bereits am Fuß der Haupttreppe für die Führung gebildet hatte. Sie schlängelte sich durch die Wartenden neben den Herzog und sagte: »Das werden Sie wirklich genießen, Euer Gnaden!«

Seine Augen waren auf einer Höhe mit ihren Brüsten.

Er schaute hoch in ihre veilchenblauen Augen, sagte »Himmlisch!« und hakte sie unter.

Als die Gruppe sich anschickte, die Treppe hochzusteigen, setzte die Herzogin ihren Hund auf den Boden und führte ihn an einer silberbesetzten Leine zur nächsten Ausgabestation, wo Macaulay Getränke servierte.

»Könnte ich Ihnen Winifred anvertrauen?«, fragte sie ihn. »Sie ist mir sehr teuer und stammt von den Yorkies ab, die Queen Viktoria gezüchtet hat.«

»Selbstverständlich, Euer Gnaden«, sagte Macaulay und nahm die silberbesetzte Leine, während er beobachtete, wie Lexy mit den andern die Treppe hochging. »Ich bin verrückt nach Yorkshireterriern!«

Ein großer, relativ hellhäutiger Schwarzer mit blassblauen Narben auf beiden Wangen erwartete die Gruppe, als sie den ersten Stock erreichten. Er trug die rotweiße Uniform von Juwans Wachmännern mit einem goldenen Stern an jeder Kragenseite. Seine Schuhe waren zweifarbig, weiß und schwarz.

»Ich bin Oberst Emile Bardot«, sagte er mit französischem Akzent. »Die erste Station auf Ihrem Rundgang heute Abend wird Ihnen die Gelegenheit geben, die einzigartige Sammlung von Meereslebewesen zu sehen, die von Juwan Brugg persönlich im Ozean gefangen wurden.«

Was einst ein riesiger Salon abseits der Haupttreppe gewesen war, war zum Teil in ein Meerwasseraquarium umgewandelt worden, das größte, das Lexy jemals außerhalb eines Zoos gesehen hatte. Seine Wände aus messingumrandetem Spiegelglas reichten sechs Meter quer durch den Raum und vom Steinboden aus drei Meter in die Höhe. Hinter dem Glas schwamm eine Masse von großen, farbenfrohen Fischen um lebendige Korallenbänke und über einen Boden aus weißem Sand.

»Das Geräusch, das Sie hören, stammt von einem Kompressor, der ständig frisches Meerwasser in dieses Aquarium einspeist und damit einen perfekten Lebensraum für unsere Freunde aus dem Ozean bereitstellt.«

Juwan trat an die Seite des Aquariums und richtete das Wort an die Gruppe. »Wie Sie vielleicht wissen, hat die Raubfischpopulation im Meer im Lauf der letzten zwanzig Jahre um fast zwei Drittel abgenommen. Die Arten hier beinhalten einige der gefährdetsten, beispielsweise den riesigen Sägerochen, den Sie am Boden sehen. Das zahnbewehrte Rostrum ist fast anderthalb Meter lang und kann einen menschlichen Störenfried binnen Sekunden zu Hamburgern verarbeiten.«

»Diese Dinger sehen ganz schön bösartig aus«, meinte der Herzog und legte den Arm beschützend um Lexys Taille.

»Diese Amerikanischen Seeteufel hier töten ihre Beute auf andere Weise«, fuhr Juwan fort, indem er auf mehrere Fische zeigte, die etwas über einen Meter lang waren und scheußlich deformierte Mäuler hatten. Alle waren schokoladenbraun mit weißen Flecken. »Beide Kiefer sind mit zwei Zentimeter langen Zähnen bewaffnet, die alle inwärts zum Magen hin gerichtet sind. Sobald die Beute zwischen den Kiefern gefangen ist, befördern die Zähne das Fleisch des Opfers den Schlund hinab. Der Amerikanische Sägerochen kann einen ausgewachsenen Deutschen Schäferhund in weniger als einer Sekunde verschlucken.«

Die Herzogin von Lancaster erbleichte sichtlich.

»Woher wollen Sie das wissen?«, fragte sie.

Emile Bardot beobachtete, wie die Hand des Ehemanns der Herzogin die junge Frau betatschte, und fragte sich, ob der alte Lüstling mit ihr schlief. Sie war atemberaubend schön und hatte eine erstklassige Figur, die von dem schwarzen Cocktailkleid aus Seide betont wurde.

Emile nahm an, dass sie Teil des königlichen Gefolges war,

denn er hatte sie vorher noch nicht auf Harbor Island gesehen. Er hätte sich daran erinnert.

Jedes Mal, wenn Macaulay die Getränke aus den Holzkisten vor der Kellertür auffüllte, sah er sich ihr Schloss an. Die Eichentür war mindestens sieben Zentimeter dick, und die Größe des Schlüssellochs deutete auf einen Schlüssel hin, der vermutlich fünfzehn Zentimeter lang war. Das machte die Herausforderung, das Schloss zu knacken, ein bisschen leichter.

Als seine erste Pause kam, ging er Barnaby suchen und fand ihn hinter einem der Tische, auf denen das Abendbüfett serviert werden würde, wo er gerade eine leere Silberschüssel auf eine elektrische Wärmeplatte stellte. Er hatte eine weiße Kochmütze auf, die seine Ohren bedeckte.

»Sie sehen lächerlich aus«, sagte Macaulay.

»Sie können mich mal!«, erwiderte Barnaby. »Das wollte ich Ihnen eigentlich schon lange sagen.«

Macaulay grinste und erzählte ihm leise, dass es ausgeschlossen war, dass Carlos im Versorgungsgebäude festgehalten wurde, womit der Keller und die Kaserne als die zwei wahrscheinlichsten Möglichkeiten übrig blieben.

»Treffen Sie mich in ein paar Minuten an der Ausgabestation!«, sagte er. »Ich glaube, ich habe einen Weg gefunden, Sie da runterzubringen.«

Als Macaulay zur Küche zurückging, blieb er gerade lange genug stehen, um Mike McGandy über ihren Plan, den Keller zu durchsuchen, zu informieren.

»Wenn Sie so weit sind, suchen wir Carlos gemeinsam«, sagte Mike. »Das ist wahrscheinlich ein Job für zwei Leute.«

Macaulay durchwühlte mehrere Schubladen, bevor er ein dünnes, fünfzehn Zentimeter langes Filetiermesser fand. Auf der Luftwaffenakademie hatte er sich einmal das Zimmer mit einem Offiziersschüler geteilt, der mit etwas, was er einen Schlagschlüssel nannte, so ziemlich jede Tür aufbekam. Die Einschnitte und Kanten im Schlüsselbart waren heruntergefeilt worden, sodass er in die meisten Schlösser passte und normalerweise genügend Stifte im Inneren des Schlosses herunterdrückte, um den Zylinder zu drehen.

Zwei der Wandschränke in der Küche hatten Buntbartschlüssel, die die kleinere Ausgabe desjenigen waren, der in die Kellertür passte. Er zog einen davon unauffällig heraus. Mit einem kurzen Stück Klebeband befestigte er ihn am Ende der Messerklinge und steckte ihn in sein Hemd.

Er wollte gerade zu seiner Ausgabestation zurückgehen, als er einen der Wartungsleute der bahamaischen Elektrizitätsgesellschaft durch die Küchentür hereinkommen und auf einen Raum in einem Seitengang zugehen sah. Er schloss eine Tür auf und verschwand im Innern.

Macaulay ging ihm nach und blieb an der offenen Tür stehen. Der Wartungsmann kniete mit dem Rücken zu ihm vor einem grün gestrichenen Stahlkasten, der den größten Teil der Wand einnahm. Durch die offene Abdeckplatte aus Stahlblech sah Macaulay, dass die elektrische Anlage für das Anwesen darin untergebracht war, darunter auch ein Wechselrichter und mehrere Reihen elektronischer Schutzschalter.

Als er an seine Ausgabestation in der Nähe der großen Halle zurückkam, stand Barnaby daneben und hatte die Leine des Yorkshireterriers in der Hand.

»Gute Tarnung!«, lobte Macaulay, bevor er den anderen Barmixer ablöste.

Er wartete, bis die Getränkeschlange sich aufgelöst hatte, und kniete sich dann hinter Barnaby vor das Kellertürschloss.

Er steckte den Buntbartschlüssel am Ende des Filetiermessers hinein und versuchte, sich an eine Stelle zu tasten, wo genug Kanten am Schlüssel die Stifte herunterdrücken würden, die den Zylinder drehten. Er bewegte ihn vor und zurück und drehte ihn dabei immer wieder.

»Dürfte ich ein Glas Rotwein haben?«, fragte jemand hinter ihm. Er ließ den Schlüssel im Schloss hinter Barnabys Körpermasse, schenkte der Frau ein Glas Wein ein und kniete sich dann wieder vors Schloss.

»Ich glaube, der Hund muss urinieren«, sagte Barnaby, als Winifred sich mit der Nase an seinem Hosenbein rieb. »Beeilen Sie sich!«

Macaulay merkte, wie sich der Zylinder tief im Schloss zu bewegen begann, dann hörte er es ein paar Mal deutlich klicken und spürte die Entriegelung.

»Wir sind drin!«, sagte er. »Warten Sie, bis ich Bescheid sage, und seien Sie vorsichtig! Falls er da unten ist, wird er wahrscheinlich bewacht.«

Als jeder in der Nähe der Ausgabestation mit anderen Gästen beschäftigt zu sein schien, sagte er: »Jetzt!«

Als Macaulay sich ein paar Sekunden später umdrehte und zur Tür schaute, waren Barnaby und der Hund fort.

Achtundzwanzig

30. Mai
Casa Grande Brugg
Dunmore Town
Nord-Eleuthera, Bahamas

Die Steintreppe war aus Sedimentgestein herausgehauen und führte in ungefährer Kreisform in die Dunkelheit. Barnaby hatte daran gedacht, eins der Stabfeuerzeuge mitzunehmen, mit denen die Spiritusbrenner unter den Rechauds angezündet wurden.

Der Yorkshireterrier der Herzogin ging anscheinend gerne voran; die kleine Flamme erzeugte genug Licht, sodass Barnaby ein paar Schritt weit vor sich sehen konnte. Die widerhallenden Klänge der Musik vom Orchester wurden leiser und waren gar nicht mehr zu vernehmen, als er eine Tiefe von sechs Metern unter dem Erdgeschoss der Villa erreichte. Von der Steindecke hörte er Wasser tropfen, als er die Anfangsstufe fand. In der Luft lag ein muffiger Geruch.

Der Hund schien zu wissen, wo er hinging, und zog ihn nach vorn ins Dunkel.

Eine massive Stahltür tauchte in der Flamme des Stabfeuerzeugs auf; sie war in der Steinmauer eingebettet. Es gab kein Schlüsselloch. Falls sie von innen abgeschlossen war, wäre es unmöglich für ihn, sie zu öffnen. Während er unsicher wartete, kauerte der Hund sich hin und pinkelte auf den Steinboden.

Komme, was da wolle, es gab keine andere Möglichkeit als

herauszufinden, was hinter der Tür lag, beschloss er. Langsam drehte er den großen Messingknauf und zog daran. Die Tür öffnete sich geräuschlos an gut geölten Angeln. Hinter der Öffnung lag nur weitere Dunkelheit.

Als er einen Schritt nach vorn machte, badete ein automatischer Schalter den Raum plötzlich in strahlendes Licht, und Barnaby konnte nur sprachlos dastehen. Das riesige Gelass war so groß wie ein NFL-Umkleideraum und sowohl sauber als auch trocken. Er spürte frische Luft auf seinem Gesicht, die aus einer Quelle stammen musste, die den Raum bei konstanter Temperatur und Luftfeuchtigkeit hielt.

Es war keine Folterkammer, wie Bob Littlefrost gedacht hatte. Es war ein gewaltiger Ausstellungssaal, und alle Ausstellungsstücke waren exotische Vögel, jeder in seiner natürlichen Haltung in seinem eigenen Glasruheplatz befestigt. In manchen Schaukästen befanden sich zehn oder mehr Vögel derselben Art. Gravierte Messingschilder mit ihren Namen gaben nicht nur Aufschluss über die Art, sondern auch das Datum ihrer Gefangennahme und des anschließenden Ausstopfens durch Juwan Brugg.

Es kam Barnaby grotesk ironisch vor, dass viele Exemplare dieselben Namen trugen wie die, die er auf den Fotografien in der großen Halle gesehen hatte, so wie der Michiganwaldsänger, die Kubapfeifgans und die Bahamaschwalbe. Falls der Schein nicht trog, dann war Brugg eine Einmannvernichtungsarmee für die Sache, die sie oben feierten.

Barnaby nahm sich die Zeit, den Rest des Raumes zu erforschen, nach anderen Gängen zu suchen, die zu dem Ort führen mochten, wo Carlos festgehalten wurde. Der eine Raum war jedoch alles, was es gab. Als er sich nach dem Yorkshireterrier umschaute, sah er, dass er sich auf den mit Teppich belegten Boden gelegt hatte und fest eingeschlafen war. Barnaby ließ ihn dort.

Es wurde allmählich zu dunkel, als dass Chris Kimball von seinem Liegestuhl auf dem Vorderdeck der *Trader's Bluff* aus mit seinem Fernglas noch weit hätte sehen können. Den ganzen Nachmittag und Abend über war es im Hafen ruhig gewesen.

Einmal hatte ein hiesiges Polizeiboot langsam im Zickzack den Hafen durchquert und die Rumpfnummern an jedem Schiff überprüft und stichprobenartige Kontrollen auf einigen vorgenommen. Sie hielten auch kurz neben der *Island Time* an, schenkten der *Trader's Bluff* jedoch keine Aufmerksamkeit. Die einzige sonstige Aktivität in der Nähe war von den beiden zehnjährigen Jungen ausgegangen, die von ihrem alten Ruderboot aus Kokossaft verkauften.

Sie waren wieder auf dem Rückweg. Er beobachtete in der sich rasch herabsenkenden Dunkelheit, wie der Junge an den Rudern das Boot zur *Island Time* lenkte. Sie hatte nur dreißig Meter von der Hatteras entfernt festgemacht, und Kimball überlegte, ob er den Jungen zurufen sollte, dass niemand an Bord war.

Dann fiel ihm ein, dass sie schon wussten, dass niemand an Bord war – sie hatten den ganzen Nachmittag lang die Jachten abgeklappert und hatten auch gar keine Kokosnüsse mehr. Kimball hatte selbst eine gekauft.

Als das Ruderboot neben der *Island Time* längsseits ging, kletterte einer der Jungs aufs Achterdeck und hob den Deckel des Staukastens hoch. Kurz darauf warf er dem Jungen im Ruderboot etwas zu.

Der Junge auf der Jacht verschwand in der Dunkelheit unter dem Dach des Ruderhauses. Kimball hoffte, dass Carlos die Luke zur Kabine darunter gesichert hatte, während er beschloss, das tragbare Lufthorn der Hatteras ein paar Sekunden einzusetzen, um die Jungen zu verscheuchen.

Kimball hob gerade das Horn, um es kurz ertönen zu lassen, als die *Island Time* in einem gleißenden Lichtblitz verschwand. Eine sengende Hitzewelle schleuderte ihn nach hinten gegen die Windschutzscheibe der Hatteras.

Die Explosion dämpfte jedes Geräusch in seinen gerissenen Trommelfellen. Er versuchte sich aufzusetzen. Ein Stück Metall, vielleicht fünfzehn Zentimeter lang, hatte sich in seinen linken Arm gegraben. Noch unter Schock blickte er darauf hinab und fragte sich, wie es dorthin gekommen war.

Er konnte kleine Gegenstände sehen, die vom Himmel regneten und überall auf dem Deck landeten. Sein Arm begann vor Schmerzen zu pulsieren, dann sein versengtes Gesicht. Während er bewegungsunfähig an der geborstenen Windschutzscheibe saß, sah er zu dem Liegeplatz, wo die *Island Time* vertäut gewesen war.

Es war nichts von ihr oder dem Ruderboot der Jungen übrig.

Lexy stand in dem Schlafzimmer, das Juwan und Varna sich teilten, und betrachtete die fotografische Reproduktion eines jungen Juwan auf dem Cover der *Sports Illustrated,* die eine ganze Wand einnahm. Varna erzählte den Teilnehmern der Führung gerade von der Mühe, die sie auf sich genommen hatten, um das übergroße Kingsize-Bett zu bauen.

»Sieht ziemlich einladend aus, nicht wahr?«, raunte der Herzog von Lancaster ihr ins Ohr.

Sie nahm sanft seine Hand von ihrer Taille, ging durch das Zimmer und trat auf den Balkon hinaus, der das Anwesen überblickte. In der Ferne hörte sie etwas, was wie Polizeisirenen im Hafen klang. Der Balkon im dritten Stock erstreckte sich drei Meter in beide Richtungen, und sie ging schnell von der Öffnung weg.

Emile Bardot beobachtete sie, als sie im dämmrigen Abend verschwand. Ihm war jetzt klar, dass sie das betrunkene Grapschen des alten Adligen nicht genoss. Was sie wahrscheinlich brauchte, war ein wenig französisches Savoir-faire. Er wollte ihr gerade nach draußen folgen, als er sein Smartphone in der Brusttasche seiner Anzugjacke vibrieren spürte.

Er drehte sich von den Gästen weg, nahm es heraus und las die SMS-Nachricht von Sir Henry Pindling in Nassau. *Ankunft Chinesen in dreißig Minuten – Flughafen Nord-Eleuthera – Privatjet – Zhou-Sohn plus zwanzig Kommandos – siehe Datenlink.*

Der Datenlink bestand aus Beschreibungen der drei Personen, die von dem chinesischen Oligarchen Zhou Shen Wui gesucht wurden; von zwei davon gab es grießige Bilder. Der pensionierte Luftwaffengeneral sah sehr jung für diesen Rang aus. Bardot fand, dass er eine gewisse Ähnlichkeit mit einem der Barmixer hatte, den er unten bemerkt hatte. Bei dem zweiten Mann, der als englischer Archäologe bezeichnet war, war er sich nicht sicher. Das dritte Foto war gestochen scharf; das Motiv darauf stand zehn Meter von ihm weg.

Bardot nahm Juwan für ein paar Momente beiseite.

»Von Sir Henry … die Chinesen werden in Kürze hier sein«, flüsterte er. »Sie werden von einem Militärtrupp begleitet.«

Juwan nickte und wandte sich wieder seinen Gästen zu.

Vom Schlafzimmerbalkon aus sah Lexy auf das landschaftlich üppig gestaltete Anwesen herunter. Sie war in der Hoffnung nach draußen gegangen, dass ihr der Balkon einen günstigen Aussichtspunkt auf die Kaserne der Wachen bieten würde. Keiner der anderen Räume, durch die sie bei ihrer Führung gekommen waren, ermöglichte wegen des dichten Laubwerks, das die Villa umgab, einen Blick darauf.

Der Balkon erhob sich hoch über die Bäume, und Bob Littlefrost hatte ihr erzählt, wo die Kaserne der Wachmannschaft in Relation zum Haus lag. Sie entdeckte sie sofort. Das Ziegelgebäude war zwei Stockwerke hoch und versteckte sich hinter einem Hain dicht stehender Bananenstauden, Kokospalmen und Eukalyptusbäumen, sodass es von den unteren Stockwerken der Villa aus nicht zu sehen war.

Als sie darauf hinabblickte, sah sie einen kleinen Lichtkegel am Vordereingang und einen zweiten an der Rückseite. Drei Wachen in kurzen Hosen und T-Shirts standen vor dem Vordereingang und rauchten Marihuana. Der unverkennbare Geruch schwebte über den Bäumen.

Im Schlafzimmer hinter sich hörte sie die anderen Gäste gehen.

»Danke, dass Sie sich die Zeit genommen haben, uns auf dem Rundgang durch unser bescheidenes Heim zu begleiten!«, hörte sie den kleinen Partner von Juwan Brugg sagen. »Wir werden jetzt das Abendessen in der großen Halle servieren.«

Sie fragte sich, ob der Herzog wohl herauskommen würde, um sie vom Balkon zu holen, und hoffte, dass die Herzogin ihn gebremst hatte, als sie zwei Gestalten auf dem rückwärtigen Teil der Kaserne in den Lichtkegel treten sah.

Die erste Person war riesig, fast so breit wie groß; die zweite hatte die rot-weiße Uniform der Wachen an und trug etwas über der Schulter.

Die Last war von einem Laken bedeckt, aber als es einmal

herunterrutschte, sah sie, dass es ein Mann war. Er schien nackt zu sein und war offensichtlich übergewichtig. Carlos konnte es nicht sein, dachte sie, als die zwei Gestalten mit der Dunkelheit verschmolzen und gleich darauf im trüben Licht des Kasernenparkplatzes wieder zum Vorschein kamen.

Während die erste Gestalt weiterging, öffnete die Wache, die den Körper trug, die Hecktür eines schwarzen Lieferwagens und lud den Mann darin ab. Nachdem er die Tür wieder geschlossen hatte, folgte er der ersten Gestalt in Richtung der Villa.

»Ich konnte nicht zulassen, dass Sie den aufregendsten Teil der Führung verpassen, Mademoiselle«, sagte eine Stimme hinter ihr.

Sie drehte sich um und sah den Mann in dem weißen Anzug mit den Narben auf den Wangen.

»Ich habe bloß den herrlichen Ausblick bewundert«, sagte sie und lächelte ihn an, »und dabei ganz das Zeitgefühl verloren.«

»Das bezweifele ich, Dr. Vaughan.«

»Sie müssen mich verwechseln -«

»Wohl kaum«, erwiderte er und hielt sein Smartphone hoch. »Das Foto wird Ihnen nicht gerecht. Sie sollen wissen, dass ich kein Interesse daran habe, Ihnen wehzutun. Ich möchte einfach nur wissen, warum Sie und Ihre Kollegen so unglaublich wertvoll für unsere chinesischen Freunde sind.«

Er zog einen schlanken Gegenstand aus seiner Seitentasche, drückte darauf, und eine Stilettoklinge sprang heraus.

»Wenn Sie mir folgen wollen, Dr. Vaughan«, sagte er.

Mit dem Messer flach an ihrem Rücken stiegen sie die Treppe zum zweiten Stock hinunter, wo er sie durch einen Seitengang führte. An der ersten Tür, zu der sie kamen, blieb er stehen, um sie mit einem Schlüssel von seinem Bund aufzuschließen, und schubste sie hinein. Die Neonlampen an der Decke gingen automatisch an. Er schloss die Tür hinter sich ab.

Für Lexy sah das Zimmer nach nichts anderem als einem großen Vorratsraum aus. Neben einem Tisch und Stühlen gab es Regale an zwei Wänden, die mit Konserven und Flaschen gefüllt waren. Eine Gewerbekühlmaschine aus rostfreiem Stahl nahm den größten Teil der Rückwand ein.

»Bitte setzen Sie sich und genießen Sie die Aussicht!«, forderte Bardot sie auf, indem er sie zu einem der Stühle dirigierte.

Er ging zu einem Verteilerkasten hinter sich und legte einen der Schalter um. Eine Bodenplatte aus massivem Stahl glitt zurück und gab eine ein Quadratmeter große Öffnung frei. Sie beugte sich vor, um hineinzusehen: Der Raum, in dem sie war, lag direkt über dem Meerwasseraquarium.

»Ein bisschen melodramatisch, das will ich zugeben«, sagte Bardot. »Juwan wurde zum Bau des Aquariums angeregt, nachdem er sich einen frühen James-Bond-Film angeschaut hatte. Niemand machte sich Gedanken darüber, wie die Viecher gefüttert werden sollten, bis alles fertig war. Das hier ist ihr Vorratsraum. Sie wären sehr überrascht über die Menge und Vielfalt der Mahlzeiten, die sie jeden Tag verzehren.«

Neunundzwanzig

30. Mai
Casa Grande Brugg
Dunmore Town
Nord-Eleuthera, Bahamas

Macaulay beobachtete, wie die Teilnehmer der Führung hinter Brugg die Haupttreppe herunterkamen und sich in der großen Halle zu verstreuen begannen. Die Herzogin von Lancaster trennte sich von ihrem Gatten und kam auf ihn zu.

»Wo ist Winifred?«, fragte sie in besorgtem Ton, während sie sich nach ihrem Yorkshireterrier umschaute.

»Sie musste sich erleichtern«, antwortete Macaulay mit einem beruhigenden Grinsen. »Es regnet im Moment ziemlich heftig, deshalb habe ich jemanden von den Angestellten gebeten, sie für einen Spaziergang auf die überdachte Terrasse zu bringen.«

»Ausgezeichnet!«, lobte sie. »Sobald wir mit dem Abendessen fertig sind, komme ich zurück und hole sie ab. Ich bin sicher, dass sie Ihnen Ihre Freundlichkeit mit einer besonderen Zuwendung vergelten wollen wird.«

»Danken Sie ihr in meinem Namen, Euer Gnaden!«, antwortete er mit einem verstohlenen Blick auf die leere Treppe; er fragte sich, wieso Lexy nicht mit den anderen zurückgekommen war.

Als das Orchester einen Strauß-Walzer zu spielen begann, nahm Varna Juwan an der Hand und führte ihn in die Mitte der großen Halle. Die Menge der Gäste teilte sich, um sie durchzulassen. Zwei Wochen lang hatten sie den Tanz zusammen geübt.

Als sie die Tanzfläche erreichten, spürte Juwan, wie Varnas Arm sich um seine Taille legte. Er schloss die Augen. Als die Walzermusik genau an der richtigen Stelle war, begann Varna ihn in immer größer werdenden Kreisen übers Parkett zu führen. Juwan ließ die Augen zu und wartete auf das unvermeidliche Gelächter, das ebenso den Tanz beenden würde als auch das Leben der Person, die damit anfing.

Plötzlich hörte Macaulay das heftige Spritzen von Regen auf Steinplatten; als er in die Richtung schaute, aus der es kam, sah er, dass die Eingangstür sich geöffnet hatte. Drei Männer unter großen Regenschirmen kamen mit ausgreifenden Schritten in die Eingangshalle und blieben kurz stehen, um ihre Regenmäntel auszuziehen.

Von Fotos, die Barnaby ihm in New York gezeigt hatte, erkannte er in zweien davon Zhou Shen Wui und seinen Sohn Li. Macaulay drehte sich vom Tresen weg zu den Getränkekisten hin, als sie an seiner Aufgabestation zum Eingang der großen Halle vorbeischritten. Die Chinesen blieben stehen, als sie an den Rand der Tanzfläche kamen und die beiden Männer tanzen sahen.

Li Shen Wui erinnerte sich daran, wie er als Junge einmal in einem Zirkus in Shanghai gewesen war, wo er einen riesigen dressierten Bären mit einem Liliputaner hatte tanzen sehen. Er war außerstande, ein Lachen zu unterdrücken. Das dünne Kichern ließ Juwan aufhorchen, er öffnete die Augen und entdeckte die Gruppe der Chinesen. Einer von ihnen grinste ihn an wie eine Tüpfelhyäne.

Zhou Shen Wui sprach eine strenge, aus nur einem Wort bestehende Zurechtweisung aus, und Li fing sich wieder, als

Juwan zu tanzen aufhörte und auf sie zukam. Seinem Gesichtsausdruck nach zu urteilen dachte Macaulay, der große Mann würde den jüngeren Chinesen vor den Augen der ganzen Menge umbringen. Als Brugg die Chinesen fast erreicht hatte, hastete sein Tanzpartner an ihm vorbei und schüttelte dem jüngeren Chinesen die Hand.

»Ich bin Varna. Willkommen im Casa Grande Brugg!«, sagte er mit einem einladenden Lächeln.

Li ertappte sich dabei, sofort von dem jüngeren Mann angezogen zu sein. Sie waren äußerlich vom selben Typ, klein, muskulös, mit den Körpern von Schwimmern, auch wenn Varnas hübsches stumpfnasiges Gesicht südländisch angehaucht war und Li chinesische Züge hatte.

Die übrigen Paare begannen zu tanzen, und die Spannung am Rand des Parketts nahm langsam ab. Auf dem Weg zum Büfett blieben der Herzog und die Herzogin von Lancaster stehen und wurden Zhou und seinem Sohn vorgestellt.

»Ich habe die Chinesen immer bewundert«, sagte die Herzogin. »Als wir in Hongkong lebten, hatte die Schule unserer Kinder zwei chinesische Reinigungskräfte.«

Macaulay machte sich die Atempause zunutze, um sich eins der Serviertabletts mit vorgemischten Getränken von einer Kellnerin zu schnappen. Er ging an der Ausgabestation vorbei und alleine die Haupttreppe hoch.

In dem breiten Flur im ersten Stock war niemand; er stellte das Tablett ab. Die meisten Türen zu den Zimmern standen offen. Er warf einen Blick in alle hinein, aber die Zimmer waren leer. Zwei Türen waren verschlossen, leisteten seinem notdürftigen Schlagschlüssel aber keinen Widerstand. Dahinter lagen Unterhaltungsräume, die ebenfalls verlassen waren.

Im zweiten Stock verhielt es sich ähnlich, größtenteils offene Türen und hell erleuchtete Wohnzimmer, dazu ein Billardzimmer und ein kleines Kino. Er wollte gerade die Treppe zum dritten Stock hochsteigen, als ihm ein kleiner Seitenkorridor auffiel, der im Dunkeln lag. Die erste Tür, zu der er kam, war geschlossen. Er blieb kurz davor stehen und horchte.

In der Ferne glaubte er eine Polizeisirene zu hören, nichts aus dem Zimmerinneren. Er drehte den Knauf, aber es war abgeschlossen. Leise steckte er den Schlagschlüssel ins Loch und wollte ihn gerade herumdrehen, als er auf der anderen Seite der Tür eine Stimme hörte. Die Stimme redete nicht; das Geräusch, das sie von sich gab, war mehr ein stöhnendes Klagen, gefolgt von einem leisen, empörten Aufschrei.

Er drehte den Schlagschlüssel, aber diesmal griff er nicht. Er versuchte immer wieder, die Stifte herunterzudrücken und den Zylinder zu bewegen, aber sie rührten sich nicht. Als er noch fester drehte, brach die Klinge des Filetiermessers ab. Hinter der Tür wurde die erste Stimme von einer zweiten, tieferen ersetzt, die kurz und prustend lachte.

Macaulay ging drei Schritt zurück, bis er die Wand berührte, und warf sich dann mit der rechten Schulter gegen die Stelle, wo sich Türschloss und -pfosten trafen. Das Holz splitterte und gab nach. Einen Moment später war er drin.

Der Raum wurde vom Vibrationsgeräusch eines Kompressors erfüllt. Als er einen Blick nach unten warf, bemerkte er die quadratmetergroße Öffnung im Fußboden. Dahinter standen Regale voller Konserven und an der gegenüberliegenden Wand ein großer gewerblicher Kühlschrank. Dazwischen stand mit dem Rücken zur Tür ein Mann.

Er hatte die Uniformjacke ausgezogen und die Hose heruntergelassen. Als Macaulay einen Schritt nach vorn machte, sah er, dass er eine Frau auf dem Tisch festhielt und ihr von hinten ein Stilett an die Kehle drückte. Lexy trug immer noch ihr langes schwarzes Cocktailkleid; mit seiner freien Hand versuchte der Mann, ihr den Saum über die Oberschenkel zu schieben.

Als er die Tür splittern hörte, drehte sich der Mann mit einer geschmeidigen Bewegung von ihr weg und zu Macaulay hin, das Stilett vor sich haltend. Macaulay wollte sich schon auf ihn stürzen, als er sah, wie Lexy vom Tisch glitt. Tief geduckt drehte sie sich um und rammte dem Mann die Schulter ins Kreuz.

Der Mann taumelte auf Macaulay zu, den Blick mit erbärmlichen Entsetzen auf das Loch im Boden geheftet, unfähig, sich von seiner Hose zu befreien, die über seinen zweifarbigen Schuhen wie eine Fessel um seine Knöchel lag. Mit kurzen, ruckelnden Schritten verlor er das Gleichgewicht und torkelte auf die Öffnung zu und versuchte verzweifelt anzuhalten.

»*Mère de Dieu*!«, schrie Bardot, als er über den Rand tippelte und geradewegs nach unten stürzte.

Macaulay war noch rechtzeitig am Loch, um ihn in einem riesigen Behälter mit stehendem Wasser landen zu sehen. Es sah aus, als würden Fische darin schwimmen. Ein paar Momente später erwachte die Wasseroberfläche brodelnd zum Leben, als der Mann mit Armen und Beinen wild um sich schlug.

Lexy warf sich in Macaulays Arme. Sie hielten einander fest, als der einzelne, durchdringende Schrei des Mannes erstarb und vom Geräusch des Kompressors ersetzt wurde.

»Tut mir leid, dass ich nicht früher kommen konnte«, sagte Macaulay, während sich das Wasser unter ihnen erst rosa und dann tiefrot färbte.

»Erlauben Sie mir, Ihnen meinen Sohn Li Shen Wui und Oberst Mu vorzustellen«, sagte Zhou, als die drei Chinesen es sich auf den Sofas bequem machten, die den Kamin von Juwans Arbeitszimmer im Erdgeschoss flankierten. »Ich habe gehört, Sie haben die Leute ausfindig gemacht, nach denen wir gesucht haben.«

Li betrachtete das Ölgemälde über dem marmornen Kaminsims. Es war die lebensgroße Wiedergabe einer Frau, die wie Juwan Brugg aussah und ein Zelt anzuhaben schien. Er unterdrückte ein erneutes Lachen, als Juwan sich darunterstellte.

»Ich habe Sir Henry nur gebeten, Ihnen mitzuteilen, dass ich glaube, dass die drei Leute, die Sie suchen, sich hier in Dunmore Town aufhalten«, antwortete er. »Wir rechnen damit, dass sie recht bald meine Gastfreundschaft genießen werden. Einer ihrer Freunde versorgt uns in diesem Moment bereits mit wertvollen Informationen über ihre Aktivitäten.«

»Ich bin sehr erfreut über Ihre Bemühungen, Mr. Brugg«, sagte Zhou. »Sobald Sie mir sie übergeben, wird Ihre Belohnung die ursprüngliche Vermittlungsgebühr weit übersteigen.«

»Was macht sie fünfhunderttausend Dollar wert?«, fragte Juwan.

Zhou blickte zu ihm auf und sagte: »Zwei davon sind Archäologen, die wir mit einer Auszeichnung für ihr Lebenswerk zu ehren hoffen.«

Juwan lächelte wohlwollend auf ihn herab. »Und aus diesem Grund werden Sie von einem Kommandotrupp begleitet?«

»In dieser gefährlichen Welt kann man sich seiner Sicherheit nie gewiss sein.«

»Sie sollten wissen, dass die Leute, die Sie suchen, nach einem alten Schiffswrack vor dem Devil's Backbone getaucht haben«, sagte Juwan. »Ich nehme an, das hat nichts mit Ihren Plänen, sie zu ehren, zu tun.«

»Wir sind selbstverständlich an all ihren Leistungen interessiert.«

Jetzt musste Juwan lachen. »Dann werden wir diese Informationen für uns behalten, bis Sie sich dazu entschließen, mir Ihre wahren Interessen mitzuteilen«, sagte er. In diesem Moment sah er die Schwarze Mamba lautlos das Arbeitszimmer durch die Glastür zur Terrasse betreten. Sie streckte einen Daumen nach unten.

»Meine Herren, ich möchte Sie gern mit meiner Mutter bekannt machen!«, sagte Juwan.

Bob Littlefrost stand vor der Tür Wache, nachdem sie sich in der Angestelltentoilette versammelt hatten, um ihre nächsten Schachzüge zu planen. Während Lexy in einer der Kabinen die Kleider wechselte und wieder in ihre Kellnerinnenuniform schlüpfte, erzählte Macaulay Barnaby und Mike McGandy von der Konfrontation mit Bruggs Kommandanten der Wache und dem Kampf, der zu seinem Tod geführt hatte.

»Wir haben im ersten Stock haltgemacht, um das Aquarium in Augenschein zu nehmen«, erklärte Macaulay. »Die Umwälzpumpe hatte das Wasser schon von sämtlichem Blut befreit. Falls irgendetwas von ihm übriggeblieben ist, so haben wir es durch das Glas nicht gesehen.«

Lexy kam aus der Kabine und berichtete ihnen, was sie vom Balkon aus von der Kaserne gesehen hatte, und auch von dem nackten Mann, der in eins der Fahrzeuge der Wachmannschaft geladen worden war.

»Sie sind sicher, dass es nicht Carlos war?«, fragte Barnaby.

»Er war zu groß«, antwortete sie. »Aber falls er dort eingesperrt war, heißt das wahrscheinlich, dass Carlos auch dort ist.«

»Sie haben gesagt, der Hintereingang wird bewacht?«, erkundigte sich McGandy.

»Von zwei Männern.«

»Wir werden eine Ablenkung brauchen«, sagte Macaulay.

»Dazu habe ich ein paar Ideen«, sagte Barnaby.

»Lassen Sie hören!«

»Ich muss einen Weg finden, die ganzen Vogelretter runter in Bruggs Leichenhalle im Keller zu locken, und zwar ohne meine Fingerabdrücke zu hinterlassen«, führte Barnaby aus, »denn offensichtlich müssen wir hier spurlos verschwinden, damit Mr. Littlefrost nicht in die Sache hineingezogen wird.«

»Soweit ich weiß, hat nur Bardot entdeckt, dass wir hier sind«, sagte Lexy.

»Sofern er diese Information nicht schon an Brugg und seine Männer weitergegeben hat«, wandte Macaulay ein.

»Ich glaube nicht, dass er dafür die Zeit gehabt hat«, sagte Lexy mit einem unwillkürlichen Schaudern.

»Wir müssen auf dieser Annahme fußend weitermachen«, entschied Barnaby und ging zur Tür. »Treffen Sie Ihre Vorbereitungen, um über das Anwesen zum Kasernengebäude zu gelangen und Carlos zu befreien; ich werde mich auf die Ablenkung konzentrieren. Falls es mir gelingt, wie gebe ich Ihnen dann über das Gelände hinweg ein Zeichen?«

Macaulay fiel der Raum neben der Küche ein, in dem der Elektriker gearbeitet hatte. Er erzählte Barnaby, was darin war und wie er hinkam.

»Ich habe die Tür schon aufgeschlossen«, sagte er. »Nachdem Sie mit Ihrem Ablenkungsmanöver begonnen haben, müssen Sie die elektrische Anlage irgendwie außer Betrieb setzen.«

»Damit kenne ich mich aus«, sagte Barnaby. »Daheim im Cambridge hänge ich selbst nicht an der öffentlichen Stromversorgung.«

Macaulay gab Mike McGandy Bardots Uniformjacke und Hut.

»Das könnte für ein bisschen Tarnfarbe sorgen«, meinte er.

»Ich habe schon die richtige Farbe«, entgegnete McGandy grinsend.

Dreißig

30. Mai
Casa Grande Brugg
Dunmore Town
Nord-Eleuthera, Bahamas

Ein Dröhnen weckte ihn auf. Carlos brauchte ein paar Sekunden, bis ihm klar wurde, dass es das Geräusch des Regens war, der auf ein Blechdach trommelte. Das einzige Licht im Raum stammte von den flackernden Kerzen, die sie zu beiden Enden der Holzplatte aufgestellt hatte.

Er erinnerte sich wieder daran, wo er war und was sie ihm angetan hatte. Der auflebende Wind trug die Klänge einer Liveband oder eines Orchesters herüber. Er drehte den Kopf auf die Seite, um einen Mundvoll Galle herauslaufen zu lassen.

Er wusste, dass er am Ende war. Wenn sie wiederkäme, um ihn erneut zu bearbeiten, würde er ihr alles erzählen, was er wusste, und noch mehr. Nachdem er zugesehen hatte, wie sie den Toten mit dem am Hodensack festgeklebten Basketball hinausgetragen hatten, hatte er die Grenze seiner Belastbarkeit erreicht. Der Tod würde eine willkommene Erlösung sein.

Er spürte einen tiefen, quälenden Schmerz im Innern, eine Folge des Einsatzes des Holzhammers. Es fühlte sich an, als hätte er zerbrochenes Glas im Bauch. Jedes Mal, wenn er sich zu bewegen versuchte, merkte er, wie seine gebrochenen Rippen aneinanderscheuerten.

Wegen der fehlenden Fingernägel brannten seine Hände immer noch wie Feuer; Füße oder Mund konnte er nicht mehr bewegen. Er fragte sich, ob er überhaupt imstande wäre, gut genug zu sprechen, um ihr die Lage des Wracks zu verraten und die anderen Fragen zu beantworten, die sie gestellt hatte.

In seinem Kopf war alles verdreht und verzerrt, Bilder aus seinem Gedächtnis kombiniert mit grellen Farben, Violett und Rot und schimmerndes Gold. Carlos hörte ein Quietschen in der Nähe der Steintreppe und hätte fast aufgeschrien bei der Vorstellung, dass sie zurückkam, um ihre Arbeit wiederaufzunehmen und dabei die ganze Zeit auf ihn herabzublicken, als wäre er ihr missratenes Kind. Dann wurde ihm klar, dass es ein Fensterladen war, der vom Wind hin- und hergeschlagen wurde. Er wartete auf den Tod.

Der Regen kam von der Seite, als Macaulay und McGandy durch die Küchentür nach draußen auf die überdachte Terrasse gingen. Sie hatten immer noch ihre Cateringsachen an. McGandy trug Oberst Bardots Uniformjacke und Hut in einem leeren Essensbehälter aus Plastik bei sich.

Zwei uniformierte Wachleute mit leichten Maschinenpistolen traten aus der regnerischen Dunkelheit heraus und fingen sie ab, als sie über die Terrasse zum Parkplatz gehen wollten. Einer davon richtete eine Taschenlampe in ihre Gesichter.

»Sie dürfen das Haus nicht verlassen, bis die Party vorbei ist!«, sagte er. »Gehen Sie wieder hinein!«

»Kein Problem«, erwiderte Mike McGandy mit Verärgerung in der Stimme, wobei er sich näher heranbeugte, um das Namensschild auf der Uniformjacke der Wache zu lesen. »Dann werde ich Mr. Brugg einfach sagen, dass Korporal LePage uns nicht erlaubt hat, zum Cateringlaster zu gehen, um noch mehr Garnelen und Jakobsmuscheln für ihn und seine Mutter zuzubereiten!«

Die Wache blickte auf den Plastikbehälter in seiner Hand und zuckte die Achseln.

»Sie dürfen gehen!«, sagte er und führte die andere Wache unter das schützende Dach der Terrasse zurück.

»Wir müssen bereit sein, uns in Bewegung zu setzen, wenn Barnaby mit seiner Ablenkung loslegt«, sagte Macaulay, als sie am Cateringlaster vorbeigingen.

Lexy hatte ihnen erzählt, dass auf dem Kiesweg, der die beiden Gebäude verband, Wachen patrouillierten. Sie mussten die Kaserne erreichen, ohne noch einmal bemerkt zu werden, denn wenn man sie auf der anderen Seite des Anwesens entdeckte, hätten sie keine Erklärung dafür.

Die einzige Möglichkeit war, auf dem kürzesten Wege quer über das dschungelartige Gelände zu gehen. Macaulay hatte diese Schwierigkeiten nicht vorhergesehen. Sobald sie den gepflegten Rasen verlassen hatten, mussten sie sich durch ein scheinbar endloses Dickicht aus Jakaranda, Caesalpinien und riesigen ineinander verschlungenen Hibiskuspflanzen kämpfen.

Der süße Duft von Bougainvillea, Jasmin und Zitrusgewächsen drang in seine Nase, während das dichte Unterholz an seinen Kleidern und Stiefeln zerrte. McGandy folgte ihm auf den Fersen, in der Hand immer noch den Plastikbehälter mit Bardots Uniform.

Fünf Minuten später durchbrach Macaulay schließlich die letzte Strauchreihe und kam an den schmalen Grasstreifen, der die Kaserne umgab. Er und McGandy warteten in der Dunkelheit, während sie das Gebäude genau betrachteten.

Zwei Männer mit Maschinengewehren bewachten den Kiespfad, der zur Villa führte. Zwei weitere standen unter dem Portikus vor dem Hintereingang. Dreißig Meter weiter konnte

Macaulay in einem Schleier trüben Lichts einen kleinen Parkplatz und eine Garage mit vier Stellplätzen ausmachen.

Er gab McGandy ein Zeichen, unter den Bäumen zu warten, und schlich sich im Dunkeln an eins der Erdgeschossfenster in der Nähe des Hintereingangs der Kaserne. Er hob die Augen bis zur Fensterbank und spähte hinein.

Eine fette gescheckte Katze blickte ihn von der anderen Seite der Scheibe teilnahmslos an. Dahinter liebten sich eine der dienstfreien Wachen und eine magere Frau auf einem Einzelbett; ihre Körper waren schweißbedeckt. Ein Elektroventilator drehte sich mit lautem Brummen über ihnen und bewegte die feuchte Luft im Raum herum.

Das nächste Fenster in der Reihe zeigte ein spärlich beleuchtetes Badezimmer. In einer der Duschkabinen hockte die größte Kakerlake, die Macaulay je gesehen hatte. Er kroch auf Händen und Knien am Rand des Gebäudes entlang, bis er die Ecke in der Nähe des Hintereingangs erreichte, legte sich flach auf den nassen Boden und schob den Kopf um die Ecke.

Die zwei Wachen kauerten unter dem Dach des Portikus. Macaulay sah, dass es dort eigentlich zwei Eingänge ins Gebäude gab; einer führte durch eine Fliegengittertür hinter ihnen, der andere bestand aus einer Reihe von Stufen, die nach unten führten. Er sah, wie die Tür sich öffnete und dann wieder zuschlug, als eine weitere Wache nach draußen kam. Es war der Mann, den Macaulay in dem Schlafzimmer gesehen hatte. Er trug jetzt eine kurze Hose.

»Da kommt ein großer Sturm auf uns zu, Mann«, sagte er, nachdem er sich eine Zigarette angezündet hatte. »Das da ist noch gar nichts!«

Macaulay kroch zurück zu den Bäumen und berichtete McGandy, was er gesehen hatte. Er erläuterte ihm kurz seinen

Plan, während McGandy sein Cateringhemd aus- und Bardots Uniformjacke und Hut anzog.

Eine Minute später tauchte McGandy aus dem dichten Gestrüpp beim Parkplatz auf und rannte zu der kleinen Garage hinter der Kaserne. In ihrem Innern standen mehrere anscheinend teure Autos. Auf einem Arbeitstisch fand er eine Taschenlampe, mit der er sich einen schnellen Überblick verschaffte. Eins der Autos war mit einer glänzenden Abdeckplane bedeckt; als er sie herunterzog, kam ein roter Ferrari zum Vorschein. Er schnappte sich die Plane und dazu noch ein Stück Schnur, knipste die Taschenlampe aus und ging schnell zum Parkplatz.

Dort fand er den schwarzen Lieferwagen, den Lexy vom Balkon aus gesehen hatte. McGandy öffnete die Hecktür. Ein nackter Mann lag ausgestreckt auf dem Rücken und stierte ihn mit hervortretenden Augen an. McGandy warf die Abdeckplane hinter ihn auf die Ladefläche.

Varna kam mit einem Tablett ins Arbeitszimmer, auf dem ein Kaffeeservice und eine kleine Platte mit Gebäck standen. Er hatte seinen Smoking gegen einen eng anliegenden Overall eingetauscht. Er stellte das Tablett auf dem Couchtisch vor den dazu passenden Sofas ab und bediente die neuen Gäste.

»Li Wui«, sagte Juwan und sprach es wie ›Lie Wie‹ aus, als er den jüngeren Chinesen anblickte. »Hatten Sie eigentlich Probleme damit, als Sie ein Kind waren? Sie wissen schon … die anderen Kinder.«

Li hatte keine Ahnung, wovon er redete. Schon jetzt verabscheute er den Speckberg. Er fragte sich, wie ein zierlicher junger Mann wie Varna sich von diesem Monster anfassen lassen konnte. Er zwang sich dazu, seine Augen ruhig zu halten.

Tā bù zhǎyǎn. Der nicht blinzelt.

Zhou wandte sich an Bruggs Mutter, die sich mit einer einzigen Handbewegung die Hälfte des Gebäcks auf der Platte genommen hatte.

»Darf ich Ihnen meine Unterstützung bei Ihrer Vernehmung anbieten?«, fragte er mit einem beflissenen Lächeln. »Wir Chinesen haben über die Jahrhunderte hinweg gewisse Methoden verfeinert, die positive Ergebnisse garantieren.«

Die Schwarze Mamba blieb still, während sie das Gebäck mampfte und über ihre Antwort nachdachte. Sie wollte diesen Chinesen nicht beleidigen, solange Juwan heikle finanzielle Verhandlungen mit ihm führte.

Dabei hatte sie ihr Ziel fast erreicht, als sie dem Mann mit der Spitzzange die oberen Zähne gezogen hatte. Sie war sich sicher, dass er jetzt an der Grenze seiner Belastbarkeit angekommen war. Wenn er sie das nächste Mal die Treppe hinunterkommen sehen würde, wäre er bereit. Sobald sie hatte, was er wusste, konnte sie den Rest des Weges mit ihm gehen.

»Ich rechne damit, in Kürze die benötigten Antworten zu haben«, sagte sie.

Barnaby warf einen Blick auf die Uhr, als er hinter der Büfettzeile in der großen Halle stand. Die erste Essensrunde war den Gästen serviert worden; das Cateringpersonal füllte die Servierteller und -schüsseln wieder auf, während das Orchester ein Potpourri von Tupac-Shakur-Hits spielte.

Barnaby fragte sich, was aus Brugg und den Chinesen geworden war, war jedoch dankbar für ihre Abwesenheit. Momentan war er noch anonym, doch wie die Dinge lagen, würde das nicht lange so bleiben.

Die einzige verbliebene Möglichkeit für eine Ablenkung

war, die Vogelretter anzusprechen und sie über die Sammlung im Keller zu informieren. Sobald sie sich mit eigenen Augen davon überzeugt hätten, würde hoffentlich die Hölle ausbrechen. Aber es gab keine Garantie, dass man ihm Gehör schenken würde, und wenn, würde jeder wissen, dass er die Hand im Spiel hatte, und das würde Bob Littlefrost mit in die Sache hineinziehen.

Wieder schaute Barnaby auf die Uhr. Hoffentlich wartete Macaulay schon darauf, den Befreiungsversuch bei der Kaserne durchzuführen. Er musste handeln. Selbst wenn das bedeutete, Littlefrosts Vertrauen zu missbrauchen, es stand einfach zu viel auf dem Spiel!

Er ging gerade um die Büfettzeile herum, als er die Herzogin von Lancaster bemerkte, die sich einem jungen Kellner an dem Tisch näherte, auf dem die Hauptgerichte standen.

»Dieses Ragout ist einfach göttlich!«, hörte er die Herzogin zu dem Kellner sagen. »Dieses raffinierte Rotweinbukett – Bordeaux, vermute ich –, und das Fleisch ist schlichtweg grandios! Ist es Ihnen erlaubt, das Geheimnis mit mir zu teilen?«

Barnaby sah sein Ablenkungsmanöver vor seinen Augen Gestalt annehmen. Er ging zu dem Kellner hinter dem Tisch, hob die Stimme um mindestens zwei Oktaven an und sagte: »Im Namen meines Herrn darf ich mir die Freiheit nehmen, Euer Gnaden zu informieren.«

Als der Kellner sich entfernt hatte, blickte die Herzogin erwartungsvoll zu ihm hoch. Feierlich rührte er das Gebräu in der Schüssel um, nahm mit der Schöpfkelle ein Stück Fleisch heraus und präsentierte es ihr über den Tisch hinweg.

»Ich habe es selbst zubereitet«, erklärte er und warf sich in die Brust. »Es ist eine Spezialität des Hauses hier in Casa Brugg! Filet vom Yorkie, in Dillbutter mit Schalotten sautiert und dann liebevoll in Salsa cremosa mit einem roten Bordeaux geschmort.«

Das strahlende Lächeln der Herzogin wich einem verwirrten Glotzen mit offenem Mund.

»Was, haben Sie gesagt, ist die Fleischkomponente?«, fragte sie zögernd.

»Yorkies«, antwortete Barnaby beflissen. »Yorkshireterrier … nur das Brustfleisch selbstverständlich … Für dieses Rezept sind ein Dutzend Brüste notwendig.«

Sie starrte ihn ungläubig an.

»Sie müssen scherzen!«, sagte sie, während ihre Wangen sich purpurn färbten. »Und ich beeile mich hinzuzufügen, recht grausam scherzen!«

»Im Gegenteil!«, erwiderte Barnaby. »Dank Mr. Bruggs chinesischen Zwischenhändlern haben wir mit Foxterriern experimentiert, aber an denen ist herzlich wenig Fleisch. Sie haben seine Zwischenhändler vielleicht kennengelernt, als sie vor einer kleinen Weile hier angekommen sind.«

Das matronenhafte Auftreten der Herzogin verschwand, und ihre Züge verwandelten sich zu hartem Granit, während sie weiter auf das Fleischstück in der Kelle starrte.

»Mein Herr hält die Vögel und Hunde in dem Keller hinter der Tür da drüben«, fuhr Barnaby in verletztem Tonfall fort. »Ich bin sicher, er wäre begeistert, wenn Euer Gnaden sie sich ansehen würden. Ich meine, ich höre gerade einen der Yorkies da unten bellen.«

Der finstere Blick, den sie ihm zuteilwerden ließ, ging auf die alten Zeiten zurück, als eine Herzogin einen Diener noch ausweiden und vierteilen lassen konnte, weil er es nicht geschafft hatte, sie zufriedenzustellen. Sie machte auf dem Absatz kehrt und stolzierte auf die massive Kellertür zu.

»Reginald!«, kommandierte sie mit einer Stimme durch die große Halle, die nicht nur das Tupac-Shakur-Potpourri beendete, sondern auch die Spanische Armada versenkt hätte.

Bevor Barnaby durch die Anrichte der Diener das Weite suchte, warf er noch einen Blick über die Schulter und sah den Herzog samt königlichem Gefolge zur Kellertür rennen.

In der Küche gab Barnaby Bob Littlefrost ein Daumen-hoch und nahm sich einen vollen Krug mit Eiswasser vom Serviertisch. Er trug ihn durch den Gang zu dem elektrischen Betriebsraum.

Macaulay hatte die Tür unverschlossen gelassen. Barnaby ging zu dem Stahlkasten, in dem der Transformator und die Schutzschalter und die elektrischen Leitungen untergebracht waren. Er hoffte nur, dass er bei dem, was er gleich tun würde, keinen tödlichen Stromschlag erleiden würde.

Er erinnerte sich an den elektrischen Transformator, der in der Brattle Street in dem Gebäude gegenüber seinem bei einem Gewitter explodiert war und dabei einen Feuerball ausgestoßen hatte, der drei Stockwerke hoch flog. Dieser hier war eine kleinere Ausgabe davon und lag unter einem wasserdichten Abdeckblech, das er vorsichtig abnahm und auf den Boden legte.

Er sah, dass der Boden mit Teppich belegt war. Gut! Seine Schuhe waren trocken. Gut! Inzwischen konnte er aus der Richtung der großen Halle gedämpfte Schreie hören – es war Zeit zu gehen. Er nahm sich eine Taschenlampe, die auf einem Regal neben dem Kasten lag, und schaltete sie ein.

Er trat ein paar Schritte zurück und schüttete den Inhalt des Kruges über den offenen Transformator. Ein kleines Unwetter aus Funken und Feuer fegte knisternd durch den Kasten. Der Geruch nach Ozon erfüllte die Luft. Die Lichter gingen aus.

Einunddreißig

30. Mai
Casa Grande Brugg
Dunmore Town
Nord-Eleuthera, Bahamas

Macaulay sah, wie die Lichter in der Kaserne flackerten und ausgingen.

Falls es Barnaby gelungen war, das Hauptenergiesystem lahmzulegen, würden Bruggs Leute nach Macaulays Schätzung mindestens zehn Minuten brauchen, um die Stromversorgung über die Notstromgeneratoren im Versorgungsgebäude wiederherzustellen. Zehn Minuten, um Carlos zu finden und mit allen von hier zu verschwinden.

Er bewegte sich wieder vorsichtig von seinem Platz unter den Bäumen zur Seite des Gebäudes und schlich zu der Ecke, die dem Hintereingang am nächsten lag. Die zwei Wachen standen vorm Regen geschützt unter dem Portikus.

»Ich kann nix seh'n, Mann!«, sagte die eine.

»Die Notbeleuchtung wird gleich angehen«, sagte die zweite Wache. »Das passiert ständig.«

Plötzlich erhellte der Strahl einer Taschenlampe ihre Gesichter.

»Warum sind Sie nicht auf Ihrem Posten?«, blaffte eine befehlshaberische Stimme von dem Pfad, der zum Parkplatz führte.

Im Licht der Taschenlampe, das sie blendete, sah McGandy haargenau so aus wie der Chef der Wache. Beide Männer sausten die Portikustreppe hinunter und nahmen Haltung an, die Maschinengewehre schräg vor der Brust.

»Haben Sie vergessen, wie man salutiert?«, fuhr McGandy sie in Bardots beeindruckendem Uniformhut an.

Sie hielten die Waffen mit der linken Hand fest und hoben die rechte zum militärischen Gruß, als McGandy auf sie zuschritt. Macaulay schlich sich lautlos von hinten an sie heran und schnappte sich das Maschinengewehr aus der linken Hand der ersten Wache.

»Auf die Knie!«, befahl Macaulay und spannte den Hebel, um die Waffe feuerbereit zu machen.

Ohne sich umzudrehen, ließ die zweite Wache das Gewehr fallen. McGandy schaltete die Taschenlampe aus, als er um sie herumging, hob es auf und fesselte ihre Handgelenke schnell mit der Schnur, die er in der Garage gefunden hatte.

Macaulay schubste sie mit dem Gewehrlauf in den Rücken und sagte: »Wir gehen jetzt runter in den Keller. Ein Laut, und ich töte euch!«

Die Steinstufen, die in die Dunkelheit führten, waren vom Regen rutschig. Sobald sie von draußen nicht mehr zu sehen waren, knipste McGandy die Taschenlampe wieder an. Am Fuß der Treppe schaute Macaulay durch den Raum mit der niedrigen Decke und sah flackernden Kerzenschein.

McGandy befahl den Wachen, sich mit dem Gesicht nach unten auf den Steinboden zu legen. Während er sie sicherer fesselte, ging Macaulay zu einer langen Holzplatte mit Kerzen an beiden Enden hin. Als er auf den nackten Mann herabblickte, der darauf lag, war er nicht sicher, ob er noch am Leben war. Seine Augen waren unter einer Masse geschwollenen, violetten Gewebes verborgen.

»Carlos?«, sagte er.

Eine der Massen über seiner Nase teile sich langsam und enthüllte ein kleines Stück Auge.

»Steef?«, krächzte er schwach.

Macaulay tätschelte beruhigend seine Schulter, eine der wenigen Stellen an seinem Körper, die keine sichtbaren Zeichen von Folter aufwies. Carlos begann zu schluchzen, als Macaulay die beiden Handfesseln aufschraubte und seine Arme befreite.

»Ich nichts gesagt haben, Steef«, flüsterte er durch abgebrochene und fehlende Zähne.

»Wir bringen dich hier raus!«, sagte Macaulay. »Wir müssen uns beeilen!«

»Keine Zehen«, krächzte er.

»Gütiger Gott!«, sagte Macaulay, als er am Ende der Platte ankam, um die beiden letzten Fesseln abzunehmen.

Die Stellen, wo seine Zehen gewesen waren, schienen mit Flugzeugleim gekittet zu sein.

»Du genießt einfach nur den Ausflug!«, sagte Macaulay.

McGandy hatte den Wachen zwei Futtersäcke über die Köpfe gezogen, die er gefunden hatte, nachdem er ihnen die Münder mit Isolierband zugeklebt hatte. Carlos' Kleider lagen auf dem Tisch neben dem Werkzeugkasten, und McGandy ging sie holen.

»Sie haben mich nie richtig zu sehen bekommen«, flüsterte McGandy. »Vielleicht werden sie denken, ich wäre Bardot!«

Macaulay zeigte auf Carlos' Füße.

»Ich wünschte, ich hätte fünf Minuten mit dem Kerl, der das gemacht hat!«, sagte McGandy, während Macaulay Carlos in die Hose half.

»Ich auch!«, stimmte Macaulay ihm zu.

»Er sein eine Frau«, krächzte Carlos, »eine große Frau.«

»Die Schwarze Mamba!«, sagte McGandy. »Bruggs Mutter, ich habe Ihnen von ihr erzählt.«

»Gehen wir!«, sagte Macaulay und hob Carlos hoch und trug ihn in den Armen. McGandy nahm die beiden leichten Maschinengewehre, ihre halbautomatischen Pistolen und zwei große Beutel mit Ersatzmagazinen.

Am oberen Ende der Treppe blieb McGandy kurz stehen, um sich zu vergewissern, dass der Bereich um den Hintereingang menschenleer war. Über dem Geräusch des Windes und des strömenden Regens konnte er Gelächter aus dem Inneren der Kaserne hören.

»Das ist gut! Sie feiern mit Rum«, sagte er zu Macaulay, als sie in den Regen hinaustraten.

Im grellen Licht batteriebetriebener Scheinwerfer strömten die Partygäste aus dem Haus und zu ihren Autos. Niemand hatte sich damit aufgehalten, das Feuerwerk abzuwarten, das traditionellerweise die Festivitäten des Abends krönte. Viele hatten bereits das Feuerwerk erlebt, nachdem sich das königliche Gefolge Juwans Sammlung in den Katakomben unter dem Haus angesehen hatte.

Das Personal der Villa hatte Sturmlaternen aufgestellt, damit die Leute sich im Erdgeschoss zurechtfanden. Als Juwan wieder in die große Halle kam, standen der Herzog und die Herzogin von Lancaster mit ihrem schwarzen Yorkshireterrier in einem schattenhaften Lichtkreis oben auf der Kellertreppe.

»Sie sind ein Monster!«, verkündete die Herzogin. »Ich werde persönlich dafür Sorge tragen, dass die Behörden in New Providence von Ihren Gräueltaten erfahren!«

Als Juwan sich zu verteidigen versuchte, indem er erklärte, dass seine Vögel jetzt für alle Zeit vor Unheil geschützt waren, drohte sie ihm an, ihn vom Herzog zum Duell herausfordern zu lassen. Der Herzog blieb hinter ihr stehen und machte keine Anstalten, vorzutreten und Juwan ins Gesicht zu schlagen.

Ein paar Minuten später stürmten sie mit ihrem Gefolge im Schlepptau aus dem Haus. Varna stand auf der Terrasse und beobachtete mit tränenüberströmtem Gesicht, wie sie abzogen.

»Varna«, sagte Juwan und umarmte ihn zärtlich von hinten, »das bedeutet gar nichts. Mach dir deswegen keine Gedanken! Ich mache es wieder gut bei dir!«

»Wie willst du das anstellen?«, fragte Varna. »Du wirst mich nie verstehen!«

Der kleine Panamaer machte auf dem Absatz kehrt, ging durch die Reihen der aufbrechenden Gäste und über die Haupttreppe nach oben. Li sah zu, wie er in seiner hautengen Hose die Stufen nahm.

»Wo steckt Bardot?«, fragte Juwan einen seiner Sicherheitsleute herrisch.

»Leutnant Mai hat gesagt, er hat ihn drüben bei der Kaserne gesehen«, sagte die junge Wache.

»Finden Sie ihn, und bringen Sie ihn zu mir!«, befahl Juwan.

Zhou Shen Wui trat näher an Juwan heran und sagte: »Höchstwahrscheinlich hält sich derjenige, der hierfür verantwortlich ist, noch auf Ihrem Anwesen auf.«

»Durchsucht jedes Auto beim Passieren des Tors!«, wies Juwan seine Leute an, bevor er wieder ins Haus zurückging.

Als die Schwarze Mamba die Stufen unter der Kaserne hinabstieg, spürte sie, dass etwas nicht stimmte. Sie konnte die Geräusche von jemandem oder etwas hören, das sich anstrengte, gehört zu werden, aber es kam von der falschen Seite der Kammer.

Als sie auf ihren Arbeitsplatz blickte, sah sie, dass die schwere Platte leer war. Jemand hatte den Mann fortgeschafft; er konnte unmöglich selbst hinausgegangen sein. Sie ging zum Ursprung der Geräusche und fand zwei Männer, die wie zusammengebundene Hühner auf dem Steinboden lagen.

Sie zog den Sack von einem der Köpfe und sah, dass es einer der Männer war, die sie dagelassen hatte, um den Hintereingang zu bewachen. Sein Mund war mit mehreren Streifen Isolierband zugeklebt, die um die untere Hälfte seines Kopfs liefen. Sie riss sie ab.

»Wo ist mein Gefangener?«, schrie sie ihm ins entsetzte Gesicht.

»Oberst Bardot hat ihn mitgenommen«, waren die einzigen Worte, die er herausbrachte, bevor sie ihm in die Genitalien trat.

»Du bist ein Lügner!«, sagte sie und ging zum Werkzeugkasten.

Macaulay und McGandy warteten in der Garage der Kaserne auf Barnaby und Lexy. Macaulay hatte ihnen gesagt, sie dort so schnell wie möglich zu treffen, sobald die Ablenkung im Gange war. Im Kofferraum des Ferraris hatte McGandy einen Erste-Hilfe-Koffer gefunden und die Wunden an Carlos' Händen und Füßen behandelt. Er gab ihm etwas Wasser, und Carlos war imstande, es unten zu behalten, bevor er wieder das Bewusstsein verlor.

»Ich bin nicht sicher, ob er es schaffen wird«, sagte McGandy.

»Nur noch ein paar Minuten!«, antwortete Macaulay.

»Da kommt jemand!«, flüsterte McGandy, als draußen schwere Schritte den Regen übertönten.

Gleich darauf schwankte Barnaby in die Garage.

»Ich habe so lange auf Alexandra gewartet, wie ich es riskieren konnte«, sagte er. »Wir sind im Dunkeln durch die Menge getrennt worden. Da drüben bricht die ganze sprichwörtliche Hölle aus!«

Plötzlich gingen auf der anderen Seite des Geländes die Lichter in der Villa wieder an, gefolgt von denen in der Kaserne.

»Sie beide halten sich an den Plan!«, sagte Macaulay. »Ich gehe sie suchen.«

Er war aus der Garage heraus und fing an, auf die Villa zuzulaufen, als Lexy durch das dichte Gestrüpp neben dem Parkplatz brach. Sie trug ihre schlammige Cateringuniform, die nassen Haare klebten ihr am Kopf.

Sie umarmten sich kurz, bevor er sie zu dem schwarzen Lieferwagen führte.

Carlos war immer noch bewusstlos, und McGandy legte ihn behutsam neben den nackten Toten hinten im Wagen. Falls eine Wache die Tür öffnete, würde sie hoffentlich davon ausgehen, dass sie beide tot waren.

Die schwarze Abdeckplane, die Mike McGandy in der Garage gefunden hatte, war groß genug, um Macaulay, Lexy und Barnaby in dem Raum zwischen der Leiche und den Vordersitzen zu verbergen. McGandy setzte wieder Bardots Hut auf – die auffällige Uniformjacke hatte er noch an –, ließ den Motor an und fuhr auf das Tor des Anwesens zu.

Eine Autoschlange erstreckte sich vor ihnen; bewaffnete Wachen verlangten, dass sämtliche Personen in jedem Auto ausstiegen und der Kofferraum geöffnet wurde. McGandy sah einige vom Regen durchnässte Gäste im Scheinwerferlicht ihres Autos die Wachen wütend anschreien, jedoch ohne Erfolg.

»Wir müssen jetzt fahren!«, sagte Macaulay unter der Plane heraus.

McGandy lenkte den Lieferwagen aus der Warteschlange heraus auf den grasbewachsenen Streifen, der die Auffahrt säumte. Als er dreist aufs Tor zufuhr, schrie eine der Wachen, die gerade ein Auto überprüfte, ihm zu anzuhalten. Er fing an, ihnen hinterherzulaufen, während die zwei Wachen, die das Tor flankierten, die Maschinengewehre hoben und auf McGandy zielten.

Er hielt abrupt vor dem Tor an und schaltete die Innenbeleuchtung über dem Armaturenbrett des Lieferwagens ein. Als die Männer am Tor die Uniform mit den goldenen Sternen unter dem Hut des Obersts sahen, senkten sie sofort die Maschinengewehre.

Die Wache, die dem Lieferwagen hinterhergerannt war, kam an der Hecktür an und riss sie auf. Er wollte schon auf die Ladefläche springen, als er die beiden Körper sah und erschrocken zurückprallte.

Barnabys Kopf unter der Abdeckplane lehnte direkt hinten am Fahrersitz auf der Höhe von McGandys Schultern.

»Hors du chemin!«, rief er mit bedrohlichem Ton. *»Hors de mon chemin, vous imbéciles!«*

So, wie die Wache hinten die Hecktür zuknallte, war es offensichtlich, dass Bardots Männer mit seinen Tiraden auf Französisch vertraut waren. Die zwei Wachen am Tor winkten sie augenblicklich durch. Ein paar Momente später verschwand der Lieferwagen im Regen.

Zweiunddreißig

30. Mai
Estancia da Fonseca
San José de Mayo, Uruguay

Tommy Somervell glaubte nicht, dass June Corcoran den Tag überleben würde. Sie schrumpfte förmlich vor seinen Augen zusammen. Das Einzige, wovon sie sich noch ernährte und was sie am Leben zu halten schien, waren Zigaretten und Kaffee mit einem Schuss Apfelbranntwein. Während der vergangenen zwei Tage hatte sie jede Nahrung verweigert, ebenso die Schmerztabletten, die sie über die letzten paar Wochen gelegentlich eingenommen hatte.

Sie waren gestern Nacht um drei Uhr morgens mit einer Militärmaschine aus Ramstein, Deutschland, in Montevideo angekommen. Tommy hatte sich geradewegs zum amerikanischen Konsulat begeben und ihre weitere Beförderung für sieben Uhr am selben Morgen arrangiert. June hatte es abgelehnt, im Hotel in Montevideo zurückzubleiben, als er ihr erzählt hatte, dass er das Logbuch des U-Boot-Kommandanten alleine suchen würde.

Sie erwartete ihn im Foyer des Hotels, als er nach einer Rasur und einer schnellen Dusche nach unten kam. Sie hatte dieselben Kleider an, die sie bei ihrer Abreise aus Berlin getragen hatte. Andererseits trug er ja auch denselben Anzug.

Auf dem Flug über den Atlantik hatte er ein bisschen geschlafen, unterstützt von der Flasche Johnnie Walker Gold Label Scotch, die er in der Verkaufsstelle für Angehörige der

US-Armee erworben hatte. Jedes Mal, wenn er während des Fluges wach wurde, hatte June unter dem kleinen Lichtkegel von der oberen Konsole gesessen und in ihr Notizbuch gekritzelt.

»Ich habe keine Ahnung, wie du es geschafft hast, von Bülows Tochter so schnell aufzuspüren«, hatte er gesagt.

Sie hatte ihn ignoriert und weitergekritzelt.

»Was schreibst du da?«, hatte er gefragt.

»*Krieg und Frieden*«, hatte sie geantwortet. »Teil zwei.«

Der amerikanische Konsul in Montevideo stellte ihnen ein Auto und einen Fahrer zur Verfügung, mit dem sie fast zwei Stunden von der Hauptstadt aus durch die grüne Hügellandschaft nach Süden fuhren. Es war ein atemberaubend schönes Land, dachte Tommy, auch wenn es nach dem Zweiten Weltkrieg Hunderten von Nazis Unterschlupf gewährt hatte. Sie hatten hier gut gelebt.

Er konnte nicht umhin zu bemerken, dass June mit einem unkontrollierbaren Tröpfeln von Speichel aus dem Mundwinkel zu kämpfen hatte. Sie dämmte den Speichelfluss ein, indem sie sich ständig mit dem kleinen weißen Handtuch, das sie aus dem Flugzeug mitgenommen hatte, den Mund abtupfte.

Es war Tommy nicht leichtgefallen, ihr zu erlauben, die Reise fortzusetzen. In Ramstein war er schon fast so weit gewesen, sie zwangsweise im Krankenhaus des Stützpunkts untersuchen zu lassen, und dann hatte er es sich wieder anders überlegt. Er kannte June inzwischen lange genug, um zu wissen, dass sie es nicht anders haben wollen würde.

Um neun Uhr morgens überquerten sie die Brücke über den Rio San José und kamen in die kleine Stadt San José de Mayo. Der Fahrer gab die Adresse des Hauses von Greta von Bülow da Fonseca, der Tochter von U-Boot-Kapitän Kaspar von Bülow, die man ihnen gegeben hatte, in sein Navigationssystem ein. Es lag in einer Enklave imposanter Häuser am Rand eines kleinen Sees.

Die dreistöckige Backsteinvilla war von breiten, gepflegten Rasenflächen umgeben. Ein Sand-Tennisplatz flankierte die eine Seite des Hauses und ein Fünfzig-Meter-Swimmingpool die andere. Zwei gebräunte und schöne junge blonde Frauen spielten ein Einzel auf dem Platz, als Tommy und June den Weg zur Eingangstür hochgingen.

Ein Butler empfing sie an der Tür und geleitete sie in den rückwärtigen Teil des Hauses und eine Treppe hoch, die zu einem Wintergarten mit Glaswänden führte, der auf den See hinausblickte. Eine Frau von klassischer Schönheit mit herzförmigem Gesicht stand vor den Fenstern. Sie trug ein weißes Seidenkleid, das ihren üppigen Busen und ihre Sanduhrfigur betonte. Ihr langes blondes Haar, das hier und da grau wurde, wurde von einem silbernen Diadem gekrönt, in das Schleierkraut gewunden war.

»Bitte setzen Sie sich!«, sagte die Frau und deutete auf die Louis-quinze-Sessel, die ihrem eigenen gegenüberstanden, als ein Dienstmädchen mit einem Kaffeeservice auf einem Silbertablett erschien.

»Danke, dass Sie sich bereit erklärt haben, uns so kurzfristig zu empfangen, Madame da Fonseca«, sagte Tommy auf Deutsch.

Sie betrachtete seinen zerknitterten Seersucker-Anzug, das fleckige weiße Hemd und die blau-weiß gepunktete Fliege mit einer Spur von Widerwillen, ehe ihr Blick zu June wanderte.

»Ich empfange Sie heute morgen, weil der deutsche Konsul in Montevideo ein persönlicher Freund von mir ist und mich um diese Gefälligkeit gebeten hat«, antwortete sie auf Englisch. »Ich habe mit dem derzeitigen Regime in Bonn wenig zu tun. Was das gegenwärtige Chaos in Europa anbelangt, so sind sie so untätig wie weiße Mäuse.«

Ihre Stimme war tief und heiser mit einem Akzent, der Tommy an Marlene Dietrich in *Der große Bluff* erinnerte. Er betrachtete das gewaltige Ölgemälde, das die Innenwand des Raumes beherrschte. Es stellte einen kahl werdenden alten Mann mit einem beeindruckenden Satz Epauletten auf seiner goldgeschmückten Militäruniform dar. Er hielt den Hut vor der Brust und blickte mit unbeugsamer Entschlossenheit auf sie herab.

»Das ist Feldmarschall Manuel de Freitas da Fonseca«, erklärte sie. »Mein Mann ist ein direkter Nachfahre.«

»Sehr beeindruckend«, sagte Tommy wieder auf Deutsch. »Um direkt zur Sache zu kommen, wir hatten gehofft, kurz Einsicht in das Logbuch zu erhalten, das Ihr Vater erstellt hat, als er in den frühen Monaten des Jahres 1942 das deutsche Kriegsmarine-U-Boot 113 kommandierte.«

Ihr Gesicht zeigte keine Anzeichen von Gefühlsregung oder Bestätigung. Sie nippte an ihrem Kaffee und stellte die Mokkatasse wieder auf den Unterteller.

»Ich habe keines seiner Logbücher«, sagte sie. »Sie haben einen langen Weg für nichts auf sich genommen.«

»Das betreffende Logbuch wurde im Juni 2005 aus dem Militärarchiv in Freiburg im Breisgau gestohlen«, sagte June Corcoran auf Deutsch. »Ich glaube, Sie waren zu dieser Zeit kurz zu Besuch in Deutschland.«

»Ich möchte Ihnen nicht zu nahe treten, aber Sie sabbern auf meinen Sessel«, erwiderte Greta von Bülow in ihrem Englisch mit Akzent. »Ich will wissen, ob es ansteckend ist!«

»Ja, ist es«, sagte June Corcoran. »Ich werde sterben.«

»Das kann ich sehen«, sagte von Bülows Tochter gefühllos. »Ich habe so viele sterben sehen, als ich ein Mädchen war. Hinsichtlich Ihrer Frage: Meine Reise nach Deutschland bei dieser Gelegenheit war eine Familiensache.«

»Ich sollte Ihnen sagen, dass die deutsche Strafverfolgungsbehörde für Kriegsverbrechen in Nürnberg auf Bitten der amerikanischen Regierung zurzeit Vorbereitungen trifft, den Fall Ihres Vaters und seiner mutmaßlichen Gräueltaten gegen hilflose alliierte Gefangene wieder aufzurollen«, sagte Tommy Somervell. »Falls man in dem Fall zu einem Schuldspruch kommt, wird man den Erben derjenigen, die ermordet wurden, die volle finanzielle Entschädigung zugestehen für Eigentum, das von Kapitän von Bülow vor dem Versenken ihrer Schiffe beschlagnahmt wurde. Sie werden auch befugt sein, gegen diejenigen vor Gericht zu klagen, denen Kapitän von Bülow nach seinem Tod sein Vermögen zukommen ließ.«

»Sind Sie von den Juden geschickt worden?«, zischte sie.

Ohne auf die Frage zu reagieren, fuhr Tommy fort: »Um fortgesetzte gute Beziehungen zwischen Deutschland und den Vereinigten Staaten aufrechtzuerhalten, sind wir bereit, diese Rechtsverfolgung abzuwenden, sofern Sie sich bezüglich unserer Bitte um Einsicht in die Logbücher kooperativ zeigen.«

»Die Juden haben meinen Vater ins frühe Grab gebracht«, sagte Madame da Fonseca. »Er wurde dieser Verbrechen fälschlich beschuldigt. Mein Vater war ein Held des Dritten Reichs!«

Tommy stand auf und half June Corcoran auf die Beine.

»Dem entnehme ich, dass Ihre Antwort Nein lautet«, sagte er gelassen. »Ich werde sie der Regierung in Bonn übermitteln. Sie können damit rechnen, innerhalb der nächsten zwei Wochen von den Klägern zu hören.«

Sie waren schon fast an der Wintergartentür, als Marlene Dietrichs Stimme sie plötzlich stehen bleiben ließ.

»Ich werde Ihnen die Logbücher zeigen«, sagte sie.

Als sie ihr durchs Haus folgten, raunte June Tommy zu: »War das alles wahr?«

»Was glaubst du denn?«, antwortete er und hakte sie unter.

Der Raum, in dem Greta da Fonseca die Logbücher ihres Vaters aufbewahrte, war ein fensterloser Schrein für die vergangene Glorie von Hitlers Drittem Reich. In einer Nische wurde eine Büste des Führers angestrahlt. Die Wände des Arbeitszimmers waren mit Fotografien ihres Vaters in den ruhmreichen Tagen der Atlantikschlacht bedeckt. Auf einem davon erhielt er in Berlin von Hitler das Ritterkreuz. In einer Glasvitrine waren alle seine Orden ausgestellt.

Von Bülows Tochter schloss eine Schublade in dem Empireschreibtisch in der Mitte des Zimmers auf, nahm fünf gebundene Bücher heraus und legte sie auf den Tisch.

»Sie dürfen sie hier lesen«, sagte sie. »Sie werden nichts von ihrem Inhalt kopieren. Ich werde hierbleiben, bis Sie fertig sind.«

Tommy holte einen zweiten Stuhl an den Schreibtisch. Er und June setzten sich nebeneinander und begannen, die Logbücher zu begutachten.

Von Bülow hatte die Einsatzjahre seiner U-Boote mit einem dokumentenechten Filzstift auf den mit Leinen verstärkten Buchdeckeln vermerkt; von 1942 gab es zwei. Sie legten die anderen zur Seite. Das erste Logbuch schilderte die Einsätze von U-Boot 113 von Januar bis Ende März 1942.

»Das muss es sein!«, sagte June Corcoran und schlug die erste Seite auf. Tommy fiel auf, dass das kleine weiße Handtuch sich mit jedem weiteren Abtupfen ihres Munds mehr rosa färbte.

Für jeden Tag des Monats gab es mehrere Einträge. Sie beinhalteten alles Mögliche, von Schiffssichtungen bis hin zu Disziplinarmaßnahmen, die gegen Besatzungsmitglieder verhängt wurden. Sein Logbuch listete jeden Funkverkehr zu und vom U-Boot-Hauptquartier in Lorient, Frankreich, auf.

Sie überflogen rasch die Einträge für Januar und Februar, die von Bülow in seinem verkrampften deutschen Schreibstil vorgenommen hatte. Manche Seiten hatten vom Meerwasser Flecken bekommen, und die Tinte war verschmiert. Als sie zu den Einträgen von Ende Februar kamen, drehte June die Seite um. Am Kopf der nächsten Seite stand das Wort SIEG.

Er hatte es in großen Blockbuchstaben geschrieben.

In der ersten Zeile stand: *28. Februar 1942. 0427. Haben vor der Küste Nord-Eleutheras einen Frachter von schätzungsweise siebentausend Tonnen versenkt. Teufels Rückgrat.*

»Devil's Backbone«, sagte June. »Das ist das Schiff!«

Tommys Blick war schon auf die nächste Zeile geheftet. *Schiff brach entzwei und explodierte. Bis auf fünfzig Meter herangefahren, um Trümmer zu suchen. Sekundäre Explosion erschütterte U-Boot. Ausguck über Bord.*

»Sie haben ihren Ausguck verloren«, hörte Tommy June flüstern, bevor ihr Kopf langsam nach unten sank, bis er auf der aufgeschlagenen Seite des Logbuchs liegen blieb. Tommy legte behutsam einen Finger auf ihre Halsschlagader über dem Kragen ihrer Bluse.

»Was hat sie?«, wollte Greta da Fonseca wissen.

»Sie ist tot«, sagte Tommy Somervell.

Dreiunddreißig

31. Mai
Dunmore Town
Nord-Eleuthera, Bahamas

Eine Stunde vor Tagesanbruch waren sie an dem verlassenen Angelhäuschen angekommen.

Nachdem sie von Bruggs Anwesen entkommen waren, war McGandy direkt zu seinem Häuschen gefahren. Er hatte Carlos und die anderen hineingebracht und dann den Lieferwagen ans andere Ende der Insel gefahren und neben der Geländeaufschüttung geparkt. Mit einem feuchten Handtuch hatte er Türgriffe, Lenkrad und Armaturenbrett abgewischt und den Wagen zusammen mit der Leiche des Unbekannten dort gelassen.

Chris Kimball hatte in McGandys Wohnzimmer auf sie gewartet, als sie an dem Häuschen ankamen. Sein linker Arm war geschient und dick mit Mullbinden und Klebeband umwickelt. Sein Gesicht sah aus, als wäre es einer starken thermischen Strahlung ausgesetzt gewesen, und seine Augenbrauen waren abgesengt.

»Fühlt sich besser an, als es aussieht«, sagte Kimball.

»Darüber, dass der Königsfisch mit den hiesigen Frauen anbändelt, brauchen wir uns wohl keine Sorgen mehr zu machen«, witzelte Macaulay, »außer sie stehen auf Boris Karloff!«

»Wir müssen so schnell wie möglich zurück zur *Trader's Bluff*!«, sagte Barnaby zu Kimball. »Ich muss Dusenberry mit einem sicheren Kommunikationsmittel erreichen, um uns von ihm hier rausholen zu lassen!«

»Wir können nicht zurück zur *Trader's Bluff*«, erklärte Kimball. »Die hiesige Polizei hat sie zum Teil des Tatorts erklärt. Als ich aus der Klinik kam, wollte ich wieder an Bord und wurde mit vorgehaltener Pistole abgewiesen. Ich bin sicher, dass sie noch dort sind.«

»Vermutlich steckt Brugg hinter der Sache«, sagte Mike McGandy, der wieder zurückgekommen war, nachdem er sich des Lieferwagens entledigt hatte. »Falls einer von uns zu diesem Zeitpunkt von der Polizei aufgegriffen wird, wird man uns ihm übergeben. Sie haben auch den Flughafen geschlossen, angeblich für die Dauer des Sturms. In Wahrheit wohl so lange, bis sie Sie finden.«

»Wie lang wird der Sturm anhalten?«, fragte Barnaby.

»Wahrscheinlich wird er seine volle Stärke erst morgen Nachmittag erreichen«, antwortete McGandy. »Im Augenblick weht der Wind nur mit circa fünfzig Stundenkilometern. Als ich zurückgekommen bin, habe ich Boote in und aus dem Hafen fahren sehen.«

Cora McGandy kam aus dem Gästeschlafzimmer, wo Macaulay Carlos hingetragen und ins Bett gebracht hatte. Auf der Autofahrt vom Brugg-Anwesen hatte Lexy vorgeschlagen, ihn in Coras Beratungsstelle zu bringen, aber McGandy meinte, das wäre einer der ersten Orte, an dem sie suchen würden.

»Er hat Glück, dass er noch am Leben ist«, sagte Cora, als sie das Tablett abstellte, auf dem ihre medizinischen Instrumente lagen. »Ich habe seine Wunden behandelt und ihm eine Morphinspritze gegen die Schmerzen gegeben. Sein Zustand ist stabil, aber er hat mehrere gebrochene Rippen und braucht Kieferchirurgie. Seine Füße sollten zwar schnell heilen, sobald die Infektion von dem Leim unter Kontrolle ist, aber ich bezweifle, dass er ohne Prothesen jemals wieder bequem gehen können wird.«

»Sollten wir versuchen, Dusenberry im Weißen Haus per Telefon zu kontaktieren?«, fragte Barnaby. »Vielleicht kann er ein Evakuierungsteam herschicken, bevor der Sturm seine volle Stärke erreicht.«

»Da könnte Sie ihn gleich von einem Gemeinschaftstelefon aus anrufen!«, sagte Macaulay. »Damit würden wir nur das Risiko erhöhen, in der Zwischenzeit geschnappt zu werden.«

»Dann schätze ich, wir müssen wohl warten, bis der Sturm vorbei ist«, meinte Barnaby.

»Aber nicht hier!«, platzte Mike McGandy mit einem Blick auf Cora heraus. »Bruggs Männer werden mit Sicherheit irgendwann hierherkommen. Die Leute werden uns in den letzten paar Tagen zusammen gesehen haben; es ist ein kleiner Ort, und sie werden jeder Möglichkeit nachgehen. Es darf nichts darauf hinweisen, dass Sie hier waren, wenn sie durch unser Haus gehen.«

»Wo können wir hin?«, fragte Macaulay, während der Regen wie hundert Basstrommeln auf das Blechdach des Häuschens prasselte. »Wir wollen Sie nicht länger als nötig in Gefahr bringen.«

»Wie wär's mit dem Fischhaus meines Vaters?«, schlug Cora vor.

»Das könnte funktionieren«, stimmte McGandy zu. »Es liegt unten am Kai für die Handelsschiffe. Keiner geht dort nachts hin; es dürfte im Augenblick völlig verlassen sein. Es liefert Ihnen auch einen guten Aussichtspunkt, um zu verfolgen, was morgen früh im Hafenbereich vor sich geht.«

»Hätte Ihr Vater kein Problem damit?«, fragte Macaulay.

»Wir glauben, dass er tot ist. Er ist vor einem Jahr verschwunden«, antwortete Cora, »zusammen mit seinem Charterboot und einer Gruppe Kanadier, die eine einwöchige Seereise zu den Abacos gebucht hatten.«

Macaulay dachte an die gesunkenen Ausflugsboote und die Leichen, die er und Carlos bei ihrem ersten Tauchgang gefunden hatten. Er beschloss, Cora McGandy gegenüber nichts davon zu erwähnen, als die anderen die Vorbereitungen zum Aufbruch trafen.

Eine halbe Stunde später waren sie in McGandys Land Rover am Handelshafen angekommen. Er lag dunkel und menschenleer da, als sie in eine Seitenstraße einbogen, die von Bougainvillea und Kokospalmen gesäumt war. Die üppige Vegetation verbarg fast die Holztreppe, die auf der Rückseite zum ersten Stock des alten Schindelgebäudes führte.

Im Innern war es warm und trocken. Ein großer Raum mit niedriger Decke blickte auf den Hafen hinaus; die beiden Räume hinten waren als Büro und Mannschaftsquartier benutzt worden. Macaulay legte den bewusstlosen Carlos auf eins der Betten, während Chris Kimball die enge Treppe hinunterstieg, die ins Erdgeschoss führte. Es war ein Lagerraum für Boots- und Angelausrüstung mit zwei großen Türen, die auf den Kai hinausgingen und mit Ketten verschlossen waren. Die vom Wind getriebene Gischt hatte den Betonboden mit Meerwasser bedeckt. Oben war McGandy bereit zum Gehen.

»In ein paar Stunden bin ich wieder da mit etwas zu essen und allen Informationen, die ich sammeln kann«, sagte er.

Macaulay ging in den Lagerraum und fand ein paar dicke Bootsvorhänge aus Segeltuch, die er über die Fenster im oberen Stock nagelte. Danach ging er vor die Tür und vergewisserte sich, dass kein Lampenschein nach draußen drang.

Plötzlich begann Carlos im Mannschaftsquartier laut zu stöhnen. Lexy ging zu ihm, kniete sich neben das Bett und schob den rechten Arm unter seinen Hals. Dann zog sie ihn behutsam zu sich, bis sein Gesicht zwischen ihrer Brust und Schulter lag. Sein Körper begann unkontrolliert zu zittern.

»Es wird alles wieder gut!«, sagte sie leise.

Als sie sein verwüstetes Gesicht streichelte, schien er sich zu entspannen.

»Es wird alles wieder gut«, wiederholte sie, aber sie war nicht ganz sicher, ob sie es glauben sollte.

»Wir sollten alle versuchen, ein wenig zu schlafen, solange wir können«, sagte Macaulay.

Barnaby warf einen Blick auf die potenziellen Schlafplätze und verzog das Gesicht. Zwischen den Fässern mit Ausrüstung, den Segelhaufen und den Taurollen fand er schließlich einen Platz auf dem Boden und streckte sich auf dem Rücken aus.

»Ich werde morgen siebzig«, brummte er, als Macaulay das Licht ausschaltete.

»Alles Gute zum Geburtstag!«, sagte Macaulay. »Ich hoffe, Sie bekommen alles, was Sie sich wünschen!«

»Im Moment ist das mein Bau am Long Wharf«, erwiderte Barnaby. »Und Sie können mich mal!«

Die Morgendämmerung brachte einen grauen, trüben Himmel, aus dem es immer noch in Strömen regnete. Macaulay stand auf und machte in der alten blauen Emaillekanne von Coras Vater Kaffee. Als er das Segeltuch vor dem Fenster wegzog, sah er, wie große Brecher auf den Strand krachten und sich in einer weißen Schaummasse auf die vordersten Palmen zuwälzten.

Juwan saß mit den beiden Chinesen und einem Trupp seiner Wachmannschaft im Aquariumraum. Seine Mutter kam herein und gesellte sich mit einer Platte frisch gebackener Apfelcroissants und zwei Pfund Räucherspeck zu ihnen.

»Wie geht es Varna?«, fragte er sie im Flüsterton, als er sich bediente.

»Er ist in eurem Schlafzimmer«, antwortete sie leise. »Er hat fast die ganze Nacht geschluchzt.«

»Wo steckt Oberst Bardot?«, fragte Juwan zum vierten Mal mit Nachdruck. »Ich habe doch gesagt, dass ich ihn sehen will!«

Leutnant Alvarez zuckte mit der Schulter und sagte: »Die Wachen am Tor sagen, er ist in dem Lieferwagen mit der Leiche des amerikanischen Millionärs und einem anderen Mann, den sie nicht erkannt haben, weggefahren. Sie haben angenommen ...«

»Angenommen?«, rief Juwan. »Bringen Sie diese Wachen auf der Stelle her!«

Die Schwarze Mamba neigte den Kopf und raunte ihm zu: »Mein Sohn, zeige nicht deine Gefühle vor diesen Leuten! Stell dir vor, es wäre ein wichtiges NBA-Spiel ... Diese Chinesen warten nur auf ein Zeichen der Schwäche!«

Juwan hasste es, daran erinnert zu werden, was er einmal in der NBA gewesen war. Bilder von seinem letzten All-Star-Spiel schwirrten ihm durch den Kopf, als die beiden Torwachen ins Zimmer kamen. Einer der Männer zitterte sichtlich. Juwan forderte ihn auf, die Ereignisse zu schildern, als der Lieferwagen am Tor angekommen war.

»Es war Oberst Bardot«, berichtete der Mann. »Er war in voller Uniform. Er brüllte mich auf Französisch an, so wie er es schon oft auf dem Exerzierplatz gemacht hat.«

Die Wache, die die Hecktür des Autos geöffnet hatte, bestätigte seine Aussage.

»Oberst Bardot saß am Steuer des Lieferwagens«, sagte er. »Hinten drin lag die Leiche des Mannes, den wir im Michaud's entführt haben. Daneben lag ein anderer Mann, dem die Zehen fehlten.«

»Ich glaube, jemand hat sich möglicherweise als Ihr Oberst Bardot ausgegeben«, sagte Zhou Shen Wui und kostete eines der Croissants.

Eine Wache in durchnässter weißer Uniformjacke betrat den Raum, ging zu Alvarez und flüsterte ihm etwas ins Ohr.

»Wir haben den Lieferwagen gefunden«, sagte Alvarez. »Er wurde auf der Geländeaufschüttung stehen gelassen. Nur einer der Körper lag noch darin.«

»Welcher?«, wollte die Schwarze Mamba wissen.

»Der amerikanische Millionär.«

»Mein Gefangener brauchte ärztliche Behandlung«, sagte sie. »Haben Sie die Krankenhäuser überprüft?«

»Ja«, antwortete Alvarez, »Und auch jeden andern Ort, an dem er ärztliche Hilfe bekommen könnte.«

»Suchen Sie weiter!«, befahl Juwan Brugg. »Sie müssen hier in der Stadt sein. Irgendwer wird etwas gesehen oder gehört haben.«

»Viele Leute hier sind verschwiegen«, wandte die Schwarze Mamba ein.

»Setzen Sie eine Belohnung aus!«, sagte Juwan.

»Ich habe auch dafür gesorgt, dass sämtliche Flüge am Flughafen gestrichen sind«, sagte Alvarez.

Die Blicke der Schwarzen Mamba wurden von etwas auf dem Boden des Aquariums angezogen. Irgendwie schien es nicht dorthin zu gehören. Der Gegenstand war lang und spitz und ragte aus dem Sand. Als sie näher heranging, sah sie, dass es ein Schuh war, ein zweifarbiger Schuh, weiß und schwarz, an dem ein Stückchen eines weißen Strumpfs hing. In dem Strumpf befand sich etwas, was offenbar die kleinen Futterfische anlockte.

»Ich glaube, es ist Zeit, dass wir Partner werden«, sagte Zhou, während er die große schwarze Frau beobachtete, die die scheußlichen Meerestiere anstarrte.

Er war sich sicher, dass dies der richtige Zeitpunkt war, um ein Abkommen zu treffen. Zhou hatte sich nie auf Ahnungen oder Aberglauben verlassen; seine Handlungen waren stets geplant und im Voraus festgelegt, jedoch niemals in Stein gemeißelt. Flexibilität war eine seiner herausragendsten Eigenschaften, die Fähigkeit, an jedem Plan notwendige Korrekturen vorzunehmen, wenn er in der Echtzeit zur Ausführung kam. Der große schwarze Mann war in seinem ursprünglichen Plan zwar nicht vorgekommen, war aber notwendig, um Zhous Mission zu erfüllen.

»Völlige Aufrichtigkeit ist die Basis jeder echten Partnerschaft, Mr. Brugg«, fuhr Zhou fort. »Dies ist Ihr Land; wir sind Ihre demütigen Gäste. In diesem Sinne werde ich Ihnen genau erzählen, wonach wir suchen und warum es uns wichtig ist.«

Juwan lächelte und nickte, während er die Platte mit dem Speck leer aß. Jetzt kamen sie endlich zur Sache!

»Wir versuchen, Fossilien zu bergen, alte Knochen, die vor beinahe hundert Jahren in China ausgegraben wurden«, sagte Zhou. »Sie stammen vom *Homo erectus*, dem Pekingmenschen. Diese Knochen haben zwar keinen inhärenten Wert wie Gold oder Diamanten, aber sie sind dennoch unbezahlbar.«

Er hielt ein paar Sekunden inne, um das Gesagte wirken zu lassen.

»*Homo erectus*«, wiederholte Juwan.

Wofür hielt ihn das Schlitzauge, dass es ihn so verarschte, fragte er sich, mit so einer offensichtlichen Lüge?

»Seine Knochen sind in der Tat von unschätzbarem Wert und werden sogar von gewissen Menschen in meinem Land angebetet«, sprach Zhou weiter. »Er ist der Erste seiner Art, der erste Mensch, der aufrecht stand und Werkzeuge benutzte. Ich bin bereit, Ihnen fünf Millionen Dollar zu bezahlen, wenn Sie uns dabei helfen, den Pekingmenschen wiederzuerlangen.«

»Was ist, wenn wir den Homo nicht finden?«, fragte Juwan, der seinen Spott kaum zügeln konnte.

»Zur Demonstration unseres guten Willens werden wir Ihnen über Ihren Finderlohn hinaus zwei Millionen zahlen, egal, ob wir ihn finden oder nicht. So oder so werden Sie also profitieren. Mein Sohn und ich haben ein Bergungsschiff, das in einer Stunde hier eintrifft. Sobald Sie die Lage des Wracks lokalisieren, werden wir danach tauchen; das Team meines Sohnes kann die notwendige Sicherheit bei unserem Unterfangen gewährleisten.«

Der erste Homo mit einer Erektion, dachte Juwan und bewahrte die Fassung im Angesicht des gequirlten Haufens Scheiße, den der Mann verzapfte, hielt den Blickkontakt aufrecht und nickte gelegentlich, während das alte Schlitzauge durch seine kleinen Rattenzähne log. Um was für einen Schatz konnte es wirklich gehen, fragte er sich. Der alte Mann hatte gesagt, es ginge nicht um Gold oder Diamanten, was wahrscheinlich bedeutete, dass es genau darum ging. Worin der Schatz auch bestehen mochte, Juwan und seine eigenen Männer würden zur Stelle sein, wenn sie ihn fanden.

»Wer sind die anderen, die nach dem Homomenschen suchen?«, fragte Juwan.

»Eine Gruppe amerikanischer Archäologen«, antwortete Zhou, der sich dafür entschieden hatte, die Tatsache nicht preiszugeben, dass die amerikanische Regierung hinter deren Bemühungen steckte. »Haben wir eine Übereinkunft?«

Juwan nickte und streckte die Hand aus. Zhou nahm sie, beobachtete, wie seine Finger verschwanden, wartete, ob der Riese versuchen würde, sie zu zerquetschen. Da war nur gewöhnlicher Druck. Er versuchte nichts zu beweisen.

»Mir geht gerade ein altes chinesisches Sprichwort durch den Kopf«, sagte Zhou. »Yǎ ba chī jiǎo zi, xīn lǐ yǒu shù. Auf Englisch heißt das: Wenn ein Stummer Teigtaschen isst, weiß er, wie viele er gegessen hat, auch wenn er nicht sprechen kann.«

Juwan versuchte, Blickkontakt zu dem alten Chinesen zu halten und gleichzeitig daraus schlau zu werden, was zum Geier er gesagt hatte. Zhou lächelte ihn an, als ob die beiden Blutsbrüder geworden wären, und wartete offenbar auf eine Antwort. Juwan erinnerte sich an den Rap-Slang, den eine Reihe seiner früheren Mannschaftskameraden in der NBA benutzt hatten.

»Nich' alle Bälle springen«, sagte Juwan. »Paar Bälle hängen. Ball lügt nich'.«

Vierunddreißig

31. Mai
Casa Grande Brugg
Nord-Eleuthera, Bahamas

Li Shen Wui stand auf der Mauer des Brugg-Anwesens, die aufs Meer hinausblickte, und sah zu, wie eine enorme Welle aus grünem Wasser mit wildem Donnern auf den Strand krachte. Ihre Wut kam fast der gleich, die ihn von innen heraus verzehrte.

Ein paar Minuten zuvor hatte er von der Terrasse aus eine kleine Karawane aus Humvee-Geländewagen beobachtet, die sich auf dem Wendekreis am Haupteingang formierte. Sein Vater und Brugg waren in den zweiten Humvee gestiegen, und die Karawane hatte das Anwesen verlassen. Sie waren auf dem Weg zu ihrem Treffpunkt mit dem Sechzig-Meter-Bergungsschiff, das soeben mit Lis paramilitärischer Truppe an Bord angekommen war. Es war ein Skandal – es waren Lis Männer, nicht die seines Vaters!

Zum ersten Mal, seit sein Vater und er angekommen waren, hatte es aufgehört zu regnen. Li hatte einen von Bruggs Angestellten sagen hören, das sei nur die Ruhe vor dem richtigen Sturm. Der tiefhängende messingfarbene Himmel sah aus, als wäre er bereit, jederzeit eine weitere Sturzflut zu entfesseln.

Zwei bewaffnete Wachen standen an dem Gittertor in der Mauer, die das Anwesen vom Strand trennte. Als Li ihnen auf Englisch sagte, dass er schwimmen gehen wollte, sah der eine ihn an, als hätte er den Verstand verloren. Der andere drückte das Tor auf und ließ ihn passieren.

Am Strand zog er schnell seine Kleider aus. Während der vom Wind aufgepeitschte Sand seinen Körper wie mit winzigen Nadeln beschoss, beobachtete er, wie ein weiterer gewaltiger Brecher donnernd auf den Strand zurollte. Mit perfektem Timing stürzte er sich in die zurückweichende Welle und begann zu schwimmen.

Zügig durchschnitt sein Körper die weißen Schaumkronen auf den Kämmen der grünen Wellen. Wieder einmal hatte sein Vater ihn herabgesetzt, diesmal vor dem riesigen Einfaltspinsel. Er behandelte Brugg mit einem Respekt, den er seinem eigenen Sohn gegenüber nie an den Tag legte.

Wie immer fand Li im Wasser Erlösung. Mit einem fast spielerischen Kraulen durchpflügte er den aufgewühlten Ozean, machte den Mund kaum auf, wenn sein Kopf an der linken Schulter war, um mit erlesener Präzision und mit einem Minimum an vergeudeter Mühe Luft zu holen.

Wŏ hèn tā … ich hasse ihn, schrie er stumm mit jedem Armzug. *Wŏ hèn tā, wŏ hèn tā, wŏ hèn tā.*

Als er anhielt, um sich umzublicken, sah er, dass er mehrere Hundert Meter vom Strand vor dem Anwesen entfernt war. Als er sich umdrehte und sich auf den Rückweg machte, fing es wieder an zu regnen. In der Nähe der Küste hob er den Kopf aus dem Wasser und sah jemanden am Strand stehen, der hektisch mit beiden Händen winkte. Als Li nahe genug war, um sich von der nächsten Welle ans Ufer tragen zu lassen, erkannte er in der Person den Panamaer Varna.

»Ich habe Sie vom Fenster aus gesehen«, sagte Varna. »Ich konnte nicht fassen, dass Sie das machen! Ich dachte, Sie würden ertrinken!«

Über die Schulter des Panamaers hinweg konnte Li sehen, wie die beiden Wachen an der Mauer ihn anstarrten. Er zog seine Kleider wieder an und ging zusammen mit Varna zur Villa. Im Innern fragte Li ihn, ob es einen Fitnessraum im Haus gab.

»Natürlich!«, sagte der Panamaer. »Ich habe ihn selbst gestaltet.«

»Ich würde gern mit Ihnen trainieren«, sagte Li.

Varnas Gesicht leuchtete vor Freude auf. »Es wäre mir eine Ehre, Ihnen Gesellschaft zu leisten!«

Varnas Fitnessraum befand sich im dritten Stock in der Nähe des Schlafzimmers, das er mit Juwan teilte. Es war topmodern: Cybex-Laufbänder, Crosstrainer, Liegeräder, Stepper, Rudermaschinen und eine Kraftstation der Firma Rogue.

Varna drückte gerade stillvergnügt dreihundert Pfund, um sein eigenes Fitnessniveau zu demonstrieren, als er sah, wie Li sich wieder auszuziehen begann. Nackt kam der Chinese zur Kraftstation herüber und blickte auf Varna herab, als der Panamaer die Hantelstange in die Halterung zurücklegte. Li war schon erregt.

»Ich werde dich mit mir nach China zurücknehmen«, sagte er und sah dem Panamaer in die braunen, fuchsartigen Augen. »Dort wirst du sicher sein und respektiert werden.«

»Nein, ich kann nicht mit dir gehen«, erwiderte Varna. »Ich liebe Juwan.«

»Du kannst ihn nicht lieben. Der Mann ist ein Ungeheuer!«, sagte Li.

»Ich gehöre Juwan«, sagte Varna.

»Was hast du dann am Strand gemacht?«, wollte Li wissen.

»Ich war nur besorgt, dass du dir Schaden zufügen würdest. Ihr seid unsere Gäste.«

»Ich bin mehr als ein Gast«, sagte Li und zwang den Panamaer auf die Knie. »Ich denke, du machst die Männer nur heiß und lässt sie dann abblitzen. Solche Waschlappen hatte ich viele.«

Als Varna weiter Widerstand leistete, schlug Li ihm mit der flachen Hand hart ins Gesicht. Er legte seinen ganzen Hass in den Schlag. Varna schien vor seinen Augen zu schrumpfen. Li befahl ihm, die Trainingshose auszuziehen. Dass die Tür hinter ihnen aufging, hörte er nicht.

»Varna!«, ertönte die Stimme der Schwarzen Mamba. »Du Hure!«

Mit zwei bärengleichen Sprüngen war die Mamba an der Kraftstation. Varna rutschte auf den Knien von ihr weg, als sie Li mit der rechten Faust ins Gesicht knüppelte. Es fühlte sich wie der Schlag eines Vorschlaghammers an, und sein Schädel dröhnte, als sie ihn mit eisernem Griff an der linken Schulter packte.

Li duckte sich, drehte sich herum, ergriff ihr mächtiges linkes Handgelenk und bog ihre Finger mit all seiner Kraft nach hinten. Obwohl sie ihm wieder mit der rechten Faust an den Kopf schlug, wurde der vertraute Nebel in seinen Augen dichter, und unnachgiebig erhöhte er den Druck auf ihre Finger. Er hörte die vier Knochen mit einem hässlichen Knirschen brechen, was seiner Gegnerin ein lautes Grunzen entlockte.

Das Gesicht der Mamba hatte sich zu einer furchteinflößenden Maske heftiger Schmerzen verzogen, als er ihr die rechte Schulter so fest in den gewaltigen Bauch rammte, dass sie auf den Rücken fiel. Als sie den Mund aufmachte, um nach Hilfe zu schreien, hob er das Bein und stampfte ihr mit der Ferse auf den Hals.

Sie stieß ein blökendes Winseln aus und schnaubte zweimal

laut, als sie verzweifelt versuchte, durch ihren zerschmetterten Kehlkopf Luft zu holen. Li blieb auf ihrem Hals stehen, bis sie einen letzten Klagelaut von sich gab. Li nahm den Fuß herunter. Er merkte, wie der Nebel in seinen Augen sich verflüchtigte, als er Varna ins fassungslose Gesicht blickte.

»Du hilfst mir, sie zu beseitigen, oder ich erzähle deinem Riesenschwachkopf, dass du sie getötet hast, nachdem sie uns zusammen erwischt hat.«

Macaulays Smartphone klingelte in einem fort, bis es schließlich auf seine automatische Ansage umschaltete.

»Das ist wieder Tommy Somervell«, sagte Macaulay. »Er würde nicht anrufen, wenn es nicht etwas wirklich Wichtiges gäbe.«

»Ist Ihr Telefon verschlüsselt?«, fragte Barnaby.

»So gut, wie es heutzutage möglich ist«, antwortete Macaulay.

»Gehen Sie dran!«, sagte Barnaby, als es eine Minute später wieder zu klingeln begann.

Macaulay stellte das Smartphone auf Lautsprecher.

»Ich will es kurz machen, mein lieber Junge«, sagte Tommy Somervell. »June Corcoran ist tot, aber sie hat uns hoffentlich auf die richtige Spur gebracht. Ich habe keine Ahnung, wie das hier zu dem passt, was ihr bereits herausgefunden habt, aber hier ist es. Der Schlächter, der das U-113 kommandierte, von dem die *Prins Willem* versenkt wurde, durchsuchte gerade die treibenden Trümmer, nachdem er das Schiff torpediert hatte, als eine sekundäre Explosion das U-Boot erschütterte. Einer der Ausgucke ging über Bord, aber niemand bemerkte es, bis sie wieder zum Tauchen bereit waren. Bis dahin konnten sie ihn nicht mehr finden.«

»Kann von Bülow die Kiste an Bord genommen haben?«

»In seinem persönlichen Logbuch findet sich nichts davon«, sagte Tommy, »aber ich habe noch ein paar Einzelheiten über den Ausguck. Er war erst fünfzehn Jahre alt und offenbar ein von der Besatzung geliebtes Maskottchen … ein Gefreiter namens Dieter Jensen.«

»Sag das noch mal!«

»Dieter Jensen«, wiederholte Somervell, und seine Stimme hallte im Zimmer wider.

Mike McGandy grinste und nickte Macaulay zu.

»Danke, Tommy. Das mit June tut mir leid«, sagte Macaulay, bevor er das Gespräch beendete.

»Dieter Jensen ist der alte Einsiedler, dem Sie da draußen begegnet sind«, sagte McGandy. »Deshalb nennen sie die Insel auch Dieter's Island.«

»Wenn er derselbe Mann ist, wie kann er dann dahin gekommen sein?«, fragte Macaulay. »Es müssen an die zehn Kilometer sein von der Stelle, wo die *Prins Willem* gesunken ist!«

»Wer weiß?«, sagte Barnaby. »Wie Conan Doyle geschrieben hat, wenn man alle anderen Möglichkeiten eliminiert, muss es die Antwort sein.«

»Er muss derjenige gewesen sein, der Morrissey das Leben gerettet hat«, sagte Lexy. »Du weißt doch noch, dass Morrissey erzählt hat, er hätte eine seltsame Stimme gehört, als er im Meer trieb.«

»Und worauf trieben die beiden?«, fragte Barnaby. »Vielleicht auf einer … Kiste?«

»Eine Tausend-zu-eins-Chance«, sagte Macaulay.

»Zehntausend«, erwiderte Barnaby, »aber wir müssen es herausfinden.«

Macaulay wandte sich an Mike McGandy. »Wann, haben Sie gesagt, wird der Sturm seinen Höhepunkt erreichen?«

»Irgendwann heute Nachmittag.«

Macaulay sah auf die Uhr. »Damit bleiben uns mindestens drei Stunden, um dort rauszufahren und wieder zurück. Ist Ihr Tauchsafariboot seetüchtig?«

McGandy nickte und sagte: »Aber Sie werden mächtig nass werden!«

»Wie lange brauchen wir da raus?«

»Momentan sind die Wellen eins zwanzig bis eins achtzig hoch mit langer, tiefer Dünung. Ich kann wahrscheinlich fünfzehn Knoten machen, also schätze ich so ungefähr eine halbe Stunde für jede Strecke.«

Mit seiner unversehrten Hand gab Chris Kimball ihre GPS-Koordinaten in sein Handy ein und sah sich die aktuelle Wettervorhersage an.

»Bis heute Nachmittag soll der Wind einhundertsechzig Stundenkilometer erreichen«, sagte er, »dazu fünf bis sechs Meter hohe Wellen.«

»Bis dahin sind wir längst wieder da!«, sagte McGandy. »Jedenfalls sollten wir das besser. Als Hurrikan Andrew hier durchzog, lag Dieter's Island unter Wasser.«

»Wann brechen wir auf?«, wollte Kimball wissen.

»Mit dieser Schulter können Sie nicht mitkommen!«, entschied Macaulay und sagte zu Barnaby: »Und Sie auch nicht, alter Mann!«

»Versuchen Sie mich aufzuhalten, General!«, entgegnete Barnaby. »Ich habe das Kommando über diese Gruppe. Wenn Ihnen das nicht passt, dann rufen Sie doch den Präsidenten an!«

Fünfunddreißig

31. Mai
Casa Grande Brugg
Dunmore Town
Nord-Eleuthera, Bahamas

Mit einem Gefühl neuen Respekts für den alten Chinesen kehrte Juwan auf sein Anwesen zurück, nachdem er Zhous gerade eingetroffenes Schiff im Hafen besichtigt hatte. Es war ein tödliches militärisches Waffensystem, raffiniert getarnt als Fischdampfer, mit einer Reihe von Raketenwerfern, Seezielflugkörpern und modernen Gatling-Maschinenkanonen. Es war auch ein Tiefsee-Bergungsschiff mit einer internen Tauchplattform und einem Tauchboot, das den Meeresgrund erkunden und hochholen konnte, wonach sie suchten, was immer es war.

Zhou stellte Juwan dem chinesischen Militärtrupp vor, der ebenfalls an Bord des Schiffes eingetroffen war. Juwan war beeindruckt. Es waren zwar nur zwanzig Mann, aber sie erinnerten ihn an seine eigenen Leute, Leute, die es genossen, einem Menschen das Herz herauszureißen, ihm die Zunge abzuschneiden oder mit einem wohlplatzierten Tritt die Leiste zu zertrümmern. Mit diesen Männern würde man rechnen müssen, sagte er sich, wenn der Schatz gefunden war.

Es fiel ihm auch auf, dass jeder auf dem Schiff den alten Chinesen Gebieter nannte, wie in *Ja, mein Gebieter; nein, mein Gebieter.* Fast bei jedem seiner Schritte machten sie Kratzfüße. Juwan dachte, er könnte sich damit anfreunden, einen ähnlichen Titel zu haben. Gebieter Juwan. Das klang gut.

»Wo ist meine Mutter?«, fragte er Alvarez, als er nach Hause zurückkam.

»Ich weiß es nicht«, antwortete Alvarez.

»Finden Sie sie!«, befahl Juwan.

Als er ins Schlafzimmer im dritten Stock ging, sah er Varna im Bad verschwinden und hörte, wie von innen abgeschlossen wurde. Juwan hatte schon beschlossen, ihm mehr Zeit zu lassen, um die jüngsten Enttäuschungen zu verwinden. Er würde es wieder bei ihm gutmachen, sagte er sich, als er Varnas unterdrücktes Schluchzen durch die Tür hörte.

Er beschloss, ein Nickerchen zu machen, während sie darauf warteten, dass die Suche nach den Archäologen Resultate hervorbrachte, und legte sich aufs Bett. Der Wolkenbruch draußen ließ ihn frösteln, deshalb griff er nach der Daunendecke, die Varna ordentlich zusammengelegt am Fußende aufbewahrte. Sie war nicht da. Er legte sich wieder zurück und dachte über all die sonderbaren Dinge nach, die in den letzten zwei Tagen passiert waren, bis er schließlich einschlief, während der Regen gegen die Scheibe der Balkontür peitschte.

Die Scheibenwischer an McGandys Land Rover waren damit überfordert, die Windschutzscheibe frei zu halten, als er sie über den Kai für die Handelsschiffe am Fuße von Dunmore Town zu dem Pier fuhr, wo das Boot für die Tauchtouren festgemacht war. Abgesehen von einem älteren Mann, der dabei war, die Erdgeschossfenster seines Ladens mit Brettern zuzunageln, lag die Gegend um den Kai verlassen da.

McGandy parkte den Landrover neben seinem Liegeplatz. In gelben Regenjacken und -hüten stiegen Lexy und Barnaby an Bord, während Macaulay den großen Seesack aus dem Kofferraum des Wagens nahm und hinter ihnen hertrug.

McGandy schloss die Stahltür zum Ruderhaus auf, und sie verstauten die Ausrüstung am Seitenschott des fast neuen, maßgefertigten Munson-Tauchboots. Es war zehn Meter lang bei einer maximalen Schiffsbreite von drei Metern.

»Katamaranrumpf!«, sagte Macaulay bewundernd.

»Das verleiht uns zusätzliche Stabilität bei einem Seegang wie dem, in den wir uns gleich begeben«, erklärte McGandy, während er einen Schalter an der Steuerkonsole umlegte und die beiden 250er Yamaha-Außenborder anließ. »Bei ruhiger See macht sie fünfundvierzig.«

Lexy löste die Bug- und Heckleinen, und McGandy bewegte das Boot langsam vom Liegeplatz weg am Pier entlang aufs offene Meer zu. Als sie in die Fahrrinne hinauskamen, hörte Barnaby das plötzliche Aufheulen einer lauten Sirene.

»Auf den Boden!«, befahl McGandy.

Auf der anderen Hafenseite hielt das örtliche Polizeiboot auf eine der Superjachten zu, die gerade ihren Liegeplatz verlassen hatte und sich bereit machte, in See zu stechen. Im Bug des Polizeiboots stand ein Beamter der Polizei von Dunmore Town mit einem Megafon.

»Kehren Sie an Ihren Liegeplatz zurück!«, forderte er die Jacht auf. »Niemand verlässt den Hafen!«

»Sie vergewissern sich, dass Sie nicht an Bord einer der großen Jachten sind«, sagte McGandy. »Nur für alle Fälle.«

Das Munson-Tauchboot war dunkelgrau lackiert und verschmolz mit dem dunklen Vorhang aus peitschendem Regen, als er weiter durch die Fahrrinne steuerte, die hinaus zum Devil's Backbone führte.

»Selbst wenn sie uns sehen, können sie uns unmöglich einholen«, sagte McGandy.

Innerhalb einer Minute verbargen dichter Nebel und Regen

sie vor Blicken vom Hafen. McGandy drehte das Steuerrad nach Steuerbord in Richtung Devil's Backbone und ließ beide Motoren aufheulen. Der Bug hob sich und drängte nach vorn. Hinter ihnen wölbte sich eine Fontäne aus weißem Schaum hoch über die aufgewühlte grüne See.

Sobald sie draußen auf offenem Wasser waren, wurden die Wellen schnell drei Meter hoch, dazwischen lange Wellentäler. Der Bug der Munson erklomm eine der Wellen und stürzte sich dann in das folgende Wellental, bevor er sich wieder hob und die nächste anging. Jedes Mal, wenn das Boot aufs Wasser klatschte, brachen zwei Flügel aus Gischt unter dem Doppelrumpf hervor. McGandy stand breitbeinig am Steuerrad und versuchte, jede Veränderung auf dem Meer vor ihnen wahrzunehmen.

Die Wellen prallten inzwischen auch auf beide Seiten des Boots, das sich besorgniserregend schräg legte, bevor es sich wieder stabilisierte. McGandy hatte alle Hände voll zu tun, um nicht abgetrieben zu werden und das Boot auf Kurs zu halten.

Die Wellen wurden noch bedrohlicher, nachdem sie die Lücke im Devil's Backbone passiert hatten und draußen auf dem richtigen Meer waren. Sie erklommen berghohe Wasserhänge, bevor sie wie ein Aufzug im freien Fall ins nächste Wellental hinunterrasten.

Lexy merkte, wie es in ihrem Magen rumorte, als sie eingezwängt in der Ecke der gepolsterten Bank längs des Schotts saß. Gischt und Regen peitschten mit lautem Trommeln die Scheiben, und das ächzende Heulen des Windes wuchs zu einem Brüllen aus voller Kehle an.

»Es besteht immer das Risiko, dass wir auf eine Monsterwelle treffen!«, rief McGandy, während er das Meer vor ihnen absuchte.

Durch die Windschutzscheibe gesehen waren die Wolken über ihnen fast völlig schwarz; ab und zu sah McGandy tief in ihrem Innern Blitze. Der Geruch in der Luft war nasskalt und urzeitlich, als würde er aus großer Tiefe aufgewühlt.

Macaulay hatte den Reißverschluss am Seesack geöffnet und damit begonnen, das erste der zwei Steyr-AUG-Maschinengewehre zu reinigen, die er und McGandy bei Carlos' Befreiung den Wachen abgenommen hatten.

»Brugg hat sein Waffenarsenal gut ausgesucht«, meinte Macaulay, während er einen sauberen Lappen mit Lösungsmittel tränkte und dann den Lauf damit säuberte.

»Das ist ja echt leicht!«, staunte Lexy, als sie das zweite in die Hand nahm.

»Man nennt sie Bullpups«, sagte Macaulay. »Indem Verschluss und Magazin hinter dem Griffstück in der Schulterstütze untergebracht wurden, war man in der Lage, sie auf knapp achtzig Zentimeter zu verkürzen. Es wiegt keine vier Kilo.«

Er zeigte ihr, wie man den Drehkopfverschluss bediente, bevor er eins der Dreißig-Schuss-Kurvenmagazine aus Polymer in den Kolben einführte.

»Den Abzug bis ganz nach hinten zu drücken gibt dir vollautomatisches Feuer«, erklärte er ihr. »Der Knopf hier links gibt den roten Punkt frei, was heißt, dass das Gewehr feuerbereit ist.«

»Ich hoffe, Alexandra muss nicht mit einem Ihrer Spielzeuge spielen!«, sagte Barnaby, der von der Bank aus zugeschaut hatte. »Wir dürfen davon ausgehen, dass Jensen nichts von unserm Kommen weiß, ganz bestimmt nicht bei diesem Sauwetter!«

»Beim letzten Mal, als wir da draußen waren, war er bewaffnet«, sagte Lexy. »Es ist nur sinnvoll, Vorsichtsmaßnahmen zu ergreifen.«

Das anhaltende Durchschütteln des Bootes durch die gegenläufigen Wellenbewegungen hatte Barnabys Gesicht eine fast limettengrüne Farbe verliehen.

»Behalten Sie die Augen auf den Horizont gerichtet, Dr. Finchem!«, empfahl ihm McGandy, dem sein Zustand nicht entgangen war.

»Und wo genau finde ich den?«, erwiderte Barnaby sarkastisch, und McGandy grinste.

Macaulay schaute gerade nach achtern, als er die fünf Meter hohe grüne Wand einer Monsterwelle über die Backbordseite krachen sah, die das hintere Teil des Boots bis zum Schandeck mit Meerwasser füllte. Das Wasser brandete nach vorn aufs Ruderhaus zu und donnerte gegen die abgedichtete Kajütentür, bevor das unermessliche Gewicht das Heck unter die Oberfläche drückte.

Weil die Außenbordmotoren völlig vom brodelnden Wasser bedeckt waren, drehte McGandy das Steuerrad auf die nächste Breitseitwelle zu. Als das Wasser durch die Speigatten ablief, tauchten der Heckspiegel des Bootes und seine zwei rauchenden Motoren langsam wieder aus dem Meer auf. Barnaby betrachtete sie und grübelte, welches Schicksal ihnen wohl beschieden wäre, wenn angesichts der Prügel, die sie vom aufgebrachten Ozean bezogen, einer oder alle beide den Geist aufgäben.

McGandy schien seine Gedanken zu erraten.

»Keine Bange wegen des Boots!«, sagte er. »Ich halte es tadellos in Schuss!«

»Das ist sehr beruhigend, Mr. McGandy«, antwortete Barnaby und beugte sich über einen Zwanzig-Liter-Putzeimer und erbrach seinen Mageninhalt. Sofort erfüllte der säuerliche Geruch die Kajüte und veranlasste Lexy fast, seinem Beispiel zu folgen.

»Wir sind bald da«, sagte McGandy nach einem Blick auf den Fünfundzwanzig-Zentimeter-Bildschirm seines Furuno-Navigationssystems. »Die Sichtweite ist auf ungefähr sechzig Meter runter. Ich bringe uns über die Instrumente rein!«

Eine Viertelstunde später sah Lexy die hohen Mangroven am Ende von Dieter's Island aus dem Vorhang aus Regen und Nebel auftauchen.

»Die beste Stelle, Sie an Land zu lassen, ist ein Fußpfad, den ich gesehen habe, als ich das einzige Mal hier rausgekommen bin, um ihm Arzneiwaren zu bringen, als er mal krank wurde und per Funk um Hilfe bat«, sagte McGandy. »Er wollte mir nicht erlauben, einen Fuß auf die Insel zu setzen, obwohl er kaum gehen konnte. Ich musste ihm den Kasten vom Wasser aus zuwerfen. Der Pfad befindet sich rechts von dem Mangrovensumpf da.«

»Können Sie mit dem Boot anlanden?«, fragte Macaulay.

McGandy schüttelte den Kopf.

»Es ist zu seicht; ich kann nur dicht heranfahren, und ankern will ich hier nicht, falls der Wind die Richtung ändert.«

Er griff unter die Steuerkonsole und nahm ein tragbares elektronisches Gerät heraus, schaltete es ein und reichte es Macaulay. Es war ein Funksprechgerät.

»Motorola, wasserdicht, Reichweite fünfzehn Kilometer«, erklärte er. »Wir stehen auf Kanal zwölf in Verbindung, falls es einen Notfall gibt. Sie werden unverschlüsselt sein, also sagen Sie einfach das Wort *Keira*, und wir treffen uns hier am Anfang des Weges.«

»Wieso Keira?«, wollte Lexy wissen.

»Das wird der Name unserer Tochter sein.«

»Nur für den Fall, dass wir Besuch bekommen, haben Sie irgendwelche Feuerkraft an Bord?«, fragte Macaulay.

»Ja«, bestätigte McGandy, »ein Souvenir aus meinen Tagen beim gemeinsamen Sonderkommando für Drogenschmuggel hier unten.«

»Los geht's!«, sagte Lexy.

»Dr. Finchem«, meinte McGandy, »ich hielte es für eine gute Idee, wenn Sie hier mit mir warteten, bis sie herausgefunden haben, ob es überhaupt dort ist.«

»Ich danke Ihnen für Ihre freundliche Einschätzung«, entgegnete Barnaby, »aber wenn Sie meinen, ich würde hier auf diesem Schaukelpferd warten, nachdem ich diese Spritztour durch die Hölle überlebt habe, dann irren Sie sich! Ob Sie es glauben oder nicht, ich bin erst siebzig – das ist das neue vierzig. Außerdem ist General Macaulay hier mit genug Waffen beladen, um die Kosaken abzuwehren.«

Lexy, die in ihrem Ölzeug im prasselnden Regen stand, konnte sich eines Lächelns nicht erwehren, als Macaulay den Seesack hochhob und zu McGandy sagte: »Wie bekommen wir den unerschrockenen Dr. Finchem über die Seite, damit er seine detektivischen Fähigkeiten freisetzen kann?«

McGandy ging zu einem Spind, der ins Außenschott des Ruderhauses eingebaut war, und schnallte einen kleinen, zylindrischen Behälter los, der darüber befestigt war. Der Behälter war aus weißem, spritzgegossenem Kunststoff konstruiert und hatte einen roten Griff an einem Ende. Er legte ihn aufs Deck. Als er an dem roten Griff zog, platzte der Behälter auf und das Vier-Personen-Rettungsfloß aus Gummi, das sich darin befand, blähte sich mit einem lauten Zischen auf.

»Voilà!«, sagte McGandy.

Sechsunddreißig

31. Mai
Dieter's Island
Vor Devil's Backbone
Nord-Eleuthera, Bahamas

Macaulay zerrte das Floß vom Rand des Brackwassers in der Lagune über den Pfad hoch und sicherte es am Stamm eines Mangrovenbaums. Er öffnete den Seesack und reichte Lexy eins der leichten Maschinengewehre.

Nachdem er eine .45-Kaliber-Pistole hinten in seine Jeans gesteckt hatte, nahm er das zweite Maschinengewehr und den Rucksack mit den Ersatzmunitionsmagazinen. Er hörte, wie McGandy wendete und das Tauchboot über die Lagune in ruhigere Gewässer steuerte. Macaulay signalisierte Barnaby und Lexy, ihm über den schmalen Pfad zu folgen, der durch den Sumpf führte.

Für Lexy sah es aus, als wüchsen die Mangrovenbäume auf Stelzen, denn die Luftwurzeln, deren untere Enden im Schlamm und Brackwasser verborgen waren, hielten die Stämme und Äste über der Wasserlinie. Ein Stück weiter trat sie auf etwas, was sie für einen vom Regen rutschigen Ast hielt, der quer auf dem Pfad lag. Die zwei Meter lange Schlange glitt über den Schlamm und verschwand im dichten Gewirr der Vegetation, die ihn bedeckte.

Das Dach aus roten und grünen Blättern, das von den ineinander verschlungenen Zweigen zu beiden Seiten des Pfades gebildet wurde, war so dicht, dass es dem größten Teil des

Tageslichts den Zutritt verwehrte und den Regen von ihren Köpfen ablenkte. Der Wind war hier kaum mehr als ein leises Raunen.

Der Geruch im Innern des Mangrovensumpfs war überwältigend, eine Mischung aus Fäulnis und Verwesung und lebender und toter Meereslebewesen. Jemand, vermutlich Dieter Jensen, hatte eine schmale Unterlage aus Krebs-, Austern-, Muschel- und Schneckenschalen auf dem Pfad ausgestreut, um den Füßen auf der schlammigen Oberfläche besseren Halt zu geben.

Nach fünfzig Metern lichtete sich der dichte Mangrovenwald und machte einem Feld ein Meter hoher Binsen Platz. Das morastige Feld grenzte auf beiden Seiten an den Pfad. Jetzt, wo sie wieder unter freiem Himmel waren, wurden sie wieder von Wind und Regen drangsaliert.

Rechts von ihnen sah Lexy einen Bestand an Fächerpalmen und Karibischen Kiefern, deren Zweige vom Sturm hin und her gepeitscht wurden. Unter den Bäumen schien eine Gruppe von Stangen senkrecht aus dem Boden zu ragen. Als sie sich den Regen aus den Augen wischte, sah sie, dass die Stangen auch Querhölzer hatten. Es waren Kreuze. Ein einfacher Zaun umgab sie.

Macaulay kam an einen zweiten Pfad, der zu den Kiefern führte.

»Mike hat mir erzählt, er glaubt, dass die Hütte des alten Mannes sich auf der einzigen Anhöhe in der Nähe der Inselmitte befindet«, sagte Lexy.

»Dort führt dieser Pfad hin … zur Mitte«, sagte Macaulay.

Er behielt das Maschinengewehr im Anschlag, als er sie wieder weiterführte; Lexy trug ihres über der rechten Schulter. Der Pfad führte durch einen Hain sechs Meter hoher

Sternapfelbäume, die den Weg vor ihnen verdeckten. Auf der anderen Seite des Hains kamen sie zu aufeinanderfolgenden Reihen von Obstbäumen und Zitrusgewächsanpflanzungen.

»Er hat hier draußen eine Südfruchtplantage angelegt!«, sagte Barnaby bewundernd, als sie an reifenden Bananen- und Orangenbäumen vorbeikamen, gefolgt von primitiven, mannshohen Holzlauben, die voller Weintrauben hingen. Er pflückte eine Handvoll und begann sie geräuschvoll zu kauen, während er hinter den anderen herging.

Etwas auf einer der Weinlauben zog seine Blicke an: Ein riesiger Fregattvogel hockte auf dem oberen Rahmen. Barnaby erkannte ihn an dem roten Kehlsack. Er starrte still auf ihn herunter, als er vorbeiging.

»Ich glaube, ich kann seine Hütte sehen!«, sagte Macaulay, der durch den Regenvorhang vor ihnen spähte.

Das Zuhause des Einsiedlers war nicht mehr als anderthalb Meter hoch und schien vollständig aus Muschelkalkblöcken errichtet zu sein. Abgesehen von einer Tür konnte Macaulay noch einen kleinen, schmalen Fensterschlitz in einer der Wände ausmachen. Der Schlitz war dunkel.

»Vielleicht sollte sich nur einer von uns dem Haus nähern«, schlug Lexy vor. »Das könnte weniger bedrohlich wirken.«

»Legen Sie Waffen nieder!«, befahl eine laute Stimme hinter ihnen.

Sie drehte sich mit den andern um. Ein Mann trat hinter einer der Weinlauben heraus; Lexy sah, dass es derselbe war, der sie schon einmal davongejagt hatte. Durchnässt, wie er vom Regen war, sah er jetzt aus wie die Vogelscheuche aus *Der Zauberer von Oz*.

Eulenartige Augen traten aus einem blassen weißen Gesicht unter einem breitkrempigen, undichten Strohhut hervor. Er war barfuß, und sein zerknittertes weißes Hemd und die Hose klebten ihm an der Haut. Seine alte Lee-Enfield .303 war direkt auf Barnabys Brust gerichtet. Barnaby drehte den Kopf langsam zu Macaulay herum.

»Bitte legen Sie Ihre Spielzeuge weg, General, bevor er ein Loch von der Größe eines Gürteltiers in mich schießt!«, sagte Barnaby ruhig.

Macaulay legte das Gewehr auf den Pfad; Lexy nahm ihres von der Schulter und legte es daneben. Macaulay ließ die Arme an den Seiten hängen, die rechte Hand Zentimeter von der .45er entfernt, die hinten in seiner Jeans steckte.

»Ich habe Sie schon mal gesehen«, sagte Dieter Jensen. »Ich habe Ihnen gesagt, was passiert, wenn Sie zurückkommen, und Sie haben es trotzdem gemacht … mit Gewehren!«

»Woher wussten Sie, dass wir hier sind?«, fragte Barnaby in dem Versuch, Zeit zu gewinnen.

»Ich habe Ihren Motor gehört, Mann«, erwiderte Jensen in dem bahamaischen Dialekt, den er sich nach über siebzig Jahren des Lebens hier zugelegt hatte. »Ist das McGandys Boot?«

»Ja, und er wartet momentan vor der Küste auf uns«, antwortete Lexy. »Wir sind nicht hier, um Ihnen etwas zu tun. Wir wollen nur reden.«

»Gibt nichts zu reden«, sagte er.

»Wir wissen, dass Sie Dieter Jensen sind und dass Sie hier draußen leben, seit Sie 1942 vom U-Boot 113 gefallen sind«, sagte Lexy.

Jensens Eulenaugen blickten plötzlich wirr; gleich darauf riss er die Waffe herum und richtete sie auf Lexy. Macaulay war sich sicher, dass er kurz vorm Abdrücken war, und griff schon nach seiner .45er, als Barnaby zwischen Lexy und den Gewehrlauf trat und auf Jensen zuging.

Barnaby beobachtete, wie der Zeigefinger des alten Mannes den Abzug fand. Er streckte die rechte Hand aus, packte den Lauf und stieß ihn nach oben. Die Explosion dicht an seinem Kopf war ohrenbetäubend, als der Schuss die Haut oben an seiner Schulter versengte.

Barnaby, der immer noch den Lauf festhielt, zog dem alten Mann die Waffe aus den Händen. Jensen schien gar nicht bewusst zu sein, dass er das Gewehr abgefeuert hatte. Seine verwirrten Augen wanderten wieder zu Lexy, und er fing an zu weinen.

»Wie konnten Sie das über mich wissen?«, fragte er mit bebender Stimme.

»Wir wollen Ihnen nicht wehtun, Mr. Jensen«, sagte Lexy. »Wir sind gekommen, um Ihnen ein paar wichtige Fragen zu stellen. Wenn Sie sie ehrlich beantworten, werden wir gehen und nicht zurückkommen. Sie können dann Ihr Leben weiterführen wie gewohnt.«

»Gehen wir zuerst mal aus dem Regen raus!«, sagte Macaulay.

Er hob die zwei Gewehre auf, während Lexy den alten Mann bei der Hand nahm und ihn zu dem Muschelkalkgebäude führte. Barnaby hielt die Lee-Enfield am Lauf hoch.

»Was ist mit dem hier?«, fragte er Macaulay.

Grinsend antwortete der: »Ich denke, man sollte es eigentlich vom anderen Ende aus halten. Aber Sie sind gerade gut damit umgegangen, alter Mann. Sie haben Lexy das Leben gerettet und mir vielleicht auch.«

»Das ist nichts Besonderes«, entgegnete Barnaby und trug die Waffe hinter ihnen her. Der Fregattvogel hüpfte von seinem Sitzplatz und watschelte hinter ihm her.

Als sie sich der Hütte aus Muschelkalk näherten, sah Lexy,

dass das Steindach schlauerweise einen Wasserbehälter verbarg, der den Regen auffing. Es gab nur ein Fenster, nämlich einen schmalen Schlitz wie in einem mittelalterlichen Bergfried, das auf den Pfad hinausging. Die Wände waren zehn Zentimeter dick.

Die stabile Brettertür, die in den Bau führte, befand sich am Fuße dreier Stufen, die ins Steinfundament gehauen waren. Obwohl die Hauswände nur anderthalb Meter über Bodenhöhe aufragten, war der ausgehobene Raum darunter hoch genug, dass Lexy darin stehen konnte.

Jensens Zuhause bestand aus einem großen Zimmer. Die Fensteröffnung hatte keine Scheibe. Die dicke Holztür wurde von einer Holzplanke gesichert, die von zwei Eisenklammern gehalten wurde.

Im Innern stand auf zwei Baumstümpfen ein simpler Tisch, den Jensen aus unbehauenen Holzbohlen gebaut hatte; ein handgemachter Stuhl mit einem weichen Kisten war daruntergeschoben. Auf dem Tisch stand eine nicht angezündete Kerosinlampe.

Nachdem sie dem alten Mann auf seinen Stuhl geholfen hatte, fand Lexy Streichhölzer neben der Lampe und machte sie an. Macaulay und Barnaby kamen herein und schlossen die Treibholztür hinter sich. Keiner von ihnen konnte aufrecht in dem Raum stehen. Auf einem schmalen Bettgestell an der anderen Wand lag eine Strohmatratze; Barnaby ging hin und setzte sich darauf.

Während Barnaby nach der Schramme in seiner Schulter sah, stand Macaulay gebückt da und erkundete kurz den Raum. Der alte Mann mochte zwar nicht viel haben, aber was er hatte, war effizient und gut geordnet.

Eine Wasserleitung aus Plastik war mit dem Regenwasserspeicher auf dem Dach verbunden; durch einen Benzinhahn am Ende der Leitung wurde ein Blechbecken mit Frischwasser gespeist. Eine Feuerstelle aus Stein mit einem Abzugsrohr aus Blech spendete einer Kochfläche aus Eisen Hitze und sorgte im übrigen Raum für Wärme; an einem Gestell darüber hingen zerbeulte Töpfe und Pfannen. Eine Ecke wurde von einer selbst gebauten Chemietoilette eingenommen, die auch der Platz des Fregattvogels war, wie Macaulay erkannte, als das Tier auf den Sitz hüpfte und es sich darauf gemütlich machte.

An zweien der Wände befanden sich vom Boden bis zur Decke reichende Regale, die eine Vielzahl von Vorräten enthielten und Macaulay an den Obstkeller im Bauernhaus seiner Großmutter erinnerten. Ordentlich beschriftete Glasgefäße mit konservierten Früchten und Gemüse füllten den Platz aus. Ein altes CB-Funkgerät, das den Strom von einem handgekurbelten Generator bezog, sorgte für die Verbindung zur Außenwelt.

»Wir wissen, dass Sie einem Verwundeten von dem Schiff, das Ihr U-Boot 1942 versenkt hat, das Leben gerettet haben«, ergriff Lexy das Wort und schaute dem alten Mann dabei in die immer noch verwirrten blauen Augen. »Irgendwie ist es Ihnen gelungen, ihn an einen Ort zu schaffen, wo er von einem Rettungsschiff aufgenommen wurde, das ihn nach Florida brachte. Sie haben ihm die Chance gegeben, ein langes Leben zu führen. Das war sehr tapfer von Ihnen.«

»Ist er noch am Leben?«, fragte Dieter Jensen.

Als Lexy über ihre Antwort nachdachte, ging ihr das entsetzliche Bild dessen, was Sean Morrissey im Keller seines Hauses angetan worden war, durch den Kopf.

»Er ist vor weniger als zwei Wochen gestorben«, sagte sie.

»Er ist der Grund, weshalb wir heute hier sind, um mit Ihnen zu reden.«

Ein bläulich-weißer Blitz erhellte plötzlich den Raum. Durchs Fenster sah Barnaby den gezackten Bogen aus knisterndem Feuer über dem schwarzen Himmel, dem gleich darauf ein lauter Donnerschlag folgte.

»Wie sind Sie von dem gesunkenen Schiff auf diese Insel gekommen?«, fragte Lexy, deren Gesicht nur Zentimeter von dem des alten Mannes entfernt war.

»Wir … wir trieben auf einem Trümmerteil«, sagte Dieter Jensen, dessen Blick sich zum ersten Mal klar auf sie richtete.

»Alexandra!«, sagte Barnaby von Jensens Bettstelle.

Ihr Blick folgte seinem zu den Holzregalen, auf denen die Einmachgläser mit Obst und Gemüse standen. Der senkrechte Teil des eingebauten Regals ihr gegenüber war einmal rot gestrichen gewesen; Teile davon waren immer noch rot und glänzend. Etwas, das wie irgendein Symbol aussah, war in Schwarz über den roten Teil gemalt. Sie erkannte, dass es Chinesisch war.

Siebenunddreißig

31. Mai
Casa Grande Brugg
Dunmore Town
Nord-Eleuthera, Bahamas

»Ich bitte Sie, das selbst zu beurteilen, Gebieter Wui«, sagte Juwan Brugg, der Zhous Vornamen mit dem Nachnamen verwechselte.

Sie saßen auf den Sofas in Juwans *Stargate-Atlantis*-Filmtheaternachbau im zweiten Stock der Villa vor der gewölbten Leinwand mit der Drei-Meter-Diagonale. Zhou konnte hören, wie der Wind draußen stärker wurde, als er neben Li saß und auf Neuigkeiten von der laufenden Suche wartete.

Juwan hatte sie eingeladen, sich die ursprüngliche Liveübertragung des NBA-All-Star-Spiels anzusehen, bei dem seine Basketballkarriere ein abruptes Ende gefunden hatte. Auf sein Betteln hin war auch Varna schließlich aus dem Schlafzimmer herausgekommen und hatte sich zu ihnen gesellt.

»Sehen Sie sich an, wie sie mich immer wieder gefoult haben!«, sagte Juwan. »Inzwischen weiß ich, dass man diese Schiedsrichter bezahlt hatte, damit sie in die andere Richtung schauen.«

Für Zhou sah Juwan aus wie Gulliver, der gegen die Liliputaner kämpft. Die anderen All-Stars droschen immer wieder auf seine Arme und sein Gesicht ein. Ein harter Ellbogen in seine Rippen entlockte ihm ein lautes Schmerzgeheul, das durch das Klipsch-THX-Lautsprechersystem des Kinos schallte.

In dem verdunkelten Zimmer war Li imstande, die Augen von den grunzenden und verschwitzten Körpern abgewendet zu halten. An der Decke über der Leinwand gab es eine faseroptische Sternenlandschaft, die ungefähr jede Minute den Blick auf einen neuen Kometen bot, der über den Himmel raste.

»Ich hätte jeden Rekord brechen können, Gebieter Wui«, sagte Juwan, als die letzten Spielminuten ihren Lauf nahmen.

Li fragte sich, wie lange das idiotische Spiel noch dauern würde. Er schaute durchs Kino zu Varna auf dem anderen Sofa – Varna weigerte sich, in seine Richtung zu sehen. Der Panamaer trug locker sitzende Trainingssachen und saß ganz nah bei Brugg.

Bruggs Mutter zu beseitigen war nicht einfach gewesen. Gemeinsam war es ihm und Varna gelungen, sie in die übergroße Kingsize-Daunendecke aus dem Schlafzimmer einzurollen und sie dann in den Wäschewagen zu heben, den Li in der Wäschekammer im dritten Stock gefunden hatte.

Sie hatten sie zum Lastenaufzug am Ende des Flurs gerollt und ins Erdgeschoss gebracht. Varna schloss die Waffenkammer auf, einen höhlenartigen Raum unter der Terrasse, wo die Waffen für die Wachmannschaft instandgehalten und gelagert wurden. Für den luftdichten Munitionsschrank gab es ein eigenes Schließsystem, aber Varna kannte den Code. Nachdem sie die Leiche hineingerollt und die Tür wieder verschlossen hatten, brach Varna erneut zusammen.

Aus dem Lautsprechersystem im Kino ertönte ein Geräusch, das wie eine Bowlingkugel klang, die aus großer Höhe fallen gelassen wurde. Als Li aufblickte, sah er zwei Männer in gestreiften Hemden leblos auf einem Hartholzboden liegen, während Leute schrien und brüllten.

Die Tür zum Kino öffnete sich, und Leutnant Alvarez kam hinein, gefolgt von Oberst Mu. Alvarez blickte Juwan nervös an, ehe der große Mann die Pausentaste seiner Fernbedienung drückte.

»Sie wollten, dass ich Sie über sämtliche Entwicklungen informiere«, sagte Alvarez. »Wir haben soeben diese Übertragung empfangen.«

Juwan öffnete den Umschlag und überflog die Seiten darin. »Das ist in scheiß Chinesisch!«, blaffte er Alvarez an.

Oberst Mu hatte noch ein Exemplar der Seiten und reichte sie Zhou, der seine Brille aufsetzte und zu lesen begann. Li saß daneben und schäumte innerlich vor Wut. Er führte hier das Kommando, nicht sein Vater! Es war sein Recht, das Dokument zuerst zu lesen! Zhou lehnte sich zurück und lächelte Juwan an.

»Dies könnte aufschlussreich sein, Mr. Brugg«, sagte er. »Meine Satelliten-Telekommunikationsgesellschaft in China hat fünf ungewöhnliche telefonische Übermittlungen abgehört und entschlüsselt, die seit unserer Ankunft auf den Bahamas aus dieser Gegend gesendet und empfangen worden sind. Dies sind die dechiffrierten Nachrichten.«

Juwan starrte immer noch den inkompetenten Alvarez an. Sobald seine Mutter zurückkam, würde Juwan von ihr verlangen, Ersatz für sowohl Alvarez als auch den vermissten Bardot zu finden. Juwan hatte geglaubt, der Haitianer verfüge über alle nötigen Fertigkeiten, aber anscheinend hatte er sich getäuscht.

»Gestatten Sie mir, für Sie zu übersetzen«, fuhr Zhou fort.

»Einen Moment noch!«, antwortete Juwan. »Varna, bitte lass uns ein paar Minuten allein!«

Li beobachtete, wie der Panamaer sich vom Sofa erhob und

gehorsam zur Tür ging. Es war klar, dass Juwan nicht wollte, dass Varna in seine Geschäftsaktivitäten hineingezogen wurde. An der Tür drehte Varna sich kurz um und funkelte Li mit einem derart hasserfüllten Blick an, dass Li dachte, den andern würde etwas auffallen. Zhou wartete, bis die Tür sich wieder schloss.

»Vier der Nachrichten betreffen verzweifelte Übertragungen einer Vergnügungsjacht namens *Hoops Heaven*. Anscheinend ist der Eigentümer ein namhafter amerikanischer Sportmillionär, der vor zwei Nächten verschwunden ist. In einer Übermittlung bittet die Frau des Eigentümers jemanden im Weißen Haus, Truppen zu schicken, um ihn zu finden.«

»Das hat mit uns nichts zu tun«, sagte Juwan bestimmt. »Was ist mit der anderen?«

»Das war ein verschlüsseltes Telefonat mit Ausgangspunkt in Montevideo, das an jemanden hier in Dunmore Town ging«, sagte Zhou. »Nur der letzte Teil der Transkription ist vollständig. Es betrifft einen Mann mit Namen Dieter Jensen, der im Alter von fünfzehn Jahren auf einem Boot über Bord ging und nicht mehr gefunden wurde. Er wird als Maskottchen der Mannschaft bezeichnet. Die letzte Zeile lautet: ›June ist tot.‹«

»Ich kenne keine June«, sagte Juwan, »aber es gibt einen Einsiedler namens Dieter, der auf einer kleinen Insel hinter dem Backbone in der Nähe von Spanish Wells lebt.« Er wandte sich an Alvarez: »Rufen Sie Ames auf der Polizeidienststelle an und finden Sie den Nachnamen von Crazy Dieter heraus!«

Während Alvarez den Anruf tätigte, sagte Juwan: »Dieser Einsiedler war schon ein alter Mann, als ich noch ein kleiner Junge war. Er muss inzwischen auf die neunzig zugehen.«

»Neunzig!«, wiederholte Zhou und rechnete zehn Sekunden lang nach. »Das würde bedeuten, dass er während des Zweiten Weltkriegs fünfzehn gewesen sein könnte.«

Er schaute zu Juwan hoch.

»Das Schiff, nach dem wir suchen, das den Pekingmenschen transportiert hat, es wurde 1942 versenkt«, sagte Zhou. »Sie haben uns gestern Abend zu verstehen gegeben, dass unsere Konkurrenten hier nach einem Schiff getaucht haben. Das lässt vermuten, dass sie seine Lage schon kannten, als der Anruf über diesen Mann heute Morgen einging.«

Alvarez beendete die Telefonverbindung und meldete: »Der Nachname von Crazy Dieter ist ebenfalls Jensen.«

»Das kann kein Zufall sein!«, meinte Zhou. »Er könnte der Schlüssel zum Auffinden des Pekingmenschen sein!«

»Ihrem Homo«, sagte Juwan, der die Lüge noch nicht offen anzweifeln wollte.

»Genau«, bestätigte Zhou. »Wir müssen diesen Einsiedler sofort befragen!«

»Mein Gebieter«, ergriff Li das Wort, nachdem er die Transkription gelesen hatte, »diese Nachricht wurde vor vier Stunden aufgezeichnet. Falls sie tatsächlich an unsere Feinde ging, so sind sie vermutlich auf dem Weg zu dieser Insel oder schon dort.«

»Das ist ein sehr gutes Argument, mein Sohn«, pflichtete Zhou ihm bei und klang dabei, als meinte er es wirklich so.

»Wissen wir, ob sie bewaffnet sind?«, fragte Li.

Alvarez beugte sich dicht zu Juwan hin und flüsterte, dass der- oder diejenigen, die den Mann unter der Kaserne herausgeholt hatten, mindestens zwei Maschinengewehre erbeutet hatten.

»Ja, sie sind bewaffnet«, antwortete Juwan.

Zwanzig Minuten später stiegen sie an dem Pier, wo Zhous

Bergungsschiff für die Dauer des Sturms festgemacht hatte, aus der Humvee-Flotte aus. Juwan hatte darauf bestanden, dass sieben Eliteangehörige seiner Wachmannschaft an dem Angriff auf Dieter's Island teilnahmen.

»Sie kennen diese Inseln wie ihre Arschbacken«, hatte er Zhou versichert, »und wissen, wie man unter diesen Bedingungen kämpft.«

Bevor Li seinen Vater lange genug beiseitenehmen konnte, um ihm zu sagen, dass er dem Bahamaer nicht mehr traute als seiner toten Mutter, hatte Zhou dem Gedanken bereits zugestimmt. Als sie an Bord des Schiffes gingen, kam Varna aus einem der Humvees zu Juwan an den Fuß der Gangway gerannt.

Er streckte die Arme hoch und umarmte den größeren Mann, bis Juwan gezwungen war, ihn sanft wegzuschieben. Vom anderen Ende der Gangway aus blickte Li auf sie herab und sah, wie der Panamaer einen Umschlag aus der Tasche nahm und Juwan in die Hand drückte. Im niederprasselnden Regen steckte Juwan ihn einfach in seinen Mantel, bevor er die Gangway hochging.

Er hätte den Panamaer töten sollen, als er die Gelegenheit dazu hatte, dachte Li, während er den Durchgang zur Brücke betrat. Während die Mannschaft des Bergungsschiffs die Halteleinen löste und sich zum Ablegen bereit machte, versammelten sie die Anführer der Überfallkommandos auf der Brücke.

Oberst Mu hatte bereits mithilfe des Satellitenscanners des Schiffes ein virtuelles Bild von Dieter's Island auf einen Flachbildschirm projiziert, der waagrecht neben dem Kartentisch montiert war.

»Ich würde vorschlagen, dass wir mit den zwei Sturmbooten des Schiffs an unterschiedlichen Stellen landen«, sagte Juwan.

»Jedes davon ist groß genug, um acht komplett ausgerüstete Männer zu transportieren.«

Er zeigte auf das virtuelle Bild der Insel auf dem Bildschirm.

»Lee Wee kann mit einem der Boote mit seinen sieben Männern am Strand am Nordrand der Insel landen«, fuhr er fort. »Ich werde das andere Boot nehmen und mit meinen sieben auf der gegenüberliegenden Seite bei diesem Mangrovensumpf an Land gehen. Dort ist das Vorankommen zwar schwieriger, aber wir können uns viel schneller einen Pfad durchschlagen als Lee Wees Männer.«

»Das ist großzügig«, sagte Zhou und neigte für einen Moment den Kopf.

»Es gibt nur einen Bereich mit einer Anhöhe auf der Insel, und zwar irgendwo in der Mitte«, sprach Juwan weiter. »Ich erinnere mich daran, dass dort die Hütte des Einsiedlers stand, bevor sie von Hurrikan Andrew weggeweht wurde. Wer immer sich dort befindet, wir werden sie im Kreuzfeuer haben.«

Was Juwan dem kleinen Schlitzauge nicht erzählte, war, dass der Mangrovensumpf, wo er landen würde, der weitaus einfachere Ausgangspunkt für einen Überfall war. Von dem einen Mal her, wo er nach dem Hurrikan auf der Insel gewesen war, wusste er, dass es einen Pfad durch den Sumpf gab, der sie auf kürzestem Weg zum Einsiedler führen würde. Jenseits des Strandes auf der Nordseite, wo Lee Wee landen würde, befand sich ein ungleichmäßiges Netz von Mooren. Nach dem, was das alte Schlitzauge gesagt hatte, war Crazy Dieter als Erster zu erreichen vielleicht gleichbedeutend mit dem Erhalt des Schatzes – woraus immer der auch bestehen mochte.

Li betrachtete die Beschaffenheit der Insel auf dem Bildschirm und sagte: »Ja, das könnte funktionieren.«

Abgesehen davon, was der Affe gerade gesagt hatte, schien der Plan durchaus Sinn zu ergeben. Niemand auf der Insel könnte aus der Zange des Angriffs entkommen. Lis Blick blieb an der Brusttasche von Juwans Kampfanzug hängen.

Eine Ecke des weißen Umschlags ragte heraus. Li konnte nur vermuten, dass Varna ein schriftliches Geständnis verfasst und – von dem Blick ausgehend, mit dem er ihn im Kino bedacht hatte – ihm die Schuld am Tod der Frau gegeben hatte. In Wahrheit hatte er sich doch nur verteidigt.

Sobald Brugg das Geständnis las, das wusste Li, würde er hinter ihm her sein. Davon war auszugehen, nachdem Li gesehen hatte, was er vor den Augen von zwanzigtausend Zuschauern mit den Basketballschiedsrichtern gemacht hatte. Irgendwie musste Li einen Weg finden, entweder den Brief aus seiner Tasche zu nehmen, bevor Brugg ihn las, oder sich präventiv um den Riesen zu kümmern, sobald er auf der Insel die Gelegenheit dazu hatte.

Plötzlich kippte das Schiff hart nach links, als sie aufs offene Meer hinauskamen, und Li wäre fast aufs Deck gefallen, bevor er das Gleichgewicht wiedererlangte. Gleichzeitig rutschte ein voller Kaffeebecher vom Kartentisch. Li beobachtete, wie Brugg ihn geschickt mitten in der Luft fing, ohne einen einzigen Tropfen zu verschütten. Für einen großen Mann hatte er erstaunlich schnelle Reflexe.

»Ich werde Sie nicht begleiten«, eröffnete Zhou Juwan Brugg. »So gern ich auch dort wäre, um der Bergung des Pekingmenschen beizuwohnen, meine Teilnahme würde den Erfolg Ihrer Mission nur behindern. Ich darf Ihnen versichern, dass Ihr Erfolg von meiner dankbaren Nation auf jede ihr mögliche Weise belohnt werden wird.«

Juwan zeigte keine Reaktion, als jemand eine Luke zum Brückendeck aufstieß und ein Schwall heulenden Windes durch die Kajüte fegte. Die Worte des kleinen Schlitzauges bestätigten bloß, dass die Geschichte mit dem Homo ein Schwindel war. Wenn sie ihm schon fünf Millionen Dollar zahlten, um ihn zu finden, dann musste der wahre Schatz viel mehr wert sein.

Zhou verließ die Brücke, um in seine Privatkabine zu gehen. Li folgte ihm.

»Dies ist die bedeutendste Chance, die ich dir je gegeben habe«, sagte Zhou, als sie allein waren, wobei sich seine Blicke in Lis Augen bohrten.

»Wenn wir mit dem Fossil nach China zurückkehren, werde ich dafür sorgen, dass du mit einem Sitz im Politbüro belohnt wirst. Deine Zukunft als unabhängiger Oligarch wird gesichert sein.«

»Danke, mein Gebieter.«

»Wenn du nicht mit dem Fossil zurückkehrst, kehre nicht zurück!«, sagte Zhou.

Achtunddreißig

31. Mai
Dieter's Island
Vor Devil's Backbone
Nord-Eleuthera, Bahamas

Der Wind außerhalb der Steinhütte wehte mit Böen, die mühelos einhundert Stundenkilometer erreichten, schätzte Macaulay, als er einen riesigen Palmwedel am Fenster vorbeisegeln sah. Er warf einen Blick auf die Uhr: In ein paar Stunden würde der Sturm seinen Höhepunkt erreichen. Sie mussten so schnell wie möglich das Fossil finden und zu Mike McGandys Boot zurück.

»Als wir zum ersten Mal an diesen Ort kamen, stand da eine halb verbrannte Bretterbude, die wohl der gebaut hatte, der einmal hier lebte«, erzählte Jensen. »Am nächsten Morgen fand ich ein altes Ruderboot, das auch zurückgelassen worden war. Als ich mich stark genug fühlte, ruderte ich den Verwundeten im Dunkeln zum Festland rüber und ließ ihn dort am Pier. Später erfuhr ich, dass der Ort Spanish Wells hieß.«

»Was haben Sie mit den Glasbehältern gemacht, die in der roten Kiste waren?«, fragte Lexy behutsam.

»Ich habe die Kiste ein paar Tage später geöffnet«, berichtete Dieter Jensen. »Sie enthielt die Knochen eines Menschen. So sorgfältig wie sie in die Glasbehälter gepackt worden waren, wusste ich, dass es eine Person gewesen war, die jemand zu ihren Lebzeiten geliebt hatte.«

Die blauen Augen des alten Mannes waren fast wieder jung,

als er sie anblickte. Ein schauderhaftes Lächeln enthüllte seinen fast zahnlosen Mund.

»Mein Vater war ein evangelischer Pfarrer in Dortmund«, sagte er. »Ich kannte die Worte. Ich gab ihm ein ordentliches Begräbnis aus Respekt vor seiner Familie. Ich sprach die Worte über seinem Grab.«

Lexy fielen die Kreuze ein, die sie neben dem Feld gesehen hatte. »Haben Sie ihn auf dem Friedhof bei den Palmen und Kiefern beerdigt?«

»Ich habe dort vieles beerdigt im Lauf der vergangenen siebzig Jahre«, sagte er. »Ich hatte viele Freunde, Hunde, Katzen, Vögel … auch einen Mann, dessen Leiche ich nach dem großen Wirbelsturm in den Mangroven fand. Es ist der einzige trockene Boden auf der Insel, um etwas zu begraben.«

»Erinnern Sie sich daran, wo Sie den Mann aus der Kiste begraben haben?«

Jensen nickte. »Ein paar Monate, nachdem ich hierherkam, habe ich ein stabiles Kreuz über dem Grab errichtet.«

»Können Sie uns hinführen?«, fragte Lexy.

Der alte Mann nickte.

»Wissen Sie, wer der Mann war?«, fragte er, als er vom Stuhl aufstand. »Der Mann in der Kiste?«

»Ja«, sagte Lexy.

Der alte Mann schickte sich an, die Treibholztür zu öffnen, und drehte sich dann um, um sie anzusehen.

»Sie müssen mir in meinen Fußstapfen folgen!«, ermahnte er sie. »Weichen Sie nicht vom Pfad ab! Es gab einmal eine Zeit, wo ich Angst hatte, sie würden versuchen, mich von hier wegzubringen. Ich habe ihnen … Hindernisse in den Weg gelegt, falls sie kämen.«

»Was für Hindernisse?«, fragte Macaulay.

»Verschiedene Sachen, die angeschwemmt wurden. Einmal habe ich einen kleinen Kahn gefunden, der in der Lagune gestrandet war. In ihm befand sich veralteter Militärbedarf von dem Marinestützpunkt, der dort drüben nach dem Krieg dichtgemacht wurde. Bevor der Kahn wieder flott wurde und davontrieb, fand ich ein paar … gute Hindernisse.«

Vorsichtshalber reichte Macaulay Lexy eins der Maschinengewehre und schnallte sich selbst das andere über die Schulter. Auf einem der Regale fand er eine Schachtel mit Kugeln für die Lee-Enfield und lud das Magazin, bevor er Barnaby die Büchse reichte.

»Vergessen Sie nicht, das richtige Ende zu benutzen, falls Sie das hier brauchen!«, sagte er.

»Ich war einmal Engländer und Pfadfinder!«, antwortete Barnaby.

Sie traten hinaus in den prasselnden Regen. Unter einem Anbau an einer Wand der Hütte lagen zwei Schaufeln, die sich Macaulay über die freie Schulter warf. Sie befanden sich auf dem höchsten Punkt der Insel, und er konnte durch die Bäume einen Blick auf den Ozean erhaschen.

Mächtige, vom Wind gepeitschte Brecher donnerten am nördlichen Ende der Insel an die Küste; das schäumende grüne Wasser brandete tief landeinwärts, bevor es schließlich anhielt und zurückwich. Jensen kam zu einem der Seitenpfade und führte sie dort entlang.

Durch den strömenden Regen tauchte die ungleichmäßige Reihe der Holzkreuze im trüben Grau auf, die Lexy auf dem Weg zur Hütte des alten Mannes gesehen hatte. Es gab ein Dutzend davon, einige mit kleinen Holztäfelchen, in die Beschriftungen geschnitzt waren. Die Gräber waren von einem primitiven Zaun aus Mangrovenästen umgeben.

An einer mächtigen Fächerpalme in dem kleinen Hain, der den Friedhof umringte, blieb Dieter stehen. Lexy hörte Flügelschlagen über ihnen und beobachtete, wie der zahme Fregattvogel des Alten in der Nähe im Sand landete.

»Manchmal vergesse ich, wer und was hierherum begraben ist«, sagte Dieter, »aber dieser Fächerpalme werde ich immer dankbar sein. Ich war daran festgebunden, als der große Wirbelsturm über die Insel zog. Wir haben zusammen überlebt.«

Macaulay begriff schnell, weshalb Jensen diese Stelle für den Friedhof gewählt hatte. Anders als der sumpfige Boden, der den größten Teil der niedrig liegenden Insel bedeckte, war die Erde hier lehmig und hatte guten Abfluss.

»Keira hier!«, bellte eine Stimme, die fast vom Wind übertönt wurde. Es dauerte einen Moment, bis Macaulay klar wurde, dass sie aus dem Motorola-Funksprechgerät kam, das an seinem Gürtel hing.

»Zurück an Keira«, sagte Macaulay, nachdem er den Sendeknopf gedrückt hatte.

»Zeit zu gehen«, sagte McGandy, während er auf den LED-Monitor seines Furuno-Radarsystems blickte. »Großes Schiff nähert sich … kommt eindeutig hierher … Extraktion jetzt.«

»Kommen!«, sagte Macaulay und warf die Schaufeln hin.

»Wer kommt?«, wollte Dieter Jensen wissen, als Lexy ihn hinter Macaulay und Barnaby zur Eile antrieb. Sie hatten wieder den Hauptpfad erreicht, der zum Rettungsfloß zurückführte, als Macaulay McGandys Stimme wieder hörte.

»Zu spät!«, sagte er. »Zwei kleine Angriffsboote haben sich vom Schiff abgesondert. Eins fährt nach Norden um die Insel … das andere nach Süden auf mich zu.«

»Wenn Sie sie sehen können, können sie Sie auch sehen. Verschwinden Sie, Keira!«, befahl Macaulay.

»Gleich«, antwortete McGandy, beendete das Gespräch und öffnete einen der Schottspinde.

Unter dem Schutz der Weinlaube am Hauptpfad versammelte Macaulay die anderen um sich.

»Sie wissen offenbar, dass wir hier sind, und wir können davon ausgehen, dass sie ebenfalls wissen, dass Dieters Behausung auf der Anhöhe liegt. Wenn wir uns hier verkriechen, haben sie uns in Nullkommanichts umzingelt. Unsere einzige Chance besteht in einer gewissen Mobilität.«

»Mobilität?«, brummte Barnaby mit einem Blick auf ihre tropfnasse Bande.

»Es gibt einen natürlichen Engpass beim Mangrovensumpf«, fuhr Macaulay fort. »Sie würden Stunden brauchen, um sich ihren Weg da durchzuhauen, deshalb müssen sie über den Pfad kommen. Einer von uns kann die Stelle überwachen, wo er sich öffnet, und sie dort zurückhalten.«

»Auf diesem Pfad erwartet sie auch noch etwas anderes«, sagte Jensen.

Die ledrige braune Haut des alten Manns war kreidebleich. So, wie er zitterte, glaubte Lexy, dass bei ihm ein Fieber im Anzug war. Barnaby sah es auch.

»Ich habe inzwischen eine geübte Hand mit dieser Donnerbüchse, General Macaulay«, sagte er, die Lee-Enfield noch in der Hand. »Zeigen Sie mir einfach, wo ich im Hinterhalt liegen soll, wenn sie herauskommen!«

Macaulay führte ihn schnell von der Weinlaube am Sternapfelhain vorbei. Kurz vor den letzten Bäumen sah Macaulay eine kleine Mulde im Boden. Sie befand sich circa fünfzig Meter von der Stelle, wo der Pfad aus dem Sumpf kam.

Er schob sich durch die Bodenvegetation und sagte: »Was Besseres werden wir wohl nicht finden. Abgesehen vom Mündungsfeuer werden sie nichts von Ihnen sehen können. Ihr Schussfeld umfasst zwanzig Meter zu beiden Seiten des Pfades, falls sie versuchen sollten, Sie seitlich zu umgehen.«

»Wie lange soll ich versuchen, die Stellung zu halten?«, fragte Barnaby ernst.

»Das Magazin ist voll«, antwortete Macaulay. »Zehn Schuss. Versuchen Sie einfach, den Überblick darüber zu behalten, und heben Sie ein paar auf, wenn Sie sich zurückziehen müssen.«

Barnaby entriegelte den Verschluss und führte eine Patrone ins Patronenlager ein. Macaulay streckte die Hand aus, und Barnaby nahm sie in seine.

»Warten Sie nicht zu lange!«, sagte Macaulay, als sie sich die Hände schüttelten. »Ich seh Sie auf der Ranch!«

»Die gute alte Ranch!«, sagte Barnaby, als er sich auf den Bauch sinken ließ und in die Mulde legte.

Lexy und der alte Mann warteten auf Macaulay, als er zur Weinlaube zurückkam.

»Was meinen Sie, wo sollte ich der Gruppe entgegentreten, die von der anderen Seite kommt?«, fragte Macaulay Jensen.

»Hinter dem Strand werden sie eine sumpfige Stelle überqueren müssen«, sagte der Alte. »Die Felsbrocken da unten werden Ihnen eine gute Feuerstellung geben.«

»Barnaby und ich werden uns zur Hütte zurückziehen, wenn wir müssen«, sagte Macaulay zu Lexy. »Ihr seid vorsichtig, bis wir zurückkommen!«

Lexy umarmte ihn ein paar Sekunden lang. Plötzlich hörte Macaulay etwas, was wie Schnellfeuer klang.

»Das ist Mike McGandy, schätze ich«, sagte Macaulay, »der unsere Freunde da unten auf der Insel begrüßt.«

Er machte das Steyr-AUG-Maschinengewehr scharf und ging den Abhang hinunter auf die Felsbrocken zu.

Neununddreißig

31. Mai
Dieter's Island
Vor Devil's Backbone
Nord-Eleuthera, Bahamas

»Ich werde von automatischen Waffen von der anderen Seite der Lagune unter Feuer genommen«, sagte Juwan Brugg ruhig und gelassen in sein Funkgerät. »Können Sie die Quelle ausmachen?«

»Ja, wir haben es«, kam die Stimme von Oberst Mu von der Brücke des Bergungsschiffs zurück.

Mu konnte die Position des Boots auf dem Brückenscanner sehen. Es schien ungefähr zehn Meter lang zu sein und lag auf der dem geplanten Landeplatz gegenüberliegenden Seite der Lagune im Wasser.

»Eine Libelle scharf machen!«, befahl Oberst Mu in den Brückenkommunikator, während Zhou auf dem erhöhten Stuhl des Kapitäns saß und den Fortschritt der Mission verfolgte.

Das Schiff stampfte und schlingerte heftig auf dem offenen Meer, was die Libelle zur perfekten Wahl machte. Es war ein artilleriegestütztes Lenkflugkörpersystem, in China entworfen und die neueste Entwicklung in Kurzstreckenwaffensystemen.

»Feuerbereit!«, meldete die Stimme des Artillerieoffiziers in der Feuerleitstelle.

»Ziel aufschalten und feuern, wenn bereit!«

Zhou spürte, wie das Schiff für einen Moment erbebte, während es in der stürmischen See heftig gierte. Als er aus dem Brückenfenster blickte, sah er den feurigen Schweif von etwas, was wie eine Feuerwerksrakete aussah, in der Dunkelheit verschwinden.

Zehn Sekunden später blickte Oberst Mu vom Radarbildschirm auf.

»Das Ziel ist verschwunden«, meldete er.

Juwan beobachtete bewundernd, wie das Boot auf der anderen Seite der Lagune vor seinen Augen explodierte und kurz zu einem Feuerball wurde. Aus dieser Gegend würde es keine Schwierigkeiten mehr geben.

»Bringen Sie uns herein!«, befahl er dem Steuermann.

Als sie gerade das Angriffsboot hoch auf den Pfad fahren wollten, der in den Mangrovensumpf führte, begann jemand wild auf sie zu schießen, dem Klang nach mit einem Browning Automatic Rifle.

Die Salve erwischte das Heck des Angriffsboots, halbierte beinahe einen der dort postierten Männer und verwundete einen anderen schwer. Als Leutnant Alvarez berichtete, der verwundete Mann würde wahrscheinlich nicht überleben, befahl Juwan, sie beide über Bord zu werfen.

Zwei seiner sieben Männer hatte er schon verloren, und sie hatten noch nicht einmal einen Fuß auf die Insel gesetzt. Vielleicht hätte er diesen Landeplatz doch Lie Wie überlassen sollen, dachte er, als das Angriffsboot aus dem aufgewühlten Wasser hochkam und sich auf den Pfad schob.

Einige Augenblicke später standen seine Männer an Land und formierten sich. Der Späher der Wachmannschaft rief Juwan von weiter oben auf dem Pfad zu sich. Als dieser dort ankam, zeigte die Wache auf ein aufgeblasenes Rettungsfloß für vier Personen, das an Bug und Heck an den Mangrovenwurzeln festgemacht war. Juwan verpasste ihm einen dreisekündigen Feuerstoß mit seinem Maschinengewehr.

»Sollen sie mal lieber schwimmen!«, sagte er.

Li Shen Wuis Angriffsboot raste durch die berghohen Wellen, und das ungleichmäßige Brummen der Motoren wurde zu einem wütenden Brüllen, als sie aus dem Meer schossen und für einen Moment scheinbar reglos in der Luft verharrten, bevor sie wieder herunterfielen und Halt fanden.

Durch den Regenvorhang vor ihnen sah er plötzlich den Strand aus der Dunkelheit auftauchen. Es war ein Wunder, dass der Steuermann das schmale Stück Land gefunden hatte, auf das sie es abgesehen hatten, und nicht auf die Korallenbänke zu beiden Seiten davon aufgelaufen war.

Er spürte, wie das Boot die nächste Welle hinaufkletterte. Sie hob sie immer höher, bis er sah, dass sie sie geradewegs über den Strand in die Palmenreihe dahinter tragen würde.

Bei ihrer derzeitigen Geschwindigkeit würde das Boot zerschellen, wenn es gegen einen der Bäume prallte. Mit brachialer Gewalt donnerte die Welle auf den Strand hinunter, und irgendwie schlüpfte das Boot unbeschadet zwischen zwei Palmen durch, bevor es in der Bodenvegetation zum Stillstand kam.

Gleich darauf stand er an Land und befahl den Männern, sich neben ihm zu formieren. Auf dem sanften Geländeanstieg vor ihnen gab es weder andere Bäume noch sonstige Vegetation; es sah mehr nach Sumpfgebiet aus. Links von ihnen, am oberen Ende des Hangs, lagen ein paar Felsbrocken, die glitschig vom Regen waren.

Li befahl den Männern, mindestens zwei Schritt Abstand

voneinander zu halten, und setzte sich in Bewegung. Der stürmische Wind zerrte an ihm, blies ihm Sand wie Nadeln ins Gesicht und brannte ihm in den Augen. Er hätte daran denken sollen, eine Schutzbrille mitzunehmen, dachte er, als sie auf den Sumpf vordrangen.

Li hörte das Stottern von Maschinengewehrfeuer, eine kurze Salve. Der Mann ganz links in der Reihe fiel wie ein nasser Sack zu Boden und rührte sich nicht mehr. Zwei einzelne Schüsse waren zu hören und der zweite Mann in der Reihe brach zusammen.

Li stemmte sich gegen den Wind und schoss zurück auf das Mündungsfeuer bei den Felsbrocken. Als er wieder aufblickte, sah er den Rest seiner Männer nach rechts aus der Schusslinie rennen.

Als Li ihnen folgte, hörte er einen weiteren Kommandosoldaten entsetzt aufschreien. Der Mann war nur fünf Meter vor ihm und schien unverletzt zu sein. Als Li zu ihm hinlief, sah er, dass der Mann bis zu den Oberschenkeln im Schlamm zu stehen schien.

Vor Lis Augen stieg der Schlamm schnell bis zu seiner Taille und dann bis zu seiner Brust hoch, alles in wenigen Sekunden. Der Mann streckte den Schaft seines Gewehrs so weit von sich, wie er konnte, und bat den Mann, der ihm am nächsten war, inständig, ihn herauszuziehen.

»Nicht näher herangehen!«, befahl Li, als einer der anderen reagierte und seiner Bitte nachkommen wollte.

Ein paar Sekunden darauf war der Kopf des Mannes verschwunden.

»Rechts weitergehen!«, brüllte Li den anderen vier Männern zu.

Weitere Schüsse ertönten oben auf dem Hang. Sie kamen

nicht länger von den Felsbrocken – entweder bewegte sich der Angreifer mit ihnen oder es gab mehr als einen. Im grellen Licht eines Blitzstrahls sah Li kurz die Konturen des Mannes und feuerte eine lange Salve aus seinem QBZ-95 Sturmgewehr. Er konnte nicht sicher sein, aber es sah so aus, als würde der Mann fallen.

Barnaby blickte über das Binsenfeld, das an den schmalen Pfad angrenzte, der vom Mangrovensumpf herführte. Es war erst eine Minute her, da hatte er die Explosion in der Lagune gehört und den anschließenden Feuerkegel über den Mangrovenbäumen gesehen.

Er sah einen Mann aus dem Dunkel unter den dichten Bäumen heraustreten. Er trug die Uniform eines Kommandosoldaten mit einem Kevlar-Helm und bewegte sich langsam und vorsichtig vorwärts, wobei er sein Sturmgewehr abwechselnd links und dann rechts auf das Feld vor ihm richtete.

Barnaby beobachtete ihn durch die kleine Öffnung des Dioptervisiers auf der Lee-Enfield, als ein weiterer Mann aus den Bäumen kam, etwa drei Meter hinter dem ersten. Wie der Mann vor ihm schwenkte auch er seine Waffe nach links und nach rechts und hielt nach einem möglichen Hinterhalt in den Binsen Ausschau.

Barnaby wartete, bis der erste Mann zehn Meter im Feld war. Er zielte tief auf seine Beine und drückte sanft ab. Der harte Rückstoß von der .303-Patrone rammte ihm den Schaft in die rechte Schulter. Er entriegelte den Verschluss und führte eine neue Patrone ins Lager ein.

Der vordere Mann taumelte einige Meter nach vorn und hielt sich den Bauch, bevor er mit dem Gesicht voran auf den Pfad fiel. Inzwischen war ein dritter Mann aus den Bäumen herausgekommen, aber er machte kehrt und rannte zurück in ihren Schutz.

Der zweite war schon zu weit von den Bäumen weg. Barnaby wollte gerade wieder schießen, als der Kommandosoldat vom Pfad in die Binsen sprang. Er war keine fünf Meter weit gekommen, als er plötzlich verschwand. Gleich darauf konnte Barnaby sein Schmerzgebrüll hören.

Er erinnerte sich daran, dass der alte Mann gesagt hatte, längs des Pfades würde sie noch etwas anderes erwarten. Als der Mann zu schreien aufhörte, konnte Barnaby nur vermuten, dass es sich um irgendeine Grube mit angespitzten Pfählen handelte, ähnlich denen, die er als junger Archäologe auf seiner ersten Expedition im Dschungel Neuguineas gesehen hatte.

Er sah keine Bewegung mehr in den Mangrovenbäumen und fragte sich, wie viele Kommandosoldaten auf seiner Seite der Insel gelandet waren. Er wusste, dass auf der anderen Seite des Feldes mindestens noch einer war, vermutlich mehr. Er musste geduldig sein und sparsam mit seiner Munition umgehen. Er hatte noch neun Patronen übrig.

Macaulay schleppte sich vom Abhang weg auf die Steinhütte zu. Die letzte Kugel, die der chinesische Kommandosoldat abgefeuert hatte, hatte ein Loch durch den fleischigen Teil seines Oberschenkels gerissen. Er wusste, dass sie den Knochen erwischt hatte, denn die Schmerzen waren scheußlich. Aus dem Austrittsloch strömte stetig das Blut, und ihm war klar, dass er nicht gehen konnte.

Mit schnellen Handgriffen entfernte er den Armriemen von seinem Maschinengewehr. Nachdem er ihn um den Oberschenkel festgezogen und den Blutfluss zu einem langsamen

Sickern eingedämmt hatte, begann er, auf Jensens Hütte zuzukriechen. In der Ferne hörte er Gewehrfeuer – es war die Lee-Enfield.

Es lief alles schlecht. Während er darauf gewartet hatte, dass die Chinesen am Strand an Land gingen, hatte er den Donner einer Explosion gehört, und als er nach Süden blickte, sah er Flammen aus den Mangroven hoch in den Himmel schießen. Das konnte nur McGandys Tauchboot gewesen sein. Er war zu lange dageblieben. Macaulay versuchte, nicht an seine ungeborene Tochter, Keira, zu denken oder daran, wie er es Mikes Frau Cora erklären wollte. Falls er überhaupt lange genug lebte, um sie wiederzusehen.

Das Letzte, was Macaulay von den Chinesen gesehen hatte, war, dass sie sich nach rechts bewegt hatten. Es war nur eine Frage der Zeit, bevor sie anhielten und zurück auf die Anhöhe und Dieters Hütte zugingen. Er hoffte, er konnte zuerst dort ankommen.

Juwan kniete auf dem Pfad in den Mangroven und dachte über seinen nächsten Schritt nach. Das letzte Mündungsfeuer hatte er aus den Bäumen von der anderen Seite des Felds gesehen. Wer immer da draußen war, er war schlau genug gewesen, um die natürliche Stelle für den Hinterhalt zu erkennen, und hatte den Pfad überwacht. Er musste sich darum kümmern, bevor er sich den Einsiedler vornehmen konnte.

»Crazy Dieter hat das Feld mit Fallen präpariert«, sagte er zu seinen letzten drei Männern.

Er nahm zwei von ihnen beiseite. Beide waren mit Macheten ausgerüstet.

»Ich will, dass Sie sich wenigstens zwanzig Meter weit einen Weg durch die Schlingpflanzen hauen!«, sagte Juwan und zeigte auf die dschungelartige Vegetation zu beiden Seiten des Pfades unter den Bäumen. »Das dürfte Sie aus seinem Schussfeld bringen. Die Binsen im Feld sind einen Meter hoch; bleiben Sie tief unten, sobald Sie das Feld erreichen, und fallen Sie ihm in den Rücken! Achten Sie auf weitere Fallen!«

Während die beiden Kommandosoldaten sich den Weg durch die Bäume zu hacken begannen, kroch Juwan vorwärts und legte den Lauf seines Sturmgewehrs in die Beuge eines Baums, wo ein niedriger Ast aus dem Stamm wuchs. Er stellte es auf Einzelfeuer und visierte die Baumgruppe an, wo er das letzte Mündungsfeuer gesehen hatte. Er wartete zehn Sekunden und schoss. Und dann noch einmal. Und noch einmal.

Barnaby lag flach auf dem Bauch in seinem Schlammloch und wartete. Wer immer aus den Mangroven auf ihn schoss, wusste, wo er war. Die zweite Kugel hatte sich in den Stamm des Baums direkt hinter ihm gebohrt. Er dachte daran, sich eine neue Stellung zu suchen, aber die Mulde, in der er lag, war die einzige in beiden Richtungen; aufzustehen würde ihn nur ihrem Feuer aussetzen.

Durch den prasselnden Regen wurde sein Blick von etwas angezogen, das sich für einen Moment in den Mangroven links vom Pfad zu bewegen schien. Eine weitere kurze Bewegung folgte der ersten. Als er die Stelle noch ein paar Sekunden länger beobachtete, erkannte er, dass es Äste und Schlingpflanzen waren, die auf den Boden fielen. Es musste ein Mensch sein, der sich seinen Weg durch die Vegetation schlug.

Er hob die große Lee-Enfield an die Schulter und suchte die Bewegung durch das Dioptervisier. Als er sie wiedergefunden hatte, versuchte er die ungefähre Körpergröße und Position des Mannes hinter dem Schneidegerät zu berücksichtigen. Er gab einen Schuss ab. Nichts bewegte sich mehr. Die Feuerwiderung trieb ihn in sein Loch zurück.

Als Li aus dem Sumpfgebiet herauskam, fand er sich auf einem Pfad in der Nähe einer hölzernen Weinlaube wieder, der in einer Richtung zu einer Anhöhe ein Stück weiter links führte. Aus dieser Richtung konnte er nur den kreischenden Wind hören, aber aus der anderen, von der Südseite der Insel her, ertönte Gewehrfeuer. Außer dem Echo der leichten Maschinengewehre, die Bruggs Männer trugen, hörte er zwei Schüsse in der Nähe von einem großkalibrigeren Gewehr.

Li sammelte die übrigen vier Chinesen um sich und sagte: »Erkunden Sie den Pfad, der auf die Anhöhe führt! Dort oben müsste es eine Bretterbude oder ein Haus geben. Töten Sie jeden, auf den Sie unterwegs stoßen, es sei denn es ist ein alter Mann. Töten Sie nicht den alten Mann!«

»Wie sollen wir ihn erkennen?«, fragte einer von ihnen.

»Indem Sie nah genug herangehen, bevor Sie schießen«, sagte Li. »Ich brauche den alten Mann lebend.«

Die vier Kommandosoldaten salutierten, bevor sie sich in Zweiergruppen aufteilten, ausschwärmten und sich langsam zu beiden Seiten des Pfades an der Weinlaube vorbei nach oben arbeiteten. Li ging auf das Geräusch der Schüsse zu.

Vierzig

31. Mai
Dieter's Island
Vor Devil's Backbone
Nord-Eleuthera, Bahamas

Juwan Brugg kniete hinter dem Mangrovenbaum und wartete darauf, dass der Kommandosoldat, den er nach links geschickt hatte, das mit Fallen präparierte Feld hinter dem Schützen überquerte.

Nachdem er die letzten beiden Schüsse gehört hatte, hatte er dem einzigen Kommandosoldaten, der noch bei ihm war, befohlen, dem Pfad desjenigen zu folgen, der sich den Weg durch die Mangroven rechts von ihm geschlagen hatte. Er war wiedergekommen und hatte gemeldet, dass der Mann tot war. Juwan befahl ihm zurückzugehen, den Weg weiter frei zu schlagen und sich von rechts in den Rücken des Heckenschützen zu schleichen.

Juwans Wut wuchs unkontrollierbar an. Er hatte keine Männer mehr auf dem Bergungsschiff und auch keine Möglichkeit, mitten im Sturm andere aus Dunmore Town herzubringen. Inzwischen war das kleine Schlitzauge Lie Wie wahrscheinlich an der Hütte des Einsiedlers und folterte das Geheimnis aus Crazy Dieter heraus, während er selbst immer noch in den Mangroven festsaß und nur noch zwei Männer übrig hatte.

Es wurde noch dunkler, denn der Sturm erreichte seine volle Stärke. Juwan starrte gespannt über das Feld in die Richtung des Heckenschützen, als etwas aus der Baumgruppe herauskam. Durch Regen und Nebel sah er, dass es ein Mann war, ein Mann, der fast so groß wie er selbst war.

Juwan hob das Maschinengewehr an die Schulter und wollte gerade schießen, als er sah, dass der große Mann unbewaffnet war. Jemand hinter ihm schubste ihn vorwärts. Der Kommandosoldat, den er nach links weggeschickt hatte, musste hinter ihn gekommen sein und ihn gefangen genommen haben, sagte er sich.

Er hätte ihn töten sollen, dachte Juwan. Jetzt würde er selbst sich das Vergnügen machen, bevor es weiter zu dem Einsiedler ging. Er stand auf und ging unter den Mangroven heraus auf den Pfad durch das Feld. Er sah den Heckenschützen straucheln und fast hinfallen, als der Kommandosoldat hinter ihm sein Gewehr fest in den Rücken stieß.

Juwan hörte ein Dröhnen. Es schien von weit weg zu kommen. Ein brutaler Windstoß drückte ihn fast vom Pfad, und eine Wand aus Regen fegte wie ein silberner, undurchdringlicher Vorhang über ihn hinweg.

Juwan konnte in keine Richtung weiter als drei Meter sehen, als er weiter den Pfad entlangging. Schließlich wurde die Gestalt des großen Mannes im Regen sichtbar, die langsam auf ihn zukam. Er war alt und sein Gesicht ausgemergelt. Aus einer Wunde in der Kopfhaut lief ihm Blut über die Stirn. Seine Augen schienen ins Leere zu blicken.

»Warum haben Sie ihn nicht getötet?«, schrie Juwan die nicht zu erkennende Gestalt hinter ihm an, als der große Mann auf die Knie fiel.

Li Shen Wui trat hinter Barnaby hervor. Sein Blick ging geradewegs zur Brusttasche von Juwans Kampfanzug. Von dem Umschlag war nichts mehr zu sehen. Er konnte die Wut in Bruggs Gesicht erkennen.

»Sie haben die Mitteilung gelesen!«, rief Li über den Wind, wobei er in beide Richtungen schaute, um sicherzugehen, dass keiner von Bruggs Männern zu sehen war.

Juwan hörte nicht, was das kleine Schlitzauge sagte. Er war versessen darauf, den Heckenschützen zu töten und zur Hütte des Einsiedlers weiterzugehen. Als Brugg das Maschinengewehr hob, brachte Li sein eigenes Sturmgewehr in Anschlag.

»Ich habe deine Mutter getötet!«, brüllte er und gab drei Schüsse aus kürzester Entfernung ab.

Li beobachtete, wie drei Löcher in einem geraden, gleichmäßigen Muster quer über Bruggs mächtigem Brustkorb erschienen. Verwirrung ersetzte die Wut in Juwans Gesicht, als er die Waffe fallen ließ und verwundert auf die Wunden in seiner Brust starrte. Hinter seinen Augen begann Schwärze hochzukochen.

»Ich habe deine Mutter getötet!«, brüllte Li noch einmal, als Juwan nach hinten auf den mit Muschelschalen bedeckten Pfad kippte.

Barnaby blieb auf den Knien und starrte den riesigen Mann an, der vor ihm auf dem Boden lag. Sein Kopf dröhnte immer noch von dem ersten Schlag, den er verpasst bekommen hatte, als er unter den Bäumen lag. Wind und Regen hatten einen solchen Lärm gemacht, dass er keine Ahnung gehabt hatte, dass jemand hinter ihm war, als er plötzlich seinen Kopf explodieren spürte. Er war auf den Knien gewesen und wollte aufstehen, als der Mann ihn noch einmal mit dem Gewehrlauf schlug.

Als Barnaby aufblickte in die Augen des chinesischen Mannes, sah er, dass er nicht auf Schonung hoffen durfte. Mit ihm war nicht zu argumentieren oder um sein Leben zu feilschen.

Der strömende Regen wusch ihm langsam das Blut aus dem Gesicht. Als er auf seine Hinrichtung wartete, tauchten zwei weitere Kommandosoldaten aus dem Regenvorhang auf und näherten sich langsam der Leiche des großen Mannes.

»Ihr Anführer ist getötet worden«, sagte Li. »Er starb einen ehrenwerten Tod.«

»Was ist mit dem da?«, fragte einer der beiden mit einem Blick auf Barnaby.

»Nehmen Sie ihn mit!«, sagte Li. »Er könnte einen Wert als vorübergehende Geisel haben.«

Einundvierzig

31. Mai
Dieter's Island
Vor Devil's Backbone
Nord-Eleuthera, Bahamas

Ein stechender Schmerz riss Macaulay aus seiner Benommenheit. Er erkannte, dass er bewusstlos gewesen war; wie lange, wusste er nicht. Er lag auf dem Pfad, der zur Hütte führte.

Hinter seinen Augen schwebte etwas wie eine Amöbe. Die Schmerzen von der Oberschenkelwunde waren eine unerträgliche Qual und rasten vom Bein zu den Nervenenden in seinem Kopf und wieder zurück. Er spürte, wie ihn ein Brechreiz überkam, als er anfing, sich auf dem Bauch wieder zur Hütte zu schleppen.

Der Sturm musste kurz davor sein, seinen Höhepunkt zu erreichen, dachte er. Der Wind war inzwischen ein ständiges donnerndes Brausen. Er schmeckte Salz auf den Lippen, eine Kombination aus Regen und Gischt. Das kraftlose Tageslicht war nichts weiter als eine Reihe von Grauabstufungen, von hell zu dunkel. Stück für Stück schob er sich auf dem Pfad voran und wagte nicht, um sich zu blicken.

Einen Moment später fühlte er, wie zwei Hände sanft sein Gesicht anhoben; als er nach oben schaute, sah er in die verängstigten Augen von Lexy. Hinter ihr stand der alte Mann. Gemeinsam hoben sie ihn an den Schultern hoch und schleppten ihn zur Hütte hin. Macaulay wurde wieder ohnmächtig.

Der chinesische Kommandosoldat, der der Hütte am nächsten war, beobachtete, wie sie den Mann auf die offene Tür zuschleppten. Er war immer noch zu weit weg, um mit Sicherheit sagen zu können, welcher der alte Mann war, und er hatte nicht vor, den Falschen zu töten. Er hatte einmal gesehen, wie Li Shen Wui einen Mann bei lebendigem Leib gehäutet hatte.

Der Soldat drehte sich um und sah Li zusammen mit den anderen noch übrigen drei Chinesen den Pfad hochkommen. Hinter ihnen trieben zwei der hiesigen schwarzen Kommandosoldaten einen großen Gefangenen vor sich her. Der Mann blutete aus einer Kopfwunde und sah mitgenommen aus.

»Was haben Sie zu berichten?«, wollte Li wissen.

»Es halten sich mindestens drei Personen in der Hütte auf«, meldete der Kommandosoldat salutierend.

»Woher wissen Sie das?«

»Ein Mann war verwundet«, antwortete er. »Die andern beiden haben ihn in die Hütte geschleppt.«

»Warum haben Sie den Verwundeten nicht erschossen?«, fragte Li.

»Ich habe Ihren Befehl befolgt, den alten Mann nicht zu töten.«

»Wieso sollte der alte Mann verwundet sein?«, brüllte Li.

Darauf hatte der Kommandosoldat keine Antwort.

»Ich werde mich später mit Ihnen befassen!«, sagte Li.

Als Macaulay wieder zu Bewusstsein kam, lag er auf dem Bett des alten Mannes. Lexy hatte seine Hose so weit heruntergezogen, dass sie seine Oberschenkelwunde mit einer Mullkompresse aus Jensens Verbandskasten hatte bandagieren können.

»Die Kugel hat dein Bein durchschlagen, Steve«, sagte sie. »Du hast eine Menge Blut verloren.«

Ein Schuss ertönte; einen Sekundenbruchteil später explodierte der Rand des offenen Fensterschlitzes in der Nähe der Hüttentür in einem Hagel von Steinsplittern. Ein zweiter Schuss fand dieselbe schmale Öffnung. Vom Bett aus hörte Macaulay, wie die Kugel die Muschelkalkwand hinter ihm traf, und gleich darauf den lauten, scharfen Klang des Abprallers, als er sich ins Regal auf der anderen Seite der Hütte bohrte und dabei zwei Obstgläser zerschmetterte.

Lexy saß mit dem Rücken zu der dem Pfad zugewandten Wand; der alte Mann stand verdutzt neben ihr und starrte auf den herabtropfenden Saft. Der nächste Schuss durch den Fensterschlitz prallte von der hinteren Wand ab und schlug nur Zentimeter von Lexy entfernt in den Muschelkalk ein, sodass kleine Steinstücke auf ihr Gesicht regneten.

»Es kommt jemand!«, sagte Dieter Jensen, der durch eine Ritze in der stabilen Tür schaute.

Lexy nahm das Maschinengewehr vom Tisch und ging zum Rand des Fensterschlitzes. Als sie hinausspähte, sah sie Barnaby fünfzehn Meter von der Hütte entfernt mitten auf dem Pfad stehen. Ein Schwarzer in einer Kommandouniform richtete ein Sturmgewehr auf seinen Rücken.

Fünf weitere Kommandosoldaten hatten hinter Bäumen und Felsen weiter weg entlang des Pfades Stellung bezogen. Ein Chinese mit goldenen Sternen am Kragen seiner Uniform näherte sich der Hütte, in der Hand ein durchnässtes weißes Handtuch. Er war unbewaffnet und blieb ein paar Schritte vor der Tür stehen.

»Ich hoffe, Sie wissen meine Warnung zu schätzen«, rief Li laut, um über dem Wind gehört zu werden. »Jetzt bringen Sie bitte den Mann mit Namen Jensen heraus, oder ich sehe mich gezwungen, Dr. Finchem zu töten!«

»Er wird ihn sowieso töten«, sagte Macaulay vom Bett aus, »und dann uns.«

Der alte Mann schlurfte auf die verriegelte Tür zu.

»Ich kann nicht zulassen, dass der Mann da draußen wegen der Knochen von einem Mann stirbt, der schon lange tot ist«, sagte er.

»Sobald Sie ihm zeigen, wo die Knochen vergraben sind, wird er Sie auch töten«, sagte Macaulay.

»Warum sind die Knochen so wichtig?«, fragte Dieter Jensen.

»Sie sind viel älter, als wir Ihnen den Eindruck vermittelt haben«, gestand Lexy. »Der Mann war vielleicht einer der frühesten unserer menschlichen Vorfahren. Manche Menschen verehren ihn als Gott.«

»Wenn Sie jetzt herauskommen«, rief Li, »dann gebe ich Ihnen mein Ehrenwort, dass Ihnen nichts geschehen wird! Ich bin nur am Pekingmenschen interessiert. Sobald ich ihn habe, dürfen Sie gehen!«

»Er lügt!«, sagte Macaulay.

»Schon«, stimmte Lexy ihm zu, »aber welche Wahl haben wir?«

»Dann soll es auf Ihrem Gewissen liegen!«, rief Li, drehte sich um und ging langsam auf dem Pfad zurück.

»Ich werde nicht zulassen, dass Ihr Freund wegen ein paar uralter Gebeine ermordet wird, egal wie wertvoll sie auch sein mögen!«, sagte Dieter.

Er nahm den Holzbalken weg, mit dem die Tür gesichert war, machte sie auf und trat nach draußen in den Regen.

»Wenn Sie diesen Leuten nichts tun, werde ich Ihnen die

Stelle zeigen, wo die Knochen vergraben sind!«, rief Jensen Li zu.

»Einverstanden!«, schrie Li. »Ich stehe zu meinem Wort!«

Lexy half Macaulay auf die Beine und legte den Arm unter seine Schulter, um ihm zur offenen Tür zu helfen.

»Er braucht Hilfe!«, rief Lexy.

Li wies zwei von Bruggs Kommandosoldaten an, Macaulay zu tragen. Sie traten vor, verschränkten die Hände unter seinem Steiß und trugen ihn durch den strömenden Regen den Pfad entlang. Er wurde wieder ohnmächtig. Als sie an den Seitenpfad kamen, der zu Dieters Friedhof führte, gesellte Lexy sich zu Barnaby. Sie sah die offene Wunde an seinem Kopf und legte den Arm um ihn.

»Ich bedaure zutiefst, dass meine Tollkühnheit zu diesem Ende geführt hat«, sagte er.

»Ich bin eine unabhängige Frau«, erwiderte Lexy. »Ich bin hier, weil ich es wollte.«

Dicht gefolgt von den bewaffneten Männern führte Dieter Jensen Li und die andern schweigend auf den primitiv umzäunten Friedhof. Lexy sah ein vertrautes Flattern von Flügeln über ihrem Kopf und beobachtete, wie Dieters Fregattvogel auf einem der Kreuze landete, die eine Grabstätte markierten.

Als der Vogel dasaß und sich das Gefieder putzte, hörte Lexy einen Schuss und sah mit an, wie das Tier in einem blutigen Durcheinander aus Federn und Knochen auf den Boden fiel. Jensen blickte auf die Überreste seines Freundes hinab, während Li seine halbautomatische Pistole ins Holster steckte.

»Keine fliegenden Zeugen erlaubt!«, sagte Li grinsend zu den anderen Kommandosoldaten.

Der Pistolenschuss riss Macaulay aus seiner Benommenheit. Seine Träger hatten ihn in der Nähe der Einzäunung wieder abgesetzt und mit dem Rücken an den Stamm der gewaltigen Fächerpalme gelehnt. Barnaby und Lexy standen neben ihm. Zwei chinesische Kommandosoldaten bewachten sie mit gespannten Waffen.

Fünfzehn Meter weiter weg ging Jensen zu einem ramponierten alten Holzkreuz am anderen Ende des Friedhofs.

»Hier muss gegraben werden«, sagte er.

Zweiundvierzig

31. Mai
Dieter's Island
Vor Devil's Backbone
Nord-Eleuthera, Bahamas

Dieter hob einen kurzen Stock auf und markierte ein quadratisches Stück Boden von anderthalb Meter Länge neben dem Kreuz.

»Die Kiste ist ziemlich groß«, schrie Jensen über den Wind, als er von dem Areal zurücktrat.

Als Macaulay und Barnaby seine Worte hörten, wechselten sie verblüffte Blicke. Sie hatten beide gesehen, was von der roten Kiste mit der chinesischen Beschriftung in der Hütte des Alten übrig war – von welcher Kiste sprach er also?

Die zwei Schaufeln, die Macaulay vorher aus der Steinhütte mitgenommen hatte, lagen immer noch dort auf dem Boden, wo er sie gelassen hatte. Li befahl den beiden überlebenden Kommandosoldaten von Bruggs, den markierten Bereich auszuheben.

In dem weichen Erdreich fiel ihnen das Graben nicht schwer. Während das Loch tiefer wurde, wurde die Aufschüttung daneben höher. Li stand mit zwei seiner Kommandosoldaten drei Meter weiter weg, im Gesicht ein triumphierendes Lächeln. Einmal blickte er hinüber zu seinen drei Gefangenen am Stamm der mächtigen Fächerpalme.

Macaulay entging der Ausdruck, der sich für einen Moment in seinen Augen zeigte, nicht – ein Ausdruck, mit dem ein Fuchs die gefangenen Hühner im Hühnerstall betrachten mochte. Er wusste, dass Li sie töten lassen würde, sobald der Pekingmensch sicher aus der Erde war.

Die zwei Grabenden hatten sich auf eine Tiefe von knapp einem Meter vorgearbeitet, als Li ein lautes Knirschen hörte, als eine der Schaufeln auf etwas Hartes traf.

»Vorsichtig!«, rief er, als die Männer mit den Schaufelrändern die Oberfläche dessen freilegten, was schnell aus dem lehmigen Erdreich auftauchte und sich als der obere Teil einer Holzkiste entpuppte.

»Kommen Sie da raus!«, befahl Li.

Als die zwei Grabenden aus dem Loch stiegen, sah Macaulay Li den zwei Chinesen, die neben ihm standen, ein Zeichen geben. Bruggs Männer kamen mit zufriedenem Lächeln auf sie zu, als die beiden Chinesen die Sturmgewehre hoben und sie mit zwei kurzen Feuerstößen niedermähten. Beide bewegten sich noch; Li stellte sich vor sie und schoss jedem mit seiner Pistole in den Kopf.

Einer der beiden chinesischen Kommandosoldaten, die Macaulay und die anderen bewachten, blickte auf ihn herab und sagte: »Du töten meinen Bruder. Du Nächster.«

»Mal sehen, was wir haben!«, sagte Li und näherte sich der Grabgrube. »Du solltest lieber die Wahrheit gesagt haben, alter Mann!«

Dieter Jensen stand gebeugt da und stützte sich unbeholfen auf dem nächsten Kreuz ab. Er schien sichtlich schwächer geworden zu sein, während die zwei Männer das Loch gruben. Völlig durchnässt vom erbarmungslosen Regen, zitterte der alte Mann inzwischen fast unkontrollierbar.

»Sie müssen vorsichtig sein!«, sagte Jensen. »Die Glasbehälter sind sehr zerbrechlich!«

»Nehmen Sie den Deckel ab!«, befahl Li.

Die zwei am nächsten stehenden Kommandosoldaten legten ihre Sturmgewehre weg und ließen sich in das große Loch herunter. Vorsichtig schoben sie die Ränder der Schaufeln unter den Holzdeckel und stemmten ihn langsam hoch. Die Männer, die die Gefangenen bewachten, konnten ihre Neugier nicht zügeln und blickten immer wieder hinter sich auf den Fund.

Macaulay erinnerte sich plötzlich daran, dass Dieter Jensen etwas von Sachen erzählt hatte, die er auf dem Kahn mit dem veralteten Militärbedarf gefunden hatte – und die sich als Hindernisse geeignet hatten, wie er sagte.

Jensen schaute still zu Macaulay hinüber, während er sich weiterhin auf das Holzkreuz stützte. Ohne die Aufmerksamkeit der Kommandosoldaten im Loch zu erregen, bewegte er den Zeigefinger langsam in einem Kreis, als wollte er signalisieren, dass es Zeit zu gehen war.

Barnaby war von dem Loch schon durch den Stamm der Palme abgeschirmt – Macaulay nicht. Er wartete, bis die Wachen wieder nach hinten auf die Grube blickten, und schob die Beine weiter um den Stamm herum. Lexy stand noch völlig ungeschützt an der Grabstelle und schaute mitfühlend auf den alten Mann, der sich auf das Kreuz am Rand des Lochs stützte.

Die beiden Soldaten in der Grube hoben vorsichtig den Deckel der Kiste ab und legten ihn neben das Loch. Li sah, dass sich darunter eine mehrere Zentimeter dicke Strohschicht befand. Er befahl den beiden Männern, sie zu entfernen.

Unter dem Stroh kam eine schwere Faserplatte zum Vorschein. Die Kommandosoldaten nahmen ihre Fahrtenmesser aus dem Gürtel und stießen sie in die Außenkanten. Nachdem sie ringsherum geschnitten hatten, nahmen sie die Faserplatte ab und warfen sie auf den Holzdeckel der Kiste.

Zum ersten Mal lag der Inhalt der Kiste unverhüllt da. Unter dem prasselnden Regen sah es für Li zuerst so aus, als wäre eine Anzahl von großen orangefarbenen Pilzen in einzelne Holzfächer gepackt worden. Die lackierten Metallhüte der Pilze hatten etwa acht Zentimeter Durchmesser. Er fragte sich, ob die Knochen einzeln unter den Hüten verpackt waren.

Hinter ihm hob Dieter Jensen eine der Schaufeln auf und trat an den Rand der Grube. Er sprang hinunter auf die Holzkiste, hob die Schaufel in die Luft und ließ die Spitze auf einen der orangefarbenen Hüte hinabsausen. Li wurde plötzlich klar, worum es sich bei den Pilzen tatsächlich handelte: Kontaktzünder auf den Spitzen alter Artilleriegranaten!

»Tötet ihn!«, brüllte Li, während er herumwirbelte und von der Grube wegzurennen begann.

Einer der Kommandosoldaten in der Grube zog seine Pistole aus dem Gürtel und schoss dem alten Mann in den Kopf, als dieser die Schaufel ein zweites Mal auf den Kontaktzünder sausen ließ.

Macaulay packte Lexy an den Knien, warf sie hinter den mächtigen Stamm der Palme und verhüllte ihren Körper mit seinem. Seine Wache sah die Bewegung aus dem Augenwinkel, drehte sich um und zielte mit dem Gewehr auf seinen Rücken.

Bevor der Mann abdrücken konnte, ertönte ein donnerndes Krachen aus der Grube und zerfetzte die beiden Kommandosoldaten und den schon toten Jensen. Sekunden später radierte die Schockwelle der Detonation alles auf dem Friedhof aus, während die Flammen der explodierenden Artilleriemunition dreißig Meter hoch in den Himmel schossen.

Barnaby sah mit an, wie die beiden Männer, die sie bewachten, von den Füßen gerissen wurden und zehn Meter durch die Luft in den Kiefernbestand flogen, der den Hain umsäumte. Ihre Leichen lagen wie kaputte Stoffpuppen da: Dem einen fehlte der Kopf, bei dem anderen standen Arme und Beine in grotesken Winkeln vom Körper ab.

Eine nicht detonierte Granate landete mit dumpfem Aufschlag zwei Meter von Macaulay weg, der Lexy immer noch mit seinem Körper schützte. Er konnte die Aufschrift auf der Seite des grünen Zylinders erkennen: 4" NAVAL ILLUMINATING PROJECTILE.

Ein britisches Marineleuchtgeschoss, dachte Macaulay, wahrscheinlich Militärbedarf aus dem britischen Flottenstützpunkt, der bei Kriegsende stillgelegt worden war. Wie viele waren wohl detoniert?, fragte er sich. Die ganze Kiste konnte es nicht gewesen sein, sonst wären sie jetzt alle blutiger Brei.

Behutsam zog Barnaby Macaulay von Lexy herunter und half ihr auf die Beine.

»Wir müssen Steve wieder in die Hütte bringen!«, sagte Lexy, als sie auf ihn herabsah.

Macaulay konnte sie kaum hören. Er fühlte etwas Warmes über seine Wangen laufen – ein stetes Rinnsal aus Blut, das aus seinen Ohren kam. Der Regen, der mit unverminderter Heftigkeit herunterprasselte, wusch es schnell weg, während Lexy und Barnaby einen Tragriemen für seinen Transport zurechtbastelten.

Barnaby hielt nach irgendwelchen Anzeichen dafür Ausschau, dass Li Shen Wui auf der anderen Seite der Grube die Detonation überlebt hatte. Es war nichts Erkennbares mehr zu sehen. Alle Spuren des Friedhofs und der Vegetation um ihn herum waren ausradiert.

Macaulay wurde wieder ohnmächtig, als sie ihn auf den Tragriemen hoben.

Dreiundvierzig

31. Mai
Dieter's Island
Vor Devil's Backbone
Nord-Eleuthera, Bahamas

Zhou Shen Wui saß eingezwängt auf einem Stuhl in seiner Kabine an Bord des Bergungsschiffes, das von der brutalen See hin und her geworfen wurde. Die letzten zwei Stunden war ihm speiübel gewesen. Der saure Geruch seines Erbrochenen erfüllte den Raum, während er darauf wartete, dass sich das Meer so weit beruhigte, dass die Angriffsboote mit dem Pekingmenschen an Bord geholt werden konnten.

Gischt rasselte gegen die Bullaugen wie Hagelkörner, als er ein Klopfen an der Kabinentür hörte.

»Herein!«, sagte Zhou.

Es war Oberst Mu. Sein Gesicht war fast so grün wie das Zhous, auch wenn es ihm gelungen war, die Kontrolle über seinen Magen zu behalten. Seine Uniform war tropfnass. Es war offensichtlich, dass er draußen auf Deck gewesen war und das Wetter am eigenen Leib erlebt hatte.

»Der Kapitän wünscht, dass ich Ihnen respektvoll seine Meinung übermittle, dass wir nicht länger hierbleiben können, mein Gebieter«, sagte Mu.

»Wir können nicht hier weg, bevor die Mission beendet ist!«, erwiderte Zhou bestimmt.

»Mein Gebieter, der Kapitän bat mich, Sie darüber zu informieren, dass er seine Position bei diesem Seegang nicht halten kann«, sagte Mu. »Das Barometer fällt weiter, und wir befinden uns bedenklich nahe bei dem Riff, das in dieser Gegend als das Devil's Backbone bekannt ist. Der Kapitän sagt, wenn wir nicht in sicherere Gewässer steuern, besteht durchaus die Möglichkeit, dass dieses Schiff am Riff sinken wird.«

Wie um diese Einschätzung zu bestätigen, begann das Schiff besorgniserregend nach backbord zu krängen. Oberst Mu verlor den Halt und fiel seitwärts ans Schott. Über seinem bäuchlings daliegenden Körper konnte Zhou sehen, dass die Bullaugen tatsächlich mit Meerwasser bedeckt waren.

»Was haben Sie von meinem Sohn gehört?«, verlangte Zhou zu erfahren.

Mu stand auf, hielt sich an dem Tisch fest, der am Deck festgeschraubt war, und sagte: »Wir haben die Verbindung zu den Landetrupps verloren. Jedes hatte einen gut ausgebildeten Funker, der mit einem wetterfesten Sender ausgestattet war. Kurz nach der Landung auf der Insel brach der Kontakt zu beiden ab.«

Als das Schiff sich langsam wieder aufrichtete, befreite Zhou sich aus seinem Stuhl und ging ans nächste Bullauge. Einen solchen Seegang hatte er noch nicht erlebt. Die Wellen schienen so hoch wie die Wolkenkratzer in Shanghai; selbst die Waggons seines Superzuges hätten gegenüber diesen ungeheuren und zerklüfteten Wellenbergen wie Spielzeug ausgesehen. Für einen Moment fragte er sich, wie es für Li und seine Männer auf dieser kleinen Insel sein musste.

»Der Kapitän empfiehlt, dass wir zum geschützten Liegeplatz in Dunmore Town zurückkehren, bis der Sturm nachlässt«, sagte Mu.

Das Schiff legte sich erneut schief, diesmal noch beängstigender als beim letzten Mal. Zhou ging auf seinen Platz zurück und zwängte sich wieder ein. Von der anderen Seite der Kabinentür war lautes Krachen zu hören, als Geschirr und Gläser aus den Schränken im Speiseraum fielen und auf dem Deck in Stücke gingen.

Das Schiff begann laut zu ächzen, als es sich weiter neigte. An Mu, der aussah, als würde er einen steilen Hügel hochgehen, konnte Zhou erkennen, wie schräg das Deck schon war. Inzwischen war es so steil, dass er sich nicht länger auf den Beinen halten konnte und gegen das Außenschott fiel. Mit Entsetzen wurde Zhou klar, dass das Schiff nicht bloß krängte – das Deck blieb schief.

Atemlos wartete er, bis das Schiff sich endlich wieder aufzurichten begann. Als das Deck schließlich wieder gerade war, hörte die Bewegung jedoch nicht auf; das Schiff legte sich so stark auf die andere Seite, dass Mu wieder durch die Kabine segelte.

Das ist wie ein Vorgeschmack des Todes!, dachte Zhou, als sein Kopf gegen die Ecke des Metallschranks neben seinem Stuhl geschlagen wurde, was so heftig schmerzte, dass ihm schwindelig wurde.

»Sagen Sie dem Kapitän, es ist Zeit zu fahren!«, sagte Zhou.

»Jawohl, mein Gebieter«, antwortete Mu und schleppte sich zur Kabinentür.

Vierundvierzig

31. Mai
Dieter's Island
Vor Devil's Backbone
Nord-Eleuthera, Bahamas

Als Macaulay im trüben Licht einer Petroleumlampe in der Steinhütte wach wurde, donnerte es wieder. Er lag auf Dieter Jensens Bett. Draußen kreischte der Wind immer noch wie ein Chor von Wahnsinnigen. Barnaby saß am Tisch und aß Pfirsiche aus einem Einmachglas. Lexy versuchte, das altersschwache Funkgerät des alten Mannes mit dem Handkurbelgenerator in Gang zu bringen.

»Wie viel Uhr ist es?«, fragte Macaulay.

Lexys Gesicht erhellte sich.

»Du bist wieder bei uns!«, freute sie sich.

»Sie waren nur ungefähr eine halbe Stunde weggetreten«, sagte Barnaby.

»Ich habe eine Ampulle mit Morphin und eine Injektionsnadel in Dieters Verbandskasten gefunden«, sagte Lexy. »Hoffentlich hat es die Schmerzen etwas gelindert!«

Macaulay war immer noch benommen. Sein Oberschenkel tat zwar nicht mehr so höllisch weh, und der Schmerz war nur noch ein dumpfes Pochen, solange er nicht versuchte, das Bein zu bewegen, aber er wusste, dass er nicht gehen konnte. Sie würden ihn irgendwie tragen müssen, wenn es Zeit zum Aufbruch war, oder ihn zurücklassen und mit Hilfe zurückkommen.

»Der Sturm tobt noch mit unverminderter Heftigkeit«, sagte Barnaby und zeigte mit seinem Löffel auf den Boden. Macaulay schaute hinunter: Der zutage tretende Fels war fünfzehn Zentimeter hoch mit Wasser bedeckt.

Barnaby hatte den Fensterschlitz mit einem Muschelkalkblock abgedichtet, der von Jensens schwerem Eisenofen an Ort und Stelle gehalten wurde. Die stabile Eingangstür war mit dem Balken in den Eisenklammern gesichert.

»Erwarten wir jemanden?«, fragte Macaulay.

»Wir haben zwar niemanden zum Abendessen eingeladen, aber sicher ist sicher«, antwortete Barnaby und aß den letzten Pfirsich. »Falls Sie hungrig sind, kann ich Ihnen Pfirsiche und Kokosmilch anbieten.«

Seine Worte hingen noch in der Luft, als an der Tür laut geklopft wurde. Ein Schatten der Angst zog über Lexys Gesicht.

»Wenn das unsere Freunde vom Schiff wären, würden sie sich wohl kaum die Mühe machen zu klopfen«, meinte Macaulay.

»Ich bin's!«, übertönte eine Stimme den Wind. »Mike McGandy!«

Lexy nahm den Balken von der Tür und öffnete sie. Zusammen mit einem Windstoß und einem Regenschauer kam McGandy schnell herein. Lexy verriegelte die Tür hinter ihm.

»Mein Gott, ich war sicher, Sie wären erledigt!«, sagte Macaulay. »Ich dachte, Ihr Boot wäre in die Luft geflogen!«

»Ist es auch«, antwortete McGandy, während er sich den Regen vom Umhang schüttelte und sich auf ein vorstehendes Mauerstück setzte. Barnaby reichte ihm ein Einmachglas; er öffnete es und aß gierig die karibischen Pfirsiche.

»Ich habe das Boot abgeschrieben, als ich zu dem Schluss kam, dass ich unmöglich an diesem Schiff vorbeikommen konnte«, berichtete er, während ihm der Saft übers Kinn lief. »Ich dachte mir, wenn sie Angriffsboote haben, haben sie auch Lenkwaffen, also habe ich es über die Lagune auf der nächsten Insel auf Strand gesetzt. Als ich mit meinem BAR das Feuer auf das Angriffsboot eröffnete, geschah es von der Küste aus. Ich denke, ich habe ihnen etwas Schaden zugefügt.«

»Wie sind Sie zurück auf Dieter's Island gekommen?«, fragte Macaulay.

»Ich bin geschwommen.«

»Sie sind in diesem Unwetter zurückgeschwommen?«, staunte Barnaby.

»Denken Sie etwa, Schwarze können nicht schwimmen, Dr. Finchem?«, fragte er mit gespielter Verärgerung. »Genau genommen habe ich eine unbeschädigte Tauchausrüstung in den Trümmern meines Boots gefunden, samt Flossen und einer Maske. Unter Wasser war es einfach.«

»Wie stehen unsere Chancen, zurück nach Dunmore Town zu kommen?«, fragte Barnaby. »Wir werden Hilfe aus Washington brauchen, wenn wir unsere Mission zum Abschluss bringen wollen.«

»Der Sturm dürfte in schätzungsweise einer Stunde an Kraft verlieren«, meinte McGandy. »Inzwischen sollten wir Steve runter zu den Mangroven schaffen. Ich habe eins der Angriffsboote dort gefunden, und es sieht seetüchtig aus. Von dort aus haben wir auch eine sichere Funkverbindung.«

»Wir haben keine Waffen«, sagte Lexy. »Haben Sie welche gefunden?«

McGandy schüttelte den Kopf.

»Ich glaube nicht, dass von den Chinesen einer übrig ist«, meinte Macaulay. »Ich habe zwei von ihnen in der Nähe des Strandes umgelegt, und ein anderer ist im Treibsand versunken. Li und die anderen vier wurden bei der Explosion getötet.«

»Ich denke, ich habe mindestens zwei von Bruggs Männern auf dem Boot erledigt«, sagte McGandy. »Einen weiteren habe ich tot in den Mangroven gefunden und einen anderen auf dem Pfad.«

»Und noch einer wurde von einem Hindernis getötet, das Mr. Jensen hinterlassen hat«, ergänzte Barnaby.

»Und zwei weitere wurden von Li ermordet«, fügte Lexy hinzu.

»Damit bleibt nur noch einer«, sagte Macaulay. »Vermutlich Brugg.«

»Wäre er nicht auf Dieters Friedhof bei seinen zwei Kommandosoldaten gewesen, wenn er noch am Leben wäre?«, wandte Lexy ein.

Keiner antwortete.

»Ich denke, wir müssen das Risiko einfach eingehen«, fand McGandy.

Ein paar Minuten später hatten sie aus zwei Latten, auf denen Jensens Matratze gelegen hatte, eine primitive Trage für Macaulay gebastelt. Barnaby und McGandy wollten ihn zu den Mangroven tragen; wenn sie zum Angriffsboot kämen, wollte Barnaby versuchen, Ira Dusenberry im Weißen Haus zu erreichen.

Sie waren auf dem Hauptpfad und gingen gerade an der Weinlaube vorbei, als ein gezackter Blitz den dunkelvioletten Himmel erhellte. Lexy ging hinter Barnaby, der das hintere Ende von Macaulays Trage trug. Im Licht des Blitzes warf sie einen Blick hinter sich auf die Stelle, wo einmal der Friedhof gewesen war. Ein kurzes Stück vom Pfad weg sah sie etwas Glitzerndes aus der Erde ragen.

Sie ging hin und bückte sich, um es aufzuheben. Sie wollte es gerade in Augenschein nehmen, als ein zweiter Blitz etwas so Entsetzliches enthüllte, dass sie zurücktaumelte.

Der Mann hatte nur einen halben Meter von ihr weg gestanden. Sämtliche Haare waren ihm von der Kopfhaut gebrannt worden. Die linke Augenhöhle war leer, und was einmal sein Gesicht gewesen war, war jetzt ein von Brandblasen überzogener Albtraum.

Li Shen Wui hatte sein Maschinengewehr auf sie gerichtet.

»Wo ist der Pekingmensch?«, drang ein Brüllen aus seinem zerstörten Mund.

»Wir wissen nicht, wo er vergraben ist«, antwortete Lexy. »Das ist die Wahrheit!«

»Dann bist du mir keine Hilfe!«, sagte Li und zielte auf ihr Herz.

Macaulay sah es als einen herannahenden monströsen Schatten. Barnaby sagte später, er fand, es sah eher wie ein wandelnder Basaltberg aus. In dem einen Moment wollte Li gerade abdrücken, im nächsten fand er sich von vorn von den mächtigen Armen Juwan Bruggs umfangen.

Der Chinese ließ das Maschinengewehr fallen, und Lexy schnappte es sich, während Li hoch in die Luft gehoben wurde und verzweifelt die Beine um Juwans Rumpf verschränkte. Um sich aus Juwans Klammergriff zu befreien, schlug er dem größeren Mann wieder und wieder mit dem Handballen auf den Hals und ins Gesicht, wobei er die ganze Zeit etwas auf Chinesisch brüllte.

Li versuchte, sich mit den Beinen gegen Juwans Knie zu stemmen, um sich von ihm wegzudrücken, aber Juwans Kraft schien so gewaltig, dass sie kein Ende hatte. Während die anderen schweigend zusahen, wurden Lis Bemühungen, sich aus der Umklammerung zu befreien, langsam schwächer, als Juwan ihm die Luft aus dem Brustkorb quetschte. Der Kampf endete mit einem lauten Knirschen, als Lis Brustbein und Rippen nachgaben.

Als Juwan ihn losließ, fiel Li wie ein nasser Sack zu Boden.

»Gütiger Gott!«, flüsterte Macaulay.

Juwan Brugg blickte einige Sekunden lang auf die Leiche hinab, dann schien ihm wieder bewusst zu werden, dass er drei Kugeln in der Brust hatte. Er sah die andern an und sank auf die Knie.

»Was war es, wohinter ihr alle her wart?«, fragte er. »Der Schatz?«

»*Homo erectus*«, sagte Barnaby, bevor Brugg schwankte und umkippte.

Fünfundvierzig

31. Mai
McGandy-Klinik
Dunmore Town
Nord-Eleuthera, Bahamas

Blendende Sonnenstrahlen spritzten durch die Fliegengitter der Fenster des luftigen Aufwachraums in Cora McGandys medizinischer Klinik. Das kobaltblaue Meer hinter den Fenstern war still und einladend.

Macaulay lag in einem Krankenhausbett, das hoch gelagerte Bein in einem Druckverband. Eine Röntgenaufnahme hatte bestätigt, dass die Maschinengewehrkugel den Oberschenkelknochen nur gestreift hatte, und Cora hatte ihm versichert, dass er sich wieder vollständig erholen würde.

Lexy saß auf der anderen Seite des Raums auf einem der beiden gepolsterten Bambusstühle und nahm einen Glasgegenstand in Augenschein. Barnaby war auf dem anderen zusammengesackt und versuchte, wach zu bleiben. Seit sie in dem Angriffsboot von Dieter's Island übers Devil's Backbone zurückgekommen waren, hatte er nichts weiter gewollt als zu schlafen.

Das war auch sein Plan für den ganzen Tag gewesen, bis er erfuhr, dass der nationale Sicherheitsberater des Präsidenten in dreißig Minuten in einem Jet auf dem regionalen Flughafen eintreffen würde. Ira Dusenberry war geradewegs in die Klinik gekommen.

»Was ist mit Ihren ganzen Haaren passiert?«, waren Dusenberrys erste Worte an den dösenden Barnaby, als er in den Aufwachraum kam. »Sie sehen ja aus wie der Darlehensberater in meiner Bank!«

»Es wurde für einen guten Zweck abgeschnitten«, sagte Barnaby im Wachwerden. »Gut möglich, dass es sogar einige Leben gerettet hat.«

»Es freut mich, auch Sie zu sehen, Dr. Vaughan, und natürlich General Macaulay, auch wenn es den Anschein hat, dass Sie jedes Mal, wenn wir uns begegnen, von ehrenhaften Wunden genesen«, sagte Dusenberry.

»Dank Ihnen!«, erwiderte Macaulay.

»Stets für eine gute Sache, das kann ich Ihnen versichern!«, sagte Dusenberry. »Soviel ich weiß, gab es hier unten ein paar Herausforderungen für Sie.«

Für Barnaby sah es so aus, als hätte Dusenberry seit ihrer letzten Begegnung im Lagezentrum des Weißen Hauses unermesslich zugenommen. Den Versuch, dreiteilige Anzüge zu tragen, hatte er aufgegeben; das Jackett seines neuesten Tropenanzugs aus Kammgarn war leuchtend orange und blähte sich wie ein Zelt über seinem gewaltigen Bauch.

»Und, wo sind die Chinesen?«, fragte Barnaby.

»Zhou Shen Wui ist heute Morgen abgereist, nachdem er den Bonzen in China das Scheitern seiner Mission gemeldet hat«, sagte Dusenberry. »Der Transkription des Telegramms zufolge, das wir entschlüsselt haben, gibt er die Schuld für die misslungene Bergung des Pekingmenschen seinem Sohn Li.«

»Tja, versucht haben sie es jedenfalls«, meinte Lexy.

»Übrigens, wo ist der Pekingmensch eigentlich?«, fragte Dusenberry. »Nicht dass es noch von Bedeutung wäre.«

»Er war auf dieser Insel«, sagte Barnaby. »Vielleicht ist er immer noch dort.«

Barnaby schilderte, was sie zur Insel des alten Mannes geführt hatte, wie sie die Überreste der roten Kiste gefunden hatten, den Schusswechsel im Sturm, die gewaltige Detonation der Sprengstoffe auf dem Friedhof und ihr Überleben durch Juwan Bruggs Hand. Bis dahin war Dusenberry schon dabei, seine neuesten SMS-Nachrichten auf seinem Smartphone zu kontrollieren.

»Das klingt wie einer jener schrecklichen Schauerromane, die ich hasse«, sagte er, während er an jemanden in Washington zurücktextete. »Wie auch immer, von hier an übernehme ich.«

»Wir schulden McGandy ein neues Tauchboot«, sagte Macaulay.

»Das und jegliche anderen Verluste, die er oder Leute, mit denen Sie hier gearbeitet haben, erlitten haben«, bekräftigte Dusenberry. »Übrigens, ich habe nach Ihrem Freund Carlos Lugos gesehen. Er liegt im Bethesda Naval Hospital, und es geht ihm gut. Man hat dort jede Menge Erfahrung in der Behandlung von Verwundeten, die im Kampf Zehen oder Finger verloren haben.«

»Sie haben vorhin gesagt, dass es nicht mehr von Bedeutung sei, den Pekingmenschen zu finden«, sagte Macaulay, aus dessen Stimme Verärgerung klang. »Warum nicht?«

»Von Bedeutung ist es, dass die Chinesen jetzt glauben, dass wir den Pekingmenschen haben«, antwortete Dusenberry mit einem nachsichtigen Lächeln. »*Sie* haben ihn gefunden – das ist die Botschaft, die durch inoffizielle Kanäle nach Peking geht. Der Pekingmensch war auf der *Prins Willem*, als Sie danach getaucht haben. Die gesamte Bergung ist jetzt dank Ihnen, Tommy Somervell und June Corcoran dokumentiert. Wenn Zhou Shen Wui nach Hause kommt, wird er einem Erschießungskommando gegenübertreten müssen, weil er den Pekingmenschen in die Hände der Amerikaner hat fallen lassen.«

»Was ist mit der religiösen Bewegung … all die Menschen, die wegen ihres Glaubens abgeschlachtet werden?«, fragte Barnaby.

»Es wird sich weiter herumsprechen, so wie bei all diesen Glaubensbewegungen. Sie werden glauben, dass Hoffnung unterwegs ist. Irgendwann werden wir es bekannt geben.«

»Ja … das ist toll!«, sagte Macaulay.

»Und Sie haben sich die Dankbarkeit des Präsidenten verdient«, fuhr Dusenberry fort. »Er lässt mich ausrichten, dass Sie alle im Weißen Haus für eine Übernachtung im Lincoln-Schlafzimmer willkommen sind. Fürs Erste tun Sie sich bitte keinen Zwang an, auf Kosten der Nation hier unten zu bleiben und die Batterien aufzuladen!«

»Ich fliege mit Ihnen zurück!«, schnauzte Barnaby. »Da gibt es jemanden in Cambridge, den ich sehen muss!«

Die Vorstellung seiner naturblonden Göttin Astrud, die nackt auf seinem Bärenfell im Wikingerbett lag und auf ihn wartete, lud seine eigenen Batterien schon wieder auf.

Dusenberrys Telefon begann wie eine verärgerte Wüstenrennmaus zu fiepen.

»Da muss ich rangehen … Bin in einer Minute wieder da!«, sagte er und ging nach draußen auf den Flur.

Als er fort war, brachte Lexy den Gegenstand, den sie inspiziert hatte, zu Barnaby.

»Das habe ich gestern Abend gefunden«, erklärte sie und legte ihn ihm auf die Hand. »Es lag etwa fünfzig Meter vom Ort der Explosion entfernt in der Nähe des Pfades.«

Es handelte sich um eine gezackte Glasscherbe, ungefähr

fünf mal acht Zentimeter. Eine der Kanten war gerade und steckte in einem schmalen Holzrahmen. In einer Ecke des Rahmens befanden sich vier winzige Buchstaben. Barnaby setzte seine Lesebrille auf, um sie deutlich zu sehen.

»P … U … M … C«, sagte er laut.

»Peking Union Medical College«, sagte Lexy. »Sie wissen vielleicht noch, dass das der Ort war, wo der Pekingmensch in Glasbehältern verpackt wurde, bevor der Marinekonvoi die rote Kiste auflud.«

»Einige dieser Behälter liegen vielleicht noch unversehrt dort, wo der Friedhof war«, sagte Barnaby. »Sobald Sie unseren General hier wieder auf die Beine gebracht haben und er sich wieder bester Gesundheit erfreut, wäre das vielleicht noch einen Abstecher auf die Insel wert!«

Lexy warf einen Blick durchs Fenster auf einen sonnenüberfluteten Morgen. Jenseits des Klinikgeländes war der Strand mit Trümmern und Schutt vom Sturm übersät. Ein Drosseluferläufer landete neben einem abgefallenen Palmwedel.

Der braunweiße Vogel ging am Strand entlang und blieb hier und da stehen, um seinen Schnabel in den Sand zu stoßen und eine kleine, ungesehene Beute herauszuziehen. Lexy fragte sich, woher der Drosseluferläufer immer wusste, dass sie da war.

Dank

Bei dieser bemerkenswerten Geschichte habe ich mir beträchtliche künstlerische Freiheit genommen. Das Geheimnis, das das Verschwinden der Pekingmenschfossilien am 8. Dezember 1941 umgibt, wird wohl niemals gelüftet werden.

Vermutlich gingen die Fossilien an einem Bahnhof in Chingwantao in Nordchina verloren, nachdem die US-Marineabteilung sie vom Peking Union Medical College in den ersten turbulenten Stunden nach Kriegsbeginn dorthin eskortiert hatte und feststellen musste, dass das Schiff, das sie in der Hafenstadt hatten treffen wollen, versenkt worden war. Mit großer Wahrscheinlichkeit haben japanische Soldaten die Kisten mit den Fossilien erbeutet und, da sie den unschätzbaren Wert ihres Inhalts nicht erkannten, die Knochen zertrampelt.

Ich möchte meinem alten Freund, dem ausgezeichneten Historiker Robert K. Krick, dafür danken, dass er im Marine Corps Records Center in Quantico, Virginia, einen wahren Schatz an aufschlussreichen Militärakten ausfindig gemacht hat, die das Verschwinden des Pekingmenschen betreffen.

Dieser Schatz enthält die erhellendsten Informationen, die ich bisher über das Thema des Verschwindens der Fossilien gelesen habe, darunter eidesstattliche Erklärungen und Briefe des kommandierenden Offiziers der Marineabteilung in Peking im Dezember 1941, seines Sachbearbeiters und der amerikanischen Frau, die die Pekingmenschfossilien in Glasbehälter packte, bevor sie der Marineabteilung übergeben wurden. Das Quantico-Material kommt der Beantwortung der Frage näher als alles andere, was ich bislang gelesen habe.

Dankbar bin ich auch meinem Freund Tom Hurd, der mit wertvollen Ratschlägen und Vorschlägen für Handlung und Charaktere von Beginn bis Beendigung nicht gegeizt hat. Ich hoffe, er schreibt bald sein eigenes Buch. Er ist ein talentierter Erzähler.

Schließlich möchte ich Brent Howard danken, meinem befähigten Herausgeber bei Penguin Random House, und David Halpern, meinem langjährigen wunderbaren Literaturagenten. Ich profitiere sehr von seiner Beratung und Unterstützung.

Leser, die den Verfasser zu kontaktieren wünschen, sind dazu eingeladen unter rjmrazek1942@gmail.com.